미치도록 원하는 1

미치도록
원하는 1

구늘봄 장편소설

Terrace Book

Vol.1

우리, 어디서 본 적 있습니까?　　　　　　7

애인, 없습니까　　　　　　43

다른 걸 먹겠다는 게 아니라　　　　　　84

쓸데없는 건 지워요　　　　　　118

마음속 깊은 본심　　　　　　153

위험한 남자　　　　　　181

내가 보고 싶어질 텐데　　　　　　216

불온함의 경계　　　　　　256

결혼 계략　　　　　　287

아내의 의무　　　　　　324

고작 3년짜리 계약　　　　　　353

절정　　　　　　384

밤바다　　　　　　422

인간의 욕망　　　　　　461

[Contents]

Vol. 2

집요한 추적   7

고백   44

미칠 것 같고, 깊고, 버거운 것   74

겨울의 시작   97

불안의 전조   124

서로의 체온이 간절한 밤   152

드러나는 진실   182

소실점   210

망각   234

나는 네게, 너는 내게   267

메리 크리스마스   298

밤의 시작   327

낙원의 일상   366

다시 돌아온 봄   391

외전 1. 지켜주겠다는 약속   412

외전 2. 남편에 대한 이상한 소문   439

외전 3. 죽었다 깨어나도 오르지 못할 나무   464

외전 4. 소중한 결실   489

작가 후기   501

chapter 1

우리, 어디서 본 적 있습니까?

"다발성 자상 환자입니다!"

적막을 깨는 사이렌 소리와 함께 응급실 입구가 일순 소란 스러워졌다.

"다들 비켜주세요!"

당직실에서 전화를 받자마자 뛰쳐 내려온 해수는 엉망으로 뭉개진 호흡을 채 가다듬기도 전에 환자를 향해 달려갔다.

04:00 A.M.

어스름한 새벽의 잿빛 여명이 밝아오기도 전, 한 생명이 시 간을 거슬러 어둠으로 되돌아가려 하고 있었다.

주황색 이동식 침대가 지나간 자리마다 환자에게서 흘러내 린 핏자국이 바닥을 따라 흥건하게 고였다. 바닥에 고인 진득 한 선혈은 해수를 향해 다가가듯, 천천히 범위를 넓혀갔다. 마 치 짙은 생명력을 가진 것처럼.

거즈로 환자의 복부를 압박하며 모니터를 체크하던 해수가 다급히 외쳤다.

"BP 91에 63, 맥박 120, 체온 36.1입니다. 호흡 측정 불가입니다!"

"일단 수술 방 잡고, 마취과부터 콜해. 혈액 팩 요청하고."

속사포처럼 이어지는 펠로우(전임의) 이주혁의 오더를 듣던 해수는 저도 모르는 사이, 삶과 죽음의 경계에 있는 환자를 곁눈질로 보았다. 목과 복부에서 시커먼 피가 울컥 솟구치는 와중에도 남자는 눈을 시퍼렇게 부릅뜨고 실낱같은 생명줄을 악착같이 부여잡고 있었다.

헉! 순간 허공에서 시선이 맞닿았다. 본디 얼굴색을 알아볼 수 없을 만큼 선혈에 얼룩진 남자의 새카만 눈동자가 무감하게 건너와 해수를 훑었다.

삐—.

모니터에서 들려오는 건가, 싶던 소음은 이명이었다.

아, 왜 이러지.

갑자기 고장이라도 난 것처럼 정신이 혼미해졌다. 소름이 끼치는 동시에 식은땀이 흘러서, 해수는 자신이 바삐 뛰어가야 한다는 것조차 잊고 있었다.

"야! 윤해수, 이게 정신 못 차리지!"

아득해지던 머릿속이 파도에 휩쓸리듯 현실로 돌아온 것도 그때였다.

"환자 죽이려고 작정했어? 안 뛰어가?"

"죄송합니다!"

자상 환자가 처음도 아닌데, 이유 모를 긴장감이 전신을 휘감는 이유는 뭘까. 자꾸만 시선을 잡아채는 환자를 애써 무시하고 전속력으로 달리는 내내 가슴이 영문을 모르고 서늘하게 두근거리기 시작했다.

"교수님 기다릴 시간 없어. 윤해수 너, 세컨드로 들어와."

"네, 알겠습니다!"

모든 준비를 마친 해수는 냉기가 감도는 수술 방에 외로이 누운 환자의 곁으로 다가갔다. 가까이 가보니 더 암담한 상황이라는 것이 실감 났지만 의외로 덤덤했다. 환자가 잘 건뎌낼 거라는 확신이 있었다고 해야 할까.

"채지석 환자, 수술 시작합니다."

녹록하지 않은 상황이었으나 그녀의 예상대로 수술은 성공적이었다. 바이털 사인(활력 징후 : 체온, 호흡, 맥박, 혈압과 같이 생명이 있다는 것을 입증해주는 징후가 되는 요소)조차 나쁘지 않았다. 명줄 하나는 기가 막히게 타고난 환자였다.

2일 후, 해수는 출근하자마자 건네받은 입원 환자 목록을 눈으로 훑으며 캐비닛을 열고 가운을 꺼냈다. 그때 2층 침대에 엎드려 있던 서연이 귀신이라도 본 듯 벌떡 일어나 앉으며 호들갑을 떨었다.

"아, 맞다! 8층 VIP 환자 말이야."

평소와 다름없이 여유로운 손짓으로 가운을 걸쳐 입던 해수는 여전히 서류에 시선을 둔 채 차분한 목소리로 물었다.

"8층? VIP 병실 지금 비어 있지 않나. 환자 들어왔어?"

또 얼마나 대단한 분이 들어오셨길래.

해수는 놀란 기색 하나 없이 머리를 묶으며 생각했다. 부드럽게 빠져나가는 잔머리마저 묶어내는 손끝은 그녀의 타고난 성격만큼이나 단단하고 야무졌다.

심드렁하게 느껴질 만큼 무덤덤한 반응에 서연이 답답한 듯 가슴을 쳤다.

"넌 응급 받은 애가 너희 과 환자도 몰라? 왜 있잖아. 모델 뺨치게 길쭉하고 살벌하게 잘생긴 환자!"

팔락, 목록을 뒷장으로 넘기던 해수의 시선이 문득 서류의 하단에서 멈추었다. 손가락을 뻗어 '채지석'이라는 이름을 톡톡 두드린 해수는 심해처럼 검고 깊은 눈동자를 오묘하게 빛내던 환자를 떠올리며 고개를 끄덕였다.

"아, 채지석 환자. VIP 병실로 옮겼구나. 회복이 엄청 빠른가 보네."

꺼져가는 생명 속에서도 서늘한 공간을 압도하던 남자의 존재감이란, 칠흑 같은 어둠을 지배하는 호랑이를 연상케 했다.

중력에 이끌리듯 시선이 자꾸만 떨어졌다. 각막에 새기듯 환자의 이름을 들여다보던 해수는 단추를 잠그고 불필요한 관심을 지운 채 물었다.

"그래서? VIP가 뭘 어쨌길래."

"말도 마. 오늘 새벽 내내 8층 비상이었어. 아주 그냥 성질머리가 장난이 아니라고 소문이 자자하더라. 완전 개진상을 넘어선……."

탁, 소리 나게 서류를 덮은 해수는 이어지는 서연의 말을 들은 체 만 체하며 거울 앞에 서서 매무새를 점검했다.

"진상은 무슨."

해수는 창백하게 굳은 입매를 올리기 위해 애쓰다가 흐트러진 옷깃만 대충 정리하며 덧붙였다.

"이제 막 회복한 환자잖아. 아직 자기 몸 하나 가눌 힘도 없을 텐데."

딱딱하게 굳은 목소리에, 침대 아래로 내려온 서연이 커피가 남은 텀블러를 흔들며 의미심장한 미소를 지었다.

"어쭈, 자기 환자라고 편드는 것 좀 보게."

"아니, 뭐. 꼭 그런 건 아니고."

"이 기사 봤어?"

핸드폰을 두드려 무언가를 검색한 서연이 화면을 돌려 해수에게 보여주었다.

"너 들어본 적 있지? WS그룹. 거기 막내아들인데, 2일 전 새벽에 피습당했대. 대체 뭐 하는 사람인지는 모르겠지만."

환자에 대한 지나친 호기심과 사적인 영역은 그녀의 알 바 아닌 일이었다. 화면을 성의 없이 들여다보던 해수가 이내 픽 웃었다.

"난 또 뭐라고. 그렇게 궁금하면 직접 물어보든지."

핸드폰을 가방에 쑤셔 넣던 서연이 어깨를 흠칫 떨었다.

"으으, 됐어. 소문처럼 진짜 조폭이면 어떡해. 그러지 말고 나중에 네가 좀 물어봐주라."

"그럴 기회가 있을까. 회진 때 아니면 딱히 마주칠 일도 없을 텐데."

관여할 바 아니라는 듯 대수롭지 않은 대답에 서연이 장난기 가득한 미소를 지으며 해수의 어깨를 툭툭 쳤다.

"꿈 깨라. 이주혁이 주치의잖아. 심심하면 너 불러다 이것저것 시켜댈 텐데, 그게 과연 가능할까?"

당연히 가능하지는 않겠지만 크게 신경 쓸 일도 없겠지. 해수가 그렇게 생각하며 신발을 갈아 신는 사이, 어느덧 퇴근 준비를 마친 서연이 당직실 문을 열며 행운을 빈다는 듯 손을 흔들었다.

"오늘 8층 간호사들, 수 선생님 빼고 다 울었어. 자세한 건 네가 직접 체험해보시고!"

"그래, 체험 보고서 꼭 작성해서 올릴게. 조심히 들어가."

대체 얼마나 진상이길래.

뭐가 문제인지는 그리 오래 지나지 않아 알게 되었다.

달깍―.

다음 날 새벽, 조심스럽게 당직실 문이 열리는 소리가 들려왔다.

"누구……."

얇디얇은 이불을 가슴께까지 끌어 올리며 뒤척이던 해수는 반사적으로 눈을 떴다. 흐릿한 시야 사이로 문간에 드리워진 낯선 그림자가 보였다.

"윤 선생님, 주무세요?"

열린 문틈으로 쨍하게 밝은 불빛이 새어 들어왔다. 문을 여는 손길만큼이나 주의 깊은 목소리에, 해수는 헝클어진 머리를 정돈하며 부스스 몸을 일으켰다.

"아니요. 무슨 일 있나요?"

"아, 그게. 수 선생님이 찾으셔서……."

나른하던 기운이 쑥 달아났다. 기름진 메뉴를 저녁으로 먹은 탓일까. 그렇지 않아도 속이 불편하고 더부룩해 제대로 잠을 이루지 못하던 참이었다.

"바로 내려갈게요."

머리를 묶으며 침대에서 내려온 해수는 난간에 걸쳐둔 가운을 챙기며 핸드폰을 밝혔다.

의미 없이 뒤척이는 사이, 시간은 어느덧 새벽 1시를 향하고 있었다.

"어머, 해수 선생님! 쉬는데 미안해서 어떡해."

엘리베이터 문이 열리자마자 들려온 목소리였다.

간호사 스테이션 앞에 서서 누가 내리나 흘깃대던 수간호사가 해수를 향해 두 팔을 활짝 벌리며 달려왔다.

높은 콧소리가 인상적인 그녀의 환대에 해수 역시 싱긋 웃으며 대답을 했다.

"그렇지 않아도 응급실에 내려가보려던 참이었어요. 그런데 무슨 일로……."

"아, 그게 말인데……."

내내 초조한 듯 어색한 미소를 흘리던 수간호사가 잠시 뜸을 들이더니 해수의 팔을 이끌어 스테이션 안쪽 구석진 곳으로 향했다.

음, 내가 뭘 잘못했나.

언뜻 수간호사의 눈매가 가늘어지는 걸 보며 해수가 지난밤의 행적을 더듬어가려던 찰나, 은근한 목소리가 들려왔다.

"우리 해수 선생님, 주사 잘 놓지? 우리 병원에서 모르는 사람이 없잖아. 안 그래요?"

어휴, 난 또 뭐라고.

일말의 의심조차 없이 맑게 웃음을 터뜨린 해수는 커다란 눈매를 사르르 접어가며, 부끄러움도 잊은 채 자랑을 늘어놓기 시작했다.

"여쭤보시니까 대답하는 건데 혈관 잡는 건 이제 일도 아니죠. 소아외과 실습할 때 갈고닦은 실력이라고나 할까요. 제가 그때 고생했던 것만 생각하면……."

'잡았다, 요놈!'

사냥감을 포착한 듯 맹렬해진 수간호사의 눈빛을 읽었을 땐 이미 늦어도 한참 늦은 후였다.

이건 정말 예상치 못한 전개였다.

본관과 연결된 구름다리를 지나 신관에 다다른 해수는 링거 병이 가지런히 놓인 트레이를 든 채 한 뼘 정도 열려 있는 중문을 힘주어 밀었다.

"살벌하다. 살벌해."

조폭이라는 소문을 뒷받침하듯, VIP 병동의 기다란 복도를 따라 까만 정장을 한 남자들이 귀에 리시버를 낀 채 줄지어 서 있는 것이 보였다.

스테이션 안에서 울고 있던 간호사를 왜 진작 발견하지 못했던 걸까. 하긴 알고 있었다 한들 그녀에게 거부할 권리 따위는 없었겠지만.

해수는 야트막하게 한숨을 쉬며 꿋꿋이 걸음을 옮겼다. 여러 개의 눈동자가 자신을 향해 험악하게 달라붙는 것을 느꼈지만 개의치 않았다.

인생 뭐 있나. 욕하면 욕 들으면 되는 거고, 한 대 치면 맞고 드러누우면 되는 거고!

깊은 자상을 입고도 입을 꾹 다물고 있던 환자가 왜 난데없이 주사를 거부하며 간호사들을 내치는지는 모를 일이지만, 늘 그렇듯 지나친 호기심은 금물이었다.

806호

삼엄한 경계의 눈초리를 견디며 꿋꿋하게 걷던 발걸음이 철 옹성과도 같은 문 앞에서 우뚝 멈춰 섰다. 손을 들었다 다시 내리길 반복하던 해수는 숨을 크게 집어삼키며 차가운 금속 손잡이를 돌렸다.

끼익, 문틈으로 새어 나오는 어둠이 낯설었다. 바닥이 보이지 않는 나락으로 뚝 떨어질 것 같은 기분에 해수는 내딛던 걸음을 망설이다 이내 다시 마음을 다잡았다.

그래. 겁낼 거 없어, 윤해수!

서늘한 기운이 감도는 병실은 새카만 장막이 드리워진 것처럼 적막했다. 창문 너머 들이친 도시의 야경과 침대 옆 조도가 낮은 간접 조명만이 넓은 공간을 은은하게 밝히고 있었다.

후유, 심장 떨어지는 줄.

자, 일단 들어오는 데는 성공.

시작이 반이라고 했다. 링거 병을 들고 방에 들어오기까지 했으니 이미 80%는 성공한 거라 봐야 하지 않을까?

닫힌 문에 기댄 해수는 긍정적인 생각을 하며 불안하게 요동치는 숨을 골랐다. 레지던트 3년 차 동안 오늘처럼 심장 떨리는 날은 처음이었다.

네, 선생님. 저는 미친년이고, 선생님은 우주 최고 존엄한 존재이십니다.

뭔가 비밀 작전을 수행하는 요원이 된 듯한 기분에 해수가 피식, 엉뚱한 웃음을 터뜨리려던 순간…….

"거기, 뭡니까."

보통 남성보다 한 톤 낮은 목소리가 깊게 공명하는 울림을 동반한 채 귓가에 난사했다.

"우리, 어디서 본 적 있습니까?"

남자는 해수를 빤히 보며 물었다. 의아함에 미간을 좁힌 해수가 고개를 들자, 기다렸다는 듯 적나라한 시선이 어둠을 헤집듯 파고들었다.

"어, 글쎄요."

숨 막히는 정적을 깬 것은 해수였다. 숨 쉬는 법을 잊은 사람처럼 굳어 있던 해수가 간신히 입을 뗐다.

"죄송합니다만, 저는 처음 뵙는 것 같습니다."

어디서 본 적이 있냐니. 그럴 리가.

해수는 트레이를 쥔 손에 힘을 꽉 주었다. 그의 시선을 곧장 피한 탓에 얼굴을 확인하기는 어려웠지만 확신할 수 있었다. 짧게 스친 시선 하나에 그녀의 머릿속을 침범해버린 남자의 존재감이란, 잠깐 마주쳤다고 해서 잊을 만한 종류의 것이 아니었으므로.

"그래요. 처음 본다 치고."

곤혹스레 미간을 좁히는 해수를 곁눈질한 남자가 더는 관심이 없다는 듯 들고 있던 서류를 향해 시선을 두며 덧붙였다.

"내가 뭐냐고 물었는데."

"아, 주무시는 줄 알고⋯⋯."

"이름이 너무 긴 거 아닙니까."

피를 말리며 압박하듯 한숨을 쉰 남자가 풀어 헤쳐진 병원

복의 단추를 잠그며 침대에 가벼이 걸터앉았다. 남자의 입술 끝에서 노골적인 비웃음이 떠오르는 게 보였다.

"아, 이름."

응급실에서 눈이 마주쳤던 순간이 생생하게 되살아나 해수가 머뭇거리던 찰나, 테이블 위로 서류를 획 던져둔 남자가 운동선수를 연상케 하는 몸을 우뚝 일으키며 다시 입을 열었다.

"그래서 넌 뭐냐고, 세 번이나 물었습니다."

대체 왜 저런 목소리와 눈빛으로 자신을 대하는 건지 알 수가 없었다. 남자는 필시 인내와는 거리가 먼 성격임이 틀림없었다. 혹은 상대를 배려할 줄 모른다거나.

심장이 기이하리만치 빠르게 뛰는 와중에도 남자는 여전히 강렬한 시선으로 해수를 옭아매며 성큼 거리를 좁혀왔다.

유리창을 타고 들어온 청아한 달빛이 어둠을 쪼개며 남자의 왼쪽 얼굴을, 침대 옆 간이 의자를, 맞닿은 두 사람의 발치를 비추었다. 곧게 솟은 이마와 우뚝한 콧날, 베일 듯 매끈한 남자의 턱선이 어둠 속에서도 뚜렷한 윤곽을 과시했다.

"유, 윤해수입니다."

얼음물이라도 뒤집어쓴 듯 그제야 정신을 차린 해수가 바짝 올라붙은 숨을 골라내며 한 걸음 뒤로 물러설 때였다. 마치 해수의 반응을 지켜보듯 탐탁지 않은 눈빛으로 더듬어내던 지석이 낮게 가라앉은 목소리로 말했다.

"이름 한 번 듣기 이렇게 힘든 것도 처음이네요."

뺨이 홧홧하게 달아오르는 것이 느껴졌다. 해수가 신속하게 고개를 숙였다.

"죄송합니다."

벌을 받는 아이처럼 사과하는 해수를 아래위로 훑어 내린 지석이 가볍게 고개를 끄덕이며 가까워진 몸을 물렀다.

"그래서 용건이 뭡니까."

주변이 쥐 죽은 듯 조용한 탓인지 창밖에서 들려오는 바람 소리가 오늘따라 더욱 스산하게만 들려왔다.

"제가 들어온 이유는 환자분께⋯⋯."

곤혹스레 미간을 찌푸린 해수가 미처 추스르지 못한 호흡에 덜컥 걸려 있던 대답을 겨우 내뱉은 순간이었다.

"주사를⋯⋯."

갑작스레 들이닥친 오한과 긴장감 탓이었을까.

"우욱!"

순간 토기가 일었다. 시큼한 침을 삼킨 해수의 눈동자가 커다랗게 부풀었다. 살다 보면 뜻하지 않게 낭패 어린 순간과 맞닥뜨릴 때가 있다. 그게 왜 하필 지금인지는 모를 일이지만.

"우욱! 죄송⋯⋯ 우욱⋯⋯ 합니다!"

환자 앞에서 토악질하는 수치를 보일 순 없었지만, 뒷일을 생각할 정신 따위는 없었다. 해수는 두 손으로 입을 틀어막고 눈앞에 보이는 화장실로 냅다 뛰쳐 들어갔다.

이대로 하늘로 솟아버렸으면, 아니면 땅 밑으로 확 꺼져버리든가. VIP 병실에, 그것도 진료에 비협조적인 환자의 화장실에서 지금 이게 뭐 하는 짓인지. 어쩜 재수가 없어도 이렇게까지 없을 수 있을까.

소용돌이를 그리며 내려가는 물의 흐름을 바라보던 해수가 망연자실한 채 숨을 혹 몰아쉬었다.

뭐, 이왕 벌어진 일 어쩔 수 없지.

고민이 길지 않은 성격은 특히 자신이 불리한 상황에 놓였을 때 빛을 발하는 법이다. 뭐라 변명을 한들 환자의 관용, 포용, 아량 따위에 기대해보는 수밖에 없었다. 물론 밖에 있는 저 환자와는 아득히도 거리가 멀어 보이는 단어들이었지만.

쿵!

등 뒤에서 화장실 문이 필요 이상으로 세게 닫혔다.

헉, 하고 놀란 숨을 들이켠 해수는 일단 심호흡부터 한 뒤, 환자의 곁으로 천천히 다가갔다. 걱정했던 시간이 아깝게 느껴질 만큼, 정작 그는 아무런 말도 없이 침대맡에 기대 누운 채 눈을 감고 있었다.

"죄송합니다. 제가 속이 조금 안 좋아서 본의 아니게 실수를⋯⋯."

해수의 말끝이 흐려지자 시선을 느낀 남자가 느릿하게 눈을 떴다. 비로소 제대로 마주친 시선 끝이 흔들렸다.

"실수를⋯⋯ 했습니다. 넓은 아량으로 용서해주신다면 감사하겠습니다."

심장에 좋지 않은 얼굴이란 말을 들어본 적이 있는가. '개진상'이라는 고상하지 못한 평가는 머릿속에서 싹 소거된 채, 순간 해수는 간호사들이 울면서 나갔던 이유를 이해하지 못해 어리둥절했다. 위협적으로 잘생긴 얼굴이라 가히 남녀불문하고 혼란스럽게 만들 만한 생김새이긴 했지만.

해수는 비스듬하게 내리뜬 시선으로 남자의 차트를 천천히 훑어보았다.

이름 채지석. 나이 만 32세. 음…… 생일이 지나지 않았으니 한국 나이로 34세. 혈액형 O형, 신장 192cm.

고요히 시선을 들어 올린 해수가 매혹적인 빛을 발하는 지석의 얼굴을 마치 홀린 듯 바라보았다. 눈을 감고 누워 있던 남자에게선 압도적인 위압감마저 느껴졌다.

이성적인 느낌은 아니었다. 현실감이라곤 없는 남자의 외모는 텔레비전에 나오는 배우들처럼 숨 막히게 매력적이었고, 해수는 본능이 가는 대로 눈을 떼지 못했을 뿐.

그런 이유로 해수는 눈앞의 남자를 마치 전시된 조각상 보듯 멀뚱히 바라보았다.

"주사 놓기 전에, 미리 경고해두겠습니다."

필요 이상의 관심이라는 자각이 들던 찰나, 성가심이 가득 밴 표정으로 그가 입매를 비틀었다.

"……내가 하는 말, 제대로 듣고 있습니까?"

"……네?"

"여기는 간호사나 의사나 죄다 얼이 빠졌네. 혹시 내 수술도 그쪽이 했습니까?"

한쪽 눈썹을 비뚜름하게 올린 채 응시하는 눈빛이 매서웠다. 턱 근육이 살짝 비틀리는 것을 보니 기분이 많이 상한 듯 보였다. 정신을 퍼뜩 차린 해수는 그제야 눈앞에 맞닥뜨린 상황이 조금 더 심각한 종류의 것이라는 걸 인지해내며 허리를 꼿꼿이 세웠다.

"제가 집도한 건 아니지만 어시스트로 참여했습니다. 혹시 문제라도 있나요?"

"그런 정신머리로 수술이나 제대로 했을지 모르겠습니다. 몸 안에 메스라도 들어 있는 건 아닌지 확인해봐야겠는데."

쌍꺼풀 없이 길게 뻗은 눈매가 가늠하듯 가늘게 뜬 눈으로 해수를 응시했다. 마주치는 시선 사이로 언뜻 짓궂은 장난기가 스쳤다. 한쪽 입꼬리를 들어 올려 짓는 비웃는 듯한 표정에, 순간 기분이 상한 해수는 명치끝에서 치솟는 자존심을 울컥 토해냈다.

"믿기 어렵다면 그렇게 하셔야죠. 지금 확인시켜드리면 되겠습니까?"

픽, 웃음소리가 스쳤다. 미간을 옅게 좁힌 지석이 꽤 재미있다는 듯한 미소를 그려내며 해수의 가슴께에 자수 놓인 이름을 일별했다.

"윤해수 씨. 겪어봐서 알겠지만, 나는 실수에 꽤 관대한 사람입니다."

조금 전, 화장실에서의 실수를 되짚는 듯한 언사에 마치 그의 앞에서 발가벗겨진 듯 부끄러워졌다. 목덜미부터 타고 오르던 열기가 삽시간에 귓불 아래로 번졌다. 입술을 감쳐문 해수가 천천히 고개를 끄덕이며 대답했다.

"네. 알고 있습니다. 그 일은 다시 한번 사과드리겠습니다."

"……그 일?"

사과할 일이 단지 그것뿐이냐 되묻는 듯한 투에 해수는 당황한 듯 얼굴을 붉혔다.

지석은 눈을 동그랗게 뜬 해수의 얼굴을 재미있는 흥밋거리라도 되는 양 바라보며 가까이 오라는 듯 손짓했다.

"아무래도 우리 윤해수 선생님께서 내가 한 말을 귀담아듣지 않으신 것 같으니, 다시 한번 제대로 말씀드리겠습니다."

실수에 관대하다는 말에는 동의하는 바였으나 경계가 심했다. 그는 제 몸에 상처를 낸 날붙이보다 주사가 더 위험한 도구인 양 굴고 있었다. 해수는 자신이 이 환자에게 온 이유를 거듭 상기하며, 지석의 말에 귀를 기울였다.

"이번에는 알아듣길 바랍니다. 의사씩이나 된 것 보면 공부는 곧잘 한 것 같은데."

칭찬하는 듯한 목소리는 언뜻 다정하게 들려왔으나, 그가 덧붙인 뒷말은 황당하고 무례하기 짝이 없었다.

"한 번에 놓지 못하면 기회는 없습니다."

뭐, 기회?

해수는 얼빠진 듯 멍해진 표정 그대로 어깨만 으쓱했다. 그럼 그렇지. 간호사들이 펑펑 울며 나간 이유를 이제야 알 것 같았다. 어두컴컴한 병실, 낮고 건조한 남자의 음성, 피를 말리듯 노려보는 냉랭한 눈빛. 3박자가 완벽했다. 이토록 숨 막히는 상황에서 긴장하지 않는다는 건 보통 배짱으로는 어림도 없는 일이지.

"실수에는 관대하다는 분이 왜 주사에는 그렇게 모질게 구시는 걸까요. 얘가 무슨 잘못을 했다고."

그 어려운 걸 해수는 반드시 해낼 생각이었다. 이제는 의사로서의 면모를 확실히 어필하고 환자를 납득시켜야 할 때다. 그런 이유로 해수도 진지하게 대답해주었다.

"수술 후는 염증과 흉터와의 싸움입니다. 게다가 환자분 염증 수치가 안정적인 편은 아니라 항생제를 투여받으셔야 합니다. 그렇지 않으면 고열이 발생할 수 있고, 고열은 또 합병증의 원인이……."

창턱에 팔을 걸친 채 손등에 얼굴을 괸 지석이 손을 들어 해수의 말을 저지했다.

"참고로 저는 같은 말 두 번 하는 거 싫어합니다."

처음부터 그녀의 말은 하나도 귀담아듣지 않았다는 듯한 태도에 해수의 얼굴이 대번 굳었다.

"혹시, 주사를 왜 그렇게 싫어하시는 건지 여쭤봐도 되나요? 고작 주사 하나로 이러시는 이유가 단순히 의료진을 괴롭히기 위함인지, 아니면……."

물어보는 건 자유였지만 당연히 대답은 돌아오지 않았다. 딱히 대답을 바라고 한 말도 아니었다. 남자가 진료를 거부하는 이유가 의료진을 괴롭히기 위함이란 가정을 이미 깔아둔 해수에게는 반드시 이 주사를 놓아야만 하는 명백한 이유만이 존재할 뿐이다.

남자가 입매를 묘하게 비틀었다.

"나에 대한 사적인 호기심으로 받아들이면 됩니까."

"아니요. 그건 아니고요."

분명 웃는 것 같은 얼굴인데도 남자는 사람을 묘하게 긴장시키는 재주가 있었다. 해수는 어색하게 따라 웃으면서도 침착하게 선을 그었다.

"죄송하지만, 저도 두 번 말하는 건 별로 안 좋아해서요. 그리고 너무 길어서 똑같이 다시 말씀드리기도 힘들어요."

"죄송할 것도 참 많습니다."

그녀는 한쪽 눈썹을 매섭게 치뜨며 낮게 읊조리는 남자의 사나운 시선에도 아랑곳하지 않고, 할 말을 골랐다.

"다른 것도 아니고, 본인 몸을 위한 일입니다. 건장한 성인이 의사와 나눌 만한 대화는 더더욱 아니고요. 여러모로 부끄러운 일이라는 생각, 혹시 들지 않나요? 요즘엔 아기들도 안 이러는데."

"말 잘하네요. 아까는 입 꾹 다물고 있더니."

고저 없는 목소리가 불쾌감을 숨기지 않고 드러냈다. 한심하다는 듯한 말투에 발끈한 그녀가 눈을 치켜떴다.

"마음대로 하세요. 한 대 맞고 드러눕는 것도 나쁘진 않을 것 같긴 하네요."

"누굴 양아치 새끼로 보나."

남자의 입술이 비스듬히 벌어졌다. 불친절한 음성에도 주눅 들지 않고 폴대에 링거 병을 매단 해수가 알코올 솜을 꺼내며 지석의 팔을 꽉 붙들었다.

"그럴 리가요. 저 그렇게 편견으로 세상을 바라보는 사람 아니에요."

"말이 앞뒤가 안 맞네. 그럼 한 대 맞을 것 같다는 건 편견이 아니라 사실에 근거한 겁니까?"

사납고 성마른 지석의 눈빛과 고집으로 똘똘 뭉친 해수의 눈빛이 텅 빈 공중에서 복잡하게 뒤엉켰다. 불편한 정적에, 숨 쉬기마저 불편해지는 듯했다. 하지만 여기서 물러설 순 없었다. 해수는 수직으로 내리꽂히는 그의 시선을 꿋꿋하게 견뎌내며 환자복 소매를 거칠게 걷어 올렸다.

탁―.

뿌리칠 거라는 건 당연히 예상했던 바다. 뿌리침에 대비하여 젖 먹던 힘까지 주고 있었던 건 그도 몰랐을 테지만.

조금도 물러서지 않는 해수의 태도에, 대리석처럼 견고하던 그의 평정심에도 균열이 생기기 시작했다.

"지금 뭐 하자는 거지. 안 놔?"

인정하기 싫지만 오만하게 내리깔리는 저 말투조차도 숨 막히게 고혹적이다.

정신 차리자, 개진상은 개진상일 뿐!

딱딱하고 차가운 음성에 해수는 순간 현실을 자각하며 남자의 팔을 꾹 눌러 옭아맸다.

"네. 절대 놓고 싶지 않아요. 저는 이 팔에 꼭 주사를 놔드리고 싶어서요."

생글생글 웃는 해수의 얼굴을 간결하게 눈으로 훑던 그가 불현듯 입매를 비틀었다.

"혹시, 미친 겁니까."

"그렇다고 쳐요. 이 미친년이 주사 하나는 기가 막히게 잘 놓거든요. 기회 주신다면서요. 한번 믿고 맡겨보세요."

선거를 앞둔 정치인처럼 비장한 표정으로 대답한 해수가 알코올 솜을 손에 든 채, 남자의 팔을 슥슥 닦아내기 시작했다.

실소한 지석이 턱 아래를 느릿한 손짓으로 쓸어내렸다. 이윽고 간접 조명이 드리워진 얼굴을 옆으로 살짝 기울인 남자가 나른한 목소리로 읊조렸다.

"쥐도 새도 모르게 사라지고 싶습니까?"

"그것도 뭐, 썩 나쁠 거 같진 않네요. 혹시 많이 죽여보셨을까요? 그럼 안 아프게 죽이는 법도 아시려나."

해수는 저도 모르게 마음속으로만 해야 할 말을 입 밖으로 내뱉고 말았다.

외과 특성상, 환자들과 본의 아니게 기 싸움을 해야 하는 경우도 왕왕 있었다. 하지만 해수는 굳이 따지고 들자면, 기 싸움보다는 평화와 타협을 추구하는 쪽이었다. 그러니 더욱더 이상한 일이었다.

평소처럼 굽히고 들어가면 될 일인데, 오늘은 생각과 달리 비뚤어진 대답이 나오는 것 같아 당황스러웠다.

잠시 생각을 정리하듯 숨을 크게 들이마신 해수가 사과하기 위해 입술을 달싹이던 때였다.

"하나도 변한 게 없네."

낮고 서늘한 목소리를 타고 미묘한 대답이 흘렀다. 아까와는 달리 소름 끼치도록 상냥하고 온순한 표정이 낯설었다.

모순이 사람으로 태어난다면 저런 모습일까? 아니 그보다, 변한 게 없다는 건 무슨 뜻이지? 마치 날 아는 사람처럼.

황당한 기색을 지우지 못한 해수가 무슨 말을 해야 할지 몰라 명석하게 머리를 굴리던 찰나였다.

"대표님, 문제 있으십니까?"

문밖에서 대기하던 경호원들이 문을 벌컥 열어젖히며 험악한 분위기를 조성했다. 시간이 꽤 지체되었음에도 아무런 기척이 없자, 이를 부정적 의미로 파악하고 해수를 억지로 끌고 나가기 위한 위협적인 몸짓이었다.

"……아, 진짜 가지가지."

해수는 손에 쥔 알코올 솜을 픽, 내팽개치며 혼잣말로 중얼거렸다. 너무도 익숙한 상황이었다. 처음 겪는 일도 아닐 뿐더러, 적어도 흉기를 들고 온 건 아니니 겁먹을 필요도 없다. 깨진 소주병을 들고 응급실에서 난동 부리는 조폭을 앞에 두고도, 태연하게 샌드위치를 씹어 삼키던 그녀가 아니었던가. 이걸 들이받아야 하나 말아야 하나 잠시 망설이는 사이, 그가 오른손을 치켜들며 경호원들의 모든 행동을 저지했다.

"별일 없으니까 나가."

당연히 별일 있을 리 없었다. 해수가 메스라도 들고 덤비지 않는 이상, 아니 총을 들고 협박한다 해도 이건 강자와 약자가 너무도 명확한 대치 상태였다.

소란이 지나간 후, 침대 헤드에 반쯤 기대 누웠던 지석이 별안간 상체를 들더니 느릿느릿 고개를 비틀어 해수의 얼굴을 들여다보았다.

"겁도 없는 것 같고."

은밀한 숨결이 뒤섞일 만큼 서슴없이 좁혀진 거리. 남자가 내리뜬 눈으로 해수의 입술을 응시했다. 자연스레 해수의 시선이 남자의 입술로 향했고, 의도가 분명한 눈 역시 천천히 떨어지는 그녀의 시선을 물끄러미 살폈다.

스치듯 묘한 분위기는 찰나였다. 바람이 훅 불어 순간 덜컹거리는 창문 소리가 거셌다.

미묘한 기류에 불편해진 해수가 슬그머니 시선을 거둬들이며 허리를 꼿꼿이 세웠다.

"겁 많으면 외과에서 일 못 해요."

서늘한 눈매 아래 속을 알기 어려울 만큼 새카만 눈동자가 해수의 무심한 얼굴을 탐색하듯 파고들었다. 완고한 태도에 위협적으로 다물렸던 지석의 입매가 거침없이 휘어졌다.

뭐랄까, 조금도 동요하는 기색 없이 하고 싶은 말을 내뱉는 게 신기하고 마음에 들었다. 적당히 친절해 보이면서도, 착하지 않은 것 같은 이중적인 모습이. 어디 그것뿐인가. 가느다란 몸 위에 걸쳐진 백색 가운은 그녀의 고아한 외모에서 풍기는 분위기를 감추기는커녕 더욱 돋보이게 했다. 피곤한 듯 고개를 길게 젖히는 여자의 희고 가느다란 목덜미 역시 마찬가지였다.

몸을 뒤로 물린 그의 입가에 흥미로운 미소가 스쳤다. 지석은 뭔가 신나 보이기까지 하는 짓궂은 얼굴로 왼쪽 볼 안쪽을 느리게 굴렸다.

"솔직히 말하면, 나는 실수에 관대한 사람이 아닙니다."

"네, 알고 있습니다."

"한 번에 못 놓고 헛짓거리하면 후회하게 해줄 생각인데. 혹시 그것도 알고 있습니까."

"네, 기회를 주셔서 감사합니다."

뭘까, 이 미묘한 위화감은.

지석이 눈을 가늘게 뜨며 살짝 턱을 감싼 손가락으로 제 입가를 톡톡 건드렸다. 곁에 앉은 여자가 미묘하게 제 말투를 흉내 내고 있다는 것과 그의 시선으로 본 여자는 조금도 이 상황을 두려워하지 않는다는 것. 여자의 행동이 마치 손톱 옆 거스러미처럼 지석의 신경을 긁었다.

"그래요."

그는 코웃음 한 번으로 정의 내리기 힘든 낯선 기분을 잘라 내고는 침대에 기대 누웠다.

"후우."

반면, 해수는 침착한 척 애쓰느라 죽을 맛이면서도 그에 대한 관찰을 소홀히 하지 않았다. 일반외과 레지던트로 근무하는 동안 나름대로 많은 사람을 겪어왔다 자부했건만, 밑도 끝도 없는 이런 종류의 인간은 또 처음이었다. 어떤 무형의 힘이 그녀의 내면을 들쑤시며 신경을 건드리는 기분이랄까.

왜 웃지? 무섭게.

해수는 섬뜩하게 입꼬리를 늘이는 남자의 시선을 외면하며 트레이를 드르륵, 끌었다.

소아외과에서 실습하던 당시 눈물 콧물 줄줄 흘리며 배웠던 실력이었다. 실습을 마칠 때 즈음엔 어떤 아이가 와도 자신 있게 바늘을 꽂을 수 있을 정도였다. 하물며 건장한 성인 남자라니, 실수할 리가 없지. 하지만 뜻대로 되지 않는 인생사, 변수는 늘 존재하기 마련이다.

만약 실수라도 한다면 관대하지 못한 저 남자가 내게 무슨 짓을 할까?

이런저런 생각으로 복잡해진 해수가 입술을 꾹 물었다 떼며 말했다.

"소매 올리겠습니다."

"일일이 보고하지 않아도 됩니다."

"네."

허, 그가 어이없다는 듯 실소했다.

해수는 장대한 기골만큼이나 탄탄한 남자의 팔뚝을 뚫어 버릴 기세로 노려보며, 온 신경을 눈으로 집중시켰다. 쓸 만한 혈관이 많은 것과는 별개로 주삿바늘이 팅겨 나올 듯 촘촘한 근육이 문제였다.

오늘 날씨가 좀 더웠던가. 이마에 땀이 배나 싶더니, 귀 끝에 몰린 열기가 목덜미까지 번졌다. 해수가 발갛게 상기된 얼굴로 흘러내린 잔머리를 쓸어 넘기자 섬세하고 가느다란 손끝을 좇던 시선이 해수의 얼굴에 닿았다가 거두어졌다.

"더워요? 아직 그렇게까지 더운 날씨는 아닌데."

"아, 집중이요. 집중하다 보니……."

"그냥 덥냐고 물어본 건데, 왜 이렇게 흥분한 사람 같지?"

속을 꿰뚫어 본 것처럼 무례한 질문에 이어 황당하게 느껴질 만큼 노골적인 말이 담백한 투로 덧붙었다.

"내 몸이 꽤 마음에 드는 모양입니다."

"네?"

"본인도 모르게 자꾸 손이 가는 걸 보면."

이 남자가 뭐라는 거야?

한쪽 입매를 올린 남자의 눈길이 닿은 곳은 마치 성난 것처럼 쩍쩍 갈라진 팔근육들을 달래기라도 하듯 쓰다듬던 해수의 손끝이었다. 뜨악한 얼굴로 남자를 올려다본 해수가 짧은 심호흡 후 대답했다.

"아니, 그게 아니라, 이건 원래 이렇게……."

"원래 이렇게?"

되묻는 목소리 역시 짓궂은 흥미가 가득 배어 있었다. 묘하게 놀리는 듯한 투에 해수가 낮게 한숨을 쉬며 대꾸했다.

"이렇게 팔을 쓸어줘야 혈관이 확장돼서, 통증이 좀 덜하거든요."

살다 살다 별걸 다 변명하고 있다. 속설에 불과한 유사 과학을 진실이라고 우기는 사람이 된 기분이었지만, 고작 말 한마디로 제게 씌워진 누명이 벗겨진다면 얼마든지 말해줄 수 있었다.

"이제 진짜 바늘 들어가요. 조금만 참으세요. 따끔합니다."

숨을 차분하게 골라낸 해수는 자세가 흐트러지지 않게 유지하며, 고른 힘으로 천천히 바늘을 밀어 넣었다. 혹시 실수라도 하진 않을까. 심장이 두근거리고, 가슴이 조마조마했다. 바늘이 정맥을 통과하는 순간, 근사했던 남자의 미간이 짧게 일그러졌다. 다행히도 표정 외에 다른 움직임은 없었다. 날 선 태도와는 달리 아주 모범적인 자세랄까.

"됐다."

경쟁이 치열한 티켓팅에 성공한 듯 실로 오랜만에 맛보는 성취감과 아무도 못 한 걸 해냈다는 뿌듯함에 전율마저 일었다. 해수가 링거액의 주입 속도를 조절하며 말했다.

"혹시 붓거나 아프면 바로 말씀하시고, 마음대로 조절하시면 안 돼요."

벅차오르는 기쁨을 능숙하게 숨겨낸 그녀가 마치 실패는 계획에 없었단 듯 간결하게 덧붙였다.

"드라마처럼 바늘 막 뽑아버리시면 혈관에 상처 나니까 그것도 조심하셔야 하고요. 그리고……."

고양감에 휩싸인 나머지 너무 떠들어댄 모양이다. 남자가 낮게 읊조린 말이 뒷부분만 뚝, 썰려서 해수의 귓바퀴에 매달렸다.

"……오십시오."

"오라고요? ……어딜요?"

해수가 고개를 기울이며 되물었다. 두 번 말하는 걸 좋아하지 않는 그가 얼굴을 서늘하게 굳히며 단호한 투로 말한다. 마치 너에게 선택할 권리는 없다는 듯이.

"앞으로 윤해수 선생님께서 제 치료를 도맡아줬으면 한다는 말입니다. 그럴 게 아니라, 아예 주치의를 바꾸도록 하죠."

이게 무슨 말도 안 되는 소리인가.

회진 때가 아니면 그를 마주칠 일이 없을 거라 단언하던 기쁨도 잠시, 일상의 평화를 단번에 뒤흔드는 저 발언은 몹시도 위험했다.

웃어야 할지 울어야 할지 감이 잡히지 않았던 해수는 우선 딱딱하게 굳은 입꼬리를 올려 가식적인 미소를 유지했다.

"죄송합니다만, 그건 제가 결정할 문제가 아닌 것 같습니다."

"지금 의사가 환자 가리는 겁니까?"

남자의 목울대 안쪽에서 못에 긁힌 듯 거친 음성이 흘렀다. 고압적인 것은 아니었지만 그렇다고 다정한 것도 아니라 곧게 편 어깨가 동요하듯 푹 꺼졌다.

"아니요, 그런 게 아니라……."

"진료 거부 뭐 그런 건가?"

책망하는 듯한 투로 말한 그가 해수의 얼굴을 살피듯 고개를 기울였다. 또다시 얼굴이 가까워져 느릿하게 숨을 삼킨 사이, 남자의 머리카락이 해수의 뺨을 부드럽게 스쳤다.

34

"그쪽이 결정할 문제가 아니라면, 내가 하면 되겠네요. 나는 그쪽이 매일 보고 싶어질 것 같아서."

입 안이 바짝 말랐지만, 마른침조차 삼키기 어려웠다. 게다가 VIP 병실의 주치의는 저와 같은 전공의가 넘볼 수 있는 영역이 아니었다. 아랫입술을 질끈 깨문 해수가 비장하기까지 한 얼굴로 고개를 저었다.

"이건 환자분께서 결정하실 문제도 아닙니다."

어서 빨리 이 시간이 지나가기를 바라며 해수가 대답했다.

곧 죽어도 그의 뜻대로 움직이고 싶지 않았다. 이건 감정 소모가 너무나도 큰 일이었다.

"과연 그럴까요?"

남자는 무심결에 정곡을 찔렀다.

해수 역시 알고 있다. VIP가 무작정 밀어붙인다면 마냥 거절할 수도 없는 자신의 처지를.

"제가 아직 죽고 싶은 건 아닌데요. 하라는 대로 하는 건, 죽기보다 더 싫거든요. 담당 의사분과 상의하세요. 그럼 전 이만 가보겠습니다!"

깊은 고민은 의미 없는 감정의 노동일 뿐. 운명의 선택에 맡기기로 한 해수는 얼른 자리를 정리하고 일어나 꾸벅 인사하며 도망치다시피 병실을 나섰다.

"하아."

쿵!

소리 내어 닫은 문에 기댄 그녀는 한참을 가만히 서서 여기저기 뛰어다니는 심장을 진정시켜야 했다. 호랑이 굴에 들어가도 정신만 차리면 산다고 했던가? 호랑이 뱃속까지 들여다보고 나온 이 기분은 어떻게 설명을 해야 할까.

"나보고 이 짓을 매일 하라고?"

귀에서 맥박 뛰는 소리가 크게 울렸다. 해수는 남자의 손이 닿았던 몸을 털어내며 빠른 속도로 병실 앞을 벗어났다.

다시는 이런 식으로 그와 마주치지 않길 진심으로 바라며.

"미친놈."

주렁주렁 매달린 링거 줄을 바라보던 지석의 입술 사이에서 헛헛한 웃음이 쉴 새 없이 터져 나왔다. 모든 일은 순식간에 벌어졌다. 평생을 괴롭혀온 트라우마가 구렁이 담 넘어가듯 아무렇지도 않게 해결될 줄은 그 역시 예상하지 못한 일이었다. 마치 무언가에 홀리기라도 한 것처럼.

"도대체 뭐지."

이걸 우연이라고 봐야 하나. 뚝, 뚝, 떨어지는 링거액을 멍하니 바라보던 지석은 어린 시절 자신을 매몰차게 밀어내던 꼬마의 눈물을 떠올렸다.

"윤해수는 여전히 귀엽네. 같잖고."

지친 한숨을 토해내며 침대 헤드에 등을 기댄 지석이, 복잡하게 뒤엉킨 마음으로 창백하리만큼 하얀 여자의 얼굴을 덧그리던 때였다. 달칵, 병실의 문이 열렸다.

"괜찮으십니까? 그렇게 다들 모질게 내치시더니, 왜."

12년 전부터 그의 곁을 그림자처럼 지켜오던 비서실장 김윤재의 걱정 어린 목소리가 날아들었다.

지석이 고개를 까닥였다.

"주치의 바꿔. 내 몸에 손대는 건 죄다 저 의사가 하게 해."

의외의 대답이 돌아오자, 눈썹을 비뚜름하게 들어 올린 윤재가 무언가 생각에 잠긴 듯한 지석의 옆얼굴을 가만히 바라보았다.

"이유를 여쭤봐도 되겠습니까."

지석은 그저 고개만 끄덕거릴 뿐, 아무런 대답 없이 창밖을 내다보며 달빛을 향해 손을 뻗었다. 마치 닿을 수 없는 무언가를 간절히 원하듯, 지석의 눈동자가 어둡게 가라앉았다.

비단 며칠 전 일어난 사고 때문만은 아님을 직시한 윤재가 방금 나간 의사에 대해 언급하려다 말고, 보고하려던 말을 다급히 꺼냈다.

"주변 CCTV는 물론, 차량 블랙박스까지 죄다 망가진 상태였습니다. 수사가 진행 중이라, 따로 알아본 바에 의하면 조선족 청부업자입니다."

채지석, WS Investment의 대표인 그는 양아버지인 WS그룹 채두식 회장과 포장마차에서 새벽까지 술을 마시던 중 괴한에게 피습을 당했다.

"청부업자? 지나치게 어설픈 솜씨였어. 애초에 날 죽일 목적이었다면 그런 시시한 놈을 보내진 않았겠지."

"경고일까요?"

아무것도 확신할 수 없는 지금, 윤재가 할 수 있는 최선의 질문이었다. 이에 지석은 대답을 고심하는 듯 신중한 얼굴로 창밖을 잠시 응시했다. 언뜻 스치는 그의 눈빛은 오랫동안 그를 보필해온 윤재로서는 몹시도 당황스러운 종류의 것이었다. 대화에 집중하고 있는 듯하면서, 다른 생각에 빠진 듯한 열기 어린 충동적 눈빛. 의구심에 빠진 윤재가 잔뜩 긴장한 얼굴로 그의 대답을 기다리던 순간이었다.

"원하는 걸 가지려면 어떻게 해야 하지? 신사적인 방법으로."

"혹시, 아까 나간 의사분 말씀하시는 겁니까?"

둔중한 적막이 흐르는 병실, 고개를 비스듬히 기울인 지석의 얼굴 위로 드리워진 미소가 짙어졌다. 이유 모를 생기를 빛내던 지석의 눈동자는, 12년이나 그를 보아온 윤재도 감히 처음 보는 것이라 자신할 수 있는 눈빛이었다. 뭐라 말을 덧붙이려던 찰나, 지석이 턱을 치켜들고 한숨을 내쉬며 표정을 싸늘하게 굳혔다.

"헛소리 하루 이틀 해? 뭘 또 진지하게 받아들여. 하던 이야기나 마저 하지. 증거가 없으니 수사 진행이 어렵다? 누가 의도적으로 막은 건 아니고?"

특이하게 방향을 트는 지석의 템포에 맞추는 것은 윤재가 가장 잘하는 일이었다. 굳이 이해하려들지 않고 따라가면 되는 것이기에.

"대표님. 혹시 의심 가는 부분이라도."

"글쎄…… 증거 없는 의심은 사람의 감정을 좀먹고 자라지. 확실하지도 않은 일을 혼자 단정 지으며 스스로 피폐하게 만드는."

잔인한 짓도 서슴지 않으며 명예를 좇아 높은 곳으로 향하려는 양아버지 채두식. 그로 인해 뜻하지 않은 업보를 무겁게 짊어지고 사는 지석의 얼굴 위로, 언뜻 쓸쓸함이 스치고 지나갔다.

17살, 채두식에게 입양된 이후 그는 성장보다 생존을 먼저 배워야 했다. 채두식에게 제 존재의 당위성을 인정받기 위해 그는 실수 없이 자신의 회사를 키워내야 했고, 따라서 자비는 물론 남을 향한 이해나 공감조차도 그에겐 쓸데없는 감정일 뿐이었다.

지석은 늘 제 주위에 도사리고 있는 죽음을 간과할 수 없었다. 그것은 입양되던 그 순간부터 자신을 괴롭히던 필연적 관계였다. 일련의 상황은 그를 예민하게 만들었고, 그의 영민함은 곧 무감각한 눈빛으로 포장되어 타고나길 폭이 좁은 감정들마저 쉽게 드러내지 않게 되었다.

사고 당일은 채두식이 추진하던 관광단지 개발 사업 실시 계획이 드디어 승인된, 기념비적인 날이었다. 한껏 기분이 고조된 채두식은 일 처리에 큰 도움을 준 지석을 불러냈다. 홀로 서기에 성공한 투자가로 이름을 떨친 아들이 오늘처럼 자랑스러울 때가 없었다.

"지석아, 저기서 한잔 더 하고 가자. 애들 다 물리고 너랑 둘이서만 이야기하고 싶구나."

"회장님, 오늘은 이만 들어가시는 게 좋을 것 같습니다."

흉포하고 잔인한 채두식의 기쁨 뒤에는 늘 피눈물을 흘리는 적이 생기기 마련. 더군다나 오늘 같은 날 경호원들마저 다 물리고 술을 마시자니, 지석은 썩 내키지 않아 채두식을 설득했다. 하지만 채두식의 뜻은 완고했다.

"옛날 생각이 나서 그런다. 대가리에 피도 안 마른 너를 데려다가, 일 끝나면 포장마차에서 한 잔씩 하던 거 기억 안 나는 게냐."

"기억 안 날 리가 있겠습니까. 하지만 지금은……."

"지석아."

다정하게 아들의 이름을 부르는 채두식의 눈이 엄중하게 빛났다. 60살이 훌쩍 넘은 나이임에도 그는 여전히 분위기를 짓누르는 위압적인 기세를 떨치고 있었다. 지석은 마지못해 고개를 숙였다.

"네, 알겠습니다. 회장님."

보육원에서 자란 지석을 17살이라는 늦은 나이에 양자로 들인 것이 바로 채두식이었다. 그렇다고 그에게 자식이 없던 것도 아니었다. 그룹의 모회사인 WS건설의 대표로, 복잡한 여자 문제로 늘 골머리 앓는 첫째 아들 채홍석과 WS물산의 대표로, 도박에 미쳐 있는 둘째 아들 채민석. 아들이 이미 둘이

나 있었음에도, 그는 필요에 의해 지석을 제 가족으로 들였다. 크고 작은 문제로 사생활조차 제대로 관리하지 못하는 아들들과 달리, 지석은 비교적 모든 면에서 깔끔했다.

그뿐인가. 이용 가치 면에서도 그는 최고의 효율을 내는 '물건'이었다. 정치인과의 공생 관계를 유지하며 제 입지를 다져가던 채두식이 암흑세계의 검은돈으로 일군 회사라는 이름 앞에 내세워, 건실한 이미지를 쌓아가기엔 더할 나위 없이 완벽한 아들.

"지석아, 사업 정리하고 건설을 네가 맡는 게 어떨까 싶구나. 하나를 보면 열을 안다고. 홍석이 그 새끼는 이미 글러 처먹었어."

금쪽같은 내 새끼, 눈에 넣어도 아프지 않을 내 새끼.

피 한 방울 섞이지 않았지만 두 사람 사이엔 피보다 진한 끈끈함이 있었다.

"아닙니다, 회장님."

채두식이 메마른 시선으로 가늠하듯 눈을 가늘게 뜨며 지석을 힐긋 보았다.

"뭐가 아닌 게냐. 이제 슬슬 욕심낼 때 되지 않았나?"

"그럴 리가 있겠습니까. 지금 이 자리도 제겐 과분합니다. 더 올라갈 생각 없습니다."

모를 리가 있겠는가. 사냥개로 키워진 제 분수를 누구보다 잘 이해하고 있는 지석이었다. 손대선 안 될 것에 욕심내는 순간, 모든 게 무너져 내릴 것을 기민하게 파악한 그는 은근히

떠보는 채두식의 질문에 늘 똑같은 대답을 내놓아야만 했다.

"기특한 새끼. 사내새끼가 야망이 없어. 하긴, 내가 그래서 널 좋아하는 게다."

시간은 유수처럼 흘렀다. 딱 한 잔만 더 하자던 술자리는 예상보다 길어졌고, 소주병이 늘어갈수록 경계심도 점차 해이해졌다.

"회장님, 피하십시오!"

눈 깜짝할 순간이었다. 검은 모자에 검은 마스크, 온통 검정 일색인 사내를 보며 수상하다 생각하던 찰나, 목이 먼저 뜨끔해졌다. 곧이어 배와 옆구리를 파고드는, 서늘하면서도 뜨거운 느낌에 정신이 아득해졌다. 지석은 희미해지는 정신을 꽉 붙든 채 옆구리로 어설프게 들어온 칼을 빼앗아, 남자의 허벅지를 사정없이 찔렀다.

"으악!"

누군가의 사주를 받았다기엔 지나치게 어설픈 솜씨였다.

"대표님!"

은밀하게 남겨둔 비서, 김윤재가 달려와 괴한을 제압하는 걸 보며 지석은 힘없이 바닥으로 고꾸라졌다. 툭, 얼굴에 축축하고 거친 시멘트 바닥의 촉감이 느껴지던 순간, 살아온 날들이 파노라마처럼 지나갔다. 지석은 이 악물고 스치는 잔상들을 외면했다. 그리고 악착같이 붙든 생명은 고맙게도 다시 한번 제게 실낱같은 숨을 불어넣어주었다.

Chapter 2

애인, 없습니까

연구실로 올라와.

이주혁의 메시지를 확인한 해수가 입술을 삐죽 내밀며 흐르는 물에 손을 벅벅 씻었다. 수술실 어시스트로 들어갔다 나오자마자 받은 메시지였다. 이놈의 병원은 사람을 밤낮으로 갈아댄다. 해수는 고꾸라지려는 고개에 힘을 주었다.

"또 뭘 시키려고 부르는 건지."

피로에 전 몸이 천근같이 무거웠다. 일반외과를 선택한 건 본인이었지만, 일이 많아도 이렇게 많을 줄은 진심으로 몰랐다. 하지만 외과 특유의, 뭐라 말로 표현하기 힘든 자부심은 있었다. 그 자긍심이란 고된 외과의의 삶에 내린 한 줄기 빛이었다.

똑똑.

연구실 문을 살짝 열자 산만한 동작으로 연구실 안을 초조하게 돌아다니는 이주혁이 보였다.

"부르셨습니까."

주치의를 하라는 오싹한 명령과는 달리 채지석 환자는 며칠 내내 잠잠했다. 회진 때마다 따라붙는 나른하고 집요한 시선이 불편했을 뿐 별다른 문제는 없었다. 하지만 할 말이 많은 듯 입술을 달싹이다 다시 꾹 다물길 반복하는 이주혁의 행동이 공포의 싹을 틔웠다.

설마⋯⋯. 에이, 아닐 거야. 아니겠지.

"해수야, 나 솔직히 자존심 상해. 너한테 이런 말하는 거."

이마가 벌게지도록 긁적이며 입을 연 이주혁의 얼굴은 뭔가 납득하기 어려운 듯 일그러져 있었다. 이해하기 힘든 건 해수 역시 마찬가지였다.

"갑자기 그게 무슨. 앞뒤 다 잘라먹고 그렇게 말씀하시면 제가 어떻게 알아들어요."

대번에 미간을 구깃구깃 접은 이주혁이 네가 모르면 누가 아느냐는 듯한 눈빛으로 해수를 빤히 보았다. 불만에 찬 입은 여전히 꾹 다물린 채였다.

속내가 뭔지 알 리 없던 해수가 옅게 한숨을 내쉬었다.

"하, 저 케이스 발표 준비하러 가야 해요. 하실 말씀 없으시면 저 그냥 가요."

벽에 걸린 시계를 흘깃 보며 손목을 톡톡 두드린 해수가 미련 없이 몸을 돌릴 때였다. 등 뒤에서 청천벽력같은 소리가 들려왔다.

"VIP 환자, 네가 맡아. 806호."

벼락이라도 맞은 것처럼 머릿속이 하얗게 질렸다. 어, 하고 멍하게 굳어 있던 해수가 별안간 목청을 높였다.

"안 돼요!"

"야, 윤해수."

사람은 너무 화가 나거나, 너무 놀라거나, 너무 어이가 없으면 할 말을 잃는다. 그중 1가지 감정만 느껴도 그렇게 되는데, 해수는 놀랍게도 3가지 감정을 동시에 느끼는 중이었다.

여태 조용하더니 갑자기 왜?

"아, 몰라. 싫어요. 진짜, 너무 싫어."

감각을 교란하는 뇌의 오작동에 정신을 차리지 못한 해수가 마구 고개를 내젓자, 이주혁이 혀를 찼다.

"이사장님 지시야. 네가 수액 꽂는 거 성공했잖아. 나도 못 했고, 수 쌤도 못 했어. 그거 해낸 놈이 맡는 거래."

"아니, 그래서 제가 열심히 혈관도 다시 잡아드리고 최선을 다하고 있잖아요. 그런데 뭔 주치의까지. 그럴 짬밥도 안 될뿐더러, 지금 맡은 환자만 해도……."

듣는 이도 없는 불만을 주절주절 늘어놓던 해수가 마른세수하듯 얼굴을 쓸며 문득 말을 멈추었다. 환자들에게 받는 멸시에 더욱 익숙한 그녀였다. 아직은 전문의가 아니라서 혹은 젊은 여자라는 이유로. 따라서 자신이 환자를 가려서 받는다는 것 자체가 말도 안 되는 일이었다.

현실을 인지하기 시작한 머릿속이 한층 더 복잡해졌다.

나 지금 뭐 하는 거지? 단순히 지금 맡은 환자만으로도 감당하기 벅찬 상태라? VIP 환자 한 명 더 끌어안는다고 해서 크게 달라지는 것도 없을 텐데?

찰나의 망설임을 읽은 듯 건들거리며 다가온 이주혁이 해수의 어깨에 팔을 툭 걸쳤다.

"해수야, 네 밑에 있는 환자 반만 넘겨. 내가 적절하게 나눠 볼게. 그 대신 넌 당분간 VIP만 신경 써. 밀착 관리. 집중 마크. OK?"

"이주혁 선생님!"

신경질이 잔뜩 돋은 목소리에도 불구하고, 이주혁은 능글맞게 덧붙였다.

"눈 동그랗게 뜨고 째려봐도 하나도 안 무서워. 싫으면 사표 써야지, 뭐."

여기서 괜히 더 대들어봤자 본전도 찾기 어렵다는 건 그녀 역시 알고 있었다. 해수는 아랫입술을 꾹 깨물며 바닥을 발끝으로 툭툭 찼다.

여전히 마음에 드는 반응은 아니었는지 이주혁이 미적지근한 표정을 짓다 못 이기는 척 입을 열었다.

"너, 내가 진짜 아끼는 거 알아. 몰라?"

"……당연히 모르죠."

해수가 기어들어 가는 목소리로 "아끼지도 않으면서."라고 미약하게 반항하자, 조용히 한숨을 쉬던 이주혁이 선심 쓰듯이 제안했다.

"추가 수당, 당분간 응급실 당직 제외, 정상 시간 출퇴근 보장. 어때?"

그가 해수의 의중을 재차 물었다. 하지만 늘 그렇듯 다른 선택지가 주어진 건 아니었다. 해수 역시 적당히 넘어가는 척, 준비 없이 들이닥친 상황에 적응하며 현실을 받아들일 수밖에 없었다.

"환자 지금 넘겨요? 차트 가지고 올게요."

"잘 생각했어. 네가 끝까지 거절할까 봐 걱정했는데. 역시 넌 타협이 빨라서 좋아."

먹은 것도 없는데 속이 뒤틀렸다. 답답한 명치끝에 주먹을 올리자, 반사적으로 그날 저지른 일이 떠오르며 머리가 핑 돌았다.

— 우욱! 죄송…… 우욱…… 합니다!

접시 물에 코라도 박고 싶은 심정이었다. 해수가 얼굴을 감싸며 중얼거렸다.

"와, 윤해수. 완전 또라이."

창백하던 뺨이 화끈거리며 달아올랐다. 밖으로 나가기 위해 문고리를 잡던 이주혁이 움찔하며 돌아보았다.

"뭐! 갑자기 또 왜?"

"아, 아니에요. 갑자기 빠트린 게 생각나서."

당최 영문을 모르겠다는 듯 고개를 절레절레 흔들던 이주혁이 얄미운 말을 내뱉으며 연구실을 쏙 빠져나갔다.

"11시 되면 드레싱부터 하고 와. 차트는 그때 교환하는 걸로 하고."

대답조차 잊고 멍하니 서 있던 해수가 천천히 창가로 다가가 들창을 살짝 열었다. 고작 한 뼘도 채 되지 않는 틈 사이로 청량하고 서늘한 바람이 거침없이 들이쳤다.

창밖을 내다보던 그녀는 초봄의 순도 높은 햇살을 향해 손을 뻗었다.

해수가 도살장에 끌려가는 소처럼 무거운 다리를 끌며 나타난 건 정확히 11시였다. 드르륵, 드레싱 카트를 끄는 소리가 적막한 신관 복도를 울렸다.

예고된 고난 앞에, 사람은 이토록 나약하고 어리석은 존재였던가. 고요하던 심장이 위아래, 좌우로 요동치기 시작했다. 눈 언저리가 시퍼렇게 물든 해수의 얼굴엔 불안과 고민의 흔적이 고스란히 남아 있었다.

"후, 그래. 같은 사람인데 자주 보다 보면 익숙해지겠지. 이렇게 계속 긴장하는 건 심장에 좋지 않아."

사람을 꿰뚫어 보는 듯한 나른한 눈빛과 마주해야 한다는 게 숨 막히는 일이 될 건 뻔했지만, 언젠가는 익숙해질 날이 오겠지. 문제는 늘 해결책을 동반하고 찾아오기 마련이다. 이미 들이닥친 일에 골머리 싸매고 있을 만큼 해수는 어리석지 않았다.

"안녕하세요. 몸은 좀 어떠신……."

달칵.

문이 열리는 소리를 듣고 해수가 고개를 들었다. 열리는 문
사이로 보이는 병실 내부 분위기가 어쩐지 평소와는 달랐다.
자신만만하던 해수의 눈동자가 갈피를 잃고 잠시 흔들렸다.
환자 하나만으로도 정신을 못 차리게 기가 빨렸는데, 험악한
분위기를 자아내는 남자가 하나 하고도 둘, 셋.

"어? 해수야."

의문 가득한 해수의 시선이 병실을 한 바퀴 휘, 구르다 자신
과의 거리를 서슴없이 좁힌 한 남자의 턱 끝에 닿았다. 거리낌
없는 접근에 놀란 해수가 당황하며 뒷걸음질 쳤다. 반듯한 얼
굴 위로 당혹감이 스치던 것도 잠시, 해수는 머쓱하게 입꼬리
를 당겼다.

"……누구세요?"

경계 어린 시선이 낯선 이의 얼굴 위로 얽매였다. 그녀와 달
리 화사하게 입매를 휘어 올린 남자의 얼굴엔 반가운 기색이
뚜렷했다.

"해수야, 나 기억 안 나?"

남자는 생각에 잠긴 해수의 이름을 부르며 다정하게 이름을
부를 수 있는, 그 정도의 인연이라는 것을 다시 한번 인지시켰
다. 그러다 기억을 더듬듯 데굴데굴 구르는 해수의 눈동자를
확인하곤, 그럴 줄 알았다며 유쾌하게 웃기 시작했다.

뭐지, 이 병실엔 왜 죄다 이상한 사람들뿐만 있는 걸까.

"해수야, 나."

어깨까지 들썩이며 웃던 남자가 다짜고짜 해수의 손을 덥석 잡고선 제 정체에 대해 밝히려던 때였다. 가물거리던 이름 하나가 언뜻 해수의 뇌리에 스쳤다.

"아! 잠시만! 도현이? 김, 박…… 이도현 맞지?"

흐릿한 기억 속에 남아 있던 그는 고등학교 시절 같은 반 동창이었다. 저와는 판이한 공기 속에 살던 아이라, 대화를 나눠 본 기억도 거의 없는데.

"이렇게 널 만나게 될 줄 몰랐어. 여기서 오래 나눌 이야긴 아닌 것 같네. 연락해. 맛있는 거 사줄게."

당황했던 것도 사실이었다. 길 가다 모르는 척 지나가도 섭섭하기는커녕, 누군지도 알아보지 못할 사이인데 이렇게 반갑게 인사를 해오다니.

"어, 그래."

도현이 명함을 내밀며 말을 걸어왔기에, 해수 역시 적당히 맞장구를 치며 받은 명함을 앞주머니에 넣었다. 짐짓 아무렇지 않은 척하지만 둘 곳 없이 배회하던 시선은, 지석의 옆에 앉아 있던 다른 남자에게로 향했다. 칼로 그인 흉터가 얼굴 깊이 새겨진 험악한 인상의 사내였다.

엄연히 절대 안정, 면회 불가라 명시된 병실이었다. 따라서 떳떳하게 앉아 있는 그들을 내쫓는 게 원칙이었지만, 명함까지 받은 탓에 입장이 곤란해졌다. 해수는 태세의 상냥함을 유지하기로 하며 일단 한 발짝 물러서기로 했다.

"30분 후에 다시 오겠습니다. 천천히 이야기 나누세요."

나른한 호흡을 가진 저음의 목소리가 그녀의 발목을 턱, 붙들었다.

"환자 혼자 두고, 어딜 가는 겁니까."

강압적인 목소리는 아니었지만, 그는 절제된 어조만으로도 말을 듣지 않으면 안 될 것 같은 짙은 위압감을 선사했다.

이 상황에서 저 환자복을 벗기고 상처를 치료하는 게 가능할까? 물론 가능해야만 한다. 자신은 이제 저 환자를 책임져야 하는 주치의니까.

"그럼, 말씀 편하게 나누세요. 저는 할 일 하겠습니다."

가볍게 고개를 숙였다 올리는 여자의 미소가 빛났다. 지석은 고개를 끄덕이며 해수에게 닿았던 시선을 거두었다. 하지만 관심은 쉬이 거두어지지 않았다. 흘깃, 그녀를 잠시 비껴간 시선은 계속해서 도현에게로 꽂혔다.

해수야? 못 알아본 걸 보면 가까운 사이는 아닌 것 같은데.

한 손으로 느릿하게 입매를 문지르던 지석이 의문 가득한 시선으로 도현을 주시했다. 의사가 저딴 놈을 알고 있을 이유가 있나. 노골적으로 탐색하던 시선은 제 몸을 아무렇지 않게 건드려가며 부산스레 움직이는 해수를 향해 짧게나마 다시 향했다.

마음에 들지 않는다, 이 상황이.

갑작스레 착 가라앉는 기분을 다잡지 못한 지석이 서둘러 이야기를 마무리 지었다.

"그래서, 죽었는지 살았는지 확인하러 오신 겁니까? 멀쩡히 살아 있는 거 보셨으니, 이만 일어나시죠."

험악한 인상의 오태구가 능글맞은 목소리로 지껄였다.

"아이참, 또 이러신다. 우리 채 대표님, 사람 섭섭하게."

"분명, 면회 불가라고 공문이 내려갔을 텐데, 기어이 찾아오신 이유가 뭡니까?"

의도적으로 면회를 받지 않고 있었다. 피습 사건에 대해 경찰이 수사 중이긴 하나, 이미 내부 소행이라 확신한 그가 그룹 내 주요 인물들을 만나기 꺼리는 건 당연한 일일 터. 오태구와 이도현은 더구나 큰형인 채홍석의 끄나풀이니, 어찌 보면 경계 대상 1호라 볼 수도 있었다.

"그거야, 내가 우리 대표님을 워낙에 애정하니까. 아시면서."

구렁이 담 넘어가듯 껄렁한 목소리를 흘리던 오태구가 갑작스레 대화의 방향을 틀었다. 몹시도 불순한 시선과 함께.

"아니, 그런데 도현아. 저 예쁜 의사 선생님이랑 무슨 사이냐? 내가, 요 대화에 집중이 안 된다. 너무 궁금해서."

다분히 의도적인 행동이었다. 그는 불시에 대화를 꺾으며, 해수에게로 관심을 집중시켰다.

"사이는 무슨."

무심하게 혼잣말처럼 중얼거린 지석이 불쾌한 감정을 삼켰다. 몹시도 거슬렸다. 대상이 명확한 경계였다. 이들이 해수에게 갖는 관심이 신경을 미치도록 자극했다.

도현은 줄곧 해수의 움직임을 좇던 눈동자를 아래로 내리깔며, 오태구의 질문에 짧게 대답했다.

"고등학교 동창입니다."

"이야, 이렇게 우연히 만나기 쉽지 않은데."

게걸스러운 웃음을 흘리던 오태구가 해수의 가운에 새겨진 이름을 곁눈질로 보고 껄렁하게 물었다.

"인연이 따로 있나, 이런 게 인연이지. 그렇게 생각하지 않으십니까. 윤해수 씨?"

이에 무심하게 고개를 들어 올린 해수가 오만불손하기 짝이 없는 오태구와 덤덤하게 시선을 맞추었다. 묵묵부답으로 일관하며 그를 계속 바라보자, 기세에 눌린 오태구가 눈썹을 씰룩이며 얼버무렸다.

"아니, 뭐. 친구가 자기 되고, 자기가 여보 되고, 둘이 딱 그림도 좋고."

손에 든 혈압계를 카트 위로 탁, 소리 나게 놓아둔 해수가 얼굴 위로 부드럽게 흘러내린 머리카락을 쓸어 올렸다. 애써 태연한 표정을 짓고 있었지만, 옅게 차오른 호흡이 불쾌해진 기분을 조금씩 드러내고 있었다.

"저, 죄송합니다만……."

"죄송할 거 같으면, 그냥 말하지 마시지."

말허리를 뚝 자르는 오태구의 너절한 태도가 불쾌했다. 더는 보고 있을 수 없다, 그렇게 판단한 해수가 치미는 부아를 가라앉힌 후 단호한 투로 말했다.

"제 환자분은 절대 안정을 취하셔야 합니다. 중요한 이야기를 나누시는 것 같아 잠자코 있었는데, 그런 것도 아닌 거 같으니 이만 나가주시죠."

깜찍한 축객령에 오태구는 음흉한 눈을 번뜩이며, 아귀 같은 입을 찢어 웃어대기 시작했다.

"와, 나 지금 쫓겨나는 건가? 세다. 나 진짜 좋아하는데. 예쁜 언니들이 막 싸가지 없이 귀엽게 지껄이는 거."

표정 하나 변하지 않고 해수가 맞받아쳤다.

"언니요? 아, 여자분이셨구나. 몰라봬서 죄송하네요."

"이 언니 물건이네. 그래, 여자가 너무 고분고분하면 그것도 재미없지."

온몸의 신경이 바짝 곤두설 만큼 거슬리는 웃음소리에, 결국 지석은 눈썹을 좁게 모으며 경고하듯 냉담하게 목소리를 깔았다.

"무례하게 굴지 말고 이만 돌아가시죠. 부회장님께 안부 전해주시고."

"뭐라고 전해드리면 될까요. 사랑한다고?"

"곧 찾아뵙겠다고 전해주시죠."

오태구는 능글맞게 고개를 끄덕이며 자리에서 일어났다. 위아래로 해수를 훑어내리던 시선은 매섭게 돌아오는 지석의 눈빛에 의해 가차 없이 차단되었다.

낮게 한숨을 쉰 해수가 천천히 고개를 저었다. 시작부터 예상하지 못한 일들이 신경을 거슬렀다. 역시, 이 환자의 주치의로 일한다는 피로감은 상상을 초월하는 것이었다.

불청객들을 배웅한 후, 서늘하게 얼굴을 굳힌 그가 발소리를 울리며 가까이 다가섰다. 긴 다리를 성큼 뻗어 다가오는 동안에도 해수는 묶인 듯 꼼짝할 수 없었다. 짧은 시간 휘몰아친 대화에서 겨우 빠져나온 해수가 그 시선을 외면하듯 잠시 머뭇거리다 상투적인 인사를 건넸다.

"몸은 좀 어떠신가요?"

"그런 것 말고 궁금한 건 없습니까?"

순식간에 코앞까지 다가온 남자가 시선을 깔며 물었다. 맞닿은 발끝을 꼼지락거리던 해수가 긴장을 내색하지 않으려 애쓰며 차트를 들었다.

"식사는 제때 드셨고요?"

"네. 또 다른 건?"

"염증 수치는 안정적인데 미열이 조금 있었네요. 약은 잘 챙겨 드셨죠?"

질문이 질문으로 이어졌다. 지석이 나긋한 목소리로 묻는 해수를 물끄러미 살피는 사이, 사무적인 태도로 돌아가 차트에 무언가를 끄적이던 해수가 미간을 좁히며 되물었다.

"다른 거 혹시 불편한 건 없으셨나요?"

꼭 쥔 볼펜 끝으로 톡톡, 클립보드를 두드리는 소리가 심장 박동만큼이나 경쾌하다. 뜬금없이 그녀가 제게 사적인 질문을 건넬 리 없다는 건 알고 있지만, 그가 기대하던 질문과는 거리가 멀었다. 궁금한 게 없다면 자신이 물어보면 될 일. 고개를 꺾어 해수와 눈을 맞춘 지석이 한쪽 눈썹을 슬쩍 올렸다.

"그래서, 연락할 겁니까?"

"……갑자기 무슨 연락이요?"

엉뚱한 반응에 해수는 잠시 머뭇거렸다. 모르는 척 다른 질문으로 넘어가면 되는 건가. 질문의 의중을 파악하지 못한 그녀가 느리게 눈을 깜박이며 대답을 기다리던 찰나, 여미지 못한 환자복의 바스락거리는 소리와 함께 손을 뻗어온 그가 해수의 앞주머니에 꽂힌 명함을 무례하게 빼내더니 빳빳한 무언가를 대신 꽂아 넣었다.

대표 채지석

블랙 컬러의 무광택 표면 위로 금박의 글씨가 심플하게 인쇄된 남자의 명함이었다. 앞주머니에 꽂힌 종이를 꺼내 든 해수의 입이 어이없단 듯 벌어졌다.

"지금 뭐 하시는 거예요?"

"통성명 그리고 비즈니스."

"네? 비즈……. 일단 알겠으니까 도현이 명함은 돌려주세요."

"도현이?"

담담히 입을 연 지석의 눈동자 위로 알 수 없는 감정이 스쳤다가 사라졌다. 뒷덜미부터 타고 오르는 불쾌함은 가뜩이나 별로인 그의 기분을 더욱 지저분하게 만들었다.

이 감정이 무엇인지는 알 수 없다. 흔히들 내뱉는 알량한 감정 따위로 포장될 만한 것도 아니었고, 한 단어로 간단하게 정의 내리고 싶지도 않았다.

"맛있는 건 나랑 먹죠. 괜한 데 시간 낭비하지 말고."

심각하게 듣던 해수의 말간 눈이 살짝 커졌다가 급격하게 가늘어졌다. 그의 의도를 전혀 종잡을 수 없어 옅은 한숨을 동반한 채였다.

"뭐라고요? 제가 왜 환자분이랑."

어째서 그쪽과 숨 막히는 시간을 보내야 하냐는 듯 해수가 이해할 수 없다는 눈빛을 보냈다. 마주친 눈빛이 잠시 일렁였다. 불편한 거절을 차단한 지석은 시답잖은 일을 말하듯 대수롭지 않은 목소리를 냈다.

"합당한 이유가 필요하다면 앞으로 천천히 만들어봅시다. 일단은 내 주치의니까. 나중에 밥 한 끼 정도는 같이 할 수 있지 않나?"

해수는 제 손에 들린 명함을 가만히 바라보았다. 보고 있으니 기분이 이상한데, 정확히 어떤 기분인지 정리할 수가 없었다. 짧은 침묵이 흘렀다. 어안이 벙벙해진 해수는 잠시 할 말을 잊은 채로 슬쩍 미간을 모았다가 명확히 선을 그었다.

"환자와 사적으로 만나는 건, 원칙에 어긋나는 일입니다."

"그럼 공적으로 만나는 건 괜찮습니까?"

"환자분과 제가 공적으로 만날 일이 있을까요?"

"한번 만들어보죠."

사적인 만남을 제의하는 환자들이 없었던 것도 아니었지만, 해수는 늘 그들의 제안을 질 낮은 농담으로 치부하며 가볍게 넘겨왔다. 그의 말 역시 저급한 말장난으로 넘기면 그만인데, 톱니바퀴처럼 공허한 일상에 툭툭 침입하는 그가 싫지만은 않았다. 불쾌함과 호기심. 아슬아슬한 경계에 놓인 자신의 이중적인 감정에 혼란을 느끼기도 잠시, 영문 모를 소리만 늘어놓는 남자에게서 시선을 거둔 해수가 본연의 자세로 돌아가 대화를 이어갔다.

"체온 정상입니다. 회복이 무척 빠르시네요. 케이스 자료로 연구해보고 싶을 만큼."

"케이스 자료 연구. 그거 공적인 일 아닙니까?"

"……네?"

해수의 눈빛을 읽은 듯, 얼굴을 가깝게 마주해온 그가 흥미로운 눈으로 그녀를 관찰했다. 그때, 길게 뻗어온 오후의 햇살이 해수의 얼굴 정면으로 쏟아졌다. 시야를 가리는 따가운 햇발에 눈을 찌푸리던 해수의 이마 위로 커다란 손 그늘이 내려앉았다. 닿을 듯 가까워진 그에게서 너무나도 좋은 향기가 났다. 묵직하면서도 깊은 안정감을 주는 나무 향이랄까.

문득 손아귀에 땀이 잔뜩 고인다는 느낌이 들던 순간, 그녀는 진심으로 묻고 싶어졌다.

왜, 자신을 주치의로 선택한 건지.

왜, 조금씩 선을 넘으려는 건지.

아, 내가 왜 이러는 거지.

하지만 해수는 금세 생각을 바꿨다. 환자의 앞에서 눈사태가 뭉그러지듯 자꾸만 흐트러지려는 자신의 태도를 납득할 수 없었다. 어쩌면 불온한 마음을 가진 건 자신일지도 모른다는 생각을 하는 와중에도 남자의 시선에 뺨이 따가워졌다.

"향수 뿌리셨나 봐요. 향기가 되게 좋네요."

마주 본 남자는 아무 말이 없었다. 짙은 체취만큼이나 존재감이 남다른 사람이었다. 해수는 소리 없이 숨을 크게 들이쉬며 불편한 눈길에 동요했다.

숨 막혀.

해수는 시종일관 자신을 꿰뚫을 듯 보는 눈빛에서 불순한 기운을 감지해내곤 결박하듯 날아오는 시선을 피해 뻣뻣해지는 목을 살짝 쓸어내렸다. 이상한 건 그뿐이 아니었다. 고개를 기울이며 턱을 어그러뜨린 남자의 나른한 얼굴 역시 오늘따라 낯설지 않게 느껴졌다.

뭘까, 이 알 수 없는 기시감은.

망막 위로 희뿌연 장막이 드리워진 것처럼 갑갑해졌다.

대체 뭐지. 갑자기 왜⋯⋯.

연예인처럼 훤칠한 얼굴이라? 회사를 경영하는 사람이니, 미디어에 노출된 그의 얼굴을 한 번쯤은 접했을지도. 그렇다면 이 남자가 날 아는 이로 착각했던 건, 대체 무슨 수로 이해해야 하는 걸까.

골똘히 생각에 잠긴 사이, 빛을 가린 남자의 그림자가 둑이 터진 듯 그녀에게로 쏟아져 내렸다. 본능적으로 숨을 참았음에도 어김없이 심장이 덜컥 내려앉는 것 같았다.

"저기, 혹시……."

동그란 눈을 가늘게 늘인 해수가 혹여 자신을 어디서 본 건
지, 그에게 물어보려던 순간이었다. 침대 위에 놓인 핸드폰이
낮은 진동을 울려대며 고요한 분위기에 균열을 냈다. 해수는
맥이 탁 풀린 듯 낮게 한숨을 쉬며, 요란하게 진동하는 핸드폰
으로 시선을 움직였다. 지석 역시 마찬가지였다.

김동희 선생님

하늘이 두 쪽 나고, 아포칼립스 시대가 도래한다 해도 반드
시 받아야만 하는 전화였다. 물론 가장 받기 싫은 전화이기도
했다.

"죄송하지만, 전화 먼저 받겠습니다."

"그래요."

그러는 와중에도 시선은 내내 서로에게 닿아 있었다. 해수
가 머쓱하게 웃으며 핸드폰을 귀에 댔다.

[야! 너 지금 어디야? 네가 지금 정신이…….]

그녀가 채 입을 떼기도 전, 찢어지는 듯한 목소리가 수화기
를 뚫고 고막을 벅벅 긁어댔다. 머리가 폭발하기 직전에 다다
라서야 상대방은 겨우 말을 멈추었다.

해수는 간신히 미소를 지어 보였다.

"네. 4시 반, 콘퍼런스에 제가 대신 참석하라고요?"

핸드폰의 송화구 부근을 살짝 막은 해수가 시선을 비스듬히 내리깔고는 길게 숨을 흘렸다. 부글거리는 감정을 가라앉히기 위해 필사적으로 애쓰며 대답했다.

"선생님. 저, 이따 1시에 황 교수님 수술……."

뒷말을 끌던 해수가 체념 어린 한숨을 들릴 듯 말 듯 내쉬며, 차분히 대답을 정정했다.

"아닙니다. 시간 맞춰보겠습니다."

일개미가 힘이 있나. 까라면 까드려야지.

김동희는 서원대 병원 일반외과 레지던트를 총괄하는 치프로, 돌아가면서 맡는 그 중대한 직책을 독식해가며 무소불위의 권력을 휘두르는 인간이다. 위로 쭉 찢어진 눈 때문인지, 지독하기가 이루 말할 수 없는 성격 때문인지, 어쨌든 그의 별명은 '독사'였다. 가장 가까운 곳에서, 얼마든지 자신을 갈굴 수 있는 존재. 따라서 부탁을 가장한 그의 지시를 거절하기는 어려웠다. 김동희의 말이라면 죽는시늉, 뭐 비슷한 거라도 일단은 해야 했으니까.

─ 해수는 당분간 응급실, 주말 당직 제외야. 김동희, 스케줄
  다시 짜서 올려.

펠로우인 이주혁의 지시도 무용지물이었다. 그래서 당직에선 빠졌지만, 퇴근은 일찍 할 수 없게 된 아주 개떡 같은 상황에 맞닥뜨렸달까.

갑작스러운 지시에 마음이 급해진 해수는 머릿속으로 오후 일정을 시뮬레이션하며, 카트 위에 널브러진 드레싱 도구들을

주섬주섬 정리하기 시작했다.

"왜요. 누가 괴롭힙니까? 내가 혼내줘요?"

바쁘게 움직이는 손 위로 그의 시선이 닿는다. 여전히 당혹
스러운 얼굴로 서두르던 해수는 남자와 함께 있다는 사실조
차 잊은 듯 얼버무렸다.

"아니, 아니요. 그런 건 아닌데…… . 포셉이, 아 여기 있네."

다시 침묵이 이어졌다. 해수가 허둥대는 사이, 그는 한참이
나 말없이 그녀를 감상하듯 바라보았다. 입술 양 끝이 슥, 소
리 없이 치켜 올라갔다. 유리에 반사된 빛은 여전히 해수의 이
마 언저리를 비췄고, 머리 위로 드리워진 선선한 손 그늘 역시
그 자리를 굳건히 지키고 있었다. 시간의 흐름 따위 안중에 없
는 듯, 아무것도 의식하지 못한 해수가 김동희 대신 참석해야
할 콘퍼런스 주제를 떠올리며, 미간을 모으던 때였다.

"대답 한 번 듣기 되게 어렵네요."

시니컬한 목소리가 머리 위로 흩어졌다.

"네? 뭐라고, 아……!"

그제야 고개를 들고서 그와 시선을 마주한 해수가, 서둘러
지석의 손을 잡아 끌어 내렸다. 당황한 듯 붉어진 얼굴에서,
그녀가 느낀 당혹감이 고스란히 전해졌다. 다문 잇속을 슬쩍
깨물었다 뗀 해수가 조용히 숨을 삼키며 입을 열었다.

"죄송합니다."

이제는 슬슬 대화를 마무리 지어야 한단 생각에 대답과는
어울리지 않는 미소까지 싱긋 지어 보였다. 하지만 남자는 보

62

내줄 생각이 없단 듯 눈썹 위를 느리게 만지작거리며 느긋하게 말했다.

"어쨌든 내 말은. 케이스 자료로 연구를 하든, 해부를 하든, 원하는 만큼 날 가져다 쓰라는 말입니다. 단, 공적으로."

공적은 개뿔. 어디까지나 지극히 사적이고, 개인적인 관심이었다. 공적이라는 저열한 핑계를 들이밀어 그녀의 경계심을 누그러뜨리려 했지만, 결론은 밥 한 끼 먹자는 개수작 아닌가.

"아니, 무슨 해부까지……."

그의 말을 농담으로 여긴 해수가 고개 돌려 시간을 확인하며 마저 대답했다.

"그런데 방금 통화하는 거 들으셨겠지만. 당장 밥 한 끼 먹을 시간도 없습니다."

"의사도 쉬는 날은 있을 거 아닙니까."

지금 시각 11시 30분. 수술 준비하려면 늦어도 12시엔 움직여야 하니, 대충 한 끼 욱여넣을 시간은 있을 것 같았다. 해수는 이쯤에서 마무리 해야겠다, 생각하며 선을 그었다.

"음, 휴일엔 방해받고 싶지 않아서요."

지석이 픽, 웃었다.

"빈틈이 없네요."

"빈틈 있으면 큰일 나죠. 그러다 뱃속에 메스라도 넣고 닫아버리면 어떡하게요?"

일전의 대화를 상기시키며 가볍게 웃는 여자를 바라보는데, 어쩐지 입 안의 수분이란 수분은 죄다 말라가는 기분이 든다.

그답지 않게 조급해진 지석은 길게 흉이 진 목울대 쪽으로 손을 올렸다.

"혹시…… 그렇게 보기 흉합니까. 같이 밥 한 끼 먹어주기 어려울 만큼?"

……측은지심 유발이라니, 가당키나 할까.

찬물이라도 끼얹은 듯 사위는 순식간에 고요해졌다. 바쁘게 움직이던 해수의 손이 멈칫했다.

"아."

외마디 탄식과 함께, 살짝 입술이 벌어진다. 잘 익은 과일처럼 다디달 것만 같은 여자의 붉은 혀가 아랫입술을 살짝 훑고 사라졌다.

그녀는 목구멍 안쪽에서 치솟는 동정심의 잔재를 꾹꾹 눌러 삼키며 손사래를 쳤다.

"아, 아닙니다! 그럴 리가요. 제가 봉합한 건데."

가로로 길게 붙여진 방수포를 커다란 손으로 문지르는 남자의 얼굴이라니, 연민을 자아내기엔 충분했다. 해수는 겸연쩍은 얼굴로 버릇처럼 아랫입술을 꼭꼭 씹어댔다.

"습관입니까."

"네?"

지석이 손을 약간 뻗어 해수의 입술을 가리켰다. 붕대에 감긴 손등 사이로 뻗어 나온 손가락이 단단한 몸집과 어울리지 않게 길고 섬세하다. 살짝 불거진 마디가 남성미를 배가했다.

천천히 다가오던 손가락이 문득 허공에서 멈추었다. 남자의 손끝이 아랫입술에 닿을 듯 말 듯 스치는 순간, 해수는 그의 체취에 매몰될 것 같은 기분에 깊이 숨을 삼켰다.

"입술."

그런 해수의 긴장감을 눈치챈 걸까. 가볍게 주먹을 쥐었다 편 그는, 돌연 손가락의 방향을 틀어 자신의 아랫입술을 툭, 건드렸다.

"……아."

넋을 빼놓고 쳐다보던 해수가 정신이 번쩍 들어 대답했다.

"네, 습관이요."

도대체 뭘 기대했던 걸까?

바보 같은 짓을 해버렸단 수치심에 얼굴이 활활 타오를 듯 뜨거워졌다. 지석은 그런 해수의 얼굴을 살펴보다가 이내 미소를 지었다.

"좋지 않은 버릇이 많네요. 그렇게 씹어대면 꽤 아플 텐데."

남자의 시선이 해수의 얼굴을, 햇살에 드러난 그녀의 모든 부분을 느리게 훑고 지나갔다.

"그래요. 버릇은 천천히 고치기로 하고."

영문 모를 말을 던진 남자는 금세 여유를 되찾고, 종전과는 달리 엄중한 투로 매듭짓지 못한 말을 계속 이었다.

"점심, 저녁은 밥 먹을 시간도 없이 바쁘고, 휴일엔 쉬어야 하니 결과적으로 선택지는 하나밖에 없군요."

고상한 강요였다. 그걸 과연 선택지라고 부를 수 있을까?

톡, 톡.

기다란 손가락이 침대 옆 테이블 위를 연주하듯 두드린다. 해수의 심장 박동도 그가 이끄는 박자대로 흘러갔다. 그렇게 잠시간 망설이던 남자가 웃음기를 걷어낸 채 물었다.

"아침 식사 가능합니까."

사람을 억누르는 데 익숙한 태도는 거침없는 목소리와 여유가 흘러넘치는 표정에서도 여실히 드러났다. 결국, 자신을 향한 거부는 용납할 수 없다는 듯한 오만함이랄까.

"······네, 좋습니다. 아침. 네, 아침부터."

소화제를 들이부어야 한다는 말이지.

모든 게 그의 의도대로였다. 충분히 예상했던 제안임에도, 머리가 띵하고 기운이란 기운은 죄다 빠져나가는 기분이었다.

이런 걸 두고 기가 빨린다고 하는 건가.

한마디로 정신이 반쯤은 나가 있는 상태였다.

"윤해수 선생님?"

커다란 남자의 그림자가 가까웠다. 아직 햇볕이 쨍쨍한 낮인데, 그를 바라보고 있으면 어쩐지 흐르는 시간마저도 어둡게만 느껴지는 이유는 뭘까.

"그럼, 이제 숨 쉬세요."

나른한 목소리가 바람처럼 스쳤다. 세이렌의 노랫소리처럼. 누구든 한 번 들으면 홀려버리고 말 것 같은······.

멀리 소파 위에 달린 시계가 정확하게 12시를 알렸다. 예고도 없이, 해수의 머리 위로 빨간 불이 딸깍, 하고 켜졌다. 그와 동시에 심장이 불안하게 요동치기 시작했다.

"젠장."

로비 커피숍에 털썩 주저앉은 해수가 들릴 듯 말 듯 내뱉은 말은 입술 끝에 닿기도 전 날숨에 소리 없이 묻혔다. 무슨 생각으로 하루를 보낸 건지 그저 멍했다. 마른침을 삼켰으나 그마저도 목구멍에 꽉 막혀 넘어가질 않았다. 체감상 48시간쯤은 되는 듯한 하루였다. 휴식조차 없이 일한 몸뚱이는 삐거덕거리며 벌써 한계라고 아우성치고 있었다. 묵직한 피로 사이로, 문득 낮은 목소리 하나가 떠올랐다.

— 습관입니까. 입술.

확 붉어진 얼굴을 매만지던 해수는 남자의 손끝이 스쳤던 입술을 문지르고 또 문질렀다. 코끝에 스민 진한 향기가 입술에 밴 듯 썼다.

"어? 해수야!"

그때 로비에서 자판기 커피를 뽑아 들고 가던 서연이 해수를 발견하곤 반갑게 손을 흔들며 다가왔다.

"왜 아직도 병원이야? 당직 없다고 깨춤을 추더니?"

내과 레지던트인 그녀는, 해수가 주문한 아메리카노를 자연스레 낚아채며 옆자리에 털썩 주저앉았다. 텁텁한 자판기 커피는 해수의 몫이었다. 피곤함에 찌들었어도 여전히 청아한 해수가, 관자놀이를 짚었던 손을 느리게 떼어내며 종이컵을 살짝 돌려본다. 다 식어빠진 연갈색 액체가 눅눅해진 종이컵 안에서 찰랑거렸다.

"몰라. 어쩌다 보니 이렇게 됐네. 그런데 나 믹스 커피 싫어. 달고, 쓰고, 텁텁해."

한숨 반 소리 반이 섞인 목소리로 투덜거린 해수는 소록소록 감기는 눈을 지그시 감으며 서연의 어깨에 툭, 기댔다. 그러자 서연이 낮게 혀를 차며 어깨를 퉁, 튕긴다. 언뜻 성가신 듯 보였지만, 애정 어린 몸짓이라는 걸 해수는 알았다. 정신 줄 단단히 잡으라는 무언의 압박이다. 이마로 흘러내린 해수의 머리카락을 성의 없이 걷어내며 서연이 물었다.

"야, 달고 쓴데 텁텁한 건 또 뭐야. 단데 쓸 수가 있어?"

"여기 있네."

해수는 나직하게 중얼거리며 안온함과 불안함을 동시에 선사하던 남자를 불시에 떠올렸다. 신기했다. 이제 와 생각해보니, 공존할 수 없는 두 가지 감정을 동시에 느낀 건 오늘이 처음이었던 것 같다. 뒤늦은 깨달음에 살갗이 따끔거렸다. 유리창에 닿은 듯 옅은 소름이 돋아나 팔을 쓸어내리자 서연이 한쪽 눈썹을 치켜세웠다.

"그런데 너, 체험 보고서 왜 제출 안 해?"

잠시 턱을 괴고 생각에 잠겨 있던 해수가 놀라 눈을 크게 뜨며 그녀의 말을 곱씹었다.

"체험 보고서?"

"너, 진짜 뭐 있어?"

호기심과 근심이 적절히 배합된 목소리가 관자놀이에 수직으로 꽂혀 들었다.

　─ 그래도 우리 해수 선생님은 선택받았잖아. 젊고 잘생긴
　　VIP의 간택을 받은 의사.

온종일 은근한 눈빛과 수군거림을 받아온 탓에, 서연이 뭘
궁금해하는지 모를 리 없었다. 하지만 해수는 짐짓 모르는 체
하며 되물었다.

"무슨 소리야? 있긴 뭐가 있어."

"개진상, 아니 VIP랑 진짜 뭐 있냐고."

뭔가 소문이 돌긴 돌다 주치의로 확정된 순간 방점을 꾹 찍
은 모양인데. 해수는 초조하게 입술을 깨물었다. 무슨 일이 있
었다고 하기엔 시시했고, 아무 일도 없었다고 하기엔 온몸의
세포 하나하나가 지나치게 그를 의식하고 있었다.

뭐라고 답해야 할까? 아니, 답할 말이 없는데.

앞만 보고 달리는 경주마처럼 해수는 주위를 둘러볼 새도
없이 달려왔다. 그녀의 목표는 오로지 하나였다. 아버지와 언
니의 뒤를 따라 '훌륭한 의사가 되는 것.

남자들의 은근한 유혹과 시선이 끊이지 않은 것도 사실이지
만, 연애는 늘 오래가지 못했다. 제 일에 걸림돌이 될까 싶어,
감정이 깊어지기 전에 일찌감치 걸러내고 그 싹마저 잘라내기
바빴으니까. 더군다나 그런 섬세한 감정에 빠져 있기에, 해수
의 인생은 지나치게 메마르고 각박했다.

바로 답하지 못하고 생각에 잠겨있던 해수가 커피숍 창문
너머 원통 모양의 조명에 시선을 던지며, 머리를 비우고서 가

볍게 입술을 뗐다.

"뭐, 일단 개진상은 아니야. 그건 확실한데……."

그리고 어땠더라. 해수는 옅게 숨을 삼켰다.

"……숨 막혀."

"뭐, 숨?"

"어. 갑갑하고, 같이 있으면 숨 막히는 타입이야."

─ 맛있는 건 나랑 먹죠.

낮게 울리던 목소리, 손에 잡힐 듯 선명한 열기를 품고 있던 눈동자와 엄지로 느릿하게 쓸어내리던 남자의 관능적인 아랫입술이 차례대로 떠올랐다. 그리고 그 아래 건장하고 탄탄한…….

아니야, 미쳤지. 네가 지금 미친 거지.

해수가 스스로 책망하며 고개를 세차게 내젓자, 눈을 가늘게 늘인 서연이 의미심장하게 추궁해왔다.

"음, 남녀 사이에 숨 막히는 거. 그거 좀 위험한 건데?"

"아니야. 아니야, 그런 거."

"뭔 줄 알고 아니래? 야, 그리고 아니긴 뭐가 아니야. 인터넷 기사 사진만 봐도 아주 그냥 테스토스테론이 막 철철 넘쳐흐르던데, 뭘."

인정한다. 평범한 사람과는 기세가 다른 남자는 어디에다 세워놔도 눈에 띌 만한 존재감을 지니고 있었다. 남녀 불문하고 한 번쯤은 설렐 법한 남성적이고 짙은 이목구비는 물론, 월등히 큰 키와 체격이 그를 더 돋보이게 했다. 게다가 나른한 표정, 눈빛, 하다못해 내쉬는 숨소리까지. 모든 것이 관능적인 그 남자는 자신과는 다른 세상에 살아가는 듯 특별한 사람이었다.

역시, 나만 그렇게 생각한 게 아니었어.

결국, 해수는 실소할 수밖에 없었다. 한편으론 그에게 느꼈던 의문 어린 감정들의 정체가 풀린 듯해 홀가분한 기분마저 들었다. 누구나 그를 보면 매혹당할 수밖에 없다. 자신이라고 별반 다를 게 있었을까.

다시 한번 헛웃음을 흘린 해수가 다 식은 커피를 한입에 쭉 털어 넣으며 가방을 챙겼다. 저도 모르게 손잡이를 꽉 쥔 탓에 손등 뼈가 툭 불거졌다.

끼익, 뒤로 뺀 의자에서 기이한 소리가 났다. 귀를 찌르는 듯한 소음에 정신이 번쩍 들었다.

"이제 가야겠다. 차라리 당직이 낫지. 이게 뭐 하는 짓인지 모르겠어."

동의한다는 듯 키득거리던 서연이 그녀의 등을 툭 치며, 장난스레 손을 휘휘 내저었다.

"그래. 조심히 가. 호랑이한테 물려가지 말고."

피곤한 탓인지 온몸의 신경이 잔뜩 곤두서, 살짝 스치는 저 손길마저 매웠다. 몸살이 오려는 건가, 생각하며 로비로 나오자마자 기다렸다는 듯 낮은 진동이 해수의 손 위에서 울렸다. 때늦은 칼바람에 뒤로 벗겨지려는 카디건을 단단히 여미던 해수가 무거운 고갤 비스듬히 내렸다. 구매한 이후 단 한 번도 바뀐 적 없던 핸드폰의 기본 배경 화면 위로, 낯선 말풍선 하나가 둥실 떠올랐다.

> 뭐 합니까.

저장되지 않은 번호. 간결한 단문의 메시지. 자신이 누구인지 알리지 않았을 뿐더러 저장조차 되지 않은 번호에서 묵직한 울림이 들려오는 듯했다. 머릿속에 불현듯 스치는 얼굴을 무시하며 해수는 괜스레 주위를 두리번거렸다.

"……보이스 피싱인가."

혼자 중얼거리던 해수가 황당해하며 픽, 가볍게 웃던 찰나, 다른 메시지 하나가 또다시 불쑥 시선을 침범해왔다.

> 아직 병원이면 잠깐 얼굴 좀 보여주죠.

네가 감히 날 거부할 수 있을까? 말하듯 자신만만하다 못해 오만한 메시지. 일부러 이러는 건가. 꺼림칙해진 해수는 저도 모르게 한숨을 푹 쉬며 핸드폰을 빤히 노려보았다.

주치의가 부르면 부르는 대로 졸졸 쫓아가는 똥강아진 줄 아나.

시선을 사로잡을 만큼 매력적인 건 인정하지만 본능적으로 세워지는 방어의 날은 분명 위험신호에 가까웠다. 착각 그 이상도 이하도 아닌, 한순간의 강력한 끌림일 뿐. 고민은 그리 길지 않았다. 답장 버튼을 누른다 한들, 할 말도, 이어갈 대화도 없겠지.

더군다나 메시지의 발신인이 채지석 환자가 확실하다면 더더욱 상대하지 않는 편이 좋다고 생각했다. 환자와의 사적인 만남, 간택과 구설수. 정제되지 않은 단어들이 머릿속을 느리게 휘젓는 동안 3월 들어 가장 추웠던 하루가 저물어가고 있었다.

시린 공기를 연신 들이마셔도 어지러운 머리는 무언가에 취한 듯 느리게만 흘러간다. 누군가 가슴을 발로 지그시 밟는 것처럼 갑갑했지만 그녀가 할 수 있는 건 습관처럼 느리고 길게 호흡하는 게 전부였다.

해수는 불편해진 마음과 옷깃을 단단히 여미며 발걸음을 재촉했다.

멍멍, 똥강아지처럼 돌고 돌아 결국, 해수의 발길이 다다른 곳은 VIP 병동이 있는 8층이었다. 해수는 VIP 병동이 있는 신관을 가만히 노려보았다. 왕복 8차선 도로가 한눈에 보이는 구름다리 건너 푸르른 하늘 정원으로 둘러싸인 통유리 외벽이 보였다.

제 발로 호랑이 굴에 기어들어가는 꼴이라니.

감정 소모가 극심한 날의 연속이었다. 피곤해서 그런 건지, 다른 이유가 있는 건지, 그 이유로 인해 피곤해진 건지 알 수 없었던 해수는 그저 발길이 이끄는 대로 향했을 뿐이었다.

"응? 해수 쌤, 무슨 일 있어요? 아니면, 누가 콜했어?"

그때, 수간호사의 의아한 시선이 스테이션 앞에 우두커니 선 해수에게로 향했다. 한쪽에서 바쁘게 업무를 보던 간호사들은 저마다 고개를 저으며 시선을 교환했다.

"뭐 급하게 처리할 일 있어요?"

"아, 그게……."

당황하지 않고 여유롭게 대꾸하고 싶었으나, 해수는 이 쉬운 질문의 답을 선뜻 내놓지 못해 멀거니 서서 고민을 했다. 그도 그럴 것이, 퇴근하겠다며 인사하고 나선 지 채 1시간도 지나지 않은 시점이었다.

'환자가 얼굴 좀 보여달라고 해서 왔습니다.'라고 대답할 순 없잖나. 'VIP의 일거수일투족을 그림자처럼 보필하라는 지시가 있었거든요.' 이것도 모양 빠지긴 마찬가지였다. 가뜩이나 VIP의 간택이니, 뭐니 뒷말이 나오는 중이었다. 그런 사람들에게 구태여 가십거리를 던져주고 싶진 않았다.

그러게요. 급한 일도 없는데 왜 왔을까요…….

혼란스러운 감정에 빠져 정수리에서 발끝까지 뜨끈해지는 기분이었다. 딱히 변명거리를 찾지 못한 해수가 두 뺨을 붉게 물들이며 머리를 굴리던 찰나였다.

"아, 그렇지!"

수간호사가 난데없이 박수를 짝! 치더니 손가락으로 관자놀이를 두드리며 말했다.

"어휴, 내 정신 좀 봐. 806호 피버(열) 때문에 오셨구나. 당직 선생님이 해열제 처방은 했는데, 아직 체크를 못 했어요. 내가 요즘 이렇게 깜박깜박해."

"아⋯⋯."

몸이 좋지 않아서 연락했던 거였구나.

머쓱해진 해수는 수간호사에게 가방을 맡기며 대답했다.

"괜히 이것저것 불평하면 곤란해지니까요. 마침 퇴근 전이기도 했고."

거짓말이 늘었다. 입술에 침 하나 안 바르고서, 뻔뻔하게.

"환자가 까칠하니 뭐 별수 있나. 쌤이랑은 그나마 잘 맞는 것 같아 다행이지. 어떻게 연락이 닿았나 봐요?"

수간호사가 혀를 쯧, 차며 트레이를 내민다. 해수는 고개 숙여 인사를 하고 바삐 걸음을 뗐다.

아직 병원이면 잠깐 얼굴 좀 보여달라더니. 열이 난다고 솔직하게 말했다면 당장 올라왔을 텐데, 괜히 이상한 메시지를 보내서는.

해수는 잠시 착각했던 자신을 책망하며 고개를 저었다. 그 사이 발걸음은 신관 앞에 다다랐다. 새카맣게 정장을 한 경호원들로 북적이던 복도가 제법 한산하다. 차량 개폐기처럼 문 앞을 지키고 선 사람도 없었다. 복도를 밝히던 불빛이 눈앞에서 하얗게 점멸했다. 잔잔한 수면에 파동이 일 듯, 가슴 한구석의 일렁임이 점차 범위를 넓혀갔다.

"아무리 생각해도 찝찝해."

허공을 보며 고개를 가볍게 젓던 해수가, 속에서 솟구치는 열기를 집어삼키듯 지그시 속 입술을 깨물었다 떼어냈다.

806호

푯말을 보자마자 저절로 숨이 멈춰졌다. 해수는 문에서부터 느껴지는 위압감에, 손잡이를 잡은 순간 다시 입술을 물었다.

그때 문이 벌컥 열리며 환자의 곁에 늘 그림자처럼 붙어 있던 남자가 불쑥 튀어나왔다. 어정쩡하게 손잡이를 잡고 있던 해수의 상체가 앞으로 확 쏠렸다. 소리를 낼 틈도 없이 남자가 민첩하게 팔을 뻗어 반쯤 기울어진 해수의 몸을 붙들었다.

"아, 괜찮으십니까? 오실 줄 몰랐습니다."

예상치 못한 방문에 사뭇 놀란 목소리였다. 얼핏 안도하듯 가슴을 쓸어내린 남자가 고개를 내려 깍듯하게 인사했다.

"인사가 늦었습니다. 김윤재라고 합니다. 대표님을 모시고 있습니다."

해수는 고개를 들었다. 가까이서 마주 본 남자는 하얀 얼굴에 다소 각진 이목구비의 소유자로 자신과 비슷한 또래, 많아 봤자 30대 초반 정도로 보였다.

경계 어린 시선을 건네던 해수가 고개를 꾸벅 숙이려 하자, 윤재가 그럴 필요 없다는 듯 손을 내저으며 옆으로 비켜섰다.

"들어가시죠. 기다리고 계십니다."

그녀는 폐부에 가득 찬 답답한 숨을 내뱉으며 병실 안으로 들어섰다.

달깍―.

"기다렸습니다."

등 뒤에서 문이 닫혔다. 발을 내딛기도 전 들려오는 목소리에, 반사적으로 경직된 그녀가 크게 숨을 집어삼켰다. 자정이 훨씬 지난 시간, 어둑한 공간에 또다시 지석과 해수 둘뿐이었다. 묘한 정적이 지독한 어색함으로 이어지기 전, 해수가 서둘러 입을 열었다.

"환자분."

환자는 갑이고 개중에서도 VIP 환자는 병원의 젖줄이라 배웠다. 하지만 아무리 귀한 존재라 해도, 언제까지 무기력하게 휘둘릴 수만은 없는 일이었다.

해수가 피곤한 숨을 훅 내쉬었다.

"약은 누가 처방해주건 다 똑같은 겁니다."

"알고 있습니다."

"아프면 간호사를 호출하고, 약을 드시면 됩니다."

"호출도 했고, 약도 먹었습니다."

알고 있다. 다만 그녀가 궁금한 건 이 늦은 시간에 자신을 이곳에 세워두어야만 했던 이유였다. 올무에 걸린듯 짧게 시선이 얽매였다. 무언가 할 말이 많은 듯, 하지만 끝내 아무 말도 하지 않을 것 같은 남자의 눈을 보며 해수는 숨이 막힐 것 같은 얼굴을 했다.

"그럼 절 기다리신……."

"말했잖습니까. 얼굴 좀 보여달라고."

지석이 말허리를 매끄럽게 자르며 해수를 마주 보고 앉았다. 그는 팔을 뻗어 테이블 위의 리모컨을 집었다.

"주치의로 호출한 게 아니라는 말입니다."

다분히 의도적인 말이었다. 그 말을 이해하는 데는 오랜 시간이 필요하지 않았다. 그만큼 남자의 말이 내포한 의미는 감추어질 수 없을 만큼 명징했다.

전동 블라인드가 내려가는 소릴 들으며 해수는 고개를 들었다. 알 수 없는 감정으로 형형해진 눈동자가 척박하고 메마른 해수의 가슴을 조심스레 두드렸다.

"아니면요?"

불편했다. 하지만 진흙으로 단단하게 쌓아둔 벽을 조금씩 무너뜨리려는 그가 궁금하기도 했다. 두려움 혹은 호기심. 어울리지 않는 두 단어가 맞물리며 생성해내는 기묘한 소용돌이에, 해수는 뜻하지 않게 휩쓸려갔다. 언젠가는 거대한 파도가 되어 저를 집어삼킬 것만 같은 기분이었다. 남자의 내면 깊숙한 곳까지 샅샅이 들여다보고 싶으면서도, 끝내 모른 척하고 싶었다.

"궁금합니까?"

말해주기라도 할 심산인가. 짙은 감정이 고인 눈가로 묘한 웃음이 스쳤다. 순간 피곤함이 높은 파고처럼 밀려들었다. 지친 해수는 다소 좁혔던 미간을 풀고 체온계를 들었다.

눈 감고, 귀 막고, 입 닫고 무시해야지. 얼른 할 일 끝내고 집에 가는 길에 뜨끈한 국물이나 사 먹자. 가락국수가 좋을까, 칼국수가 좋을까.

"체온부터 확인하겠습니다. 저는 주치의로 환자분께 온 거라서요."

잡다한 생각들로 머릿속을 채운 해수가 체온계를 지석의 귀에 가져다 댔다. 온도는 지극히 정상이었다.

"왜 아직 병원에 있었던 겁니까. 애인이랑 뒹굴기 딱 좋은 시간인데."

둘 사이에 그어진 선을 가뿐하게 뛰어넘는 말이었다. 부드러운 말투에 실려 나온 불쾌하고 노골적인 언사에, 소파로 걸어가 차트를 들어 올리던 해수의 뺨이 언뜻 굳었다.

뒹굴다니, 내가 우습나.

그의 의도가 뭐가 됐든, 살면서 이렇게 무례한 질문은 들어본 적이 없었다.

"혹시, 내 연락 기다렸습니까."

덧붙이는 목소리는 언뜻 속삭이는 것처럼 들려왔다. 신경을 자극하는 짙은 향기 때문인지, 위에서 찍어 내리듯 닿은 시선 때문인지, 불쾌한 감정 때문인지, 심장이 정상 박자를 잃고 바쁘게 뛰기 시작했다. 주먹을 꽉 쥔 해수가 말라붙은 아랫입술을 혀로 쓸며 엉망으로 튀는 호흡을 가다듬었다.

"……무례하시네요."

한 뼘 정도 되는 거리에 남자의 얼굴이 있었다. 키스라도 할 것처럼 고개를 기울이며 다가온 남자가 의미심장한 시선을 건넸다.

"진짜 무례한 짓은 아직 시작하지도 않았습니다."

미친 건가, 생각하면서도 기분이 이상했다. 뚫어지듯 제 입술을 집요하게 응시하던 남자의 무례함에 당혹스러워진 해수가 속으로 한숨을 폭 내쉬며 한 걸음 뒤로 물러날 때였다.

"왜, 무서워요? 잡아먹기라도 할까 봐?"

시선이 허공에서 충돌했다. 지독히도 뇌쇄적이고, 자극적인 눈빛이다. 교차되는 시선에서 느껴지는 긴장감이 본능적 경계심으로 몸집을 불려갔다.

"체온도 정상인데, 왜 거짓말하셨어요?"

지석은 뻔뻔하게 눈썹을 까닥거렸다.

"주치의가 좋긴 좋은가 봅니다. 이렇게 얼굴 보자마자 아무 일도 없었던 것처럼 다 괜찮아지는 걸 보면."

순간 남자의 깎아지른 듯한 이목구비가 시야를 범했다. 한 손으로 이마를 짚은 해수가 그의 말에 휩쓸리는 감정을 추스르며 미소가 가신 낯을 딱딱하게 굳혔다.

"선 넘지 말아주셨으면 합니다."

"몇 살입니까."

"그게 왜 궁금하신 건가요?"

애초에 선을 그은 적이나 있던가.

남자는 바보 같은 말이라고 비웃듯, 선을 넘어 가뿐하게 담장까지 훌쩍 뛰어올랐다.

"그러게요. 그게 왜 궁금할까. 이유는 잘 모르겠지만, 궁금합니다."

지석이 부드럽게 웃었다. 쇳소리 섞인 음성이 특유의 나른한 시선과 함께 해수의 머리 위로 떨어졌다.

"아, 이도현과 동창이라고 했던가. 서른쯤 됐겠군요."

작은 움직임 하나 놓치지 않겠다는 듯, 뭉근한 시선이 해수를 훑었다. 그의 시선이 닿는 심장, 얼굴, 손끝, 어느 곳 하나 열기가 고이지 않은 곳이 없었다. 숨이 더워지는 것에 당황한 한편으로 미처 대답할 새조차 없이 격 없는 말이 뒤따랐다.

"애인, 없습니까."

냉탕과 온탕을 자유자재로 넘나들며 신사적으로 무례하게 굴던 남자가 비스듬히 고개를 기울이며 말을 이었다.

"하긴, 이렇게 병원에만 있으니 연애할 시간도 없었겠네요."

"환자분께서 신경 쓰실 일은 아닌 것 같습니다."

양쪽 귀에 견고한 벽을 세우고 무시하려 해도, 남자의 목소리는 개미 새끼처럼 좁디좁은 틈새를 파고들었다. 공들여 쌓은 성은 방어막이 돼주지 못했다. 다리에 힘이 풀리고 괜스레 또 손에 땀이 찼다. 제게 동요하는 상대의 변화 따위 우습게 눈치챘다는 듯 지석의 입매가 시원스레 휘어졌다.

"한 번도 안 해본 건 아닌가 봅니다. 섭섭하네."

"그러는 환자분은 왜 결혼 안 하셨어요, 그 나이에?"

네가 무례하게 군다면 나도 무례하게 굴어주지.

회심의 일격이라도 날린 듯 해수가 고개를 치들었지만 마주친 남자의 얼굴에는 미세한 균열조차도 찾아볼 수 없었다.

"나에 대해 궁금한 게 생긴 모양입니다, 드디어."

되레 당한 것 같은 기분에 어지러워진 해수가 인내하듯 느릿하게 눈을 감았다 떴다. 그는 잘 다듬어진 얼굴 외엔 아무 감정도 드러내지 않을 수 있을 만큼, 사람을 다루는 데 능숙한 남자였다. 인정해야 했다. 그와 대화를 나눌수록 밑바닥을 드러내 보이는 건 결국 자신뿐이라는 사실을.

"궁금해서 여쭤본 건 아니니까, 대답하지 않으셔도 됩니다."

저도 모르게 움켜쥐고 있던 남자의 팔을 뿌리친 해수가 주먹을 쥔 채 한 걸음 뒤로 물러났다. 짐짓 인상을 찡그린 남자가 멀어진 만큼 거리를 좁히며 낮게 속삭였다.

"그렇게 말하니까, 더 대답해주고 싶네요. 당신 때문이라고 말하면 뭐라고 대답할 겁니까?"

"죄송합니다만, 이러시는 거 불편합니다."

미세한 움직임조차 없던 남자의 입에서 시원한 웃음이 터져 나왔다. 아쉬운 듯 성큼 걸음을 물리며 뻐근한 어깨를 돌리던 남자가 태연하게 미간을 좁혔다.

"나라고 이러는 게 편하겠습니까. 솔직히 말하면 스스로도 미친놈 같다고 생각하는 중입니다."

"……."

"알면서도 어쩔 수 없네요. 설명이 필요하다면."

"아니요."

해수가 고개를 흔들어 말의 목을 잘라냈다. 비현실적이고 비상식적인 상황에 더는 예민하게 반응하고 싶지 않았다.

"설명하지 않으셔도 됩니다. 결혼을 왜 안 하셨는지, 아니

왜 못하셨는지 알 것 같아서요.”

“보기보다 눈치는 빠른 모양입니다.”

“혈압, 체온 정상이고 약도 잘 드셨고, 팔도 멀쩡하네요. 이제 정신만 차리시면 될 것 같습니다.”

치켜뜬 해수의 시야에 비스듬히 들린 남자의 입술이 보였다.

“그럼, 월요일에 뵙겠습니다.”

비웃는 듯 여유로운 태도에 불쾌함을 느낄 새도 없이, 해수가 정중히 고개를 숙인 후 병실을 벗어났다.

쾅, 문이 큰 소리를 내며 닫혔다.

Chapter 3

다른 걸 먹겠다는 게 아니라

순도 높은 봄 햇살이 한갓지게 내리쬐는 주말 오후, 비가 올 거라는 예보를 비웃기라도 하듯 하늘은 평소보다 더 맑고 청명했다.

목적지까지 가는 길은 꽤 번거로웠다. 고속버스에서 내려 택시로 갈아탄 후, 목적지에 도착하고 나자 시간은 어느덧 저녁에 가까워지고 있었다.

이제는 완연한 봄이었다. 해가 제법 길어진 덕에 발밑을 서성거리던 그림자는 여전히 길고 짙었다.

낙원(樂園) 추모공원

아치형의 문설주를 지나 원형의 경사로를 오르다 보니, 각종 봉안 용품을 구매할 수 있는 상점이 보였다.

해수는 조심스레 문을 열었다. 편안한 분위기로 조성된 공간은 마치 절에 온 듯한 향기로 가득했다.

"이걸로 주세요."

늦은 오후라 그런지 사람 하나 보이지 않았다. 반입이 가능한 꽃 장식을 산 해수는 왠지 모를 스산함에 걸음을 재촉했다. 피곤함이 가시지 않은 탓인지 오늘따라 가는 길이 고됐다. 높은 담벼락을 따라 한참을 더 올라가서야 마침내 봉안당 입구에 다다랐다. 차분한 걸음으로 돌계단을 밟고 들어서자, 사방으로 트인 창문을 뚫고 찬연하게 쏟아진 오후의 햇살이 해수를 맞이했다.

"하아."

불그스름한 노을빛이 서늘한 대리석 바닥을 따스한 색으로 물들여갔다. 봉안당 특유의 습한 공기가 향 냄새와 어우러져 해수의 코끝을 휘감았다.

엄숙한 분위기의 봉안당 사이로 천천히 움직이던 해수의 걸음이 어느 순간, 익숙한 사진 앞에서 우뚝 멈춰 섰다.

"나 왔어. 자주 와봐야 하는 건데…… 그동안 잘 지냈지?"

깜박깜박.

봉안당을 밝히는 희끄무레한 불빛이 조각조각 부서져 심장 한쪽을 쿡쿡 찌르는 것만 같았다.

해수는 제 이마 위로 살포시 손 그늘을 만들어보고는 스스로가 우스워 가볍게 쓴웃음을 흘렸다. 이마 위로 내리쬐는 빛을 가려주던 남자의 커다란 손등이 문득 떠올랐던 탓이었다.

"언니가 좋아하는 프리지어 사 오고 싶었는데, 생화는 반입이 안 된대."

가지고 온 꽃 장식을 유골함 옆에 넣어둔 해수가 눈시울을 붉혔다. 물그림자처럼 일렁이던 시야 사이로, 활짝 웃고 있는 언니의 고운 얼굴이 보였다.

"벌써, 3년이나 지났네."

힘주어 버티던 해수가 무너지는 마음을 조금씩 다시 쌓아 올리며 미약한 목소리에 힘을 주었다.

"난 아직도 가슴속에 불덩어리가 들어 있는 것 같아. 집에 가면 언니가 반겨줄 거 같고, 전화하면 언니가 웃으면서 받을 거 같은데……."

해인은 3년 전, 사고로 세상을 떠났다. 신호를 위반한 대형 트레일러트럭이 해인의 차를 깔아뭉개고 지나간 단순 사고사.

말이 좋다. 단순 사고사라니.

"교통사고로 실려 오는 환자를 보면 아직도 가슴이 터질 것 같고, 손이 막 떨려. 물론 처음보단 많이 나아졌지만."

빛이 사라져버린 얼굴이, 파르라니 변해버린 입술이, 그나마 온전한 형태를 갖추고 있던 앙상한 손가락이 불시에 해수의 시야를 뒤덮었다.

예고도 없이 눈물이 또 한 방울 툭 떨어졌다.

해수는 손등으로 눈물을 밀어내며 어떻게든 해인의 마지막 잔상을 떨쳐내기 위해 애를 썼다.

"……오늘은 진짜 울지 않으려고 했는데, 마음대로…… 안 되네."

목이 턱 막혔다. 가슴이 터질 것 같아서 해수는 옷깃을 찢을 듯이 거머쥐었다. 눈물이 다 마를 만큼 울었다고 생각했는데, 또 눈물이 펑펑 쏟아졌다.

"이해 좀 해줘. 나 여기 아니면 울 데도 없는 거 알잖아."

힘주어 주먹을 쥐고 입술을 깨물어도 눈물이 멈추지 않았다. 무릎을 턱 끝까지 당겨 안은 해수는 갓 태어난 아이처럼 아아, 소리 내어 울었다.

"언니야, 보고 싶어……. 보고 싶어 미치겠어. 힘들어. 나 좀 제발 안아줘."

남겨진 자의 삶은 생각보다 가혹했고, 우울은 생각보다 더 깊었다.

난 이제 어디로 가야 하는 걸까.

언니를 따라 걷던 해수의 인생은, 갈 곳 잃은 부표처럼 바다 위를 위태롭게 표류하고 있었다.

"윤해수 씨 관련 파일입니다."

같은 시각, 윤재가 지석에게 까만색 가죽 파일을 내밀었다. 주변은 고요했고, 창밖으로 스산한 비바람 소리만이 아득하게 들려왔다.

지석은 소파에 걸터앉아 파일을 펼쳐 들었다. 보고서에는 윤해수의 가족 사항, 학력, 학창 시절 성적은 물론, 주변 인물과 주소지 등의 정보가 상세히 기록되어 있었다.

부친 윤성태, 모친 故 우연희, 자매 故 윤해인.

"남은 가족은 법의학자 겸 방송인인 아버지 하나입니다. 보육원을 운영하던 어머니는 17년 전 폐암으로 사망했고, 언니는 3년 전 교통사고로 사망했습니다."

위스키를 따르던 지석이 순간 미간을 좁혔다. 왠지 모를 불길함에 관자놀이 위로 꿈틀하고 핏줄이 솟았다.

"교통사고?"

"조금 더 알아볼까요?"

고개를 끄덕인 지석이 리모컨 버튼을 누름과 동시에 병실 내 조명이 소등되었다. 윤재가 고개를 숙여 인사를 하고 병실을 나갔다. 크리스털 잔을 든 지석은 창틀에 걸터앉은 채로 창문 너머의 야경을 바라보았다. 드문드문 명멸하는 빛이 조각난 기억의 파편처럼 흩어져 시야를 어지럽혔다.

— 이제부터 날 엄마라고 생각하면 돼. 물론 쉽지 않을 거라는 건 알아. 그래도 우리 잘해보자.

해수의 어머니, 우연희가 운영하던 '나리 보육원'은 6살에 부모를 잃은 지석이 채두식에게 입양되기 전까지 지내던 곳이었다.

— 엄마! 누구예요? 새로 들어온 아기예요?

— 전에 해인이 누나 본 적 있지? 누나 동생이야. 엄마 둘째 딸. 엄청 예쁘지?

해수를 처음 만난 건 보육원 생활에 익숙해질 무렵, 만삭이던 원장의 배가 들어가고도 6개월이 흐른 후였다. 그렇게 어린 시절을 함께 보낸 해수는 일주일에 한 번 보육원에 들르면서도 그저 틀에 박힌 듯 무심한 시선만을 건네던 소녀로 자랐다.

— 다 들었어. 부잣집에 입양 간다며?

가시를 바짝 세운 고슴도치 같으면서도 내면은 누구보다 여리다는 것을 지석은 알고 있었다.

— 잘 살아. 괜히 눈 밖에 날 행동 같은 것도 하지 말고.

자그마치 17년 전 일이었다. 한 사람을 기억 속에서 지워내기엔 충분한 세월. 하지만 처음 해수의 얼굴을 마주한 순간, 머릿속을 뒤덮은 뿌연 안개가 순식간에 걷히면서 모든 기억이 선명하게 되살아났다. 윤해수. 별처럼 빛나는 눈동자를 가졌던 아이, 아무것도 가져본 적 없던 지석이 처음으로 지켜주고 싶다는 생각을 하게 했던 아이.

"대체 그동안 무슨 일이 있었던 거지."

아무런 생각도 하고 싶지 않았던 지석은 피로감에 뻑뻑해진 눈을 감고 시야를 차단했다. 어두워져야 할 시야에 어젯밤 화난 얼굴로 병실을 나간 해수의 얼굴이 떠올랐다. 고요한 호수처럼 잔잔하던 지석의 얼굴 위로 파동이 일었다. 반듯하던 눈썹이 느릿하게 꿈틀거렸다.

— 진짜 무례한 짓은 아직 시작하지도 않았습니다.

— 애인, 없습니까.

마치 무언가에 단단히 홀린 듯이 내뱉은 말은 충동에 가까웠다. 불가항력이었다. 제 메시지를 죄다 씹어놓고선 태연하게 나타난 해수를 보자, 눈앞에서 한줄기 빛나는 섬광이 터졌다. 그와 동시에 존재감조차 미미하던 왼쪽 심장이 뜨거운 펌프질을 시작했다.

애인이 없다고 했다면, 난 뭐라고 대답했을까.

이제부터 조금씩, 서로에 대해 알아가볼까요?

알 수 없는 소리만 빙빙 늘어놓으며 또 널 화나게 했겠지.

"내가 누군지 알게 되면, 넌 반가워할까. 아니면 연락 한 통 없던 날 원망하고 미워할까. 그것도 아니라면……."

눈부시게 빛나는 야경을 바라보던 지석의 오른쪽 입꼬리가 비스듬히 솟구쳤다.

"그렇게 예쁘게 자랐으니 끌리는 게 당연하지."

크리스털 잔을 빙글 돌리던 지석이 올라간 입꼬리를 끌어내리며 중얼거렸다.

하다 하다 죽을 위기에 내몰려 심연 속에 침잠한 순간, 그녀는 마치 예보도 없이 퍼붓는 소나기처럼 홀연히 제 앞에 나타났다. 소나기에 흠뻑 젖었다고 해서 비가 온 이유를 따지지 않듯, 그 역시 자신의 마음에 대해 의문을 가지지 않는다. 미친 놈이라고 생각해도 상관없었다.

"내가 어떻게 하면 좋을까."

하지만 여러모로 시기가 좋지 않았다.

회사는 안정 궤도에 올랐으나 퇴원한 후에는 상황이 어떻게 돌아갈지 아무것도 장담할 수 없다. 여전히 형제들의 경계는 심하고 자신의 입지는 좁디좁았다. 특히 채두식의 첫째 아들, 채홍석은 바닥조차 가늠할 수 없는 입양아와 사사건건 비교되는 것을 견디기 힘들어했다. 더군다나 채두식이 여당 대권 주자와 손잡고 본격적으로 정치적 행보에 발을 담근 이상, 그 역시도 일거수일투족을 조심해야 한다는 지시가 내려오기도 한 바.

무엇하나 확실하지 않은 상황에서 섣불리 그녀의 존재감을 드러내 이목을 끌어선 안 됐다.

눈을 가늘게 뜨고 생각에 잠긴 그가 알 수 없는 묘한 감정을 안고 어둠 속을 가만히 응시했다. 해수는 17년 전, 얼굴 그대로였다. 하얗고 말간 얼굴 안에 가득 들어찬 이목구비, 속눈썹이 길고, 눈은 동그랗고 귀여운 편인데, 콧대는 또 날카롭고, 끝이 살짝 올라간 입술이 유난히 붉고 도톰한…….

"미친 새끼."

스스로 정확히 진단을 내린 그가, 잔을 채운 호박색 액체를 단숨에 비우고는 돌이킬 수 없는 과거의 잔상과 지저분한 상념을 지워냈다.

블라인드를 내리고 이불을 뒤집어써도 밝게 느껴졌던 이유가 핸드폰에서 명멸하는 불빛 때문이라는 걸 알게 된 건, 메시지가 도착하고도 한참이 지난 후였다. 지석은 알코올 기운이 돌아 흐리게 뜬 눈꺼풀 사이로 메시지를 확인했다.

> 나 길에 갇혔어. 비 엄청 많이 오는데,
> 버스도 끊기고 콜택시도 안 와. 망했어.

하다 하다 메시지마저 헛것을 본다, 싶어 눈을 비비고서 발신인을 다시 확인했다. 해수였다. 지석은 이불을 걷어내고 허리를 비틀어 반쯤 몸을 일으켰다. 도착한 지 30분도 더 된 메시지였다.

지석은 나직하게 욕설을 내뱉으며 재빨리 통화 버튼을 눌렀다. 실수였겠지. 친구에게 보낸다는 게 손가락이 미끄러져 제게 보냈을 게 분명했다. 아무래도 상관없다. 중요한 건 그녀가 빗속에 갇혀 있다는 사실이었다.

[연결이 되지 않아 음성 사서함으로 연결되며……]

당연히 받을 리가 없다. 하지만 그는 포기하지 않고, 계속 통화 버튼을 눌렀다. 스마트키를 움켜쥔 채 당장이라도 빗속을 달려 뛰쳐나갈 준비를 하고서 받을 때까지 걸 작정이었다. 마음이 급했던 그는 몸을 완전히 일으켰다. 거대한 남자의 몸이 어둠 속에서 광휘롭게 우뚝 섰다. 아, 바늘을 쥐어뜯으면 안 된다고 했던가. 간호사실로 가서 정중하게 빼달라고 부탁해야지. 그러고서 외출 허락을 받아 해수를 데리러 갈 것이다.

"젠장."

잠이 오지 않아 술을 마신 게 후회되기 시작했다. 주말 저녁, 집으로 돌아간 비서를 다시 부르기엔 지나치게 늦은 시간이었다. 여기까지 생각이 미친 순간, 마침내 신호음이 멈추었다. 지석의 목울대가 느리게 일렁였다. 수화기 너머로 찬찬히 호흡을 고르는 소리가 들려왔다. 그 조심스러운 숨소리 하나 놓치지 않기 위해, 지석은 핸드폰을 귀에 바짝 붙이고서 잠시나마 숨을 멈추었다.

묘한 기분이 들었다. 멀리 떨어져 있음에도 불구하고 그녀가 코앞에 있는 듯한 착각이 일었다. 또 아랫입술을 못살게 굴고 있을까. 무슨 말을 해야 할지 감도 잡지 못하고 있을 텐데.

데리러 오라는 뉘앙스를 풍기는 메시지였다. 그런 메시지를 보내놓고는 무슨 일로 전화를 하셨냐, 태연하게 물어볼 수도 없는 노릇이겠지. 붉게 달아올랐을 여자의 얼굴이 자연스레 상상되어 지석은 자신도 모르게 낮은 웃음을 흘렸다.

[……죄송합니다.]

결국, 해수가 먼저 입을 열었다.

"뭐가요."

예상치 못한 반응이었는지, "음……" 하고 머뭇거리던 그녀의 목소리에 긴장감이 묻어났다.

[주무실 시간인데, 실수한 것도 그렇고. 사실 어제도 제가 너무 감정적으로 환자분께…….]

"어딥니까."

[네?]

"버스도 끊기고, 택시도 안 온다며. 그러니까 지금 어디냐고 묻는 겁니다."

얼마간의 시간이 흐른 후, 해수가 한숨을 쉬고 말했다.

[신경 쓰지 않으셔도 됩니다. 잘 해결됐습니다.]

지석은 손에 쥔 스마트키를 테이블 위로 내던지며 침대에 풀썩 주저앉았다.

해수의 대답은 하나부터 열까지 마음에 들지 않았다. 사과하는 것도, 실수였다며 되짚는 것도, 꼬박꼬박 환자분이라 부르며 선을 긋는 행동까지도. 그 마음을 알 리 없는 여자가 머뭇머뭇 말을 이었다.

[죄송합니다. 제가 원래 이런 실수하는 사람은 아닌데…….
본의 아니게 자꾸.]

사과할 수밖에 없다는 걸 알면서도 신경이 거슬렸다. 한쪽 눈썹을 치켜든 남자가 마뜩잖다는 듯 혀로 볼 안을 둥글게 굴렸다. 이마를 슥슥 문지르다 한 손으로 얼굴을 쓸어내리며 목소리를 누그러뜨렸다.

"그래서, 누가 데리러 왔습니까."

제게 잘못 보낸 메시지의 수신인은 과연 누구일까. 문득 궁금해졌다. 난처한 듯 또 망설이던 여자가 마지못해 대답했다.

[……아, 그게. 데리러 온 건 아니고요. 아는 사람을 만났습니다. 그래서 차 얻어 타고 서울로 올라가는 중입니다.]

여기서 지석이 강조한 단어는 '누가'였다.

누가? 어떤 새끼가?

하지만 그녀는 누군가가 데리러 왔다는 사실만을 알려주었다. 아무래도 잘못 알아들은 듯했지만 구태여 되묻지 않았다.

다만 다른 질문을 던졌다.

"서울이 아니었습니까?"

[네, 용인이요. 볼일이 있어서.]

"하."

지석이 이마에 손을 짚고는 어이없다는 듯 미간을 와락 구겼다.

"서울도 아니고, 경기도에서 우연히 아는 사람을 만났다는 말입니까?"

혼잣말처럼 "순진한 건가."라고 중얼거리는 동안 해수는 아무 말도 하지 않았다. 그러다 수화기 너머로 야트막한 한숨이 넘어왔다.

[······네, 그게 그렇게 됐어요. 걱정해주셔서 감사합니다.]

언제 들어도 참 예쁜 목소리였다. 듣는 이의 가슴마저 차분함을 되찾을 정도라, 순간 단단해진 심장을 억누르고 있던 우울의 무게가 덜어지는 듯한 기분이 들었다.

그와 동시에, 귓전을 파고든 간질거림이 뭉근한 열기를 더해가며 아래로 내려가 점차 부피를 키워갔다. 미친 새끼, 속으로 뇌까린 지석은 그대로 벌렁 침대에 드러누웠다.

[그럼, 이만 끊······.]

"윤해수 선생님."

[네.]

끊겠다는 여자의 목소리를 막았지만 끊어내야 했다. 너절한 욕망이 이성 같은 것들을 우습게 짓누르고서 고개를 바짝 쳐

들기 전에.

"미필적 고의도 고의입니다."

정염에 들끓는 목소리가 어둑한 병실을 울렸다. 희미한 숨
소리에 이어 아아, 난감해하는 목소리가 작게 들려왔다. 지석
이 피식 웃었다.

"나중에 청구하겠습니다."

핸드폰을 들고 있던 지석의 미간이 티 나지 않게 찌푸려졌
다. 여자의 대답을 기다리는 찰나의 시간, 초조함이 물밀 듯
밀려들었다.

[아, 그게.]

"대답."

[……네.]

"조심히 들어가요."

그는 더 망설이지 않고, 종료 버튼을 눌렀다.

이건 실수였다. 다른 사람에게 메시지를 잘못 보낸다거나,
전화를 잘못 건다거나 하는 일은 평생 한 적이 없었는데. 서연
에게 보내려던 메시지였다. 누가 데리러 오길 바라고 보낸 건
더더욱 아니었다. 택시를 조금만 더 기다려보고, 콜밴이나 모
범택시라도 부를 생각이었다.

"하."

툭 끊어진 핸드폰을 내려둔 해수가 손바닥 위에 얼굴을 묻고서 눈을 감았다. 어떤 방법을 다 동원한다 해도, 이 순간의 당혹감을 설명해내진 못할 것 같았다.

"채지석 대표?"

운전석에 앉아 있던 남자가 난감하게 굳은 해수의 얼굴을 힐긋 보며 불현듯 말을 걸어왔다.

해수가 한숨을 쉬며 눈을 떴다.

"어, 내가 문자를 잘못 보냈거든."

서울도 아닌 경기도 외곽의 버스 정류장에서 우연히 만난 남자는 이도현이었다. 지석의 병실에서 우연히 마주쳤던 고등학교 동창.

불쾌한 우연이 이어지는 것에 대한 원인 모를 불안함에 휩싸였지만, 오갈 데 없던 해수에겐 달리 선택지가 없었다.

"집이 어디야?"

해수는 도현의 목소리에 놀라 잠시 머뭇거리다 대답했다.

"혹시 병원으로 가줄 수 있을까?"

"이 시간에?"

도현이 미간을 살짝 찌푸리자 머쓱해진 해수가 목덜미를 매만졌다.

"평소에도 거의 병원에서 살다시피 해. 워낙 바쁘기도 하고."

바쁜 건 사실이었지만, 집이 어디인지 알려주고 싶지 않은 마음이 더 컸다. 더구나 머릿속이 복잡해서 잠이 올 것 같지 않았다. 괜스레 식은땀이 나고 가슴이 답답해서 병원에 잠깐 들러야겠다는 생각이 앞섰다.

서울에 진입했음을 알리는 초록색 표지판이 머리 위로 지나가고, 빠르게 스치는 봄의 풍경을 바라보다 보니 어느덧 병원 앞이었다.

"이만 갈게. 데려다줘서 고마워."

"해수야."

"어?"

조수석 손잡이를 붙든 해수가 고개를 돌리자, 잠시 머뭇거리던 도현이 어깨를 가볍게 들썩이며 답했다.

"……아니. 다음에 같이 밥 먹자고. 여기까지 태워다줬으니 나도 그 정도는 청구할 수 있지 않나 해서."

"아, 난 또 뭐라고."

조수석 문이 열린 틈을 바라보던 해수가 고개를 끄덕이며 차에서 내렸다.

"데려다줘서 고마워."

탁, 가볍게 문이 닫혔다. 도현이 조수석 쪽 창문을 내리며 인사를 건넸다.

"어차피 오는 길이었는데 뭐. 연락할게."

"조심히 들어가. 잘 지내."

해수는 끝내 다음 약속을 기약하지 않았다. 금방이라도 쓰러질 듯, 온몸이 노곤한 탓이라고 핑계 삼으며 힘겹게 몸을 돌렸다.

메인 조명이 꺼진 직원 전용 복도는 고요했다. 그리 늦은 시간도 아닌데 의료진들도 모두 휴식 중인 건지, 당직실로 이어지는 서늘한 복도엔 해수의 발소리만이 조용히 울렸다.

"그냥 집에나 갈걸."

무슨 생각으로 여길 다시 온 건지. 눈앞이 흐릿했다. 뜨거운 숨을 뱉어낸 해수는 오들오들 떨리는 팔을 쓸어내리며 들고 있던 가방의 손잡이를 꽉 그러쥐었다.

"왜 이러지?"

몸살이라도 오려는 건가, 생각하는 순간, 머리가 핑 돌고 무릎 뒤가 꺾였다. 도현의 차 안에선 긴장해 있느라 몰랐는데, 아무래도 몸 상태가 심상치 않았던 모양이었다.

"어?"

휘청거리던 시야가 뒤집히던 때였다. 어디서 나타난 건지, 거리를 단번에 좁혀온 남자의 탄탄한 팔이 서서히 무너지던 해수의 몸을 단단히 붙들었다.

"괜찮습니까?"

얼핏 남자의 커다랗고 뜨거운 손이 이마를 스쳤다.

"이마가 뜨겁습니다. 몸이 많이 안 좋은 것 같은데."

꿈인가?

비를 맞은 탓인지 온몸에서 혹독한 열기가 치솟았다. 시선이 맞닿자 해수를 비스듬히 내려다보던 남자의 눈매가 천천히 기울어졌다. 당황한 해수가 믿기 어렵단 듯 중얼거렸다.

"여긴 어떻게……."

"보고 싶었으니까."

지척에서 시선이 뒤엉켰다. 그들은 빨려 들어가듯 상대방에게서 시선을 거두지 않은 채, 잠시 꼼짝 않고 있었다. 이해하기 어려운 영화를 보듯 살짝 미간을 모은 해수가 입을 뗐다.

"제가 잘못 들은 건가요?"

"글쎄요."

이상할 것 없다는 투로 대답한 지석이 피식 바람 빠지는 소리를 냈다. 그제야 겨우 멍한 상태에서 벗어난 해수가 저도 모르게 가슴이 달싹이도록 호흡을 가다듬다가 몸을 물렸다. 그러나 그는 꿈쩍도 하질 않았다. 오히려 해수를 단단히 들쳐 안고서 가타부타 말도 없이 걸음을 옮기기 시작했다.

"내려주세요."

"가만히 있어요. 그러다 또 쓰러집니다."

"잠깐 어지러웠던 것뿐이에요."

당황한 해수가 버둥거리는 사이, 줄곧 웃기만 하던 남자가 육중한 철문을 활짝 열었다. 세상에 둘만 남았다는 착각이 들 만큼 아무 소리도 들리지 않더니 별안간 시야가 확 트이며 웅성거리는 소음이 밀려와 귀를 때렸다.

지석은 거침없이 복도를 향해 발을 디뎠다. 환자와 의료진으로 북적거리는 길목을 지나 당직실 침대 위에 해수를 내려놓으면서도 거리낌이 없었다.

100

지금 제정신인가.

해수는 그의 팔을 붙든 손에 힘을 풀며 남자를 올려다보았다. 입가가 미세하게 떨렸다.

"대체 왜 이러시는 거예요?"

입꼬리가 살짝 들리는 걸 보니 곤혹스러워하는 걸 알면서도 일부러 이러는 게 분명했다. 해수가 사납게 노려보자 지석의 입매가 비로소 시원스레 벌어졌다.

"나도 그게 궁금합니다."

"그쪽이 모르면 누가……."

해수가 말끝을 흐리자 계속 말하라는 듯이 눈짓하던 지석이 느린 호흡으로 답을 주었다.

"나는 타인의 손이 내게 닿는 게 끔찍하게 싫은 사람입니다."

"……"

"내 몸에 닿아도 불쾌하지 않은 사람은 당신이 유일하고."

정신이 번쩍 들었다. 얼핏 고백처럼 들릴 법한 말에, 홀린 듯 얼어붙은 혀는 어떠한 대답도 만들어내지 못했다.

"이만하면, 보고 싶어 할 이유로는 충분한 것 같은데."

허리를 숙인 지석이 짧게 웃으며 속삭였다.

"그럼, 월요일에 봅시다."

꿈을 꾼 건 아닐까. 그게 아니라면 귀신에 홀린 건지도.

"하아."

해수의 미간이 난감하게 이지러졌다.

거침없이 멀어지는 남자의 뒷모습을 바라보며 난데없이 뺨
이라도 맞은 사람처럼 우두커니 앉아 있을 뿐이었다.

주말 내내 지겹게도 내리던 비가 멈춘 월요일 아침이었다.

"몸은 좀 어떻습니까."

물안개처럼 흐릿한 목소리가 고개 숙인 해수의 오른쪽 귀
를 간지럽혔다. 해수가 고개를 들었다. 자연스레 시선이 맞닿
았고, 다시 고갤 숙여 남자의 목에 소독제를 바르던 해수가 아
무 일도 없었단 듯 웃으며 대답했다.

"괜찮아졌습니다. 걱정해주신 덕분에요."

"다행이네요. 그럼 하던 이야기나 마저 해볼까요."

이 순간만을 기다렸다는 듯이 지석의 눈빛이 짙어졌다. 무
슨 말을 하려는 건지 대충 짐작은 갔으나 해수는 마음대로 하
라는 듯 어깨만 들썩였다. 지석이 말을 이었다.

"내가 나중에 청구하겠다고 하지 않았나."

피할 수 있는 일이라면 어떻게든 피하고 싶었으나, 남자의
집요한 성격상 불가능할 것 같았다. 환부에 멸균 거즈를 덧대
던 해수가 짧게 답했다.

"하세요."

"뭐든 다 받아들이겠다?"

도둑이 제 발 저린다더니, 해수가 할 수 있는 것이라곤 사과

처럼 달아올랐을 얼굴을 숨기기 위해 시선을 피하는 게 전부였다. 지석은 고개를 기울인 채 기어이 눈을 맞추며 덧붙였다.

"겁이 없네요. 내가 뭘 해달라고 할 줄 알고."

어떻게 하면 이 상황을 모면할 수 있을까. 피할 수 없다면 조금 뻔뻔하게 받아치는 수밖에. 해수는 괜스레 주변을 휘, 둘러보며 일단 딴청을 피웠다.

"어?"

때마침 침대 옆 테이블 위에 놓인 노란색 대본 하나가 눈에 들어왔다. '과대망상(가제)'이라는 제목의 대본을 집어 든 해수가 책자를 앞뒤로 들여다보며 눈동자를 빛냈다.

"이진언 감독 신작인가 봐요? 처음 보는 제목인데."

해수는 얼굴에 번졌던 난감한 기색을 지우고서 금세 호기심을 드러냈다. 그가 넌지시 해수를 관찰하며 흥미로운 시선을 내던졌다.

"투자해야 할지, 말아야 할지, 시나리오부터 검토해보고 결정하려는 겁니다. 왜요. 투자에 관심 있습니까?"

"아니요. 유일하게 이름을 아는 감독이라 아는 척해봤어요. 유명한 분이잖아요. 이분 영화는 다 재미있게 봤거든요."

느릿하게 고개를 끄덕이며 잠시 생각하던 지석이 입꼬리를 비스듬히 끌어올렸다.

"그럼 뭐 볼 필요도 없겠네요. 그렇지 않아도 귀찮았는데."

"뭐가요?"

해수가 잠시 뜻을 이해하지 못해 되물었다. 지석이 대본을 향해 턱짓했다.

"그 시나리오 말입니다."

"검토가 필요하다고 하지 않으셨나요?"

"합당한 이유가 있다면 굳이 시간 낭비할 필요 없겠죠."

그의 대답은 아주 심플했다. 마치 편의점에서 껌이나 하나 사야겠다고 말하듯이 혹은 네가 하라는 대로 하겠다는 투였다.

머릿속이 한층 복잡해진 해수가 눈을 깜빡거렸다.

아, 합당한 이유. 설마, 그게 전가요?

하마터면 멍청하게 물어볼 뻔했다. 영화 제작 투자금이라니, 어림짐작으로 따져보아도 한두 푼은 아닐 텐데.

해수의 마음을 읽은 듯, 그가 어깨를 으쓱해 보이며 덤덤한 목소리로 덧붙였다.

"그 합당한 이유가 뭔지, 궁금하면 물어봐도 됩니다."

그녀가 물어주기를 바라는 듯 여유로운 얼굴이었다. 물론 해수는 대답을 들을 준비도 되지 않았을 뿐더러, 마음이 여유롭지도 못했다.

"아닙니다. 궁금한 거 없어요."

결국, 해수는 머릿속을 파고드는 호기심을 익숙하게 잘라냈다. 누울 자리 봐가며 발을 뻗으랬다고, 이런 황당한 관심 따위 유연하게 넘길 줄도 알아야 하는 법이니까. 곧 아무 일도 없었다는 듯 마음을 추스른 해수가 평소와 다를 바 없는 목소리로 말을 건넸다.

"컨디션은 괜찮으신가요?"

"별로였는데, 아주 좋아졌습니다. 보시다시피."

그가 뭐라 답하건, 태연한 대화와 진료가 이어졌다. 몸 상태는 어떤지, 언제쯤 일상으로 돌아갈 수 있을지. 그렇게 예사로운 대화를 나누는 사이, 문밖에서 침묵을 깨는 노크 소리가 들려왔다.

"대표님, 아침 식사 왔습니다."

윤재가 두 사람 사이에 감도는 묘한 분위기를 모른 척하며 식사가 든 쟁반을 테이블 위에 올려두고 나갔다. 달그락 소리를 들으며 해수는 안도의 한숨을 내쉬었다.

"벌써 시간이 이렇게 됐네요. 그럼, 맛있게 드시고 회진 때 뵙겠습니다."

긴장한 탓인지 위액이 역류하듯 속이 아렸다. 해수가 시계를 힐끗 바라보며 고개를 꾸벅 숙인 순간이었다. 꼬르륵, 해수의 배에서 뱃고동처럼 요란한 소리가 흘렀다.

때맞춰 음식을 넣어준 적도 없는데, 이놈의 배꼽시계는 알아서 잘도 울려댔다.

"어딜 도망가는 겁니까."

그가 반쯤 누웠던 상체를 일으키며, 바삐 나가려던 해수의 손목을 낚아채듯 손아귀에 넣었다.

"식사, 같이 합시다."

한층 진지해진 눈빛에 잠시 당황한 해수가 아랫입술을 내리물었다. 지석이 낮은 목소리로 말을 이어갔다.

"약속 지키려고 도시락까지 들고 온 거 아닙니까."

소파 위로 아무렇게나 내팽개쳐진 쇼핑백을 향해 그가 턱짓했다. 출근이 늦은 탓에 미처 스테이션에 맡기지 못한 해수의 아침 도시락이었다. 시선을 멍하니 따라간 해수의 머리에 지난주, 그와 나누었던 대화가 쏜살같이 날아와 꽂혔다.

— 아침 식사 가능합니까.

그러겠다고 대답한 건 맞지만, 이건 너무 갑작스러운 제안이었다. 아아, 낮게 탄식한 해수가 당황하며 대답을 했다.

"제가 오늘 좀 늦어서. 아침 식사는 다음에요."

해수가 혼잣말하듯 얼버무리더니 도망치듯 나가기 위해 잡힌 손목을 힘주어 당겼다.

"······아."

해수가 한 번 더 힘껏 당겼다. 이상한 일이었다. 그렇게 힘을 준 것 같지도 않은데, 손목은 남자의 손아귀에 붙들린 채 꼼짝도 하지 않았다. 남자의 입술 끝이 희미하게 올라갔다.

"왜요."

그는 마치 포획물을 가지고 장난치는 포식자처럼 느긋한 얼굴이었다. 순순히 보내줄 생각 역시 없는 듯 보였다. 아직 밥이 넘어가기도 전인데 벌써 명치 아래쪽이 꽉 막히는 기분이 들었다.

"무슨 문제라도 있습니까?"

뻔뻔한 남자의 질문에 속으로 한숨을 집어삼킨 해수가 간신히 고개를 들었다. 손목을 사이에 두고 해수와 지석의 시선이 복잡하게 엉켰다. 해수는 입술을 짓씹었다.

"놔주세요."

"우리, 매일 아침 식사 함께하기로 하지 않았습니까?"

만족한 듯 입꼬리를 올린 지석은 그제야 움켜쥔 손아귀에 힘을 풀었다. 갑작스레 방류된 혈액으로 인해 손끝까지 저릿해졌다. 동시에 해수의 도시락이 제멋대로 테이블 위에 펼쳐지고 있었다.

숨 막히게 불편한 정적이 테이블 위에 내려앉았다. 분명 배에서 천둥이 내리꽂히듯 요란한 소리가 났는데, 해수는 눈만 끔벅이며 테이블 위에 놓인 음식들을 내려다보기만 했다.

"……그런데 환자분."

난처한 듯 몸을 움츠린 주치의의 고충에도 아랑곳없이, 지석은 홀로 태연했다.

"환자분은 무슨. 나도 알고 있으니, 그놈의 환자 소리 좀 그만하죠."

"저희 아침 식사, 함께하기로 한 건 맞습니다만."

시선이 마주친 둘은 잠시간 서로를 말없이 바라보았다. 지석은 해수의 미간이 설핏 찌푸려지다 빠르게 펴지는 것을 보았다. 해수의 망설임을 읽은 지석이 한발 빠르게 대답했다.

"횟수에 관해 이야기 나눈 적은 없었던 것 같은데. 내가 틀렸습니까?"

"아니, 그런 억지가……."

틀린 말은 아니었지만 매일 아침이라니, 이건 지나친 억지였

고 엄연한 갑질이다. 낮게 한숨을 쉰 해수가 이내 체념한 듯
말을 이었다. 상대를 배려하는 데 익숙한 성격은, 부러 밝게
내뱉는 투에서도 고스란히 드러났다.

"와, VIP 병실이라 그런가? 반찬 가짓수부터가 다르네요. 맛
있겠다."

해수의 시선이 테이블에 놓인 쟁반으로 가 있었다. 지석이
고개를 까닥였다.

"그래요. 들어요."

"네. 맛있게 드세요."

쇼핑백 안에 들어 있던 보온병을 꺼내며 씩씩하게 대답하는
그녀를 향해, 지석이 제 앞에 있던 수저와 쟁반을 쓱, 내민다.
누가 봐도 권하는 듯한 제스처였다. 다시 해수의 눈이 느릿하
게 깜박인다. 자신이 놓친 게 있는지 되짚어가듯 아연한 낯이
었다.

"혹시 알레르기 있는 재료라도 들어갔나요? 차트에 표기된
게 없어서 미처 체크하지 못했습니다."

"걱정할 거 없습니다. 가리는 거 없어요. 뭐든 다 잘 먹습니
다."

"그런데, 왜 그러세요?"

예상했던 질문이라는 듯 고개를 끄덕인 그가 손을 뻗어 사
과를 집어 들며 여상하게 받아쳤다.

"맛있겠다며."

"아, 그건 그냥 농담……. 그게 아니라 예의상 건넨 말이었

습니다. 얼른 드세요. 약이 독해서 절대 식사 거르시면 안 됩니다."

간곡한 부탁 따위 안중에도 없다는 듯 해수를 빤히 바라보던 그가, 마치 종이를 찢듯 가볍게 사과를 반으로 갈라 와그작, 씹기 시작했다.

"내가 그렇게 경우 없는 놈은 아닙니다. 손님을 초대했으면 마땅히 대접을 해야지."

붉은색 사과를 또 한 번 베어 물던 그가 젖은 눈으로 해수를 바라보았다. 그 시선에 먹히는 기분이 들어, 묘하게 얼굴이 달아올랐다. 해수는 자신도 모르게 그의 입 속으로 사라지는 사과를 멍한 눈길로 응시했다. 번들거리던 남자의 입술이 느리게 벌어졌다.

"맛있어 보입니까? 한번 먹어볼래요?"

"아, 아뇨. 괜찮습니다."

"먹고 싶은 눈인데, 간절하게."

남자와 눈이 마주치자 해수는 고개를 급히 숙이고 테이블에 새겨진 웨이브 음각만 시선으로 더듬어갔다. 얼핏 웃음소리가 들리는 것도 같았다.

"이건 뭐지? 사람 먹는 거 맞습니까."

의도를 알 수 없는 남자의 질문에 해수가 다시 고개를 치켜들었다. 보온병 안을 심각하게 들여다보던 그의 얼굴이 일순 미세하게 일그러졌다.

"잘못 들고 온 거 아닙니까. 개밥 같은데."

"개밥이라뇨. 오트밀이거든요. 건강에 얼마나 좋은 건데."

혀를 쯧, 차던 그가 조금의 머뭇거림도 없이 해수에게로 손을 뻗었다. 지석은 테이블 위에 놓인 해수의 손목을 잡고 엄지로 부드럽게 쓸어내렸다.

그 행동이 물 흐르듯 너무 자연스러워 따질 기회조차 놓쳐버렸다. 입을 멍하니 벌린 채 그대로 굳어 있을 수밖에.

"이런 걸 먹으니, 손목이 한 줌밖에 안 되는 거 아닙니까."

"방금…… 먹는 거, 안 가린다고 하지 않으셨나요?"

내내 권태로운 미소로 일관하던 그가 고개를 조금 뒤로 젖히고는 거침없이 웃음을 터뜨렸다. 잠시 후 가볍게 주먹 쥔 손으로 웃음을 갈무리한 그가 목을 가다듬으며 태연하게 대답했다.

"살다 살다 별걸 다 먹어보네요. 주치의 선생님 덕분에."

말과는 달리, 숟가락을 들어 한입 크게 떠먹은 그가 생각보다 먹을 만하다는 듯 고개를 크게 끄덕이며 만족스러운 표정을 지었다.

먹을 게 없어진 해수에겐 딱히 선택지가 없었다. 환자의 밥까지 뺏어 먹는 의사라니, 누가 볼까 겁났다. 차라리 빨리 먹고 사라지는 게 신상에 이로울 듯했다. 해수가 식판을 잡으려 손을 뻗던 순간, 지석의 손이 스치듯 부딪혀왔다. 놀란 해수가 손을 뗐고, 그가 한 박자 느리게 피식 웃으며 식판을 밀어주었다.

한적한 병실엔 식기 부딪치는 소리, 음식을 씹는 소리만이 조용히 울려 퍼졌다.

제게 닿는 흥미 가득한 시선을 외면한 해수는 맛을 느끼지 못한 채 식판에 코를 박고 기계처럼 부지런히 음식을 밀어 넣었다. 아무렇지 않은 척 굴었지만 불편해서 미칠 것 같았다.

제발 그만 좀 봐줬으면 좋겠는데.

체할 것 같은 기분에 천천히 음식을 씹던 해수가 조심스럽게 명치를 문질렀다.

"맛있네요. 그런데 이제 이런 일 없었으면 합니다. 환자분이 잘 드셔야 하는데 이러시면 제가 곤란해서요."

"내가 그걸 모를까. 하지만 누가 봐도 나보단 그쪽이 더 잘 먹어야 하는 것처럼 보일 텐데."

물론, 그건 인정이다. 일주일쯤 굶어도 아무런 타격을 입지 않을 것 같은 거구의 남자가, 한 끼 정도 굶는다고 큰일이야 날까.

"매일 아침, 같이 드시죠."

아무리 그렇다 해도…… 이건 좀 아니지 않나.

"아니요. 거절하겠습니다. 마음만 감사히 받을게요."

동정받는 것만 같은 불편한 기분에 해수는 괜히 냉랭하게 대꾸했다. 누군가 이유 없이 베푸는 친절에 익숙지 않기도 했고, 보편적이지 않은 상황에서도 의연해 보이는 남자의 태도가 사뭇 천성적이라는 생각이 들었던 탓이었다.

"아직 제대로 준 것도 없는데 거절이라……."

말간 얼굴 위에 여러 감정이 휘감기는 걸 눈치챈 그가 해수의 손을 향해 눈짓했다.

펼쳐보라는 뜻일까. 남자의 얼굴은 오늘따라 조금 낯선 느낌이었다. 무슨 생각을 하는 건지 여전히 알 수 없지만, 그녀에게서 무언가를 읽어내고자 하는 눈처럼 보였다. 몸에 밴 듯 모든 행동이 여유로운 남자와는 달리, 한 번 느끼기 시작한 그의 손길은 여간 불편한 게 아니었다.

"손."

다시 한번 까딱, 느릿한 눈짓에 얼떨결에 내민 손바닥 위로 남자의 뜨거운 손이 겹쳐졌다. 뜨겁게 달궈진 모래가, 맞닿은 손바닥 사이로 자글자글 끓는 기분이었다. 원하는 것을 얻은 지석은 손아귀에 쥔 해수의 손을 주무르기 시작했다.

"전부터 생각한 거지만, 너무 말랐습니다."

"보통이라고 생각합니다."

"나랑 맛있는 거 많이 먹읍시다."

먹을 걸로 꼬시더니, 이제는 대놓고 손을 잡기 시작한다. 더 웃긴 건, 무언가에 홀린 듯 얌전히 손을 내주고 있는 자신이었다. 한쪽 입꼬리를 묘하게 올린 지석이 덧붙였다.

"……기껏 먹은 건데 체하면 쓰나."

그렇게 티가 났다. 잔뜩 긴장한 얼굴을 들켰다는 생각에, 당황한 해수의 입술이 조그맣게 벌어졌다. 그가 비스듬히 고개를 비틀어 관찰하듯 해수를 바라보았다.

"살찌워야죠."

순간, 아이들을 잡아먹기 위해 맛있는 걸 먹여가며 열심히 살을 찌우던 고전 동화 속 마녀가 떠올랐다.

"갑자기 살은 왜……."

혼이 반쯤은 빠져나간 해수는 저와 달리 태연한 남자를 빤히 쳐다보았다. 속내를 알 수 없는 말을 내뱉으면서도 그는 아무런 동요도 없었다.

"왜. 잡아먹을까 봐 겁나요?"

그가 움켜쥔 건 손일 뿐인데, 심장이라도 잡힌 것처럼 내쉬고 삼키는 숨이 버거웠다. 남자의 눈이 집요하게 해수를 훑었다. 숨을 얼마나 오래 참을 수 있는지 구경이라도 하려는 사람처럼.

꿀꺽, 정곡을 찔린 해수는 마른침을 삼켰다. 여기서 더 머물렀다간 우려하던 일이 일어날지도 모르겠다는 위기감이 들었다.

"이런 일에 얼마나 능숙하신지는 모르겠지만, 저는 좀 당황스러워서요."

남자의 왼쪽 눈썹이 쓱 들렸다. 서늘함과 퇴폐적인 이미지가 공존하는 얼굴을 마치 뭔가에 홀리기라도 한 듯 바라보던 해수는 잡힌 손을 다급히 빼내며 자리에서 일어났다.

"헉!"

순간 해수의 손등에 닿은 물 잔이 중심을 잃고 기울었다. 탁, 포물선을 그리며 날아간 컵에서 작은 물방울이 튀나 싶더니 남자의 몸으로 투명한 물줄기가 거침없이 쏟아져 내렸다. 해수가 재빨리 손을 뻗었지만, 그의 환자복은 이미 흥건히 젖어 든 후였다.

"아, 죄송합니다!"

평소와 달리 자꾸만 실수를 연발하는 자신에게 화가 났다. 잠시 정적에 휩싸였던 해수가 수건을 가지러 가기 위해 몸을 돌리려는데 느긋한 음성이 발목을 잡았다.

"난 괜찮으니까 당황하지 마요. 마침 좀 더웠거든."

괜찮을 리가. 다시 한번 정중히 사과드리겠노라 해수가 막 입을 떼려는 순간, 그가 담담하게 환자복 단추를 툭, 툭, 풀어 가기 시작했다. 떡 벌어진 어깨 아래, 보기 좋게 자리 잡은 탄탄한 근육이 그녀의 시야를 은근하게 압박했다.

"좀 봐줄래요? 상처에 물이 들어간 것 같은데."

"아, 네."

해수는 멍하니 옷을 벗는 남자를 보다가 가까이 다가갔다. 방수 패드를 붙여놓긴 했지만, 상처에 물이라도 닿으면 곤란했다. 하지만 아무리 살펴보아도 붕대 근처로 물이 번진 것 같지는 않았다. 지석은 여전히 얼떨떨하며 제 몸을 더듬는 해수에게 여상히도 말했다.

"익숙해지는 게 좋을 겁니다. 앞으로 계속 봐야 할 테니까."

당연한 말이었다. 자신은 주치의였고, 매일같이 환부를 들여다보는 사람이니. 하지만 남자의 말은 다른 뜻을 내포하고 있는 듯했다. 순간 말문이 막힌 해수는 커다란 눈만 끔뻑이며 입술을 달싹였다. 능숙하게 표정을 감추면서도 시선은 속수무책으로 흔들렸다.

"이만 가보겠습니다."

먹은 그릇과 컵을 정리한 해수는 도망치듯 병실을 나섰다. 안심되어야 마땅한 공간에 들어섰음에도 무언가 불길한 예감이 해수의 등줄기를 훑었다. 어쩐지 눈 뜨고 꿈이라도 꾼 듯한 기분이었다.

"대표님…… 혹시 무슨 생각을 하고 계신 건지 여쭤봐도 되겠습니까?"

노트북을 응시하며 골똘히 생각에 잠긴 지석의 날카로운 시선 아래, 정갈하게 포장된 보온 가방 하나가 놓였다. 백선 호텔 한식당의 로고가 인쇄된 가방 속엔, 금방 만든 음식에서 새어 나온 수증기가 담뿍 서려 있었다.

"생각 없어."

무성의한 목소리만큼이나 다를 것 없는 표정을 한 지석이, 반듯한 입매를 다시 굳게 다문 채 하얀 모니터를 향해 시선을 내던졌다.

대답할 생각이 없다는 건가, 밥 먹을 생각이 없다는 건가. 아니면 진짜 아무 생각이 없다는 건가.

차가운 반응을 예상하지 못했는지, 잠시 굳어 있던 윤재가 외람된 줄 알면서도 재차 말을 건넸다.

"판단이 잘 안 돼서 여쭤본 겁니다. 제가 앞으로 어떻게 처신을 해야 하는 건지……."

다른 비서들의 경우, 바쁜 상사를 대신하여 그들의 여자를 관리하는 일이 왕왕 있다고 들었다. 기념일에 선물을 사는 것은 물론 개인 핸드폰으로 오는 메시지에 답을 주는 것도 그들의 몫이라고. 하지만 지석의 경우 그런 일은커녕 여자에게 관심을 주는 일조차 없었기에 윤재는 더욱 혼란스러웠다. 대답은커녕 미세한 반응조차도 없는 지석을 보며 윤재가 낮은 한숨을 흘렸다.

"든든하게 챙겨 드셔야 한답니다."

일이 잘되지 않는 건지, 심사가 잔뜩 뒤틀린 채 포트폴리오를 들여다보던 지석의 눈앞에 유기 숟가락 하나가 불쑥 들어온다. 내내 권태롭던 얼굴을 거둬낸 그가 짧은 미소를 흘리며 윤재에게 물었다.

"누가?"

"주치의 선생님께서 식사 꼭 챙겨드려야 한다고, 제게 따로 부탁하셨습니다."

윤재는 누구보다 지석의 성격을 잘 알고 있었다. 소통에 거리낌이 없고, 권위적인 것과는 거리가 멀다. 게다가 본인의 실수에는 엄격하나 타인의 실수에는 늘 관대한 사람이었다.

뜻하지 않은 스캔들에 간혹 휘말린다는 게 유일한 흠이라면 흠이었다. 그가 일궈온 재력과 타고난 매력 탓이라 치부하기엔, 성별을 가리지 않고 뻗어오는 유혹의 손길을 차단하는 것 자체가 너무도 고된 일이었다.

뭘 어떻게 하고 싶으신 건지.

뻗어가는 생각을 멈춘 윤재가 할 말이 많은 표정으로 입술만 달싹이다, 끝내 입을 꾹 다물었다. 지시가 내려오면 모를까, 자신이 이해하고 말고 할 문제가 아니라는 판단이 들어서였다. 분명한 건, 그가 변하고 있다는 사실이다. 누구보다 잘 안다고 생각했던 상사의 모습에 균열이 가고 있었다.

"비빔밥입니다."

주치의의 부탁이라는 말 한마디가 그를 움직였다. 지석은 평소와 다름없이 왕성한 식사를 이어갔다. 오래 지나지 않아 식사를 끝낸 그의 눈동자 위로 짧게나마 만족감이 어렸다. 슬그머니 위로 올라가는 입꼬리를 힘주어 아래로 내린 그가 업무 지시를 내리듯 건조한 목소리로 입술을 뗐다.

"핸드폰 액정에 금이 갔던데."

아침 식사를 하던 내내, 테이블 위에 올려진 해수의 핸드폰이 몹시도 눈에 거슬렸다. 액정 파편이 손끝에 박히기라도 하면 어쩌나 괜히 신경이 쓰였다. 핸드폰의 기종도 꽤 오래된 모델인 듯 보였고.

"예. 알겠습니다."

찰나의 머뭇거림 끝에 의아함을 애써 감춘 대답이 돌아온다. 의도와 목적이 불분명한 지시였지만, 윤재는 찰떡같이 알아듣고 고개를 끄덕였다.

chapter 4

쓸데없는 건 지워요

"야, 이 깡패 새끼야. 너 나 몰라?"

그날 오후, 병실 밖에서 소란이 일었다.

"뭐? 목소리를 낮춰? 내가 오늘 몇 번째 오는 건지 알아? 비서면 비서답게 굴어. 어디서 시건방지게 들어가라, 마라야!"

난잡하게 이어지는 행패만 들어도 지석은 소동을 일으킨 장본인이 누구인지 쉽게 알 수 있었다.

"너, 내 몸에 손만 대. 오늘은 그냥 안 넘어가. 성추행으로 확 고소하기 전에 꺼져. 안 꺼져?"

혜성처럼 나타난 충무로의 보석, 차세대 CF 여왕, 국민 청순녀……. 다양한 수식어를 꼬리처럼 달고 다니는 여자는 지석에게 매번 뜻하지 않은 스캔들을 선사하는 영화배우 한소라였다.

"비켜!"

톤이 다소 높은 목소리가 고요함을 가르고 귓전에 때려 박혔다. 입구 쪽의 대치 상황은 점점 심각해지고 있었다. 도무지 종잡을 수 없는 오만한 태도에 지석의 입에서 낮은 한숨이 흘렀다.

"오빠랑 결혼하면 일단 너부터 확 잘라버릴 거니까 알아서 기어."

이어 쾅! 하는 굉음과 함께 또각또각. 요란한 하이힐 소리가 병실 바닥을 쉴 새 없이 구른다. 그렇지 않아도 피곤하던 차에 인공적인 장미 향이 훅 끼쳐 신경을 거슬렀다.

"지석 오빠!"

지석은 썩 달갑지 않은 목소리에 억지로 눈을 감고 손바닥으로 눈꺼풀마저 무겁게 덮어버렸다. 너 따위 눈에 담고 싶지 않다는 단호한 의사 표현이었다.

"이 지경이 됐는데 왜 나한테 연락을 안 해? 내가 오빠 소식을 사회면 뉴스로 봐야 해?"

"그런 것도 볼 줄 아나? 대가리는 장식용인 줄 알았더니."

낮게 중얼거리며 피식, 비웃는 목소리에 한소라의 눈동자가 불안하게 흔들렸다. 급하게 따라 들어온 윤재 역시 난감한 눈치였다.

"죄송합니다, 대표님."

이런 일이 비단 어제오늘만의 일은 아니었다. 이미 여러 차례 실랑이를 벌이며 출입을 저지했지만, 한소라는 포기를 몰랐다. 2년간의 진득한 짝사랑만큼이나 끈질긴 여자였다.

물론 어쩔 수 없이 들여보낼 수밖에 없다는 걸 모르는 것도 아니었다. 병원에서 쓸데없이 목소리를 높였다간, 보나 마나 귀찮은 스캔들 기사나 하나 더 추가되겠지.

그 사실을 알면서도 지석은 고압적인 말투로 질책했다.

"면회 금지라고 분명히 적혀 있을 텐데?"

눈꺼풀을 덮은 손이 거두어짐과 동시에, 서늘하게 가라앉은 지석의 눈동자가 정확하게 윤재를 향했다. 지석은 순간 불쾌한 기색을 숨기지 않고 얼굴을 구겼다.

"아니면 내가 업무 지시를 잘못 내렸나? 내 주치의 말고는 개미 새끼 한 마리 들이지 말라고 분명히 전한 것 같은데."

바닥까지 착 눌어붙은 저음이 위협적으로 들려왔다. 불쾌함의 대상은 굳이 시선으로 확인하지 않아도 분명했다. 개미 새끼. 고작 그 정도의 존재감.

"오빠, 몸은 좀 어때. 내가 얼마나 걱정했는지 알아?"

바닥을 치는 모멸감 따위 익숙하게 떨쳐내고, 한소라는 쪼르르 가까이 다가가 지석의 팔에 제 손을 끼워 넣었다.

"나, 새벽까지 촬영하고 바로 올라온 거야. 오빠 걱정에 연기도 잘 안 돼. 혹시 이번 드라마 봤어?"

지난달 첫 방영을 시작한 웹툰 원작 드라마로 국민 첫사랑이란 타이틀까지 얻어낸 한소라는 후원자를 찾기 위해 기획사 사장과 적당한 인물을 고르던 중, 그런 관계 따위에 관심조차 없는 지석에게 파트너 제안을 해왔다. 뜻하지 않은 역제안이었다. 한소라는 심지어 아무런 금전적 도움도 원하지 않는다고 말하며 지석에게 접근해왔다.

"내가 왜 네 오빠야. 우리가 피가 섞였어, 살이 섞였어."

당연히 불쾌했다. 추문이라면 질색이다. 더군다나 지석이 가장 상종하기 싫어하는 부류의 인간이었다. 아무런 마음의 교류 없이 육체만을 탐하는 탐욕주의적 관계.

"그럼 일단, 살부터 섞자. 그런 다음엔 우리 피가 섞인 아이도 낳고."

"선 넘지 말라고 했을 텐데."

지석은 냉담한 눈동자로 제 팔을 잡은 한소라의 손을 응시했다. 이어 그녀의 손을 매섭게 떨쳐낸 그가 다소 귀찮다는 듯 인상을 찌푸렸다. 한소라는 재빨리 그의 눈치를 살폈다.

"알았어. 안 해. 안 할게. 하긴…… 또 까칠한 게 오빠 매력이지. 그래서 가지고 싶은 거고."

아무리 매몰차게 선을 그어도, 그녀는 타격감 제로의 방어율을 선보이며 그려낸 듯한 미소로 일관했다. 별다른 대꾸를 해주지 않아도 혼자 묻고, 혼자 대답하고. 귀에 들어오지도 않는 목소리를 억지로 듣고 있자니 머리가 지끈거리는 듯하다. 인내는 길지 않았다.

"볼일 끝났으면 이만 가지. 일 복잡하게 만들지 말고."

뼈마디가 굵고 매끈한 손끝이 미간을 사납게 툭툭 쳐댔다. 도무지 인내라고는 할 생각이 없어 보이는 얼굴이었지만 늘 그랬듯 한소라는 굴하지 않고 헤실거리며 웃는다.

"나 스케줄 겨우 비운 거야. 시간 많이 뺏지 않을게. 쫓아내지만 마."

남들과는 다른 매력이었다고 해야 할까. 이 바닥에 닳고 닳은 놈들과는 달리, 제게 손끝 하나 닿지 않으려 하는 행동에 더더욱 끌렸다. 누구 손 하나 타지 않은 저 서늘한 마음이 사랑을 품게 되면 얼마나 뜨거워질까.

한소라가 숨을 크게 들이마셨다. 그러니 무슨 일이 있어도, 저 잘난 남자의 종착역은 반드시 자신이 되어야만 한다고 결심한 그녀가 고개를 주억거렸다.

"오빠가 원한다면, 연예계 일 그만두고 열심히 내조할게. 다 할게. 그게 뭐가 됐든."

말 그대로 폭탄선언이었다. 한소라의 말이 끝나기 무섭게 지석이 어처구니없다는 듯 사납게 읊조렸다.

"별, 이건 또 무슨. 연기 잘한다더니 순 개판이네."

지석은 거만하게 기울어진 얼굴로 그녀를 바라보았다. 진심으로 이해하기 어렵다는 표정이었다.

"돈 많은 영감 줄줄이 붙이고 다니면서, 젊은 놈이랑도 붙어먹고 싶은 건가?"

무심코 던진 말에 충격이라도 받은 듯, 한소라의 얼굴이 보기 좋게 일그러졌다. 하지만 금세 표정을 환하게 밝히며 당황한 내색을 하지 않기 위해 눈을 크게 떴다.

"영감이라니……. 내가 돈 때문에 이러는 거 같아? 그깟 돈에 내 피 같은 2년을 갖다 바쳤다고 생각해? 난 늘 진심이었어. 우리 결혼하자. 나 정도면……."

끼익—.

조심스레 문이 열렸다. 두 사람의 시선이 동시에 입구 쪽으로 향했다.

"아, 안녕하세요. 주치의입니다."

심각한 대화를 주고받던 둘의 시선이 동시에 자신에게 쏠리자, 해수는 그들을 향해 싱긋 웃어 보였다. 멀뚱히 그냥 있기도 곤란한 상황이었다.

"들어와요. 넌 나가고."

배웅과 마중을 동시에 행한 남자는 알아들었냐는 듯 고개를 문 쪽으로 까닥해 보였다. 이에 한소라는 검지를 뻗어 자신을 가리키며 '나?'라고 되묻는다. 지석이 느리게 고개를 끄덕였다.

"이야기 중에 죄송합니다만. 잠시……."

자리를 비켜달라는 말을 하기가 민망한 상황이었다. 입술만 달싹이던 해수가 한소라의 안색을 힐끔 살폈다. 한소라의 시선이 자연스레 지석에게로 향했고, 그의 시선을 따라 다시 해수에게로 돌아갔다. 싸한 정적이 감돌았다.

"죄송하면 나중에 오시든가. 내가 그렇게 한가한 사람이 아니라."

태연한 도발이었다. 의도대로 한소라는 둘 사이의 미묘한 기류를 잡아챘다. 신경 세포가 온통 그를 향해 있으니 사소한 감정 변화 따위 눈치채는 건 일도 아니었다. 자신의 것을 지키려는 본능적 경계심이랄까. 지석의 눈동자에 어린 감정들은 자신이 그를 보는 것과 별반 다를 것 없었다. 소유욕, 독점욕, 열망, 갈증 따위의 것들……. 주치의를 제외하곤 개미 새끼 한

마리 들이지 말라던 지석의 말이 메아리처럼 울려댔다. 물론 단순한 짐작일 수도 있으나, 한소라는 대체로 제 직감을 믿는 편이었다.

어디서, 의사 따위가…….

한소라의 따가운 시선을 외면한 채 침묵을 고수하던 해수는 거북해진 기분을 익숙하게 삼키며 입을 열었다.

"저 또한 마냥 기다릴 수만은 없는 처지라서요. 금방 끝내고 돌아가겠습니다."

속으로 한숨을 집어삼킨 해수가 아무런 감정의 동요도 일지 않은 표정으로 한 발짝 더 다가갔다.

"우리 의사 선생님께서 말귀를 못 알아먹네."

한소라가 눈웃음치며 매섭게 쏘아붙였다. 동시에 무미건조하다 못해 서늘한 지석의 목소리가 흘러나왔다.

"주제넘게 굴지 말고 나가."

말이 끝나기 무섭게 세 사람 사이에 정적이 감돌았다.

처음 듣는 음성이었다. 해수가 마주한 그의 두 눈은 설명하기 어려운 위압감으로 가득 차 있었다. 저것이 남자의 본모습일까. 선득함이 깃든 눈빛에 절로 몸이 움츠러들었다.

그제야 경호팀과 밖에서 대기하던 그녀의 매니저가 바닥에 닿을 듯 고개를 숙이며, 병실 안으로 들어왔다. 창피하단 듯 얼굴을 붉힌 그녀의 매니저가 한소라의 팔을 끌었다.

"소란 피워서 죄송합니다. 소라야, 제발 좀 가자. 좀."

"오빠, 연락 기다릴게. 내가 했던 말 진지하게…… 봐!"

끝끝내 버티던 한소라가 백지장처럼 하얗게 질린 얼굴로 경호팀에게 들려 사라졌다.

해수 역시 그리 편치 못한 얼굴이었다. 그는 지나치게 경계심이 많은 사람이었다. 따라서 꼭 만나야 할 회사 사람이나 비서를 제외하고, 병실에 사람을 들이는 일은 없었다. 처음으로 지석이 자신의 영역에 들어오는 걸 허락한 여자였다. '한소라'의 존재는 자연스레 해수의 호기심을 자극했다.

두 사람의 스캔들에 대해 모르는 것도 아니었다. 서연이 보내준 링크를 통해, 기사를 읽은 해수 역시 익히 알고 있는 내용이었다. 사실, 그 소문들이 사실이든 아니든 해수에겐 그리 중요하지 않았다. 어차피 그림의 떡, 오르지 못할 나무 아니던가. 하지만 막상 자신의 눈으로 확인하고 나니 입 안이 썼다.

해수는 그 짧은 시간 동안, 바닥으로 흩어지는 감정의 낱알들을 정리하며 바짝 마른 입술을 혀로 쓸었다.

"화면보다 훨씬 더 예쁘시네요."

헛소리였다. 한소라가 사라졌음에도 현실은 그저 어색했다.

예상치 못한 불청객에 골이 지끈거려 머리를 감싼 지석과는 달리, 해수는 크게 개의치 않는 듯 평소와 다름없는 목소리로 이어 말했다.

"그리고 저 이런 일 소문내고 그런 사람 아니니까 걱정은 하지 않으셔도 됩니다."

"뭘 말입니까. 내가 뭘 걱정하는데."

"두 분이……."

해수는 말을 잇지 못하고 커다란 손에 감긴 붕대를 풀었다. 여자 친구분? 애인분? 그녀를 뭐라 칭해야 할지 감도 잡히지 않았다, 아니 사실 못마땅했다. 씁쓸하게나마 짓던 웃음조차도 나오질 않았다.

그녀는 초조함을 숨기기 위해 단단히 정신 줄을 붙들며 고개를 푹 숙였다. 새하얗게 질려 일에 집중한 그녀를 본 지석이 부드럽게 웃으며 묻지도 않은 말에 필요 이상으로 변명했다.

"아무 사이도 아닙니다. 그러니 소문날 것도, 걱정할 일도 없겠지."

"아, 네. 그러시구나."

아랫입술을 잘근 씹으며 고개를 끄덕이는 해수의 얼굴은, 누가 봐도 아니라는 그의 변명에 동의하는 표정은 아니었다.

"나 같으면 내 여자 친구라고 얼굴에 써 붙이고 다닐 거 같은데. 너무 예뻐서……."

치졸한 질투심이 고개를 들었다. 여자 친구가 아니다, 부인할 수밖에 없겠지. 잘나가는 여배우와 사업가의 스캔들이라니. 우습게도 해수는 제 가슴에 번지는 실망감과 헛헛함을 부정할 수가 없었다. 이 마음은 뭘까. 상심에 가까운, 그 생경한 감정에 해수는 의문을 품었다. 곰곰이 생각해보아도 그 까닭을 정의하기 어려워 더욱 답답했다.

누가 들으면 진짜 무슨 사이라도 되는 줄 알겠네.

해수가 스스로 질책하며 내내 굳어 있던 표정으로 약간 실소할 때였다. 침대 위 테이블에 놓인 해수의 핸드폰 액정 위로 짧은 진동과 함께 메시지 하나가 떠올랐다.

해수야, 오늘 저녁 어때? 보고 싶어. 목소리도 듣고 싶고.

이건 또 뭐지.

메시지를 띄운 핸드폰 화면이 곧 까맣게 침묵했다. 해수의 얼굴 위로 숨길 수 없는 당혹감이 자리했다. '저게 뭔데.'라고 문득 턱을 괴고 자신을 응시하던 남자의 눈썹이 목울대와 함께 크게 꿈틀거렸다.

해수가 재빠르게 핸드폰을 뒤집었다. 드레싱이 끝난 손바닥에 붕대를 감아낸 직후였다. 방어흔으로 보이는 손바닥의 상흔은 몸에 난 상처 중 가장 회복이 빨랐다. 다음 주쯤엔 아마도 퇴원할 수 있을 거란 생각을 하며 해수가 입을 열었다.

"목요일에 마지막 검사 받으시고 큰 이상 없으면……."

생각과 시선이 이리저리 충돌했다. 강렬한 눈빛을 견디는 것은 생각 이상으로 불편한 일이었다. 바늘로 찌르듯, 드러난 그녀의 모든 곳을 바라보던 눈길에 얼굴이 터질 듯 달아올랐다.

톡, 톡, 뒤집힌 해수의 핸드폰을 검지로 두드린 그가 불쾌하단 듯 중얼거렸다.

"표현이 노골적이네. 아니면 나도 모르게 그런 관계가 된 건가?"

신사의 탈을 벗어낸 목소리는 잘 벼려진 칼처럼 날카로웠다. 급속도로 냉랭해진 분위기에, 다시 겨울이 오는 것만 같아 오소소 소름이 돋았다.

"아, 그런 건 절대 아니고요."

팔을 쓸어내린 해수가 억지로 웃으며, 꽁꽁 언 분위기를 녹여보려 애썼다. 구태여 설명할 이유는 없었지만, 오해를 쌓아두고 싶지도 않았으니까.

"용인에서 우연히 만났다는 친구. 그게 이도현이었습니다."

변명하듯 말하고 보니 또 우스웠다.

회사 직원인 것 같던데 직원 사찰 뭐 그런 건가.

"우연."

지석이 감정이 배제된 목소리로 해수의 말을 따라 발음했다. 해수는 어색하게 웃는 표정 그대로 굳은 채 그를 보았다. 남자의 시선 역시 포박할 듯 그녀를 향했다.

"네. 그날 정말 곤란했었거든요. 그게 고마워서……."

우연, 말이 좋다. 우연이라니. 눈에 빤히 보이는 수작질에 놀아나려는 걸 두고 봐야 하나.

지석은 입술을 비집고 나오려는 한숨을 꾹 눌러 담았다. 이도현의 수작이 진심이든 아니든 상관없다. 다른 이도 아니고 채홍석의 수하라는 점에서 이도현은 제쳐두어야 했다, 아니 다른 놈이라도 마찬가지였겠지. 오히려 다행이라고 해야 할까. 멀끔한 허우대에 정신머리마저 멀쩡한 놈이라면 더더욱 죄책감이 들었을 테니.

"그럼 이제 나도 표현하면 되는 겁니까."

고심하듯 미간을 좁히던 그가 웃으며 해수의 핸드폰을 들었다. 패턴이 걸려있는 걸 보며 마치 풀어보라는 듯 해수의 손등을 툭툭 두드렸다.

두 눈을 질끈 감은 해수가 곤혹스레 마른침을 삼켰다.

"저기……."

"이상한 짓 하려는 거 아닙니다."

야속하다는 듯 그를 바라보던 해수는 결국 옅은 한숨을 토해내며 패턴을 그렸다. 자신의 번호가 저장되지 않았다는 걸 확인한 남자가 인상을 구기며 혀를 찼다.

그는 반듯한 명함을 꺼내 해수의 손에 구기듯 쥐여주었다. 그걸로도 부족했는지 가운 앞주머니와 차트에도 몇 장 끼워 넣었다.

"이도현에겐 내가 전하죠. 사적인 만남은 곤란하다고."

"네?"

"그러니까 쓸데없는 건 지워요. 이건 저장하고."

대상이 명확하지 않은 말이었지만, 고저 없는 목소리는 분명한 뜻을 전하고 있었다.

차분히 내리깔린 해수의 속눈썹이 파르르 떨렸다.

서서히 몸을 일으킨 그가 어찌할 줄 모르는 그녀를 내려다보며 상체를 기울였다. 해수의 머리 위로 그늘이 졌다.

"낯간지러운 문자는 내가 매일 보내주겠습니다."

"……."

"보고 싶다고. 목소리 듣고 싶다고."

속내를 파악할 수 없는 남자의 말이 해수를 얼어붙게 했다.

구겨 쥔 명함에 베인 듯, 손바닥이 따끔거렸다.

찰칵―.

"아니, 일단 카메라 세팅부터 합시다. 10분 후면 회장님 도착이세요. 그 전에 스탠바이 완료할 수 있도록. 거기 경호팀. 선 밟지 마시고."

며칠 후, 한 무리의 외부인들이 지석의 병실로 예고 없이 들이닥쳤다. 검은 정장을 한 사내들이 병실 복도부터 일렬로 진을 쳤다. 그들의 방문과 동시에 병동에는 위태로운 분위기가 감돌았다. 지석의 미간이 와락 형편없이 일그러졌다.

상황 파악 후 황급히 돌아온 윤재가 그의 뒤에서 은밀하게 브리핑했다.

"대표님 사고로 인해 그룹 내에 불화설이 돌고 있는 모양입니다. 언론사 배포용이니 간단하게 사진 몇 장만 찍고 돌아가실 겁니다. 건설사 대표도 올 예정이니⋯⋯."

도발에 응수하지 말라는 간곡한 눈빛이 찰나에 스쳤다. 지석이 걱정하지 말라는 뜻으로 아주 살짝 고개를 끄덕였다. 윤재 역시 희미하게 눈살을 찌푸렸다. 지석의 옆에서 갖은 고초를 다 겪어온 그로서는 작금의 상황에 불쾌함을 숨기기가 힘이 들었다.

이유야 간단했다. 방문의 저의가 너무도 빤히 들여다보인 탓이었다. 누가 봐도 보여주기식 보도 자료였다. 1개월 전 벌어진 피습 사건은 배후를 밝혀내지 못한 채 잠정 종결되었다. 중거가 미흡하다는 것이 표면적 이유였으나, 활발한 수사 자체가 이루어지지 않았다는 건 지석도 이미 알고 있었다. 이는 형사사건 검거율 99%에 육박하는 대한민국에서 좀처럼 납득하기 어려운 결과이기도 했다.

외압이 있었다는 말을 고상하게도 돌려서 하는군…….

"회장님, 오셨습니까!"

90도로 허리를 꺾은 사내들의 우렁찬 목소리가 병동 전체를 울렸다. 일반 병동과 다리 하나 사이로 떨어져 있음에도 큰 소리는 감추어지지 않았다.

"채 대표!"

생각에 잠겨 있던 지석은 자신을 부르는 아버지의 목소리에 고개를 들었다. 이어 채홍석의 웃음기 없는 얼굴이 설렁설렁 그 뒤를 따랐다. 입 모양으로 욕을 지껄이며 들어오는 걸 보니 억지로 끌려온 모양이었다.

"오셨습니까. 회장님."

"내가 내 아들 얼굴 좀 보겠다는데! 무슨 면회 금지가 이렇게나 길어!"

WS그룹의 회장인 채두식이 비탄에 잠긴 얼굴로 아들을 향해 걸어오고 있었다. 뒤따르던 첫째 아들 채홍석이 영 떨떠름한 얼굴로 손수건을 건네자 채두식이 눈꼬리를 훔쳐냈고, 카메라가 그 장면을 길게 클로즈업했다.

"도무지 기다리고 있을 수만은 없어서 이렇게 찾아왔다. 막내아들이 무사한지, 몸은 좀 어떤지, 내 걱정이 돼서 잠을 이

룰 수가 있어야 말이지.”

뭘 또 저렇게까지 연기를 하시나. 눈물도 떨굴 생각인가.

커다란 눈을 매섭게 부라리던 채두식은 분하다는 듯 주먹까지 부들부들 떨었다. 채두식이 지석을 향해 천천히 걸어오며 말을 이었다.

“담당 형사 만나고 오는 길이다. 수사에 진척이 없다니. 듣다 듣다 내가 참 황당해서.”

지석의 머리 위로 음습한 그림자가 졌다. 젊은이 못지않게 팽팽한 피부, 거대한 몸집과 여전히 흉흉한 기세는 채두식의 나이를 가늠할 수 없게 만드는 요인이었다. 아, 단전에서 우렁차게 뿜어져 나오는 목소리 역시.

“내 그 깡패 새끼를 무슨 수를 써서라도 잡았어야 했어! 아니, 지금이라도 늦지 않지. 경찰이 해결해주지 못한다면 이제 이 아비가 나서마!”

깡패 입에서 깡패 새끼라니. 때아닌 자기 비하에, 불쾌하게 비틀린 지석의 입매에서 실소가 절로 튀어나왔다. 물론 밖으로 새어나가지 않도록 익숙하게 갈무리한 지석이, 솥뚜껑 같은 채두식의 손을 부드럽게 잡으며 말했다.

“회장님께서 무사하시잖습니까. 그것 이상으로 다행인 게 또 있겠습니까. 마음 써주신 것만으로도 감사하게 생각하고 있습니다.”

“지석아, 내가 미안하다. 이게 다 내 탓이지. 그날 아랫놈들을 다 물리지만 않았어도……”

"그런 말씀 마십시오. 오히려 주변을 면밀하게 살피지 못한 제 과실이 큽니다. 퇴원 후엔 제가 나서서 회장님 신변도 두루 살피겠습니다."

몸을 돌린 지석이 큰형인 채홍석을 향해서도 가볍게 사과의 말을 건넸다.

"죄송합니다, 형님. 제가 미처 손쓸 틈도 없이 일이 벌어졌습니다. 공연히 언론에 오르내리게 된 점 사과드리겠습니다."

주고받는 덕담과는 달리 살벌한 시선이 오고 갔다.

"아, 뭐. 네가 사과할 문제는 아니지. 어쨌든 무사한 건 다행인 거고."

채홍석은 지석을 싸늘하게 바라보다가 눈이 마주치자 비딱하게 웃으며 무성의하게 대답했다. 그러면서도 시종일관 두리번거리며, 무언가를 찾는 듯했다.

지석은 찰나의 시선을 눈치채곤 의아함에 사로잡혔다.

매사에 의심스러운 새끼. 뭘 저렇게 유심히 관찰하는 건가.

"그래, 경과는 좀 어떠냐. 내 눈에는 건강해 보여 좋다. 회복이 아주 빠르다고 들었는데……."

채두식의 눈가에 어린 비통함이 병실 안에 있는 모두의 눈에 똑똑히 새겨졌다. 이 역시 영상으로 촬영되어 그룹 공식 계정에 업로드되겠지. 하지만 번들거리는 눈동자 속에 온갖 사념들이 소용돌이치고 있다는 사실은, 오로지 가까이 선 지석만이 알 뿐이다.

WS그룹. 어느덧 중견 기업의 반열에 올랐으나, 회사의 근간이 어디서부터 시작된 것인지 모르는 사람은 없었다.

채두식의 윗대부터 이어온 폭력 조직과의 알력 다툼 끝에 무수한 군소 조직을 하나로 통합하며 무력으로 차지한 자리였다. 금융기관의 기능이 미흡하던 시절, 채두식은 기업을 상대로 돈을 빌려주고 자본을 불려갔다. 여기서 그쳤다면 사금융의 좋은 선례로 남았겠지만, 그릇된 욕망은 돈과 권력, 명예를 차례로 탐했다. 채두식은 각종 불법과 탈법을 통해 세력을 확장해갔다. 악마처럼 극악무도한 짓도 서슴지 않았다.

지석은 채두식이 저지른 일들에 대해 일말의 죄책감을 품고 있었다. 원했든 원치 않았든, 누군가의 피눈물 위에 세워진 건물이었고, 그들의 애통과 탄식을 자양분 삼아 얻은 부였다.

지석은 문득 치미는 흡연의 욕구를 억누르며 채두식의 손을 바투 잡고 어금니를 꾹 물었다.

"다음 주쯤엔 퇴원할 수 있을 것 같습니다. 다 회장님께서 염려해주신 덕분입니다. 늘 감사하게 생각하고 있습니다."

"그래, 회사 일도 여기서 다 처리하고 있다고? 너는 다 좋은데 일 욕심이 너무 많다. 퇴원하면 네 혼처 자리부터 알아볼테니, 올해 넘기지 말고 혼인해라."

만족한 듯 비뚜름한 입술 사이로 흘러나온 목소리에, 지석은 얼굴 근육이 뻣뻣하게 굳어가는 걸 느꼈다.

결혼이라니. 생각해본 적 없는 말이다. 간혹 언론을 통해 채두식이 자신의 혼사에 대해 언급한다는 건 알고 있었지만, 의례적인 치레라고만 생각해왔다.

그런데 갑자기 왜?

"혼인 문제는 제가 알아서 하겠습니다."

이상한 일이었다. 그깟 결혼이 뭐라고, 평소와 달리 회장님의 뜻에 따르겠다는 틀에 박힌 대답이 선뜻 나오질 않는다.

예기치 못한 대립각에, 채홍석이 '저 새끼가 뭘 잘못 처먹었나.' 하는 눈으로 지석을 흘끔 쳐다본다. 채두식의 눈빛이라고 다를 건 없었다. 한층 낮게 가라앉은 목소리가 위협하듯 병실을 울렸다.

"만나는 사람이라도 있는 게냐?"

"없습니다."

"그것참 다행이구나."

사업적이든 정치적이든, 회사의 이익에 부합하는 사람과 맺어지게 되리라 생각하지 않은 건 아니었지만, 왜인지 내키지 않았다.

짧게 한숨을 쉰 채두식이 지그시 눈을 감으며 말했다.

"거긴 네가 알아서 할 자리가 아니다."

"죄송합니다. 제가 생각이 짧았습니다."

채두식의 의도를 모르지는 않았다. 변변치 못한 친아들로 이루지 못한 야망을, 자신을 통해 채우려는 것이다. 그것이 지석으로선 매우 못마땅한 일이었다. 채두식이 이어주는 사람은 새로이 채워질 목줄이 될 게 분명했으니까.

"회장님, 바쁘실 텐데 촬영부터 하시죠."

잠깐 치밀어 온 감정을 어렵지 않게 감춰낸 지석이, 보이지 않는 조소를 흘리며 화제를 돌렸다. 얼음물을 한 바가지 뒤집어쓴 것처럼 바짝 얼어붙어 있던 분위기가 삽시간에 땡, 소리를 들은 듯 분주해졌다. 이에 VIP 병실을 한 바퀴 휘, 둘러보던 채두식이 불시에 손가락을 까닥 움직였다. 구석에 쭈뼛거리고 선 병원장을 호출하는 손짓이었다.

"박 원장, 이리 오세요. 주치의 선생은 바쁘신가? 코빼기도 안 비치는군. 얼마나 귀한 분이길래 면상 값이 이렇게 비싸."

홀렁 벗어진 이마에 땀이 송골송골 맺힌 병원장은 유행 지난 디자인의 안경을 위로 추어올리며 기어들어 가는 목소리로 대답했다.

"주치의는 오늘 외래가 있어서 조금 늦습니다. 잠깐이라도 올라오라고 전했으니, 일단 진행 먼저 하시지요."

"그래요. 강 실장, 촬영 시작하지."

병원장까지 대동한 채두식은 고고한 작태로 입에 발린 소리를 해가며, 틀에 박힌 몸짓으로 열심히 촬영에 임했다. 과연 타의 모범이 될 만한 온화한 아버지의 모습이었다.

언론사에 배포될 사진은 사건 수사가 종결됐음을 공식적으로 발표하는 기사에 실릴 예정이었다.

찰칵찰칵, 플래시가 연속으로 터졌다.

"박 원장, 나한테 뭐 섭섭한 거 있나?"

"그, 그럴 리가 있겠습니까."

"그런데, 셈이 왜 이따위야. 감히 전공의 나부랭이를 우리 아들 주치의로 들이밀어? 지금 정신이 있어, 없어!"

위협적인 목소리가 살벌하게 울리자 병원장의 낯이 바위처럼 단단하게 굳었다. 옆에 선 해수도 덩달아 몸을 움츠렸다. 주위를 둘러싼 장정들의 기세에 기가 질린 듯한 얼굴이었다.

저 말간 얼굴로 도대체 무슨 생각을 하는 걸까.

지석이 고개를 바로 하고 시선을 왼쪽으로 완전히 돌렸다. 거기엔 초조한 낯으로 제 발치만 내려다보는 여자가 우두커니 서 있었다. 툭툭, 땅을 차던 발끝이 고요해진다. 지석이 그녀의 발끝에 머물렀던 시선을 들어 올린 순간, 눈빛이 나른하게 얽혔다.

'죄송합니다.' 들리지 않는 입 모양을 끝으로 해수가 다시 고개를 푹 숙인다. 연이어 들릴 듯 말 듯 한숨이 흘렀다. 지석은 죄지은 사람처럼 풀죽은 해수의 얼굴을 유심히 보았다. 이유 모를 사과에 적잖이 당황스러웠던 탓이었다.

죄송하긴 뭐가. 억지로 잡아둔 것도, 모욕을 당하게 만든 것도 자신인데.

"주치의 당장 바꿔! 원 재수가 없으려니."

피가 싸늘하게 식어가는 기분이 든다. 부아가 치밀어 오르는 속내를 삼켜낸 지석이 해수를 뚫어져라 바라보던 시선을 거두고 채두식의 역정을 단호하게 잘라냈다.

"회장님, 제가 부탁했습니다. 제가 선택한 주치의입니다."

채두식의 눈매가 묘하게 성질을 달리했다. 심기가 불편해 보이는 눈빛은 의혹 같기도 했고, 경계심에 가까운 흥미로움 혹은 무언가를 유심히 가늠하는 듯 보이기도 했다. 의아하게 느껴지는 시선을 묵묵히 견뎌낸 지석이 다시 한번 목소리에 힘을 주었다.

"제겐 허울만 그럴싸한 주치의가 아니라, 늘 닿을 수 있는 곳에서 지켜봐줄 주치의가 필요했습니다. 제가 빠르게 회복할 수 있었던 것도 모두 주치의 선생님 덕분입니다. 그렇지 않습니까? 박 원장님."

느닷없이 넘어간 발언권에 오한이 이는 것처럼 몸을 떤 병원장이, 고개 숙인 해수의 등을 툭툭 두드리며 의기양양하게 대답했다.

"맞습니다. 아직은 전공의지만 실력도 아주 출중합니다. 게다가 우리 윤해수 선생으로 말씀드릴 것 같으면……."

"잠깐. 윤해수?"

구정물처럼 탁한 채두식의 눈동자에 소름 끼치는 이채가 돌았다. 비소를 단 그의 입매가 느릿하게 꿈틀대려는 순간이었다.

"처음, 뵙겠습니다. 회장님."

곰의 앞발처럼 두툼한 채두식의 손에 내내 시선을 처박았던 해수가, 고개를 들어 채두식의 눈을 마주했다. 다분히 충동적인 행동이었다. 워낙 적의로 가득 찬 데다 분위기마저 고압적이라 고개를 들 엄두조차 내지 못했으니 말이다.

"처음이라……. 자네는 내가 누군지 모른다는 뜻인가."

네가 나를 모르는데, 난들 널 알겠니. 갑질도 참 가지가지 한다, 싶었다. 그의 말을 달리 해석하면 자신이 누군지 몰라선 안 된다는 뜻이기도 했으니까.

질끈 눈을 감았던 해수가 마른 입술에 침을 살짝 바르고, 사회생활로 단련된 미소를 그려냈다.

"아, 물론 미디어를 통해 뵌 적은 있습니다. 실물이 훨씬 근사하시고, 또, 주, 중후하십니다."

해수는 제 발 저린 도둑처럼 더듬거렸다. 진위를 알 수 없는 소문들은 차치하고라도, 수많은 직원을 거느린 기업의 수장을 눈앞에서 맞닥뜨린 건 처음이었다. 인자한 표정으로 무장을 해도 얼어붙을 판국에, 마치 가소롭다는 듯, 사람을 아래로 보는 권위적인 눈빛이라니.

"윤……해수."

턱을 비스듬히 기울인 채두식이 목에서 뚝뚝 위협적인 소릴 내며 어깨를 돌렸다. 여느 덕망 높은 기업인들과 다를 바 없던 이미지가 파사삭, 부서졌다. 석연치 않은 표정으로 봐선 해수의 대답에 만족하지 못한 것 같기도 했다.

곰이 사람을 찢는다는 건 알고 있었지만, 호랑이 굴에서도 살아 나온 게 자신 아니었던가. 갑질도 병이랬지. 도파민에 푹 절은 뇌가 제 기능을 상실하고 권력이 주는 쾌감에 이리저리 휘둘리는 병. 그래, 이해하자. '많이 아프신 분이구나.' 하고.

하지만 단순 병자로 취급하기엔, 채두식은 존재 자체로도 주위를 압도하는 카리스마가 있는 사람이었다. 해수는 후들거리는 다리에 바짝 힘을 주었다.

"예. 말씀하십시오. 회장님."

그런 사람 앞에서 움츠러들지 않은 것만으로도 해수는 스스로가 장하다 여겼다. 저의를 알 수 없는 질문이 재차 쏟아졌다.

"자네, 내가 누군지 정말 모른다는 건가?"

누가 부자지간 아니랄까 봐. 첫인상이 더러운 건 집안 내력인 게 분명했다.

어디서 본 적 있냐 추궁하던 지석과의 첫 만남을 떠올린 해수가 시험에 드는 기분을 느끼며 대답을 수정했다.

"채지석 환자, 아버님 되시는 분으로 알고 있습니다."

꿰뚫을 듯한 시선이 해수의 얼굴 위에 오래 머물렀다. 자신을 얼마나 두려워하고 있는지 탐색이라도 하려는 사람처럼 진득한 시선이었다. 거만하게 늘어지는 목소리가 이어졌다.

"어째서 윤해수 씨가 우리 아들 옆에 있는 걸까."

해수는 스스로 인내심이 강한 사람이라고 믿어왔다. 환자와 의료진 간의 충돌이 생길 때마다 중화시키는 역할을 도맡게 된 것도 9할은 그녀의 참을성 덕분이었으니까. 해수는 싱긋 웃으며 대답을 했다.

"죄송합니다만, 회장님 뜻을 이해하지 못했습니다."

참 이상하고 불쾌한 질문이었다. 왜 여기에 있냐니. 자신이 어떤 저열한 목적이라도 가지고 접근한 것처럼. 살짝 비튼 질문이 다시 한번 속을 훅 긁어내렸다.

"우리 아들이 누군지는 알고?"

숫제 꽃뱀 취급이었다. 그래서 벌주듯 세워두고 조롱하는 걸까.

뭐가 그렇게 마음에 들지 않는 거지. 내가 전공의라서? 아니면 신분 상승을 노리고, 아들에게 흑심이라도 품었을까 봐?

그렇게 생각하니 더는 웃음이 나오지 않았다. 숨이 턱 끝에 걸리도록 뛰며, 자신의 힘으로 얻은 '사회적 지위'를 송두리째 부정당하는 것 같아서.

"제 환자입니다. 그것 말고 혹시 제가 더 알아야 할 내용이 있을까요?"

하필 기분이 영 좋지 않아 감정의 쓰레기통으로 소모되고 있는 건지도 몰랐다. 갑질하는 인간들의 급발진에는 딱히 계기랄 게 없는 거니까.

그래, 보호자니까 충분히 이의를 제기할 수 있는 상황이지. 나라도 화가 났을 거야. 이런 일이 처음인 것도 아니잖아.

스스로 납득한 해수가 느리게 고개를 끄덕이며 덧붙였다.

"제가 마음에 들지 않으신다면 주치의 변경을 요청하시면 됩니다."

"역시 똑똑한 의사 선생이라 책임 회피도 빠르군. 그간 최상의 의료 서비스를 받지 못한 보상은 누구에게 청구하면 좋을까?"

명백한 빈정거림이었다. 권위적이고 위압적인 태도에, 차분함을 유지하던 해수의 얼굴에도 균열이 갔다.

"저는……."

해수가 잠시 머뭇거렸다. 뭔가 할 말이 많았지만 아무 말도 꺼내서는 안 될 것 같은 두려움을 동시에 느꼈기 때문이었다.

"회장님."

잠시 대화가 끊어진 사이, 생각에 잠긴 얼굴로 잠자코 듣던 지석이 신중하게 입을 열었다.

"그만하시는 게 좋겠습니다."

한쪽 눈썹을 치켜든 남자는 보기 드물게 동요한 얼굴이었다. 이러지도 저러지도 못하는 상황에 짜증이 치민 듯 보이기도 했다. 그는 해수에게로 시선을 꽂아둔 채 말을 이었다.

"보는 눈이 많습니다. 지나치십니다."

"그래? 내가 지나쳐? 그래서 나더러 참으라는 거냐. 아니면, 지나쳐선 안 될 다른 이유라도 있나?"

"말이 새어 나가기 좋은 곳이란 뜻입니다."

"뭐?"

지랄 맞은 성정을 억누르지 못한 채두식이 재킷을 뒤로 풀썩 젖히며 허리에 손을 얹는다. 그러곤 몸을 홱 돌려 막내아들과 살벌하게 언성을 높이는 동안, 해수는 속으로 한숨만 연거푸 내쉬었다.

환자와 보호자를 만족스럽게 응대하는 것 또한 해수의 일이고 능력이었다. 정해진 틀에서 벗어나는 게 싫었던 해수의 성격에, 자꾸만 일이 어긋나는 것 같아 속이 상했다.

그냥 죄송하다고 싹싹 빌면 될걸. 직장 생활 하루 이틀 하는 것도 아니고, 갑질하려는 사람들의 심리를 모르는 것도 아니면서. 그게 뭐라고.

해수가 주먹을 꾹 쥐고 숨을 깊이 마신 뒤 입을 열었다. 얼른 이 상황을 마무리 지어야 한다는 책임감이 머릿속을 가득 메웠다.

"죄송합니다, 회장님. 제가 주제넘었습니다. 환자분이 워낙 보기 어려운 케이스라 저도 모르게 욕심냈습니다. 제가 아직 미흡한 탓에 미처 거기까지 생각이 닿질 못했습니다. 그러니 부디."

숨이 차올랐다. 사과하는 게 뭐라고. 이렇게 잘할 거면서. 해수가 죄지은 사람처럼 고개를 푹 숙이고 맺지 못한 말을 마저 이었다.

"부디 넓은 아량을 베풀어주시길 부탁드리겠습니다."

웃는 얼굴에 침 못 뱉는다고, 작정하고 사과하는 사람을 계속 타박할 수야 없지 않은가. 해수는 마음을 졸이며 조금 누그러진 듯한 그의 대답을 기다렸다. 그러면서도 신경은 온통 지석에게로 쏠려 있었다.

채두식은 한참 동안 침묵했다. 해수 역시 고집스러운 눈으로 대치 같은 침묵을 묵묵히 견뎠다. 숨이 막힐 만큼 밀도 높은 적막이었다.

"좋아요."

마침내 채두식이 고개를 끄덕였다.

"⋯⋯감사합니다."

뭐가 좋다는 건지, 난 또 뭐가 감사한 건지 명확히 알 순 없었지만, 위기를 모면했다는 사실만은 확실했다. 참고 있던 숨을 터뜨린 해수가 이주혁에게 넘길 파일들을 머릿속으로 빠르게 훑었다. 이제는 현실로 돌아갈 시간이었다.

"그래. 어쨌든 그간 고생이 많았어요."

바짝 긴장했던 어깨에 스르르 힘이 풀렸다. 자신이 잘못하지도 않은 일로 허리 굽혀가며 사과를 할 때면 심장이 뚝뚝 썰려나가는 기분이 들었다. 욕을 듣고도 감사하다 말해야 하는 신세.

이 정도는 아무것도 아니야. 그리고 남의 돈을 버는 건 원래 더럽고 치사한 거야.

스스로 되뇌던 찰나, 채두식의 눈이 다시 해수에게로 향했다. 고개 숙일 타이밍을 놓쳐버린 해수가 입꼬리를 어색하게 들어 올릴 때였다.

Rrrr―.

그의 왼쪽 옆을 지키고 선, 채홍석의 핸드폰이 울렸다. 대답만 짧게 두어 마디 하던 채홍석이 전화를 끊고, 채두식에게 말했다.

"여의도로 이동하셔야 합니다. 시간이 많이 지체됐습니다."

다음 일정을 알리는 채홍석의 독촉에, 뒤돌아서던 채두식이 해수의 어깨를 툭툭 두드렸다.

"수고하고. 그럼 또 봅시다. 윤해수 선생."

솥뚜껑처럼 두툼한 손이 어깨를 짓누르자 몸이 휘청거렸다. 곰이 앞발로 후려친 것처럼, 닿은 어깻죽지가 화끈거렸다.

또 보자니, 무슨 그런 섬뜩한 소릴.

이윽고 채홍석의 냉랭한 시선이 재빠르게 해수를 아래위로 훑고 지나간다. 성큼성큼 채두식이 병실을 빠져나갔고, 저승사자처럼 빼입은 사내들이 우르르 그 뒤를 따랐다. 드디어 끝났단 생각에 긴장이 풀린 해수가 깊게 들이마시며 지그시 눈을 감았다.

커다란 창을 통해 들이치는 햇빛 속, 눈을 감고 가만히 선 해수가 보였다. 화를 가라앉히는 중일까. 지석은 햇볕을 환하게 받은 그녀가 조각조각 흩어져 사라져버릴 것 같다는 생각을 했다.

기분이 나빴겠지. 열 받았을 테고. 그럴 리는 없겠지만, 얼굴을 붉히며 제게 따지고 화를 내줬으면 좋겠다는 생각이 동시에 일었다. 어쩔 줄 몰라 하며 화를 내는 얼굴은 또 얼마나 예쁠까.

의식하지 않은 사이 멋대로 몸이 움직인다. 지석이 몸을 일으켜 블라인드를 반쯤 내렸다. 말간 얼굴로 향하는 빛마저도 죄다 어둡게 물들여버리고 싶었다. 그 어떤 존재와도 공유하고 싶지 않은 감정이 불쑥 치밀던 순간, 충동적으로 그녀의 이름을 불렀다.

"해수 씨."

시선이 마주쳤다. 여자의 연갈색 눈동자 위로 읽어내기 미묘한 감정들이 스치고 지나간다. 빠르기도 하지. 분노나 짜증 따위의 감정들은 더 이상 남아 있지 않았다.

"이리 와요."

갈증이 인 지석은 벌그름히 달아오른 얼굴을 바라보며 단숨에 생수를 들이켰다.

"할 말이 있어서."

"아, 네."

"겁먹지 말고 가까이 와요."

바람결에 실린 여자의 향기가 무자비하게 신경을 자극했다. 진원지를 알 수 없는 불씨가 타닥타닥 소리를 내며 타들어가는 듯한 착각이 일었다. 탁탁, 조용한 발소리에 이어 자장가처럼 고요한 목소리가 고막을 핥았다.

"네. 왔어요. 말씀하세요."

말씀이고 나발이고, 이성이 휘발되면서 몸이 확 끓었다. 자각은 한순간이었다. 간신히 쌓아둔 오만한 마음이 뜨거운 커피 속에 담근 얼음처럼 와르르 허물어졌다.

"돌겠네."

이마를 짚으며 낮게 중얼거린 그가 향기에 이끌리듯 해수의 얼굴을 향해 손을 뻗었다.

"……그만요."

눈빛에 꽁꽁 묶인 것처럼 얼어 있던 해수가 딱딱하게 굳은 얼굴로 손길을 피했다. 남자의 숨소리, 향기, 떨리는 손끝 따위가 억눌린 감각을 일깨워주듯 사방에서 들이닥치는 게 낯설고 무서웠다. 그건 해수가 살아오면서 한 번도 느껴본 적 없는 감정이었다. 사고가 더디게 흐르고, 몸이 붕 떠오르고, 가슴 속 어딘가가 '펑' 하고 터져 오를 듯 간질간질하면서도 불안해지는 기분.

"그만."

지석이 헛웃음을 치며 말했다. 그렇게 한참을 해수의 얼굴에 시선을 둔 남자가 다시 느릿하게 손을 움직였다. 목적지를 잃고 허공을 헤매던 손이 해수의 귓불을 지나 가느다란 목덜미를 스치고 느릿하게 아래로 툭, 떨어졌다. 그러고는 놀리듯 가볍게 웃었다.

"뭘 또 그렇게 도망을 가. 아직 아무것도 안 했는데."

"……도망가지 않으면요?"

해수가 기가 찬 듯 비뚤어진 표정으로 코웃음 쳤다. 말문이 턱 막히는 기분이었다. 다른 사람의 감정 따위 안중에도 없는 듯한 태연함에, 정확히는 그 능숙함에 불쾌함이 치밀었다. 오소소 돋아나는 소름을 따라 감정이 변곡점을 그리며 멋대로 요동쳤다.

"그리고, 앞으로도 부디 아무것도 하지 말아주세요."

숨이 차올랐다. 지금 뭐 하는 짓이냐, 도대체 하고 싶은 게 뭐냐. 그에게 쏟아내고 싶은 말들이 목구멍 언저리에서 화르르 끓는 것만 같았다. 해수가 애써 마음을 다잡고는 침착한 얼굴로 눈을 치켜떴다.

"어쨌든 그간 감사했습니다. 좋은 경험이었어요."

볼품없이 떠는 손끝이 보이지 않길 바라면서, 해수는 두 손을 힘주어 맞잡았다. 침대 아래로 손을 뻗어 쇼핑백 하나를 집어 들던 지석이 대수롭지 않게 말을 이었다.

"마음 많이 상했습니까?"

"아, 아닙니다."

"아니긴."

그러더니 또 장난스레 피식 웃는다. 대체 뭐가 그렇게 웃긴 걸까. 그렇다고 딱히 대꾸할 말이 떠오르지도 않아 묵묵히 침묵 속을 유영하던 무렵, 짜증스레 미간을 긁던 남자가 낮게 한숨을 쉬며 입을 열었다.

"꼴에 갑질 한번 더럽게 한다, 싶었겠지. 내가 봐도 재수 없던데. 이왕 그만할 거, 그냥 확 들이받아버리지 그랬어요."

들이받으면요. 뒷일은 누가 감당할 건데요.

"의사를 그만둘 건 아니니까요. 그리고 제가 아직 삶에 미련이 많아서요."

언뜻 들으면 남 얘기하듯, 그는 아버지에 대한 비난에도 일말의 거리낌이 없었다.

잘사는 사람들은 왜 하나같이 가족끼리 사이가 좋지 않은 걸까.

해수는 쇼핑백 속 내용물을 꺼내는 지석을 보며 매뉴얼대로 대답했다.

"그리고 갑질 아니십니다. 충분히 불만을 표시할 수 있는 상황이었고, 환자분은 더 나은 의료 서비스에 대해 의견을 제시할 권리를……."

"아까 일은 내가 대신 사과하겠습니다."

갑작스러운 사과에 해수의 동공이 갈 곳을 잃고 흔들렸다. 손에 들린 물건에서 눈을 뗀 지석이, 할 말을 잃은 해수의 눈을 똑바로 바라보며 뜬금없이 물었다.

"특별히 선호하는 색깔 있습니까?"

갑자기 색깔이라니, 심리 테스트인가.

내가 어떤 색깔을 좋아했더라.

"응?"

해수가 대답을 고르며 허둥지둥 당황하는 사이, 고개를 옆으로 까닥하며 한 번 더 묻는 지석의 눈썹이 꿈틀거렸다. 대답이 왜 이렇게 늦냐, 내 질문이 어렵냐 질책하는 듯한 표정이었다.

갑질 한번 더럽게 하네.

조금 전 남자가 했던 말을 떠올리던 해수가 자신도 모르게 아랫입술을 꼭꼭 씹다가 눈앞에 보이는 색깔을 말했다.

"파란색."

지석의 까만 눈동자 속, 빛에 반사되어 언뜻 물결처럼 비치는 색이었다. 해수가 홀린 듯 중얼거렸다.

"……좋아하는 것 같습니다."

"좋아하면 좋아하는 거지. 좋아하는 거 같은 건 또 뭐지. 보라색은 어때요? 아니면 무채색 계열?"

남자의 손에 들린 건 발매된 지 일주일도 채 지나지 않은 신기종 핸드폰 박스였다. 품귀 현상으로 인해 웃돈을 얹어줘도 구하기 힘들다던.

"아무래도 보라색이 더 어울리겠죠. 하얗고, 귀엽고, 예쁘니까. 내 생각은 그런데, 해수 씨 생각은 어때요?"

별안간 건네진 질문에 머릿속이 하얘졌다.

설마, 날 주려고 산 걸까. 아니야, 여자 친구에게 선물해주려고 조언해주길 바라는 걸 수도 있잖아.

사실 둘 중 어느 쪽이라도 달갑지 않다 느끼던 무렵 남자가 박스를 불쑥 내밀었다.

"선물."

해수의 얼굴 위로 미열이 흩어졌다. 붉어진 뺨을 바라보던 그가 머쓱한 듯 이마를 긁적였다.

"좀 받아주죠. 지금 되게 무안한데."

지석은 해수의 눈앞에서 핸드폰 박스를 열었다. 해수가 멍한 눈길로 앙증맞은 디자인의 핸드폰을 보았다.

"개봉 시 반품 불가."

남자가 손을 잡았고, 손바닥을 펼쳐 쇼핑백을 강제로 안겼다. 주먹 위를 다독이듯 툭툭 두드리는 손이 무딘 칼날처럼 아프게 느껴졌다.

"이걸 왜 저한테……."

'Lavender'라고 적힌 상자 측면이 보였다. 뇌에 검은색 잉크를 쏟아버린 것처럼 머릿속이 엉망이었다.

도대체 왜 이러는 거예요. 나한테 뭘 바라기라도 하는 사람처럼.

문득 소리를 내어 묻고 싶은 충동이 일었다. 그렇다고 당당하게 물어볼 용기는 나지 않아 가만히 서 있는데, 지석이 미묘한 표정으로 입을 열었다.

"그러게. 자꾸 뭘 주고 싶고, 이유 없이 사과하는 걸 보면 열이 받는데. 나도 내가 왜 이러는 건지 그 이유를 몰라서."

쯧, 혀를 찬 지석이 대뜸 눈살을 찌푸렸다.

"윤해수 선생님이 밥을 제때 못 먹는 게 나랑 무슨 상관이며, 핸드폰 액정이 박살 난다 한들 그건 또 나랑 무슨 상관인가 싶은데."

그러더니 말을 멈추고 침대에 걸터앉은 다리를 앞으로 쭉 뻗는다. 본의 아니게 남자의 다리 사이에 서게 된 해수가 멈칫, 뒤로 물러서려는데 지석이 팔을 뻗어 손목을 붙잡았다.

"난 왜 또 이런 걸 싫다는 사람 손에 꾸역꾸역 쥐어주고 있는 건지."

새벽처럼 짙게 가라앉은 눈동자가 해수의 눈동자에 닿는다. 해수가 소리 없이 숨을 크게 들이마셨다. 남자의 목소리가 물에 잠긴 듯 먹먹하게 들려왔다.

"그냥 지나치면 되는데, 자꾸 건드리고 싶어지더라고. 난, 이 밑도 끝도 없는 찜찜한 기분이 너무 싫습니다."

"……"

"내가 맥락 없는 미친놈이라 그런 건지. 아니면."

낮게 떠오른 오후의 해가 침대 언저리를 기웃거린다. 반쯤 드리워진 블라인드 날에 부서진 빛이, 남자의 왼쪽 얼굴에 무늬를 드리우고 있었다. 이를 넋 놓고 바라보던 여자의 머리 위에 살짝 닿은 빛무리가 지석의 시선에 닿는다.

잠시 말을 고르던 그가 입을 열었다.

"책임감이 투철한 새끼라 이러는 건지. 그걸 모르겠거든."

얽힌 시선 사이로 시간이 멈춘 듯한 착각이 일었다. 해수는 지석이 하는 말의 반은 알아듣고, 반은 알아듣지 못했다.

책임감이라니, 그가 날 책임져야 할 일이 뭐란 말인가. 도무지 이해할 수가 없었다. 눈만 끔뻑이는 그녀의 표정을 보고도, 지석은 아랑곳하지 않고 하고 싶은 말을 했다.

"그러니까, 확인해보자는 말입니다. 공적인 볼일은 이제 끝났으니 사적으로. 핸드폰 얼굴 닿는 부분이 뜨거워질 때까지 통화도 해보고."

서늘하게 뻗은 눈매가 초승달처럼 휘어졌다.

"그러다 보면 답이 나오겠죠."

Chapter 5

마음속 깊은 본심

시간은 바삐 흘러갔다. 연구실 책상에 앉은 해수는 잠시 숨을 골랐다. 끼니를 제때 챙겨 먹지 못한 탓인지, 채지석 때문에 긴장해서인지 해가 지자 어김없이 두통이 몰려들었다. 아직 해소되지 못한 피로는 어깨 위로 켜켜이 쌓여만 갔다. 알파벳이 새겨진 초콜릿으로 겨우 연명하는 처지였다. 오늘도 점심은 바나나 한 개였다.

이주혁에게 채지석의 진료 기록을 다시 넘겼다. 병동 스테이션으로 돌아와서는 새로 입원한 환자의 기록을 작성하고, 다음 날 처방을 미리 했다. 환자들은 예고 없이 아팠고, 수술 전후로 다양한 증상을 보였다. 정해진 처방을 내리듯, 사람과의 관계에도 명확한 가이드라인이 있다면 얼마나 좋을까.

― 그러다 보면 답이 나오겠죠.

답은 무슨 답.

불현듯 갑갑해진 해수는 꽉 막힌 숨을 터뜨리며 팔을 뻗어 창문을 밀었다. 불붙은 것처럼 타던 태양이 지평선 너머로 사라지고 어느새 어둠이 찾아들었다. 새까만 하늘 위, 손으로 길게 뜯은 듯한 구름이 느리게 흘러가고 있었다. 시계는 7시를 가리켰다. 고요함과 어수선함이 공존하는 시간.

점심도 거른 상태에서 계속 일을 하다 보니 현기증이 일었다. 해수는 찡하게 아픈 머리를 짚으며 퇴근 준비를 하고 몸을 일으켰다.

핸드폰은 당연히 거절했다. 물론 인정한다. 채지석, 그 사람만큼 호감이 가는 남자는 태어나서 처음이었다. 하지만 무언가 정립되지 않은 관계를 이어갈 만큼 대범한 성격이 되지 못했던 탓에 해수는 제 마음도 모르고 선을 죽죽 그어나갔다.

— 마음만 감사히 받을게요.

— 아직 제대로 준 것도 없는데 거절이라…….

— 이런 일에 얼마나 능숙하신지는 모르겠지만, 저는 좀 당황스러워서요.

먹잇감을 발견한 호랑이가 낮게 포효하듯 웅, 울리던 목소리가 머릿속을 배회했다. 알아듣기 어려운, 그래서 듣기 짜증스러운 음성이다. 낮고 거칠고 탁한, 그 최악의 목소리에 자꾸 귀 기울이는 자신이 싫었다. 해수는 눈을 질끈 감으며 밀려드는 잔상을 밀어내고, 벽을 치고, 빗장을 걸었다. 두려웠다. 누군가로 인해 감정이 통제되지 않고 속수무책으로 휘둘리는 생경한 기분에서 벗어나고 싶었다. 짧은 순간 스치는 인연, 그 이상도 이하도 아닌 것을.

"윤 선생님! 윤해수 선생님!"

여기까지 생각했을 때, 바삐 부르는 목소리가 상념을 깨웠다. 아득하게 흐르던 정신이 가까스로 붙잡혔다. 해수는 뻗어나가는 생각을 멈추고 고개를 들었다.

"무슨 생각을 그렇게 해요? 여기 주문하신 아이스 아메리카노요."

"네, 감사합니다."

"비가 온 후라 그런지 아직 날씨가 으슬으슬하네요. 벚꽃도 죄다 지고."

병원 로비 커피숍 매니저가 컵홀더를 끼우며 전면 창을 바라봤다. 병원 주변을 화사하게 수놓은 벚꽃이 어지러이 떨어지고 있었다. 애매한 계절의 시작이었다.

"그럼 조심히 들어가세요."

"네. 내일 봬요."

다시 고개 돌린 해수가 멋쩍은 웃음을 흘리며 컵을 받아 들던 때였다. 주머니 안에서 핸드폰이 짧게 진동을 했다.

또 쓸데없는 메시지겠지.

멍하니 머리를 비운 채 빨대로 컵을 휘저으며 핸드폰을 확인했다. 무심한 손길로 메시지를 열어본 해수가 그대로 얼어붙었다.

> 아직 저녁 안 먹었지? 퇴근하는 길인 것 같은데
> 같이 밥이나 먹자.

기시감이 들었다. 해수가 눈만 끔뻑이며 메시지를 가만히 들여다보고 있을 때였다. 낯설지 않은 목소리 하나가 머리 위로 내려앉았다.

"오늘도 거절하면 나 진짜 상처받을 것 같은데."

언뜻 얼굴이 비칠 만큼 잘 닦인 구두와 기다란 다리를 훑어 올라간 해수의 시선이 환하게 웃고 있는 남자의 얼굴 위에서 멈추었다. 눈앞에서 해사하게 웃고 있는 남자는 이도현이었다. 해수가 짧게 숨을 뱉었다. 심장이 조금은 다른 의미로 쿵쿵 뛰었다. 본능적 경계심이었다.

"네가 여길 어떻게."

해수가 하얗게 질린 얼굴로 눈을 비볐다. 갑작스러운 만남이 이어진 탓에, 그를 마주할 때면 반사적으로 튀어나오는 말이었다. 그러니까, 도대체 네가 여길 왜.

"야, 누가 보면 내가 사채 이자라도 받으러 온 사람인 줄 알겠다."

그는 난처한 얼굴로 해수를 보며 머리를 긁적였다. 자신이 환영받지 못할 것이라고는 생각조차 하지 않았다는 듯이.

"아니, 뭐 그런 건 아닌데……."

해수가 말끝을 흐리며 아랫입술을 비틀어 물었다. 그러곤 머릿속으로 말을 고르고 또 골랐다. 서로 기분 상할 일 없이 깔끔하게 상황을 매듭지을 만한 말. 그딴 게 있을 리 없지. 끝내 그럴싸한 핑곗거리를 찾지 못한 해수가 짤막하게 웃으며 말했다.

"솔직히 말해서…… 당황스러운 건 사실이야. 우리, 그렇게

친하게 지내던 사이는 아니었으니까."

해수의 어렴풋한 기억 속 이도현은, 한마디로 정의가 어려운 아이였다. 모범생과는 아득히 거리가 멀었지만, 그렇다고 무단결석을 한다거나 사고를 일삼는 부류는 아니었다. 외톨이와 군림자 사이, 그 어디쯤이랄까. 섣불리 말 걸기 어려운 아우라를 권력처럼 두르고 다니던 아이였으니까.

쓸쓸하게 웃으며 바닥을 툭툭 차는 이도현에게서, 지석의 행동 하나하나에 의미를 부여하며 흔들리던 자신의 모습이 투영되었다.

"해수야, 미안해. 네가 부담스러워할 거라곤 생각 못 했어. 너무 반가운 마음에 내 생각만 했나 봐. 사실……."

무의식적으로 내면의 방어기제를 지나치게 발현시켰던 모양이다. 모르는 사람과 합석도 하는 마당에 동창이랑 밥 한 끼 먹는 게 뭐가 대수라고. 마음이 도리어 불편해졌다. 이내 한숨을 쉬는 해수의 얼굴을 확인한 이도현이 마른 입술을 축이며 말을 이었다.

"아까 오후에 채지석 아버지랑 같이 왔던 남자 기억나?"

채지석. 고작 이름 하나 들렸을 뿐인데 해수의 눈에서 반짝 빛이 났다. 어림짐작으로 안경 쓴 사내를 떠올린 해수가 의미 없이 고개를 끄덕였다. 그 사람이 누구인지는 중요치 않았다. 어쨌든 지석과 연관된 사람이었다. 그 사실만으로도 신경이 곤두섰다.

이럴 거면서 왜 거절한 걸까.

해수가 맥없이 한숨처럼 웃었다. 경계를 살짝 푼 듯한 해수의 얼굴에, 이도현이 화사하게 입꼬릴 휘어 올렸다.

"그 사람이 WS그룹 부회장인데, 뭐 아무튼 내가 그분 모시고 있거든. 아까 병실 안에 있었는데, 넌 나 못 알아보더라. 내가 그렇게 쳐다봤는데도."

채두식으로부터 신나게 수모를 당하던 때였다. 로비를 향해 천천히 걸음을 뗀 해수가 입술을 삐죽거리며 하소연했다.

"너도 봤을 거 아냐. 나 들들 볶이는 거. 그리고 죄다 시커먼 사람들뿐이라 정신이 하나도 없었어. 딱정벌레도 아니고, 그 회사는 꼭 그렇게 까만 옷을 입어야 해?"

유니폼이야, 뭐야.

해수가 이도현을 위아래로 훑었다. 그런 해수의 옆을 따라 걸으며 이도현이 유쾌하게 웃는다. 자신이 한 말이 우스웠던지 해수도 함께 웃음을 터뜨렸다.

쉴 새 없이 흐르는 웃음을 갈무리한 이도현이 검지를 걸어 넥타이를 끌어 내리며 해수의 어깨를 토닥였다.

"사람 볶는 재미로 사는 새끼니까 그냥 잊어. 우리랑은 사고 회로 자체가 달라. 제 잘난 맛에 사는 인간들이잖아."

물론 알고 있다. 사람 위에 사람이 있고, 사람 아래 사람이 있다는 건.

"그래, 알지……."

알면서도 서글펐다. 나는 당신의 발아래 있는 존재라고, 아무리 안간힘을 써도 결코 당신에게 닿을 수 없는 사람이라고

스스로 인정해버린 것만 같아서.

"가자. 가서 밥이나 먹자."

어쨌거나 저녁은 먹어야 했고, 울적해진 기분은 그때그때 풀어야 한다. 해수는 이도현의 시커먼 등을 팡팡 때리며 씩씩 하게 걸음을 내디뎠다.

"그래, 해수야. 맛있는 거 먹으러 가자. 소고기 좋아해? 청담 동에 한우 맛집 있어."

소고기 사주는 사람은 일단 의심부터 해야 한다는 서연의 말이 떠올랐지만, 바나나 하나로 종일 버틴 허기가 의구심을 이겨냈다. 해수가 세차게 고개를 끄덕였다. 청담동에서 먹는 한우라니 거절할 이유가 없었다.

쓸쓸한 도시의 야경이 한눈에 들어왔다. 이도현이 주문을 하고 물티슈로 손을 닦는 동안, 해수는 봄의 기운이 한층 짙어 진 창문 너머 풍경과 벚나무를 바라보았다. 늦은 시간이었지 만 길 건너 거리는 여전히 휘황찬란하다. 화려하게 춤을 추는 네온사인 아래, 취객들이 드나드는 건물은 환히 불을 밝혔다. 흘러넘치는 열정과 거리의 어수선함이 낯설었다. 하지만 이 감 정이 어디에서 기인한 것인지 깊이 생각하지 않기로 했다.

해수는 눈을 감고 손바닥으로 눈꺼풀을 지그시 눌렀다.

깜박깜박.

모스부호처럼 점멸하는 빛 사이로 지석의 얼굴이 나타났다가 흔적도 없이 사라졌다. 그 커다란 손을 잡고 복잡한 거리를 걷는 상상을 했다.

우습기도 하지. 문득 그가 보고 싶어졌다.

"식기 전에 먹어. 내가 얼마 전에 다큐를 하나 봤는데 의사들 진짜 바쁘더라. 설마, 너도 매일 굶는 건 아니지?"

해수는 자신을 부르는 목소리에 눈을 번쩍 떴다. 잘 구워진 소고기가 앞 접시 위에 올라와 있었다. 목에서 울컥하고 묘한 감정이 치밀었다.

"맛있겠다. 잘 먹을게."

마치 오래전부터 계속 만나온 친구처럼, 편안한 분위기 속에서 식사와 대화는 살갑게 이어졌다.

어느새 경계심은 눈 녹듯 허물어졌고, 동창이었다는 공통의 주제 하나만으로도 분위기는 금세 유해졌다. 그렇게 물처럼 흐르던 대화는 자연스레 용인에서 마주친 날로 이어졌다.

"추모 공원 근처에 골프장 달린 리조트가 하나 있거든. 내가 알기론 채지석 회사 법인 건물인데 뭐, 아무튼 거기 부회장 데려다주고 가는 길이었어. 아, 부회장이 누구냐면, 채홍석. 채지석네 큰형."

"아아, 그랬구나."

이도현과 대화를 나누는 내내 머릿속으로 많은 생각이 스쳐 지나갔다. 어떤 대화가 오고 가든 해수의 머릿속에 저장되는 것은 지석에 관한 정보, 고작 그게 다였다.

비공식적으로 그룹의 자금줄을 담당하는 투자 회사의 대표, 텔레비전을 통해서만 보던 화려한 배우를 곁에 두고 범접하기 어려운 기업의 회장을 아버지로 둔 사람…… 정확히는 그와 자신 사이의 메울 수 없는 간극 같은 것을.

곱씹을수록 자신이 낮고 초라하게 느껴지는 복잡 미묘한 감정들이었다. 눈을 질끈 감은 해수는 고개를 흔들어 감정의 소용돌이에서 헤어 나왔다.

"그런데 지금 회사에서 하는 일이 뭐야? 아, 이런 거 묻는 건 좀 실렌가."

해수는 의식적으로 화제를 돌렸다. 끈적하게 들러붙는 남자의 잔상을 떨쳐내기 위해 일단 아무 말이나 해야 했다.

갑작스러운 질문에 당황했던 걸까. 잠시 머뭇거리던 이도현이 이내 활짝 웃으며 대답했다.

"부회장 비서. 말이 좋아 비서지. 현대판 노예라고 보면 돼. 네가 병원에서 전화 오면 뛰어가듯이, 나도 전화 오면 바로 뛰어가야 하니까."

눈을 휘둥그레 뜬 해수가 조심스레 주위를 두리번거리며 테이블 위로 상체를 낮췄다. 뭔가 비밀 이야기라도 하려는 듯이.

"그래서 술 안 마시는 거구나. 다행이다. 나는 너, 약간 그런 쪽으로 빠질 줄 알았거든."

"그런 쪽?"

"아…… 그게, 너 싸움 잘했던 게 갑자기 기억나서. 아니다. 못 들은 거로 해줘. 내가 실수했어. 기분 나빴지? 미안해."

한발 늦게 무례함을 자각한 해수가 적당한 말을 고르지 못해 대충 에둘러 설명했다. 스스로 뱉고도 당황스러워서 손짓까지 해가며 어떻게든 수습하려는 기색이 역력했다.

도현은 안절부절못하는 해수가 귀엽다는 생각을 했다. 어떻게 10년 전과 하나도 달라진 게 없는 건지. 뒷덜미까지 뻣뻣해져 순간 큭, 하고 웃음이 터질 정도로.

"미안해할 거 없어. 네 말이 맞아. 그런 데서 일하는 거."

순간, 해수의 몸이 굳었다. 아무렇지 않은 척 재빨리 입꼬리를 올렸으나 파르르 떨리는 속눈썹까지 감출 순 없었다. 이를 눈치챈 이도현이 느리게 눈썹을 긁으며 숯불 위로 피어오르는 연기를 휘, 내저었다.

"농담이야, 농담."

이도현이 멋쩍게 웃으며 덧붙였다.

"물론 회장이 조직 출신이라는 게 낙인처럼 찍혀 있긴 하지만, 30년도 더 된 일이고 회사는 양지로 나온 지 오래니까."

"아아, 그랬구나. 난 몰랐어."

해수는 고개를 떨구며 씁쓸하게 웃는 이도현에게서 시선을 거두었다. 스멀스멀 차오른 두통과 함께 희미한 불안감이 일었다.

아무리 이미지가 세탁됐다 해도 결국 조직에 몸담은 사람이라는 건가…….

해수가 검지와 중지로 관자놀이를 꾹 짚었다. 매캐한 연기 속에 갇히기라도 한 것처럼 머리가 멍하고 어지러웠다.

생각이 많아지는 밤이었다.

다음 날.

삐ㅡ.

해수는 앞에 선 이의 뻥긋거리는 입이 금붕어 같다는 생각을 했다. 육체와 분리된 정신이 미처 돌아오기 전이었다. 지독한 열 감기였다. 신열에 휩싸인 얼굴이 화염에 자글자글 끓어가는 기분이 들었다. 끔찍한 이명이 귓속을 깨부수고, 바짝 마른 입술 사이로 연신 뜨거운 숨이 들락거렸다. 해열제를 과하게 투여한 덕에 오한과 발열 등의 증상은 얼추 잡혔으나, 미세하게 남은 약 기운이 집 나간 정신의 회귀를 막는 듯했다.

"야! 이게 진짜 귓구멍에 못을 박았나."

노기 가득한 얼굴이 불쑥 코끝까지 들이닥쳤다. 타인에 대한 무시가 입에 밴 김동희의 목소리였다. 읍, 믹스 커피 냄새와 담배 냄새가 환장의 비율로 뒤섞여 숨조차 쉬기 어려웠다. 정신이 빠르게 제자리를 찾은 것도 그 순간이었다.

"어? 윤해수! 이게 이쁘다, 이쁘다 해줬더니 정신 못 차리지! 어? 정신 번쩍 들게 해줘? 오늘? 어?"

신경질적인 말투로 자신의 이름을 부르는 목소리에 해수가 숨을 꾹 참으며 한 걸음 뒤로 물러섰다.

"죄송합니다."

김동희가 해수를 향해 매서운 눈을 부라리며 험악한 분위기를 조성하고 있었다. 늘 빡이 쳐 있는 인간이라 왜 그러시냐는 질문은 고이 접어두기로 했다.

"아아? 아아아? 아주 상전 나셨네, 상전 납셨어. 어? 아프다고 처박혀서 잠을 처자? 어?"

"죄송합니다. 시정하겠습니다. 생각이 짧았습니다."

"801호, 김원석 환자. 랩 결과 확인하고 주사 처방 새로 냈어, 안 냈어?"

"그분은 통증 호소가 상습적이라 교수님께서 보류……."

"뭐? 상습은 썅. 환자가 아프다는데!"

소름 끼치는 얼굴로 이죽거리던 김동희가 급기야 해수의 정강이를 구둣발로 매섭게 걷어찼다.

퍽!

눈앞에서 별이 번쩍 빛난다는 말은 사실이었다. 너무 아프면, 아무 소리도 나오지 않는다는 말 역시.

"얼굴이 반반하면 뭘 하나. 이건 뭐 써먹을 줄도 모르고요. 뻣뻣한 게 잡초도 아니고, 대나무도 아니고."

"죄송합니다. 다음부턴 교수님 오더도 빠짐없이 보고하겠습니다."

"다들 예뻐해줄 때 알아서 네발로 기어. 아버지 빽 하나 믿고 기고만장하기는."

억울했다. 현재 담당 교수인 황진웅이 아버지, 윤성태의 교수 시절 제자였던 건 사실이었지만 그늘이 돼줄 만큼 살가운 아버지도 아니었다.

"네. 명심하겠습니다."

해수는 상식선에서 대답하며 허리를 깊이 숙였다. 아무렇지도 않게 가족을 들먹이는 말투가 불쾌하다 해도 남들 눈에는 그렇게 보일 법하단 생각이 들어서였다.

쾅!

그때, 난데없는 굉음이 공기를 갈랐다. 심장이 아래로 곤두박질치곤 정수리까지 빠르게 솟구쳤다. 무슨 일이 벌어진 건지 인식하기도 전에, 비상식적으로 세게 열린 비상구 문이 해수의 시야를 가로막았다.

쿵!

그와 동시에 정확한 각도로 열린 문이 김동희의 뒤통수를 노린 듯이 후려쳤다.

"아악!"

비명을 지른 건 해수 혼자였다. 극심한 고통에 휩싸인 김동희는 자리에 쪼그리고 앉은 채, 소리 없는 비명만 내질렀다.

"치프 선생님, 괜찮으세요?"

해수가 놀라 동그래진 눈을 빠르게 깜빡이며 김동희를 부축하기 위해 손을 뻗었다. 언뜻 코웃음 소리가 들려왔다. 익숙한 음성에 얼굴 위로 의아함이 깃들었다.

"아, 사람이었습니까? 난 하도 시끄럽게 짖어대길래 어느 집 애완견인지 구경하러 왔지."

열린 문 사이로 모습을 드러낸 건 지석이었다. 정체를 확인한 순간 가슴이 철렁 내려앉았다. 김동희가 당한 걸 보니 자신도 모르게 기분이 풀어졌지만, 괜한 구설에 오르면 어떡하나, 그건 또 그것대로 걱정이 된 탓이었다. 머리를 끌어안은 채 고개를 푹 숙였던 김동희가 지석의 목소리를 알아듣곤 자리를 털고 벌떡 일어났다.

"아! 죄송!"

잽싸게 뒤돌아 사과하려던 김동희는 재차 열린 비상구 문에, 다시 한번 이마를 쿵 들이받았다.

"으윽."

해수가 덩달아 몸을 움찔거리며 곤혹스러운 낯으로 탄식했다. 그러거나 말거나, 길게 뻗은 남자의 눈매가 해수와 김동희를 차례대로 훑었다. 김동희는 자신을 똑바로 응시하는 지석의 눈에서 경고를 읽었다. 눈치 하나는 빠른 인간이었다.

"죄, 죄송합니다!"

어렵사리 고개를 들어 올린 김동희가, 맞고도 사과를 하는 기이한 장면을 연출하는데.

"뭐, 그러시든가."

쾅, 하고 문이 닫혔다. 해수는 멍하니 문 쪽을 바라보았다. 멀어지는 남자의 발소리가 꿈결처럼 아득하게 들려왔다.

"너무 무리하지 마세요."

병실에 들어선 해수가 남자의 앞에 놓인 서류 더미를 보며 빙긋 웃었다. 환하게 켜진 노트북 모니터엔 치열하게 움직이는 그래프와 숫자로 빼곡한 엑셀 시트가 띄워져 있었다.

"퇴원하더라도요."

지석은 채두식이 다녀간 이후 기다렸다는 듯 퇴원일을 앞당겼다. 손등에 꽂힌 카테터를 뽑아낸 후 꼼꼼히 테이핑한 해수가 재차 당부하듯 말했다.

"저, 아까는 감사했습니다."

힘겹게 내뱉은 해수의 말에 그제야 지석이 고개를 들었다. 고마운 마음이 컸던 만큼, 보여선 안 될 모습을 들킨 것에 대한 수치스러움도 컸다. 그 마음을 아는지 모르는지, 노트북을 성의 없이 덮은 지석이 슬쩍 고개를 틀어 해수를 바라보았다.

"고맙긴."

달그락대며 수증기를 뿜어내는 가습기 소음 사이로, 낮게 깔린 목소리가 섞여들었다. 언뜻 피식 바람 빠지는 소리가 들리는 듯도 했다.

"앞으로는 당하고만 있지 말고, 참지도 말고."

자신도 모르게 그의 말에 수긍하며 주억거렸다는 걸 자각한 순간, 형언할 수 없는 묘한 감정이 폭풍우처럼 몰려왔다. 말을 잇는 대신 해수는 고개를 저었다. 바이러스에 감염된 파일처럼 머릿속이 온통 뒤죽박죽이었다. 분명 아무렇지도 않았는데, 또다시 들이닥친 긴장과 피로에 뺨 위로 열이 올랐다.

그가 널브러진 서류를 탁, 각 잡아 정리했다.

"무시하고 싶은 게 있으면 무시해요. 내가 그렇게 만들어줄 테니까."

낯간지러운 소릴 아무렇지 않게 늘어놓은 남자의 눈길이 당연하단 듯 가로질러 닿았다. 간지러운 감각을 버티지 못한 해수가 그의 시선을 피해 열이 오른 얼굴을 손바닥으로 꾹꾹 눌렀다.

"말씀만으로도 감사합니다."

숨 막히는 분위기에 적막감이 더해졌다. 기분이 이상했지만, 남자의 이런 행동도 오늘이 지나면 끝일 테니 가타부타 말꼬리를 잡고 싶지는 않았다.

하루만, 딱 하루만 더 버티자. 쑥과 마늘만 먹으며 99일을 버틴 곰의 마음이 이러했을까. 혼란스러운 마음을 정리한 해수는 차트를 팔락, 하고 힘차게 넘겼다. 본연의 자세로 돌아가 어둠이 두껍게 쌓인 창틀에 살짝 기대섰다.

"내일 오전에 퇴원 절차 밟으시면 됩니다."

핸드폰을 툭, 건드려 시간을 확인한 지석이 짧게 웃으며 창틀에 기대선 그녀에게로 다가갔다. 그녀의 몸 위로 크고 짙은 그림자가 졌다.

"갑시다. 집에 데려다줄게요."

마치 아무 말도 듣지 못한 사람처럼, 해수는 시선을 피했다. 애써 무심하게 말했지만, 목소리 끝이 떨리는 것까지 막을 순 없었다.

"그리고 특별한 일이 없는 한, 한 달간은……"

톡톡, 볼펜 끝으로 파일을 두드리는 소리가 초조한 심경을 대변해주듯 불규칙하다. 피식 웃으며 얼굴을 기울인 지석이 기어이 그녀와 눈을 맞추었다.

"식사도 같이하죠. 소고기 좋아합니까."

소고기라니.

죄를 지은 것도 아닌데, 괜스레 뜨끔해진 해수가 숨을 크게 마시고는 고집스레 해야 할 말을 끝까지 내뱉었다.

"매주 병원에 내원하셔야 합니다."

"와인은 어떻습니까. 아, 술이 별로면 커피도 좋고. 커피가 싫으면 차도 좋고. 당신이 좋아하는 거면 뭐든."

"내일 오전에 수간호사님이 퇴원 절차에 대해, 자세히 설명해드릴 겁니다."

고집으로 똘똘 뭉친 시선이 허공에서 대치하듯 뒤섞였다. 각자의 말을 하고 있었지만, 파르라니 타오르는 온도는 같았다. 첨예한 긴장감에 불편해진 해수가 한숨을 쉬며 고개를 돌릴 때였다.

"도대체 뭐가 문제야."

지석이 실소를 흘렸고 더는 흔들리지 말아야겠다고 생각한 해수는 일자로 꽉 다문 입꼬리를 추스르며 간신히 입을 뗐다.

"하나부터 열까지 전부 다요. 아무쪼록, 늘 건강하시길 바랍니다."

다른 이가 베푸는 온기와 호의에 익숙지 않았던 해수는 그가 퍼붓는 감정의 본질을 끝내 외면했다.

무언가를 가진다는 건, 곧 잃을 수도 있다는 뜻이니까. 그리고 그 끝에 남는 건 결국 공허함과 상실감뿐일 테니까. 그런데 왜일까. 마음의 빗장을 꽁꽁 걸어 잠그고 온갖 발악을 다 했음에도, 손에 쥔 적도 없는 무언가를 잃은 것 같은 기분이 드는 건.

아마, 이제 다시는 마주칠 일이 없겠지. 시간은 흐를 테고, 그러다 보면 다 괜찮아질 거야. 늘 그랬듯이.

섣부르게 단정 지은 해수가 허리 숙여 인사하며 병실을 나서려던 순간이었다. 두 걸음 정도 떨어져 있던 남자가 성큼 거리를 좁혀 돌아서는 그녀의 팔목을 부드럽게 쥐었다.

"윤해수 씨."

눈이 휘둥그레진 해수는 당황한 얼굴로 그를 바라보았다. 정말 진심이라도 되는 양, 지석이 무언가 납득하기 어렵단 눈빛으로 그녀를 내려다보고 있었다.

"그 문제라는 거."

평온했던 얼굴에 파도가 일고 초점을 잃은 눈동자가 길 잃은 부표처럼 배회했다. 붙들린 손목 아래 푸른 정맥이 맥동했다. 그가 허리를 굽혀 해수와 눈높이를 맞췄다. 저음의 목소리가 그녀의 이마를 쓸었다.

"내가 해결해주면 되지 않나?"

손목을 감싸고 있던 손이 어느덧 내려왔다. 손등을 스치듯 쓸어내리던 남자의 검지가 해수의 손가락을 숫자 세듯 하나씩 툭, 툭, 건드렸다.

"하나부터 열까지."

내가 다 해결해줄게. 되뇌던 남자의 눈빛이 배회하던 해수의 눈동자를 붙들었다. 허공으로 묵묵한 시선이 오갔다.

"······."

이마 부근에 검은 그림자가 드리웠다. 크고 두툼한 손등이 해수의 이마를 세심하게 덮었다.

"아직 몸이 완전히 나은 건 아닌가 봅니다."

"아니요, 괜찮습니다."

"괜찮기는 이렇게 뜨거운데."

마뜩잖은 듯 혀를 찬 남자의 미간이 걱정스레 굽이쳤다. 이마를 감싼 손이 관자놀이를 타고 느리게 내려와 머리를 쓸고 뺨에 닿았다. 밀어내야 하는데, 자신을 걱정해주는 목소리와 손길이 너무 좋아 순간 판단력을 상실했다. 해수는 자신도 모르게 눈을 감고 낯선 감각이 주는 안도감에 빠져들었다.

"이제 받아줄 마음이 생겼나 보네요."

살짝 고개를 비튼 얼굴이 가까워지더니 해수의 이마에 제 이마를 툭, 가볍게 맞댔다.

"왜. 아직도 불안해요?"

어느덧 멀어진 지석이 테이블 위에 있던 핸드폰을 집어 들고 물었다. 다시 가까워진 심리적 거리에 해수는 숨을 삼켰다.

"연락해도 되겠습니까?"

해수가 고개를 들었다. 눈이 마주치자 서늘한 남자의 얼굴 위로 옅은 미소가 지어졌다.

순간, 형언할 수 없는 감정이 일었다.

한 번쯤은 누군가에게 기대봐도 되지 않을까.

해수는 얌전히 고개를 끄덕였다. 의식하지 못하는 사이 심장이 빠른 속도로 뛰고 있었다.

"어……. 선생님! 앞으로 여기서 드시는 건 계산하실 필요 없어요!"

병원 로비 커피숍 매니저가 손을 내저으며 만류했다. 평소처럼 아무 생각 없이 출근길에 커피를 산 해수가 지갑을 꺼내 들다 말고 눈을 휘둥그레 떴다.

"네? ……왜요?"

뭐지, 몰래카메란가. 이벤트 당첨? 아니면 이제 제게 커피를 팔지 않겠다는 소린가? 그것도 아니라면 병원 복지가 좋아져서 커피 무한대 제공? 어느 경우라도 이건 말이 안 되는데.

해수는 얼굴 가득 물음표를 띄운 채 카페 매니저의 말이 이어지기만을 기다렸다.

어리둥절한 표정으로 엉거주춤 카드를 들고 서 있던 해수는 물론, 매니저의 얼굴에도 당황한 기색이 역력했다.

이게 지금 무슨 상황이지.

아무리 머리를 굴려도 대답을 유추해내기 어려워 답답함이 머리끝까지 치솟던 무렵. 난처한 듯 상기된 얼굴로 연신 두 손을 주무르던 매니저가 말문을 열었다.

"그게…… 누가 돈을 결제해놓고 가셨어요. 선생님 앞으로요."

"……그게 무슨."

해수는 방금 들은 말의 뜻을 곱씹느라 잠시 멍하니 아무 말도 잇지 못했다. 대답을 들었음에도, 의문이 풀리기는커녕 머릿속은 한층 더 복잡해졌다.

누가? 돈을? 결제?

해수의 머릿속에 나열된 단어들이 해체되고 재조합되길 반복했다. 학교 앞 떡볶이 가게도 아니고, 대체 누가 직장 커피숍에 돈을 맡겨놓는단 말인가.

"명함 받은 거 있으세요? 그리고 얼마를 주고 갔길래요."

10만 원 이하의 소액이라면 없는 셈 치고, 다시는 받지 말아달라 부탁할 생각이었다. 하지만 예상보다 금액이 컸다.

"100만 원이요. 사실 더 큰 돈을 맡기겠단 걸, 겨우겨우 타협한 거였어요. 그리고 일주일에 한 번 본인이 와서 결제한다고, 명함도 안 주셨어요."

이건 신종 암살 수법인가. 일주일 동안 100만 원어치 커피를 마셨다간 카페인 중독 혹은 신장 기능 이상으로…….

해수가 엉뚱한 상상을 하며 의구심을 증폭시켜가는 동안, 울상을 지은 매니저가 말을 이었다.

"허락도 없이 받아서 죄송해요. 막무가내라 저도 어쩔 도리가 없었어요. 분위기가 너무, 아……! 혹시 저 때문에 곤란해지신 건가요? 어떡하죠?"

카페 매니저는 난처함을 온몸으로 표현했고, 가만히 듣던 해수는 '분위기'라는 말에 쓴웃음을 터뜨렸다. 너무 어처구니가 없으니 웃음이 나오기도 하는구나. 해수가 체념한 듯한 투로 말했다.

"아, 뭐 그런 건 아닌데. 서늘하게 생긴 사람이었죠? 피부는 하얀데 약간 각진 얼굴형에, 까만 정장 입고, 덩치 크고요."

"어! 맞아요, 선생님! 아는 분 맞는 거죠? 아, 다행이다……. 전 또 스토커나 뭐 그런 걸까 봐 얼마나 걱정했다고요. 혹시 누군지 여쭤봐도 돼요?"

환자라고는 차마 밝힐 수가 없었다. 부정 청탁 금지법으로 인해, 대학 병원 의사는 환자로부터 음료수 하나 받아 마실 수 없기 때문이었다. 잠시 머뭇거리던 해수는 영 내키지 않았지만 어쩔 수 없이 거짓말을 했다.

"사, 사촌 오빠예요."

"어머, 자상해라. 사촌 동생 고생하는 게 얼마나 안쓰러웠으면!"

아, 그게 또 그렇게 되나요.

매니저에겐 아무런 죄가 없다. 분명 받을 수 없다고 완곡히 거절했을 텐데, 반 협박으로 기어이 밀어 넣으니 부득불 받을 수밖에 없었겠지. 결제한 이는 그의 비서일 테고, 채지석의 지시로 이뤄진 일일 게 뻔했다.

도대체 한 번에 몇 사람을 곤란하게 만드는 거지?

174

해수 역시 난처하긴 마찬가지였다. 한편으론 오기도 생겼던 것 같다. 다만 복잡하게 파고드는 생각을 떨치기 위해 머리를 흔들며 억지로 웃었다.

"그러게요. 이왕 받은 거 신나게 마실 테니까, 너무 신경 쓰지 마세요!"

이미 벌어진 일, 매니저 마음이라도 편하게 해줘야겠다는 생각이 들었다. 의도치 않게 짊어진 부채감을 어떻게든 떨쳐 버려야 했으니까. 커피를 받아 든 해수는 햇살처럼 상큼하게 웃으며 돌아섰다.

이른 새벽, 대림동 차이나타운. 때 이른 여름 장마가 포화처럼 쏟아지는 늦봄의 어느 날이었다.

끼익ㅡ.

어두운 골목 안, 오래된 상가 앞으로 덩치 큰 세단 세 대가 줄지어 섰다. 문을 열고 나오는 지석을 발견한 장정들이 일제히 허리를 숙였다. 차에서 내린 지석이 하얀 장초를 입에 문다. 문틈에 탑재된 우산을 툭 뽑아 나온 윤재가 빠른 걸음으로 다가와 라이터를 들이밀었다.

"됐어. 끊어야지."

지석은 입에 문 담배를 손으로 짓이기며 바람 빠진 웃음을 흘렸다. 계절은 완전히 바뀌었고, 공기 온도가 변했음에도 비

내리는 새벽은 여전히 혹독한 암흑 속이었다. 각도가 살짝 틀어진 우산 아래로 세찬 빗줄기가 사정없이 들이친다. 강박적으로 보일 만큼 정갈하게 여며진 슈트 위로 빗방울이 닿자, 희미한 수증기가 물안개처럼 피어올랐다. 검은 먹구름이 드리워진 짙은 하늘, 무질서하게 퍼붓는 총알처럼, 요란하게 우산을 두드리는 굵은 빗줄기, 검은 세단과 후미진 골목.

기이할 만큼 음울한 분위기 속, 그가 지그시 눈을 감으며 일부러 느릿하게 숨을 골랐다. 눈을 감은 시선이 천천히 머릿속을 배회하며, 숨소리마저 달게 뱉던 해수의 모습을 그려냈다. 생각과 감정에 따라 미묘하게 변화하는 얼굴이 더없이 사랑스러운 여자였다. 살아 있는 것도, 죽은 것도 아닌 자신과는 비교조차 할 수 없는. 함부로 더럽혀서도, 마음대로 손을 뻗어서도 안 되는 유적지처럼 고결한 존재.

따라서 어떠한 희망조차 용납되지 않는, 삶의 의지조차 꺾여버릴 것 같은 어둠의 끝자락. 빛 하나 제대로 들지 않는 제 곁은 해수가 있을 만한 곳이 아니었다.

알면서도 욕심내보고 싶었다. 손에 쥔 것 하나 없는 인생에, 간절히 원하는 사람 하나 정도는 허락되지 않을까. 방법이 없는 것도 아니지 않나. 스스로 제게 오기 어렵다면, 용기 낼 수밖에 없는 상황을 만들어내면 그만이니까.

지석이 기가 찬 듯 비틀린 표정으로 코웃음 칠 때였다.

"불이 켜져 있네요. 3층입니다."

윤재의 보고가 상념을 일깨웠다. 못 박힌 듯 서 있던 지석이 여러 감정이 깃든 얼굴로 바지 주머니에 손을 찔러 넣으며 건물을 올려다보았다.

이곳을 찾아온 건 그에겐 선전포고와도 같았다. 어떠한 결말을 초래하게 되건, 어설프게 돌아가지 않겠다는 굳은 다짐. 애초에 빙 둘러 가는 건 그와 어울리지 않았다.

기회는 어렵지 않게 찾아왔다.

딸깍, 하고 거슬리던 채홍석의 눈빛과 미심쩍은 채두식의 태도에서 해결의 실마리를 찾은 지석은 퇴원 후, 차근차근 '그날'의 사건을 역으로 되짚어가기 시작했다. 그리고 마침내 이 낡은 건물 안에, 흩어진 조각을 하나로 모아줄 귀인이 있다는 사실을 알아낸 것이다.

목을 뚝뚝 꺾은 지석이 가볍게 어깨를 돌리며 물었다.

"트레일러트럭 기사 연봉이 얼마나 되지?"

예상치 못한 질문에, 눈동자를 스르륵 굴리던 윤재가 고개를 갸웃거리며 대답했다.

"음, 글쎄요. 일반 사무직에 비하면 고연봉 직종이긴 하지만, 확실한 건 5억이나 되는 사채를 단번에 갚을 정도는 아니라는 겁니다."

"5억? 그렇게 거금은 아니지 않나."

세상 물정 따위 내 알 바 아니라는 듯한 대답에, 어이를 상실한 윤재가 한숨을 쉬며 우산을 고쳐 잡았다.

"온 세상의 근면 성실한 노동자들을 기만하는 발언이십니다. 물론 저를 포함해서 말이죠."

지석이 픽, 웃으며 대꾸했다.

"그런가. 혹시 모르지. 로또라도 당첨된 건지."

로또가 일확천금의 기회라는 것도 다 옛말인 것을, 생각하던 윤재가 주위를 기민하게 살피고는 볼륨을 낮추며 말했다.

"물론 그럴 수도 있습니다만, 3년 전을 기점으로 삶이 눈에 띄게 윤택해졌더군요."

지석은 흉포한 빛이 감도는 짙은 눈매를 눈꺼풀 아래 숨기며 채근했다.

"정확하게는?"

"일단 수입원이 전혀 없는 상태에서, 자녀 둘을 캐나다로 유학 보냈습니다."

자신도 모르게 이맛살을 찌푸린 지석이 계속 말해보라는 듯 까딱, 턱짓했다. 상체를 조금 더 숙인 윤재가 덧붙였다.

"부부가 각각 외제 차를 몰고 다니는 건 기본이고, 김상철은 하우스에서 살다시피 한다니 이건 뭐 의심의 여지가 없다고 봐야 하지 않을까요."

"채홍석과 거래한 흔적은?"

"깔끔합니다. 세탁한 흔적도 없고, 차명도 기존 것 외엔 달리 새로울 게 없었습니다."

"쓸데없이 철두철미하네. 성가시게."라고 중얼거리던 지석이 고개를 까딱하며 손짓하자, 검은 정장을 한 사내들이 약속이라도 한 듯 일제히 안쪽으로 향했다.

"그렇다면 직접 듣는 수밖에."

우르르 사내들이 지나간 자리 뒤로, 지석이 여유롭게 걸음을 옮겼다. 퀴퀴한 냄새가 진동하던 입구를 지나자 사람 하나 겨우 지날 만큼 좁다란 계단이 눈에 들어왔다.

소리 없이 뒤따르던 윤재가 조언했다.

"하지만 대표님, 단순 녹취만으론 살인을 입증하기 어렵습니다."

빗물과 습기를 머금은 낡은 콘크리트 벽은 금방이라도 무너질 것처럼 쩍쩍 금이 가 있었다. 계단을 오를 때마다 희미한 센서 등이 위태롭게 깜빡이며 켜졌다.

"살인 입증? 나더러 형님 뒤통수에 칼을 꽂으란 소린가."

귀찮게 그런 건 뭐하러. 원하는 것만 손에 쥐면 그만이지.

씩, 웃으며 성큼성큼 걸음을 옮긴 지석은 다시 습관처럼 담배를 꺼내 문 채 '청룡각'이라고 쓰인 중국집 간판 앞에 멈춰 섰다.

쾅!

육중한 철문을 발로 걷어차며 지석이 느릿한 걸음으로 들어섰을 땐 이미 모든 상황이 종료된 상태였다. 쑥대밭이 된 불법 도박장 한구석에 몰린 50대 중반의 남자 하나가 손이 결박된 채로 바들바들 떨고 있었다.

"사, 살려주세요! 저, 저는 아무것도 모릅니다! 그냥 시키는 대로 한 것뿐이라고요!"

탐욕에 찌들어 혼탁해진 눈동자와 기름기로 그득한 얼굴, 악귀의 형상을 한 남자는 다름 아닌 3년 전 '그날', 해수의 언

니 윤해인을 죽음으로 몰고 간 트럭 기사 김상철이었다. 윤재
가 파일을 건네자, 짧게 훑어본 지석이 남자 앞에 쪼그리고 앉
아 환하게 웃으며 운을 뗐다.

"김 사장님, 배고프다고 아무거나 막 주워 먹으니 탈이 나
는 거 아니겠습니까. 시킨다고 아무 일이나 막 하면 쓰나."

"어쩔 수 없었습니다. 저, 저도 피해자예요. 시키는 대로 하
지 않았다면 꼼짝없이 죽었을 거란 말입니다!"

아이러니한 세상이다. 자기기만에 빠진 가해자가 피해자를
흉내 내고, 정작 억울한 사람은 숨죽인 채 살아야 하는 더러
운 구조.

개같네.

이를 악문 지석의 턱 근육이 사납게 도드라졌다. 말도 채 마
치지 못한 김상철의 안색이 점차 파리하게 질려갔다.

"두려워할 거 없어요. 난 단지 대화를 하러 온 것뿐이니까."

상냥한 말투로 내내 일관하는 와중에도, 인내라고는 전혀
할 생각이 없어 보이는 얼굴이었다. 두려움에 잠식된 김상철이
침을 질질 흘리며 더듬거렸다.

"대, 대화, 대화라면."

"아, 정정하죠. 이제부터 내가 몇 가지 질문을 할 겁니다. 사
장님은 대화가 아니라, 그냥 대답만 하면 돼요. 어때요. 어려
울 거 없잖아요."

툭, 소형 녹음기가 테이블 위로 굴렀다.

chapter 6

위험한 남자

"쌤 남친, 재벌이라는 게 사실이에요?"

얼음이 다 녹아 커피가 묽어질 때까지 멍하니 생각에 잠긴 해수를, 간호사들이 다소 의아한 눈으로 관찰하고 있었다. 그 질문을 기점으로, 친하게 지내던 간호사들이 서로 눈빛을 주고받으며, 궁금했던 이야기를 하나씩 꺼내놓기 시작했다.

1개월 동안 매일같이 커피를 사댔으니 궁금증이 발생하는 건 지극히 당연한 일이었다. 지석이 커피를 사주는 거라 말할 수 없던 해수는 그저 씁쓸하게 웃을 수밖에 없었다.

"남친이요?"

대답을 잇는 대신 빨대를 입에 물어버린 해수를 대신하여 서연이 씩씩하게 말을 이었다.

"남친이 재벌이면 커피숍을 하나 차려줬겠지!"

확신에 찬 목소리가 날아와 서연의 말을 반박했다.

"에이, 그럼 매일 꽃 보내는 사람은 누구예요? 남친도 아닌데, 꾸준히 꽃을 보낸다는 게 말이 안 되잖아요. 해수 쌤 반응을 보면, 스토커 짓도 아닌 거 같은데."

병동의 소문은 들불처럼 빠르게 번졌다.

하긴, 궁금할 만도 하지. 계절에 어울리는 꽃이 매일 종류를 바꿔가며 더도 말고 덜도 말고 딱 한 단씩 배달 오기 시작하는데, 이건 대놓고 관심 좀 가져달란 거잖아.

과하지도, 그렇다고 태연하게 받기에도 탐탁지 않은 선물에, 해수는 어떻게 반응해야 할지 갈피를 잡을 수가 없었다.

"……하아."

일상을 송두리째 뒤흔들어놓고 모습을 비추기는커녕 연락조차 없는 지석을 문득 떠올렸다. 한 달 전만 하더라도, 그를 생각하지 않는 건 어렵지 않은 일이라 자신했다. 함부로 마음을 품기엔 너무나도 꿈만 같던 남자였으니까.

하지만 그는 해수의 어리석음을 비웃듯, 제 존재감을 아로새기며 보이지 않는 곳에서조차 영향력을 행사하고 있었다. 어떻게든 가슴에 균열을 내고, 갈라진 틈을 억지로 비집고 들어오려는 듯이. 견고하게 쌓아둔 내면을 깨부숴버리려는 듯이.

회사로 찾아가볼까. 가서 뭐라고 하지. 부담스러우니 그만하라고? 아니면 고맙다고?

머리가 한층 복잡하게 뒤엉켰다. 하루에도 몇 번씩 마음속 깊이 주저하고 있는 본심이 어이가 없어 실없는 웃음마저 나왔다. 혹시 나는 그에게 못 이긴 척 넘어가고 싶었던 건 아닐까. 어쩌다 이렇게 돼버린 건지, 가슴 언저리 어딘가가 고장난 것처럼 삐걱거렸다.

그가 보이는 호의가 어떤 의미인지도 모른 채, 아무 인사도 없이 계속 받아도 되는 걸까.

도대체 왜, 언제까지 이럴 생각인 걸까?

해수가 들끓는 감정을 식히려 눈앞의 커피를 숨도 안 쉬고 들이켰다. 목으로 넘어가는 커피가 목에 걸린 가시처럼 불편했다.

선택지가 적을수록 생각은 단순해진다. 머리를 비우고 살면 크게 걱정할 일도 없다. 언니가 세상을 떠난 후, 행복하진 않지만 큰 불행도 없는 삶에 해수는 그럭저럭 익숙해져 있었다.

"얼마나 좋아. 원피스가 두 벌뿐이니 고를 필요도 없고."

가진 게 없다는 걸, 합리적이란 말로 자위하며 해수가 중얼거렸다. 오늘만 해도 그렇다. 해수는 모임에 입고 갈 옷을 고르느라 고심하는 대신 세미나 자료를 분류하는 데, 오전 시간을 할애했다.

지—잉.

담당 교수인 황진웅의 메시지였다.

자료 진행 상황?

대략 80%입니다.
다음 주 중에 마무리 짓겠습니다.

내가 이걸 김동희한테 맡기겠냐,
조무래기들한테 맡기겠냐. 신경 좀 쓰자.

달면 삼켜지고, 쓰면 뱉어지는 서글픈 인생. 만만한 게 레지
던트 3년 차라더니.

넵. 다음부터 신경 쓰겠습니다.

이번에는 신경 쓰지 않겠다는 말로 들렸던 걸까. 황 교수에
게 파일을 전송한 후, 부족한 부분에 대한 지적과 느린 진행
속도에 대한 질책을 듣다 보니 시간이 훌쩍 지나 있었다.

모임까지 남은 시간은 1시간 30분. 슬슬 일어나볼까.

간헐적으로 저린 팔다리를 주무르던 해수가 기지개를 쭉 켜
며 노트북이 올려진 조그만 상을 발로 밀었다. 창문을 열어젖
힌 해수는 어느 장소에나 무난하게 어울릴 감색 민소매 원피
스를 탈탈 털어 펼쳤다.

음, 이게 뭐지?

햇빛에 반사된 치맛단에는 손바닥 크기의 얼룩이 번져 있었
다. 예기치 못한 돌발 상황에 해수의 미간이 급격히 좁혀졌다.

"아, 이거 입으려고 했는데."

물 얼룩이 진 자리만 살살 문질러볼까. 하지만 시간이 촉박
했다. 그런다고 해서 말끔해질 것 같지도 않고. 흐음, 해수가
좁혀진 미간을 검지의 마디로 톡톡, 두드렸다. 남은 원피스는
한 벌, 언니가 남긴 유일한 흔적이었다.

184

"이건 너무 차려입은 것 같은데."

몸의 굴곡이 그대로 드러나는 크림색 레이스 원피스.

― 해수야, 이 옷 어때? 나랑 어울려?

연구실에 박혀 사느라 변변한 옷 한 벌 없던 언니가 처음으로 거금 들여 구매한 원피스였다. 정작 언니는, 한 번도 이 옷을 입고 외출한 적이 없었지만.

해수는 웅어리진 한숨을 뱉었다가 바로 미간에서 힘을 풀었다. 그러곤 우울의 늪으로 기어들어가려는 생각을 익숙하게 건져내고 담담히 표정을 정리했다.

이러거나, 저러거나 선택지는 하나였다. 모임 장소가 호텔이라는 걸 떠나서, 동기들이 모이는 날 평소처럼 입고 갔다간 오늘의 표적이 되어 모임 내내 까이고, 또 까여야 할 게 뻔했다. 비교하는 것, 우쭐대는 것을 좋아하는 동기들 사이에서 초라해 보이긴 싫었고 불쌍해 보이는 건 더더욱 싫었다.

"……상상만 해도 끔찍하네."

해수가 진저리치며 어깨를 잘게 떨 때였다, 핸드폰이 길게 진동했다.

또 누구지.

[수야, 나 오늘 못 가. 윤화 그거 꼴 보기 싫어서.]

"……야, 난 뭐 좋아서 가니. 회비가 아까워서 간다, 내가."

[암튼 미안, 나중에 봐.]

달갑지 않은 관심을 차단해줄 유일한 방패, 서연이었다. 해수와는 달리 성질을 죽이는 데 서툰 싸움닭 서연은, 오늘 모임의 장소가 어디인지는 안중에도 없는 듯 보였다.

아무리 불편하다 해도 한 끼에 25만 원짜리 식사를 포기할 수야 없지.

"됐어. 내가 네 몫까지 먹고 올게."

통화 종료 버튼을 누른 액정이 금세 어두워졌다. 헤어롤을 감아올리는 손에 전투적으로 힘이 들어갔다.

토요일 정오, 백선 호텔 컨벤션 홀.

눈앞에서 플래시가 팍 터졌다. 슬슬 기분이 더러워지기 시작한다. 정면을 바라보며 웃고 있었지만, 지석은 잇새로 욕을 씹었다. 하이피치 톤의 목소리가 귀를 찔렀다.

"드디어 공식 석상에 나란히! 모습을 드러낸, 이번 영화 최대 투자사 WS Investment의 채지석 대표와 한소라 씨……."

기가 찼다. 살다 살다 제작 보고회라니. 돈만 갖다 발라주면 그만일 줄 알았더니. 이놈의 영화판은 사람을 오라 가라, 인터뷰해라. 이거 해라, 저거 해라.

"오빠, 눈에 힘주고 웃어. 포털사이트에 바로 업로드될 텐데. 굴욕 샷이라도 찍히면 안 되잖아. 그거 평생 가는 건데."

그러거나 말거나 상관없는 지석이 미간을 구겼다.

"팔부터 놓고 얘기하지. 멀찍이 떨어져주면 더 고맙겠고."

훤칠하게 넘긴 머리카락 아래 드러난 눈썹이 불편한 심기를 고스란히 담아 짜증스러운 경사를 그려냈다. 하필 또 캐스팅 된 여주인공이 한소라였다.

"우리 둘이 같이 앉아 있는 것만으로도 홍보 효과가 충분할 텐데, 떨어져 있으면 그건 그것대로 그림이 이상하지 않을까."

틀린 말은 아니었다. 자본을 운용하는 데, 인간적인 비호감은 우선순위가 될 수 없다. 물론 투자자로서 의견을 제시할 순 있겠지만, 사회적 물의를 빚은 배우가 아닌 이상 지나친 간섭은 무례였다. 더군다나 화제성이나 홍행성, 연기력 면에서 한소라 이상의 배우를 찾기 힘들다는 데엔 이견이 없었다.

무엇보다 지석에겐 투자해야 하는 합당한 이유가 존재했다. 해수가 좋아하는 감독의 영화가 홍하면 지석에게도 좋은 일이다. 임도 보고 뽕도 따고. 손해 볼 거 없는 장사였다.

"이렇게라도 얼굴 보니까 너무 좋다, 오빠."

투자자와 여배우가 만날 일이 있을까. 안일하게 생각했지만, 한소라는 어떻게든 기회를 만들어냈다. 오늘 역시 보나 마나 홍보 효과를 빌미로 감독을 푹푹 구워삶았겠지. 인공적인 장미 향이 코를 찔러 골까지 지끈했다.

이게 지금 뭐 하는 짓거린가. 환멸과 짜증이 최고조에 달했을 무렵, 찰나의 틈을 비집고 윤해수가 밀려들었다. 햇살에 반사된 하얀 기운이 잘 어울리는 사람이었다. 말도 안 되게 예쁜 얼굴도 얼굴이지만, 얄캉해 보이는 몸피와 길게 뻗은 목선이 자아내는 분위기에 좀처럼 시선을 뗄 수 없게 만들던. 그뿐인가. 난처할 때마다 얼마나 못살게 굴었던 건지, 늘 불그스름하게 부풀어있던 아랫입술이 인내심을 바닥나게 했지.

"오빠, 나 다음 주에 방콕으로 출국하는 거 알지."

생각이 타닥, 잘게 튀었다. 지석이 조각난 숨을 뱉었다. 찰나의 상상만으로도 몸이 달았다. 그는 바로 표정을 지워 대수롭지 않게 넘기곤 한숨처럼 중얼거렸다.

"듣던 중 반가운 소리네."

스릴러 영화의 거장, 베니스 영화제에 노미네이트된 전력을 가진 이진언 감독의 신작은 기획 단계부터 화제가 되었다.

"같이 가자. 첫 주는 이것저것 준비하느라 어수선할 거야. 비즈니스 겸 머리도 좀 식히고, 같이 시간도 보내고. 어때?"

신작에 대한 기대는 투자사와 배급사의 피 튀기는 눈치 싸움을 넘어 열띤 취재 경쟁마저 불러일으켰다.

"지석 오빠, 내 말 듣고 있어?"

게다가 입양아 출신의 건실한 투자가와 배우의 조합은 호사가들의 입방아에 오르내리기 딱 좋은 가십거리였다. 그것만으로도 홍보 효과는 충분했다.

"오빠, 끝나고 커피 한잔 마시고 가자. 여기 시그니처 커피 끝내주거든."

말은 하지 않았지만, 감독과 제작사 역시 속으로 쾌재를 부르고 있을 터였다. 그렇다면 해수는, 자신을 보며 무슨 생각을 할까. 생각에 잠긴 지석이 테이블을 톡, 톡, 두드리며 눈썹을 까닥거렸다. 지나친 가정이다. 끼니조차 챙기지 못하고 뛰어다니는 사람이니, 아무것도 모르고 넘어갈 가능성이 컸다.

만에 하나 본다 해도…….

"……관심이나 있을까."

혀로 왼쪽 볼 안쪽을 느리게 굴리던 지석의 혼잣말에 한소라가 눈치 없이 턱을 치켜들며 반색했다.

"관심? 관심이야 너무 많아서 탈이지. 쨌든, 커피 마시는 거다? 나 매니저 보낼 거니까 도망갈 생각 마. 또 기사 나기 싫으면."

오른쪽 끝에 앉은 감독과 시나리오 작가가 기획 과정을 설명하는 동안, 장내 분위기가 소강 된 상태였다.

협박도 이런 협박이 없다. 사납게 어금니를 누른 지석은 억지로 대꾸할 말을 짜냈다.

"비즈니스나 합시다."

카메라를 향해 방싯거리던 한소라가 웃는 낯 그대로 말을 뱉었다.

"오빠랑 그딴 거나 할 거였음 이 영화 출연 안 했어."

지석이 같잖다는 듯 코끝으로 웃었다.

"질척하게 굴지 말지."

새삼 신기하다는 생각마저 들었다. 자신을 향해 마음은커녕 털끝 하나 허락하지 않는 남자에게 이렇게 애걸복걸하기도 쉽지 않을 텐데. 생각하다 보니 또 기분이 잡쳤다. 해수의 시선으로 보는 자신 역시, 한소라의 처지와 다를 바 없을 거란 생각이 들어서였다.

참나, 이딴 상황에서 교훈이라니. 타이밍 한번 끝내주네.

그렇다고 해서 물러날 생각은 추호도 없었다. 그랬다면 여기까지 오지도 않았을 테니까.

풀 죽은 목소리로 한소라가 속삭였다.

"오빠는 내가 왜 싫어?"

만날 때마다 그녀가 던지는 질문이었다. 회유로 시작해서 반 협박으로 끝나는 질문.

"다른 놈들은 나 어떻게 한번 해보려고 안달복달하는데, 오빠는 도대체 어떻게 된 게."

환장할 노릇이다. 설득이라면 지난 2년 동안 지긋지긋하게 해왔다. 끝내 못 알아 처먹고 엉겨 붙은 것에 대한 자괴감은 그녀가 감당할 문제였다.

"넌 내 스타일이 아니니까."

어이가 없다는 듯 입을 벌리고서 경직된 한소라를 앞에 두고, 지석은 유리구슬처럼 말간 해수의 얼굴을 떠올렸다.

— 한 대 맞고 드러눕는 것도 나쁘진 않을 것 같긴 하네요.

— 이 미친년이 주사 하나는 기가 막히게 잘 놓거든요.

— 앞으로도, 부디 아무것도 하지 말아주세요.

절벽에 내몰린 노루처럼 바들바들 떨면서도 벼랑 따위 두렵지 않다는 듯, 기어이 날 선 말을 뱉어내고 마는. 올곧다 못해 고지식하게 느껴지는 모습이 자신을 정신 못 차리게 만든다는 걸 그녀는 상상이나 할 수 있을까. 그 높고 견고한 벽을 깨부수기 위해 자신이 무슨 생각을 하고 있는지, 죽었다 깨어나도 모르겠지.

"오빠가 원하는 걸 말해. 그게 뭐가 됐든 내가 다 맞춰볼 테니까."

한소라가 엄지손톱을 잘근, 깨물며 말했다. 카메라 앞인 것마저 잠시 잊은 듯한 얼굴이었다. 재킷 단추를 잠그며 지석이 성의 없이 말했다.

"너는 절대 될 수 없어."

너는 해수가 아니니까.

뒷말을 삼켜낸 그가 옆에서 넘어온 마이크를 받아 들고, 태연하게 몸을 일으켜 예의 바르게 인사말을 건넸다. 살짝 틀어진 넥타이를 매만지고, 주름진 재킷을 쓸어내리는 손끝은 흐트러짐이란 용납될 수 없는 일인 듯 완벽해 보였다.

머지않아 적막이 걷히고 장내의 소란스러움이 점차 크기를 불려갔다. 제작 보고회의 마무리를 알리는 소리였다.

약속 장소인 백선 호텔은 원룸에서 그리 멀지 않은 곳에 있었지만, 주말인 데다 도심 한가운데 위치한 탓인지 교통 체증이 상상 이상이었다.

"기사님, 저 여기서 내릴게요."

30분 거리가 50분이 되고, 한계도 없이 쭉쭉 올라가는 미터기를 바라만 보던 해수가 한숨을 쉬며 택시에서 내렸다. 단박에 숨통이 틀어막혔다.

밀집한 사람들, 자동차와 아스팔트가 뿜어내는 후끈한 열기, 정수리에 수직으로 내리꽂히는 태양, 여름 한낮의 테헤란로는 숨이 턱턱 막힐 만큼 덥고 습하고 혼잡했다.

해수는 빌딩에서 반사된 빛이 번져가는 것을 따라 천천히 고개를 들어 올렸다. 그리 멀지 않은 곳에, 위용을 과시하는 호텔 건물이 보였다.

버스로 한 정거장쯤 되려나. 어쨌든 무언갈 타고 가기엔 살짝 애매한 거리였다.

시간을 확인한 해수는 골똘히 생각에 잠긴 채 천천히 걸음을 옮겼다. 하면 할수록 의미 없는 행위였지만, 넘치는 생각을 비우기 위해 닥치는 대로 떠올렸고, 마음이 그리는 궤적을 따라갔다. 그리고 무엇을 떠올리건 그 생각은 결국 한곳으로 귀결됐다.

"……어이없어, 정말. 꿀이라도 발라놨나. 왜 자꾸 생각이 그 사람한테 튀는 거지?"

이제 다 지나간 일인데, 뭐가 이렇게 복잡한 건지, 싶어 해수가 한숨을 쉬던 때, 찰나의 틈을 비집고 소음이 밀려들었다.

"와, 한소라 옆에 저 남자는 누구지? 첨 보는데, 남준가? 와 씨, 핵존잘."

"저기요. 어제 출소하셨어요? 저 사람 한소라 남친이잖아."

어깨를 툭 치고 지나가는 인파 사이를 걷던 해수는 까마득하게 높은 빌딩 위 커다란 전광판에서 재생되는 영상 속, 익숙한 얼굴을 보고 걸음을 멈추었다.

순간 주변 소음이 죄다 소거된 것처럼 사위가 고요해졌다. 해수는 어둠의 장막 속에 갇힌 듯 정적이 이끄는 곳을 향해 시선을 빼앗겼다.

쉽게 소화하기 힘든 크림색 더블브레스트 슈트를 입은 남자가 자신감 넘치는 미소를 지으며 카메라를 바라본다. 사방에서 터져대는 플래시 세례에도 그는 눈 하나 깜빡하지 않고 해수와 시선을 맞추고 있었다.

해수가 미간을 좁혔다. 그가 투자한다던 영화였다. 언젠가 제게 시나리오를 보여준 적이 있었다. 투자할 만한 이유가 있다고 했던가. 그게 마치 너라는 듯 욕망 가득한 눈빛을 하고서. 하지만 그 합당한 이유는, 보란 듯 주연배우 롤을 떡 하니 차지한 채 그의 곁에서 웃고 있었다.

그럼 그렇지. 저럴 줄 알았다, 내가.

자신이 좋아하는 감독이라는 말 한마디에 오고 갈 만한 금액이 아니었다. 저 잘난 허우대에 꾀어 넘어가지 않은 게 얼마나 다행인지. 여기저기 흩어진 상념은 곧 하나로 수렴되었다.

— 핸드폰 얼굴 닿는 부분이 뜨거워질 때까지 통화도 해보고.

남자는 분명한 언어로 자신의 감정을 표현했다. 그것이 애정인지, 욕정인지, 호기심인지 자세히 알 순 없었지만. 잃는 게 두렵다는, 소극적인 태도로 한 발 물러선 건 자신이었다. 그게 문제였다. 가진 것도 없으면서 그나마 손에 쥔 것마저 잃을까 전전긍긍하는 여유 없고, 가난한 마음이. 벽이란 벽은 다 세 워놓고 미련이 절절 남은 사람처럼 구는 것 역시 그리 환영받 지 못할 심보란 것도 알았다.

휘청거리는 구두 굽에 힘을 준 해수가 스포트라이트를 받은 남자에게서 곧장 시선을 거두었다. 그러곤 심호흡 한 번으로 잡념을 털어냈다.

탁 트인 천장 아래 은하수를 형상화한 샹들리에, 눈이 부실 정도로 찬연한 물방울 모양의 조형물, 적당한 조도의 조명, 웅 장하게 흐르는 피아노 연주곡까지. 모든 게 완벽했다.

"……우와."

별천지를 목도한 기분이었다. 이보다 더 화려한 곳이 있을까 싶을 정도로 휘황찬란한 로비를 눈앞에 둔 해수가 입을 떡 벌 린 채 감탄하다 핸드폰을 꺼내 들었다.

"아, 맞다. 사진."

자주 올 수 있는 곳은 아니었기에, 해수는 미리 검색해둔 포 토 스팟을 찾아 브이를 그리며 각도를 맞춰 사진을 한 장 찍었 다. 모서리에 금이 간 핸드폰이 오밀조밀한 이목구비를 균열 하나 없이 담아냈다. 찰칵, 한 번에 괜찮은 사진이 나왔다.

"와, 대박. 조명 미쳤어. 완전 인생샷."

만족스러운 표정으로 사진을 확인하곤 환하게 웃는데, 별안간 웅성거리는 목소리가 사방에서 울렸다. 해수는 고개를 들어 소란의 근원지를 찾아냈다.

연예인이라도 온 건가. 로비를 가로질러 통하는 리셉션 홀의 문이 활짝 열리면서 요란한 셔터 음과 함께, 한데 뒤엉킨 사람들이 와르르 쏟아져 나왔다. 그때였다. 경호원과 기자들의 움직임을 따라 생각 없이 시선을 옮긴 해수의 눈동자가, 일순 갈 곳을 잃고 방황했다.

그였다. 해수의 머릿속을 온통 헤집어놓은 장본인이 무시조차 할 수 없는 존재감을 뽐내며 저편에서 나타났다. 어두운 무대 위로 좁은 핀 조명 하나가 뚝 떨어진 듯, 갑작스레 밀려든 인파와 플래시 세례 속에서 그가 선 자리만이 극적인 효과로 빛을 냈다.

"왜 하필 여기서……."

제작 보고회 장소가 이곳일 거라곤 상상조차 하지 못한 일이었다. 예기치 못한 상황에 오한마저 일었다. 갈 곳 잃어 방황하던 시선이 군중 속에서 기어코 길을 잃었다. 해수가 씁쓸한 웃음을 머금으며 중얼거렸다.

"좋아 보여 다행이네."

사적으로 만나기는커녕 퇴원 후, 외래 진료조차 오지 않은 남자였다. 따라서 환자복이 아닌 말끔한 차림으로 곧게 일어선 모습은 처음 보는 것이었다.

호텔 로비를 가득 채운 사람들 가운데서 거인처럼 우뚝 선 남자가 주는 위압감이란 실로 대단한 것이었다. 광활하게 벌어진 어깨, 긴 팔과 다리, 어둑한 조명 아래서도 빛을 내는 안광이 영락없는 맹수 그 자체였다. 흐릿하게 겨우 뭉개놓았던 지석의 얼굴을 또렷하게 인식하기 시작한 해수의 눈동자가 물결의 움직임처럼 일렁였다.

흔들리는 시선은 자연스레 그의 옆으로 향했다. 그곳엔 처음부터 정해진 자리인 양 어색함 없는 자세로, 한소라가 팔짱을 낀 채 웃고 있었다.

나, 지금 뭐 하는 거지.

저도 모르게 헛웃음이 흘렀다. 지석이 모르는 척 지나가주길 바라는 마음과 알아봐주길 바라는 마음이 상충하는 게 어이없었다.

내가 뭐라고. 도대체 뭘 기대하는 거니.

2개월이 다 되어가도록 연락 한 통 없던 남자였다. 거침없는 남자의 성격상, 다른 마음이 있었다면 좀 더 적극적으로 굴고도 남았을 것이다. 그렇다면 남자가 그동안 제게 보인 호의는 어떻게 해석해야 할까.

"더러운 성질 맞춰준 것에 대한 감사 인사겠지, 뭐."

해수는 끝내 어정쩡하게 몸을 돌리며 이 소란이 잦아들길 기다렸다. 묻고 싶은 말은 가득했지만, 맞닥뜨린 상황상 그마저도 여의치 않았다.

제발 그냥 지나쳐라, 제발.

인파를 이끌고 로비를 향해 걸어오던 남자는, 돌아선 해수의 등 뒤로 아슬하게 스쳐 지나갔다. 그가 지나간 길을 따라 너무나도 좋은 향수 냄새가 은은하게 궤도를 그렸다. 해수는 모든 행동을 멈춘 채 제자리에 못 박힌 듯 굳어있었다.

웅성거림이 완전히 잦아든 순간, 해수는 꽉 쥐어 저릿해진 주먹을 풀고 참고 있던 숨을 내쉬었다. 날이 무딘 가위로 심장을 조금씩 오려내는 기분이 들었다. 뭐라고 표현해야 할까. 이 감정을, 이 헛헛함을.

"⋯⋯후우."

안도의 한숨인지, 다른 감정이 섞여든 건지, 해수는 저 자신도 명확하게 결론 지을 수 없는 묘한 기분에 빠져든 채 숨을 골랐다.

아무것도 아니야. 난 25만 원짜리 점심을 먹으러 온 거고, 저 사람은 일하러 온 거야. 그냥 놀라서 그래. 놀라서.

이윽고 해수는 제 속도를 잃고 전력 질주하는 심장을 차게 식히며 천천히 엘리베이터를 향해 걸음을 뗐다.

그가 건강해 보여 정말 다행이다. 그 감정 하나만은 의심할 이유도 없이 명확했다.

"오빠, 나 매니저 보냈어. 스케줄도 없는데, 우리 드라이브나 갈까?"

리셉션 홀의 문을 나서자마자 걸음이 빨라지고 보폭이 넓어졌다. 용케도 뒤따른 한소라가 기어이 몸을 붙였다. 지석이 뻔뻔하게 웃으며 시계를 톡톡 쳤다.

"이걸 어떡하나. 미안하지만, 밀린 업무가 좀 많아서."

성질대로 하기엔 보는 눈이 많았다. 지석은 한숨을 웃음으로 승화시키며 감정을 능숙하게 감췄다. 눈치 없는 한소라가 미간을 구겼다.

"뻥 치지 마. 주말인데?"

"몰랐나? 나 주 7일 근무인 거."

긴 다리를 뻗으며 배려라곤 없이 성큼 로비를 가로지르는 동안에도, 한소라는 지석에게 팔을 얽은 채 말을 이었다.

"오빠, 그러지 말고······."

웅성거리는 소음, 자신을 둘러싼 채 몸을 부대껴오는 경호원과 기자들, 이것저것 뒤섞여 불쾌한 향수 냄새, 시야를 희뿌옇게 물들이는 플래시 세례, 머릿속을 복잡하게 파고드는 온갖 상념들. 시야가 핑 돌았다. 한계였다. 분노는 오래 억누른 만큼 묵직하게 치밀어 올랐다. 어지럽고 속이 쓰렸다.

지석은 동그랗게 둘러싼 인파를 바라보며 주먹을 쥐었다 폈다. 그러다 제 팔뚝에 매달린 한소라를 매몰차게 뿌리치려던 순간이었다. 문득 어디선가 짙은 시선이 느껴졌다. 그녀였다.

지석이 우뚝 그 자리에 멈춰 서더니, 서서히 느린 걸음으로 걷기 시작했다. 서늘하게 내뿜던 숨소리에 열기가 섞이기 시작한 건 순식간의 일이었다.

윤재에게 보고받은 이야기가 없었다.

그녀가 여기 올 줄 알았더라면…….

머리가 하얗게 비워졌다. 평소엔 있는지도 모르게 고요하던 심장이 존재감을 드러내며 둥둥 울려대기 시작한다. 판단력을 상실하는 순간이었다.

"대표님."

자신도 모르게 그녀를 향해 발걸음을 옮기려던 때였다. 대기 중이던 윤재가 그를 막아섰다.

"영상 먼저 확인하셔야 합니다."

그게 뭐가 됐든, 우선순위는 아니었다. 지석은 가까이 다가오는 윤재의 행동을 저지시키며, 감상을 방해하는 소리를 차단했다.

영롱하게 쏟아지는 조명 아래 서 있던 해수는 불빛 하나 없는 사막의 별처럼 홀로 빛났다. 뭐가 그렇게 재미있는 걸까. 핸드폰을 바라보며 밝게 웃는 그녀의 얼굴에 덩달아 입꼬리가 바짝 솟구쳤다. 멀리서 지켜볼 때와는 확연히 달랐다. 지척에 해수가 들어서자 온몸의 신경세포가 그녀를 갈망하듯 날을 세웠다. 칼날 같은 소음도, 소음에 섞인 클래식 선율도, 번쩍거리는 플래시도, 거슬리는 향기도, 어느 것 하나 그의 감각을 교란하지 못했다. 숨이 막히는 고요가 이어졌다. 무언가에 홀린 듯 그녀에게서 시선을 떼어내기 어려웠다.

"대표님."

잠시의 침묵도 견디지 못한 윤재가 한 발짝 성큼 돌진하며 목소릴 낮춰 보고했다.

"저쪽이 움직이기 시작했습니다. 오늘 새벽, 김상철이……."

"좀 이따가."

"예. 알겠습니다."

자신이 무언갈 이리도 간절히 원했던 적이 있던가. 단언컨 대 태어나 처음이었다. 부, 명예, 여자 그 어느 것도 욕심내며 살아본 적 없던 그였다. 무어라 형언할 수 없는 복잡한 감정이 그의 가슴을 짓눌러왔다

막연하게 상상해오던 일이었다. 일이 모두 정리되기 전, 우 연히라도 해수를 마주치는 날이 오지 않을까. 머릿속에 새하 얀 페인트라도 뿌려둔 것처럼 아무것도, 아무런 말도 떠오르 질 않았다. 머저리처럼 혀가 굳었다. 결국, 시선을 피한 채 해 수의 곁을 지나쳐 로비를 벗어났다.

"하아."

마침내 긴 한숨이 침묵을 깼다. 이번 주 내내 비가 왔던 탓 인지, 하늘이 굉장히 맑았다. 지석은 숨이 찬 것 같은 얼굴로, 하늘을 올려다보았다. 산소가 부족했다. 해수는 그녀의 이름 처럼, 자신을 익사시킬 기세로 밀려들었다.

다시 한번 한숨을 쉰 지석은 눈을 감고 빛을 차단했다. 그러 자 호흡이 고르게 번지며 심장이 조용히 제자리를 찾았다. 그 때, 집중을 방해하는 목소리가 불쑥 침범했다.

"오빠. 방콕 같이 가는 거, 진지하게 다시 생각해봐. 우리 사 이 언제까지 이렇게 질질……."

머리보다 몸이 먼저 반응했다. 지석은 한소라의 손을 떼어내며 딱딱하게 굳은 얼굴로 말했다.

"우리가 사이라고 말할 게 있나? 그만큼 장단 맞춰줬으면 조용히 하고, 가던 길 가지."

"안 데려다줄 거야? 나 매니저 보냈다니까."

알 바 아니었다. 대꾸조차 하지 않은 지석은 거침없이 몸을 돌려 호텔 로비를 향해 걸음을 옮겼다.

윤재가 급히 뒤따르며 태블릿을 내밀었다.

"대표님, 어디 가십니까. 김상철이 실종됐습니다. 그리고 오후 4시에 라파엘 대표와……."

지석이 손을 들어 이어지는 말을 저지시켰다.

"꼭 해야 할 일이 생겼어. 태블릿 주고, 이만 들어가봐. 라파엘엔 내가 직접 연락해두지. 그리고 윤성태 약속 잡아. 되도록 빨리."

지석은 재빠르게 덧붙이며 로비를 가로질렀다. 핏대가 솟도록 움켜쥔 주먹에서는 정체 모를 결의마저 드러났다. 이렇게 제 눈에 들어온 이상 곱게 보내줄 이유가 없었다.

투명한 유리로 둘러싸인 엘리베이터는 빠르고, 고요하게 최고 층을 향했다. 해수는 벽에 머리를 기댄 채 스치듯 귓가에 스며든 그의 목소리를 떠올렸다. 묘하게 안정감 있는, 자꾸만 귀 기울이게 되는 강한 울림.

무슨 생각을 하는 거야, 지금.

쉼 없이 밀려드는 상상을 멈추고, 몸을 돌려 탁 트인 한강의
너울거림을 두 눈 가득 담았다. 빛줄기가 차분하게 내려앉은
덕에 바깥 풍경은 평소와 달리 신비롭게만 느껴졌다. 강물을
이렇게 내려다본 게 언제였던가. 기억도 나지 않는다.

해수는 매끄럽게 닦인 유리에 비친 제 잔상을 보며 한숨을
쉬었다. 핸드폰 액정 속, 유리창 속, 거울 속, 지난 몇 달간 목
격한 자신은 한결같이 이상한 표정을 짓고 있었다. 이렇게 해
도, 저렇게 해도 한곳으로만 흐르는 생각에 어이가 없었다.

도대체 뭐가 문제지?

"어서 오십시오, 고객님. 예약자분 성함 먼저 말씀해주시겠
습니까."

자신을 불러 세우는 목소리에 흠칫 놀란 해수가 맥없이 걷
던 걸음을 멈추었다. 얼굴 가득 만연한 미소를 띤 리셉션 직원
이, 레스토랑 안으로 발을 디딘 해수의 앞을 막아선 것이다.

"아, 서원대 동기 모임이요."

대한민국에서 가장 높은 호텔 최고 층에 자리한, 국내 최고
가의 파인 다이닝 레스토랑. 도대체 왜 이런 곳에서 모임을 해
야 하는 건지 이해 불가였으나, 마치 대다수가 이미 와봤다는
듯 거기 괜찮더라, 해산물이 신선하더라, 플레이팅이 고급지더
라, 떠들어대는 통에 해수는 입도 뻥긋할 수 없었다.

"B-4, 프라이빗 룸입니다. 제가 안내해드리겠습니다."

붉은색 립스틱을 꼼꼼하게 바른 직원이 입매를 시원스레 늘이며 오른손을 앞으로 내밀었다. 의미를 알 수 없는 웅장한 조형물에 잠시 시선을 빼앗겼던 해수는, 직원의 발걸음을 조용히 뒤따랐다. 모든 게 화려하고 낯선 광경이었다.

"도착했습니다."

"아, 문은 제가 열게요. 감사합니다."

해수는 직원을 보낸 후 잠시 숨을 고르고, 기분 나쁘게 뛰는 심장을 가라앉혔다. 자그마치 10년을 함께 공부해온 동기들이다. 몇몇 군의관으로 복무 중이거나 타 병원으로 이직한 동기들을 제외하고는 매일같이 보는 얼굴들이었다. 따라서 그 어느 때보다 편하고 기분 좋은 만남이 되어야 마땅하다. 해수는 억지로 미소 지으며 문을 열었다.

"저거 또 지각이네."

쓴 약을 삼킨 것처럼 미간이 좁혀진다. 동기들의 시선이 순식간에 집중되었고, 해수는 냉랭한 윤화의 첫인사에 겸연쩍은 미소로 유순하게 대꾸했다.

"미안, 차가 이렇게 막힐 줄은 몰랐어. 이 시간에 나와본 적이 있어야 말이지."

눈에 띄고 싶지 않았다면 조금 더 일찍 나왔어야 했다. 아니면 쓸데없이 로비에서 시선을 빼앗기거나 말던가.

입구 바로 앞자리에 세팅된 빈자리가 눈에 들어왔다. 신경외과 전공의인 진우가 의자를 빼주며 손짓으로 해수를 불렀다. 사방을 옥죄는 가시덩굴에 갇힌 것처럼 앉은 자리가 불편했다. 해수의 얼굴이 시뻘겋게 달아오른 걸 본 진우가 평소와 다를 바 없는 목소리로 조곤조곤 말을 붙였다.

"황 교수님 세미나 준비는? 잘돼가?"

중, 고등학교 동창 혹은 의대를 준비하는 그룹 과외 출신으로 이루어진 동기들 사이, 어디에도 속하지 못한 해수는 이방인이었다.

"응, 이제 마무리 단계야."

타인의 불행을 자양분 삼아 자존감을 키워가는 부류들의 표적이 된 이유는 간단했다. 교양 프로그램의 패널로 출연할 만큼 유명한 아버지를 두었다는 게 표면적인 원인이었다. 부가적으로 붙는 말들은 뻔하고 유치한 것들이었다.

"부럽다. 황 교수님 라인에 이사장 사위의 최애라니."

해수의 피나는 노력이 빛을 발하기도 전, 아버지의 명성이 냉정한 평가를 막았다. 잠까지 줄여가며 독하게 공부한 건 그녀였지만, 부모덕을 본 거라며 평가 절하되었다.

입술을 삐죽거리던 윤화가 속 보이는 말로 비아냥거렸다.

"재주도 참 좋지. 여기저기 눈에 잘도 들어요."

수없이 반복된 레퍼토리대로, 대화는 뻔하게 이어졌다. 숨쉬는 것을 제외하고는 담당 교수가 하는 모든 일에 관여하게 된 해수를 향해, 동기들은 제 안의 열등감을 굴절시켰다.

라인 같은 소리 하네. 밤새 자료 분류하는 심정을 네가 알겠니. 가져가라. 가져가.

목구멍이 바싹 마르는 기분에 표정 관리가 어려웠다. 해수는 장미잎이 띄워진 저그를 들고 물을 따랐다. 갈증이 났다. 여러모로 신경이 벅벅 긁히는 하루였다. 똥이 무서워서 피하나, 더러워서 피하지. 유치한 도발에는 무반응이 상책이다. 반응이 없자 노선을 살짝 튼 윤화가 한 번 더 쿡, 찔렀다.

"아, 맞다. 해수야, 너랑 썸 타던 VIP 말이야. 여기서 제작 보고회 하던데, 혹시 만났어?"

애가 지금 뭐라는 거지.

해수는 불시에 뒤통수를 맞은 사람처럼 눈썹을 밀어 올린 채로 굳었다. 대화를 주도하던 윤화의 단조로운 목소리에, 또다시 모두의 시선이 해수에게로 집중됐다. 도살될 차례를 기다리는 소가 된 기분이었다. 어느 부위를 도려내야 더 비싸게 팔릴지 고민하는 사람들처럼 내리꽂히는 시선이 호기심으로 들끓었다.

"썸은 무슨……."

말을 잇던 해수가 미소가 가시는 뺨을 팽팽하게 당겼다. 그러고는 힘겹게 입꼬리를 끌어 올리며 잔을 입으로 가져갔다.

"못 만났어. 만난다고 해도 주치의랑 환자가 더 할 말이 있나. 퇴원하면 그만이지."

"하긴, 그렇게 잘난 사람이……."

비웃음을 얼굴 가득 드리운 윤화가 뭔가 더 말하려던 순간, 타이밍 좋게 문이 열리며 전채 요리가 서빙되기 시작했다.

대화는 다른 곳으로 튀었다. 숨 막히던 분위기는 해수가 알아듣기 어려운, 각자의 아버지가 이끌어가는 사업체들에 관한 이야기로 빠르게 흘러갔다.

당연히, 아무렇지 않지 않았다. 하지만 일일이 대꾸할 필요도, 그럴 만한 에너지도 없었기에 맺음 요리로 모든 코스가 끝나는 동안 간간이 추임새를 넣어가며, 맛이 전혀 느껴지지 않는 식사를 이어가야만 했다.

"B-4, 프라이빗 룸, 계산 부탁해요."

호출을 받고 들어온 직원이 의아한 낯으로 룸을 한 바퀴 둘러보았다. 그러다 무전을 켜고 잠시 대화를 나누더니, 그런 듯한 미소로 말했다.

"윤해수 씨 성함으로 계산 완료되었습니다."

"네? 제가요?"

해수가 눈을 크게 떴다. 무언가 잘못됐음을 감지한 직원이 다시 한번 리시버를 조작하며 고개를 갸웃했다.

"네, 채지석 대표님…… 지인이시라고."

머리가 하얗게 비워진다. 해수는 어안이 벙벙해진 얼굴로 주변을 훑었다. 경직되어 눈치만 살피고 있던 동기들의 얼굴이 조금씩 일그러지는 게 보였다.

"윤해수, 덕분에 잘 먹었다."

"고맙다, 야. 그러지 말고 다음 모임엔 같이 나와."

동기들이 의례적인 인사를 하며 자리를 떴다.

"내가 뭐랬냐. 둘이 뭐 있는 거 맞잖아."

웃음소리가 문소리 끝에 작게 덧붙었다. 뱉어내지 못한 한숨이 입 안에 고였다. 온몸의 피가 싹 빠져나간 것처럼 머리가 굳어 대꾸할 여유조차 없었다.

"……지금 뭐 하자는 거지."

세면대 거울 앞에 선 해수는, 립스틱이 다 지워진 입술을 검지로 슥슥 힘주어 문질렀다. 불그스름한 빛깔이 손끝에 묻어나왔다. 부르튼 입술의 감촉이 까슬했다. 어이가 없어 또 웃음이 샜다. 아버지 덕이니 뭐니 비아냥대는 동기들 앞에서 대놓고 비웃음거리가 된 기분이었다.

"아무리 생각이 없어도 그렇지."

소문이 번지는 건 순식간일 것이다. 에베레스트에서 굴러내려오는 눈덩이 못지않게 덩치를 불려 덮쳐오겠지. 호의를 베풀었으니 뒷일은 제 알 바 아니란 건가. 머릿속처럼 얼룩덜룩해진 손가락을 가만히 응시하던 해수는 페이퍼타올에 손을 문질러 닦고는 화장실을 빠져나갔다.

엘리베이터를 향해 걸으며 핸드폰을 확인했다.

15:47 P.M

시간을 알리는 숫자가 떠올랐다. 연락 달라는 이도현의 메시지와 함께.

애먼 시선이 천장을 찍고 바닥으로 뚝 떨어졌다. 자존심이 상한 건지, 연락도 없이 적선하듯 툭툭 파고드는 남자에게 짜증이 난 건지. 멋대로 치솟는 감정이 쉬이 가라앉질 않았다. 해수는 흔들리는 배에 올라탄 것처럼 요동치는 마음을 붙들기 위해 숨을 골랐다. 그러다 문득 의문이 일었던 해수는 이 관계가 어디서부터 잘못된 건지 곱씹었다.

호의? 흥미? 과잉된 친절? 그것도 아니라면.

"······그냥 돈지랄이 하고 싶었던 건가."

미미한 복통이 가슴 아래를 짓누른다. 해수는 명치를 둥글게 문지르며 눈을 질끈 감았다.

핸드폰의 진동이 다시 울린 건 엘리베이터 앞에 섰을 때였다. 아무런 답도 주지 않자 이도현은 전화를 걸어왔다.

받지 말아야지.

해수는 엘리베이터 버튼을 누르며 생각했다. 하루치 기력을 다 써버린 탓에, 손 하나 까딱하기 싫었다.

집에 가야지. 가서 씻고 내일 아침까지 푹 자야지.

그때였다. 등을 감싸오던 오후의 햇볕이 불시에 소멸했다. 선득한 기운이 등줄기를 스쳤다. 해수가 잔뜩 긴장한 채 숨을 집어삼켰다. 제 몸을 뒤덮은 그림자와 향기의 주인을 깨닫기까지는 긴 시간이 필요치 않았다.

"오랜만입니다, 윤해수 씨."

시공간이 멈춘 것처럼, 혹은 사물이라도 된 것처럼. 해수는 아무런 말도 없이 굳었다. 질척한 늪에 발목이 쑥 빠진 것처럼 발이 떼어지질 않았다.

"오랜만에 만난 건데, 섭섭하네."

이어진 남자의 말에 해수가 아랫입술을 물었다. 차분함을 가장했지만, 동요는 명확했다.

"인사도 없이 그냥 가버리고."

남자는 그 찰나의 균열만을 기다린 사람처럼 픽 웃으며 말했다.

"아니면, 말도 하기 어려울 만큼 내가 보고 싶었던 건가."

속이 울렁거렸다. 만나면 욕을 퍼부어줘야지. 방금까지만 해도 명치에 뭉쳐 있던 짜증이나 분노 같은 감정들은 둔해지고, 두려움인지 그리움인지 모를 무언가가 뱃속을 엉망으로 휘저었다. 생각을 정리하지 못한 해수가 입술만 달싹이며 고개를 내젓자, 낮게 웃는 목소리가 머리 위로 뚝 떨어졌다.

띵.

어색한 정적 사이로 안내 음이 섞여들었다. 이어 엘리베이터 문이 열린 틈으로 새어 나온 빛이, 정확히 해수의 얼굴 위로 길을 냈다. 그와 동시에 흉터가 남은 커다란 손이 그녀의 이마 위를 감쌌다. 눈을 찌르던 빛이 차단되자 해수는 그의 손이 내뿜는 온기 아래에서 기묘한 안정감과 기시감을 느꼈다.

"안 탈 겁니까. 힘들면 내가 안고 가도 되고."

이런 상황에서 농담이라니.

어깨를 쥐는 단단한 손길에 놀란 해수가 고갤 들어 정면을 바라보았다. 반으로 갈라진 엘리베이터 유리창 너머, 제 뒤에 버티고 선 남자의 실루엣이 흐릿하게 비쳤다. 퇴로가 없었다. 끌려가듯 엘리베이터에 올라탄 해수는, 제 이마에서 떨어진 남자의 손을 따라 시선을 옮긴다. 마디가 굵고 기다란 손가락이 28층 버튼에 불을 밝혔다.

쿵, 엘리베이터가 낙하하는 순간, 그가 입을 열었다.

"잘 지냈습니까?"

고래의 뱃속처럼 고요한 분위기가 둘 사이를 빠듯하게 메웠다.

"그럴 리가요."

사람을 곤란하게 만들어놓고, 잘 지냈냐니.

"저는 바빴습니다."

묻지도 않은 안부 인사에 답한 지석이 웃음을 흘리자, 해수가 코끝으로 실소하며 대답했다.

"굉장히, 한가해 보이는데요."

"다행이네요."

"저기, 그런데요."

궁금한 게, 아니 따질 게 많았다. 커피숍에 돈은 왜 자꾸 맡겨두는 건지, 꽃은 왜 자꾸 보내는 건지, 한두 푼 하는 것도 아닌 밥값은 왜 계산하고 간 건지, 불편한 호의를 자꾸만 베푸는 이유는 뭔지.

"저한테 왜 이러시는 건지 여쭤봐도 될까요?"

210

설명을 바라는 눈으로 그를 올려다본 순간, 요란한 기계음과 함께 엘리베이터가 28층에 도착했음을 알렸다. 해수가 뒤늦게 로비 버튼을 눌렀다. 파르르 떨리는 손끝을 바라보며 지석이 고개를 까딱였다.

"보고 싶었습니다."

지석은 밝혀진 버튼을 한 번 더 눌러 태연하게 취소시키곤 열림 버튼을 누른 채 그녀의 어깨를 감쌌다.

"그것도 아주 많이."

어깻죽지를 타고 내려간 남자의 왼손이 해수의 왼쪽 손등을 뒤덮곤, 손가락 사이를 갈랐다. 해수의 눈이 그를 따라 위로 굴렀다. 어둑한 조명 아래 불이 붙는 눈동자가 보였다.

쿵, 엘리베이터 문이 등 뒤에서 닫혔다. 온몸의 신경이 곤두선 탓인지, 끈질기게 달라붙는 시선 탓인지, 사소한 소음과 자극에도 놀라 발이 떨어지지 않았다.

칠흑 같은 어둠 속, 형형하게 빛을 내는 호랑이 같은 눈을 하고선 뻔뻔하게 보고 싶었다니. 주제 파악이 잘된 인간이라고 해야 할까. 아니면 여자를 다루는 데 능숙한 인간이라고 해야 할까.

묘한 불쾌감에 시달리던 해수가 슬쩍 고개를 들어 지석을 바라보았다. 두 사람의 시선이 허공에서 얽히자 반듯한 남자의 입술이 느리게 벌어졌다.

"기분 나빴습니까. 내가 돈지랄하는 것 같아서?"

혼잣말이었는데, 혹시 들었던 걸까.

해수가 고개를 끄덕였다.

"기분이 나빴다기보단, 곤란했습니다. 제 상황이…… 좀 그래요. 이해하기 어렵겠지만."

벽을 높게 세운 사람이란 건 익히 알고 있었지만, 자본주의 사회에서 돈을 쓰고도 '지랄한다.'라고 욕을 먹을 줄은 몰랐다. 웃음을 참는 듯한 얼굴로 지석이 넘겨짚었다.

"자존심 때문인가. 그냥 지랄하는 것보단 낫지 않습니까."

자존심, 틀린 말은 아니었다. 결국, 남들 앞에서 떳떳해 보이고자 하는 마음은 자존감, 자존심 따위에서 비롯되는 얄팍한 감정놀음이니까. 좀 더 유하게 돌려서 말할까, 생각하던 해수는 망설이지 않고 단호한 목소리로 대답했다.

"글쎄요. 그냥 지랄이 나을 것 같기도 한데, 일단 이 손부터 좀 놔주세요."

"왜요. 싫습니까. 시원해서 좋은데요. 내가 몸에 열이 좀 많아서."

역지사지의 정신을 개나 줘버린 이기적인 인간 같으니라고.

픽, 실소한 해수는 말없이 시선을 내려, 제 손등을 뜨겁게 감싸 쥔 남자의 손을 바라보았다. 손을 잡은 거라기엔 다소 기묘한 모양새로 두 손이 겹쳐져 있었다.

이건 잡은 건지, 결박한 건지, 아니면 얽어맨 건지.

해수가 낮게 한숨을 쉬며 말했다.

"늘 이런 식으로 이성에게 관심을 표현하시나 봐요."

불편했다. 꽉 다문 손가락을 억지로 가르고 들어온 그의 손

212

은 체온이 높아 더웠고, 마디가 굵은 탓에 벌어진 사이가 욱신 거렸다.

"글쎄요. 처음이라 시행착오가 있을진 모르겠지만, 일단 익숙해지는 게 좋을 겁니다. 난 내가 할 수 있는 방식으로 최선을 다하는 거니까."

처음이라니, 설마 순수한 척을 하고 싶은 건가. 저렇게 관능적인 얼굴을 하고선 어울리지 않게. 어쨌든 그의 방식에 익숙해져야 할 이유는 없었다. 자신은 그의 아랫사람도, 무엇도 아니니까. 속으로 투덜대던 해수가 슬쩍 몸을 틀던 순간이었다.

지석의 눈가에 검푸른 이채가 어린다 싶더니, 기다란 엄지가 해수의 엄지 옆부분, 손등과 손바닥 사이의 경계선을 느리게 쓸었다. 그의 손바닥 위, 길게 파인 흉터가 손등 위로 각인되듯 문질러지는 게 여실히 느껴졌다.

해수가 당혹스러운 얼굴로 다문 잇속을 연하게 물었다. 속을 간질이는 듯한 낯선 감각에 잠시 숨 쉬는 것조차 잊었다는 사실을, 얼굴이 붉어져서야 깨달았다. 지나친 긴장감은 날 선 경계심을 불러일으킨다는 사실 역시.

"제가 분명히 말씀드렸던 것 같은데요. 부디 아무것도 하지 말아달라고."

"난 지금 기회를 주는 겁니다. 해수 씨 의지로 내 손을 잡을 수 있는."

달래듯 나직하게 속삭인 지석이, 그제야 형벌처럼 옭아매고 있던 손을 풀었다. 피식 웃던 남자의 어깨 너머로 짙은 나무색 객실 문이 보였다.

기회라니. 이건 미친 짓이다.

갑자기 눈앞의 모든 상황이 비현실적으로 느껴졌다. 꿈이 아닐까. 지나치게 잠이 부족해서 환각이라도 보는 건가.

지ㅡ잉.

카드 키가 터치되며 객실 문이 열리는 소리와 핸드폰의 진동음이 동시에 들려왔다.

해수가 헛숨을 삼키며 멈칫, 걸음을 멈출 때였다.

탁!

동시에 지석이 핸드폰을 낚아챘다. 능숙하게 전원을 끄고 재킷 안주머니에 넣는 태연함과 급격히 돌아온 현실감에 오소소 소름이 돋았다. 이건 절대 꿈일 리 없는 감각이었다. 해수가 고개를 홱 치켜들었다. 어깨로 문을 받치고 선 지석이 까닥 고개를 기울이며 턱짓했다. 여기까지 따라와놓고선 뭘 망설이는 거냐. 질책하듯 비웃음을 머금고선.

"들어가."

말이 짧아졌다, 생각하며 그가 가리킨 곳을 따라 시선을 옮기자 널찍한 객실 내부와 한강이 내려다보이는 통창이 보였다. 한여름, 늦은 오후의 햇살이 객실 입구에 선 두 사람의 발치까지 길게 드리워져있었다.

열린 객실 문을 잡고, 문간 사이에 해수를 가둬둔 그가 허리를 조금 더 숙여 그녀를 응시했다. 시선에 갇힌 기분이 들었다. 해수는 인내하듯 끔뻑, 느릿하게 눈을 감았다가 뜨고도 감정을 추스르지 못했다.

"지금 뭐 하자는 거예요? 뭘 잘못 드셨나요. 아니면 머리를 세게 부딪혔다든지……."

혹시 미친 거냐는 말을 곱게 돌려 말한 해수의 아랫입술이 파르르 떨렸다. 남자에 관한 위험한 소문들이 별안간 머릿속을 느리게 훑었다. 돈 좀 굴릴 줄 아는 깡패 새끼, 밤낮으로 여자를 바꿔가며 붙어먹는 난봉꾼. 건실한 사업가 이미지 아래 숨겨진, 진위를 알 수 없는 소문들을 유언비어로 치부해오던 그녀였다.

대체 원하는 게 뭘까.

호의에는 늘 대가가 따른다. 해수는 그가 베푼 모든 것들이 단순한 선의가 아님을 어렴풋이 깨달았다. 그는 생각보다 훨씬 위험한 남자였다.

Chapter 7

내가 보고 싶어질 텐데

필요 이상으로 넓은 객실이었다. 광활한 침대와 푹신해 보이는 소파에 차례로 시선을 주던 해수는, 성큼성큼 창가로 걸어가 무심하게 기대앉는 지석을 물끄러미 바라보았다. 예술 작품을 감상하듯 맹목적인 시선은 여전했으나 종전과는 달리 거리를 둔 배려, 혹은 담백한 태도였다.

"그래서, 하실 말씀이 뭔가요."

느긋하게 감상하던 시선이 해수를 천천히 훑었다. 처연하게 내리깔린 속눈썹, 붉게 달아오른 눈꺼풀 아래 감춰진 연갈색 눈동자가 훔쳐가고 싶을 정도로 아름다웠다.

뭐 달리 예쁘지 않은 곳이 있겠냐마는.

"채지석 씨, 내 말 안 들려요?"

"들려요. 목소리 좋네요."

지석이 툭 말했다. 어디에도 앉지 못한 채 구두 굽으로 푹신한 카펫을 꾹꾹 누르던 해수가 아, 입을 벌렸다. 기가 막혀 표정 관리를 할 수 없다는 듯한 얼굴로.

216

"재밌어요?"

뾰족하게 묻곤 또 아랫입술을 물었다.

자꾸 저러네. 씹어주고 싶게.

가볍게 웃던 그가 고개를 갸웃거리며 대답했다.

"나 싫다고 벌벌 떠는 여자를 앞에 두고 재밌어한다면, 그건 미친놈이겠죠."

이렇게까지 멋대로 굴 생각은 아니었는데, 해수를 마주한 순간, 마음이 불가항력으로 끌려갔다. 윤해수는 각오했던 것 이상으로 어려운 사람이었다. 일이든 사람이든, 어떤 관계에서 도 그가 이렇게까지 신경을 곤두세운 적은 없었다. 이토록 손 에 쥐기 어려운 것 역시 처음이었다. 심지어 수백억이 오고 가 는 계약마저도 미뤄둔 채였다. 그렇게 생각하니 미친 게 맞는 건가, 싶기도 하다.

"벌벌 떨긴 누가!"

발끈한 해수가 어이없어하며 소파 등받이에 툭 기대섰다. 침 대에 앉자니 꺼림칙하고, 소파에 앉자니, 창가에 앉은 자신에 게 등을 보이는 거라 예의가 아니라 생각한 것이리라. 복숭아 처럼 발그레한 무릎 위, 예쁘게 모아진 주먹이 지석의 시선을 끌었다.

"주먹은 왜요. 가까이 가면 패려고?"

"패면요. 뭐, 맞아는 주시나요?"

다가가기 어려울 만큼 새침한 이미지인 데다 경계심이 지나 친 탓에, 싸가지 없다는 평가도 종종 들었을 것이다.

"얼마든지. 맞는 건 자신 있습니다."

해수는 타고난 성격이 그랬다. 게다가 언니가 사망한 이후론 방어막이 더욱 견고해졌을 것이다. 하지만 속은 누구보다 여리고 상처에 취약하다.

그걸 아는 지석은 너덜너덜해져 있을 해수의 내면을 어루만 져주고 싶었다. 남자의 마음을 알 리 없는 해수가 그만 좀 하라는 듯, 지친 얼굴로 관자놀이를 짚었다.

"소모적인 대화는 그만하죠. 오늘 좀…… 피곤해서요."

"나도 그런데, 한숨 잘까요."

'쉬다 갈래?'와 결이 같은, 고전적이고 뻔한 수작이다.

태연한 지석의 말에 해수의 눈빛이 경악으로 물들었다. 그러면서도 침대로 힐긋 눈길이 갔다.

매트리스만 덩그러니 놓인 자취방 침대와는 비교도 되지 않겠지. 이불 속은 또 얼마나 포근할까.

"……헉!"

시야가 어질해지던 찰나, 거대한 남자가 성큼 걸어왔다. 뒤로 물러날 곳도 없는데. 첨예한 긴장감으로 공기가 팽팽해졌다. 당황한 해수가 조용히 숨을 삼킬 때였다.

"우연희 원장님."

묵직한 입술을 가르고 나온 이름에, 해수가 멍하니 눈을 깜박였다.

"……저희 엄마 이름을 어떻게."

불시에 찬물을 뒤집어쓴 것처럼 정신이 번쩍 들었다. 뒷조

218

사라도 한 걸까, 싶어 아무리 머리를 굴려도 그의 입에서 엄마의 이름이 튀어나온 이유를 알 수 없어 당황스러웠다.

해수가 미간을 찡그리자 지석이 해수의 반응을 살피듯 눈썹을 밀어 올렸다.

"이래도 정말, 내가 기억 안 납니까. 아니면, 계속 모르는 척 해주길 바라는 건가?"

조금 더 낮아진 목소리가 경고처럼 파고들었다. 집요하고 끈질긴 시선은 그녀가 자신을 기억해내기 전까지는 절대 물러서지 않을 기세였다.

해수가 한숨을 내쉬며 말했다.

"제가 그런 걸 바랄 리 없잖아요. 사람을 여기까지 질질 끌고 와놓고선. 갑자기 이렇게 강도처럼……."

기억을 내놓으라니, 어이없게.

지석을 바라보던 해수의 눈동자 속에 여러 감정이 복잡하게 얽힌다. 물음표가 꼬리를 물고 춤을 추며 머릿속을 뛰어다녔다. 경악과 당혹, 혹은 들추고 싶지 않아 외면해온 과거에 대한 혼란스러움 따위가.

"우리, 꽤 가까웠다고 생각했는데. 어머니 따라 집에 자주 가기도 했었으니까……."

이 정도면 기억이 나겠지. 원장을 어머니라 부르며 집까지 드나들던 원생은 자신이 유일했으니.

느른하게 휘어진 입매가 보기 좋게 움직였다. 과거를 상기시키듯 의미심장한 음성이었다.

"아."

─ 화나면 얼마든지 화내. 내가 들어줄게. 그리고 오빠
가…… 앞으로 너 지켜줄 수 있어. 정말이야.

남자의 목소리와 행동에서 느껴지던 기시감이 한 꺼풀 벗겨
지던 찰나, 끼익, 소파 밀리는 소리가 옛 기억에서 해수를 끄집
어냈다. 도무지 피할 수조차 없는 형형한 시선이 기세 좋게 뻗
어온다.

"늘 묻고 싶었어. 날 기억조차 하지 못하는 네가, 왜 나만 보
면 그렇게 울고 싶은 얼굴을 하는 건지……."

"……."

"물론 이해해. 어느 쪽이든, 상황이 그랬으니까. 너나 나나."

빙글거리는 뇌리를 어지럽게 스치던 기억의 조각들이 툭,
툭, 폐부로 밀려들어 혼란스러웠다. 해수는 느릿하게 숨을 마
시고 다시 내뱉길 반복하며 환영과도 같은 남자의 얼굴을 바
라보았다.

"그럼 계속 이해해주시지, 왜 이제 와서 이래요. 상황이 변
한 것도 아닌데."

"변했으니까."

그것도 아주 많이.

속삭이던 그가 소파 등받이를 짚은 채 해수의 얼굴을 탐색
하듯 뚫어지게 본다. 어느새 상체는 점점 기울어졌고, 둘의 거
리는 고개만 꺾으면 입술이 닿을 만큼 좁혀졌다.

시간마저 느릿하게 흘렀다. 도대체 뭐가 변한 거냐 따지려던

220

해수는 말을 붙이기는커녕, 숨조차 편히 쉬지 못했다. 그뿐인가, 시선에 묶여 눈길조차 피하지 못했다. 상체를 세운 남자가 가볍게 웃으며 침묵을 깼다.

"뭐, 기억나지 않는다고 해도 어쩔 수 없지."

정체를 드러낸 이유를 따지고 들자면, 추후 그녀에게 들이 닥칠 일들을 조금 더 수월하게 받아들이길 바라는 마음에서였다. 제 행동의 당위성. 물론 시작은 다분히 충동적이었지만, 자신을 기억하지 못한다고 해서 달라질 건 아무것도 없었다.

반면, 여전히 혼돈 속에 머물러있던 해수는 손등으로 입술을 문지르며 숨을 골랐다. 엄마의 장례식에서 그를 본 게 마지막이었으니 자그마치 17년 전 일이었다.

당시 해수는 12살이었다. 엄마의 사랑을 독차지하던 17살 소년에 대한 기억은 또렷했으나, 34살이 된 남자의 얼굴과 자연스레 연결될 리 없었다.

이름이 바뀌지 않았다면 좀 더 수월하게 그를 알아봤을까. 그랬다면 우린 반갑게 인사를 나누고, 자연스레 서로의 안부를 물었을까.

기억이 새록새록 떠오를수록 수렁이었다. 해수가 한숨을 내쉬며 이마를 짚었다.

"……아무것도, 기억 안 나요."

기억나지 않을 리가. 어떻게 살고 있을지. 부족함 없이, 행복하게 지내고 있는 건지. 찬바람이 스치는 계절이 올 때마다, 한 번쯤은 그리워했던 사람이었다. 하지만 얼굴만은 또렷하지 않았으니, 기억나지 않는다는 게 아예 틀린 말은 아니었다. 머릿속을 늘 빈틈없이 메우며 살아온 해수에게 있어 17년은 그런 의미였다. 표정을 가다듬으려 애썼던 노력이 무색하게도 해수는 또다시 멍한 얼굴을 했다.

"죄송해요. 정말 아무것도……."

어느덧 길고 긴 세월 속에 아득히 매몰시켜버린 기억인데, 둑이 터진 듯 밀려드는 과거가 버겁게만 느껴졌다. 들이닥치는 기억들을 차곡차곡 쌓아가던 해수는 이내 모든 걸 포기하고 눈두덩을 꾹 눌렀다. 피로한 와중에 오후의 햇살만은 여전히 따사로웠다.

몇 시나 됐을까. 지석의 어깨 너머로 향한 시선, 강을 가른 빛줄기 사이로 먼지가 나부끼는 게 보였다. 야트막하게 한숨을 쉰 해수가 다시 남자에게로 시선을 돌렸다. 목울대를 가로지른 흉터가 눈앞이었다.

시선을 끌어올리자 눈이 마주쳤다. 가면처럼 덧씌워진 남자의 태연함에 금이 가고 있었다. 눈이 부셨다. 그가 서서히 손을 뻗어온다. 해수는 느릿하게 눈을 깜박였다. 지석은 자신을 올려다보는 불그스름한 눈가를 엄지로 슥 문질렀다. 숨이 섞이는 듯한 기분을 느끼며 그가 말했다.

"죄송할 것까지야. 그래, 기억나지 않는다 치고 다시 시작하는 것도 나쁘진 않겠지."

해수는 달싹이던 입술을 꾹 물었다. 목 너머로 뜨거운 것이 왈칵 올라왔다. 난데없이 자신의 인생에 끼어들어 방향키를 쥐고 흔들려는 이유조차도 알 수 없었다. 묻고 싶었지만, 무거운 추라도 달린 듯 입이 떨어지지 않는다. 가슴이 아프도록 심장이 뛰었다. 혼란스러운 감정이 제멋대로 요동쳐 터지기 일보 직전이었다. 아프게 쉬어지는 숨을 가다듬은 해수가 가까스로 입을 열었다.

"우리가 시작하고 말고 할 게 있나요?"

해수는 그를 한껏 경계하며 올려다보았다. 그가 자신의 눈썹을 느리게 매만졌다. 꿈틀대는 손등 위로 자잘한 상처가 거미줄처럼 엮여 있었다. 흉터만큼이나 복잡해진 얼굴로, 그가 가슴을 크게 들썩이더니 입술을 뗐다.

"글쎄……. 두고 보면 알겠죠."

지석이 근사하게 입매를 끌어 올리며 그녀의 볼을 툭 건드린다.

"사실 마음껏 손도 잡고 싶고, 안아보고도 싶고 그래."

땅에 뿌리박힌 듯 단단한 목소리가 그의 목을 울렸다. 거대한 사내가 주는 위압감이 특유의 거친 음성과 맞물려 독보적인 분위기를 자아냈다. 마음대로 휘둘리지 않는 제게 자존심이라도 상한 걸까. 그것도 아니라면, 아직도 엄마와의 약속을 부채감처럼 가슴 깊이 담아두고 있는 걸까. 이유야 뭐가 됐든, 해수는 그를 더 자극할 생각은 없었기에 침묵했다. 완벽하게 찾아든 정적을 곱씹듯 그가 말을 이었다.

"하지만 널 지켜줘야 할 오빠가 그러면 안 되겠지."

네가 싫어할 테니까.

엄지가 코끝을 지나 아래로 미끄러지듯 내려왔다. 짧게 숨이 멈추자, 지석이 해수의 아랫입술을 지그시 누르며 말했다.

"어디까지나, 아직은."

네가 내 사정거리 안에 들어오기 전까지는.

공허하게 가라앉은 시선이 붉게 부푼 해수의 아랫입술로 향했다. 해수는 화끈거리는 얼굴을 손등으로 문지르며 시선을 피했다.

눈앞이 어질했다. 한낮이었고, 햇살이 가득 들이친 객실인데, 어째서인지 사위가 캄캄하게만 느껴졌다. 두려웠다. 방심하는 순간, 지석이 확, 하고 자신을 낚아채 끝이 보이지 않는 구렁텅이 속으로 끌고 갈 것만 같았다.

불이 붙은 것처럼 타던 태양이 지평선 너머로 사라지고 서원대 병원 입구에도 어느새 어둠이 찾아들었다. 구름 한 점 없이 화창한 하늘은 일곱 시가 훌쩍 넘어서야 서서히 어두워지기 시작했다.

달깍―.

조수석 문이 열리고, 지석이 손을 내밀었다. 해수는 속 입술을 물며 커다란 손 위에 제 손을 툭, 던졌다.

뜨겁다. 목덜미부터 정수리까지 후끈하게 열이 올랐다.

"조심히 들어가요."

"······네."

짤막하게 대답한 해수는 차에서 내리자마자 손을 뗐다.

"안녕히 가세요."

단정하게 인사하고 곧장 몸을 돌리려던 때였다. 커다란 손이 팔목을 붙잡았다.

"······아!"

강하게 당기는 힘에 해수는 외마디 비명을 터뜨리며 휘청거렸다. 스르륵 끌려간 몸이 단단한 가슴팍에 부딪혔다. 기가 막혀 눈을 치켜뜨니 노골적인 시선이 곧장 닿았다. 그 시선을 즐기듯 감상하던 지석의 입가로 헛웃음이 샜다.

"그러게 집에 데려다준다니까. 고집은."

부드럽게 감긴 허리가 고작해야 한 줌이었다. 피곤해 반쯤 감긴 두 눈과 부풀어 오른 입술, 붉어진 코끝과 살짝 번진 아이라인이 풍성하게 내리깔린 속눈썹과 어우러져, 마치 비극의 여주인공인 양 처연해 보인다. 한 번쯤 울려보고 싶은 충동을 억누르느라 목울대가 위로 솟구치다 느리게 떨어지던 순간, 고아한 음성이 바람결에 흩어졌다.

"됐어요. 갈게요."

곧 죽어도 집이 어딘지 알려주지 않겠다는 보수적인 태도가 마음에 들었다. 그러면서도 뻔질나게 그 앞을 드나드는 이도현이 떠오르자 또 입 안이 썼다. 어떻게 존재만으로도 이리 거슬릴 수 있는 건지. 등줄기를 거슬러 어깨에 닿은 손이 천천히 목을 타고 올라간다. 손끝에 닿는 보드라운 감각에, 긴장으로 심장이 바짝 조여왔다.

지석은 낮은 한숨을 길게 내쉬며 햇살을 흩뿌려둔 것처럼 빛나는 해수의 두 뺨을 손바닥으로 감쌌다. 정수리에 땀이 배는 한여름인데도 그녀의 피부는 얼음장처럼 서늘했다.

지석의 입술 끝이 올라갔다. 쥐어짜듯 억눌린 목소리가 탁하게 흘렀다.

"힘든 일 생기면 전화해."

남자가 빙글 웃으며 덧붙였다.

"보고 싶을 때 연락해도 되고."

뺨을 만지던 손이 자연스레 뒷목을 어루만지자, 기겁한 해수가 주변을 두리번거리더니 손을 뿌리치고 눈으로 위협했다.

"힘든 일이 생기길 바라시는 건가요? 그럴 일 없으니까, 얼른 가세요. 얼른."

"단호하네. 내가 보고 싶어질 텐데."

지석은 가볍게 웃으며 그녀의 머리칼을 만지작거리다, 귀 뒤로 부드럽게 넘겨주고는 운전석을 향해 몸을 돌렸다.

"미친놈."

시선에서 풀려난 해수는 속에 있는 뜨거운 기운을 뿜어내듯 열기 어린 숨을 몰아쉬었다.

왜일까. 어느 것 하나 제대로 정립된 게 없는 관계인데, 남자의 손이 닿을 때면 그 어떤 저항조차 할 수 없었다.

각인처럼 밴 향기, 건드리면 바스러질 듯 뜨겁게 스친 열기. 창백한 새벽을 닮은, 그 고요하고도 깊은 눈…….

해수는 생각을 거기서 멈추고 고개를 세차게 저었다. 가슴 어딘가를 느리게 휘젓고 파고드는 흔적은 도려내야 마땅하다.

"그냥 모르고 살게 내버려두지."

모르는 게 약이라는 말이 괜히 있는 건 아닌데.

그를 생각하는 내내 심장이 불길하게 두근거렸다. 해수는 마른침을 느릿하게 삼키며 뭉근하게 조여오는 가슴을 주먹으로 꾹 눌렀다.

"해수야, 너 뭐 해?"

멍한 시야로 불쑥, 서연의 얼굴이 들어왔다. 긴 꿈에서 깨어난 직후처럼, 어떤 생각도 들지 않아 해수는 정면만 물끄러미 응시했다. 피곤해서 그런지 온종일 머릿속이 멍했다.

"어? 어."

"어디 아파? 무슨 생각을 그렇게 해. 하루 종일 목욕탕에 있다 나온 사람처럼 팅팅 불어서는."

쪼르륵, 들기름 냄새가 코끝을 자극한다.

"때깔 죽이지?"

비닐장갑을 낀 채 막국수를 비비던 서연을 보면서 해수는 소리 없이 웃었다.

"머리가 좀 아파서. 오늘 점심 먹은 게 좀 그랬나 봐."

"왜, 망할 것들이 갈궜어? 말을 하지, 이 둔탱아. 그랬음 죽을 사 왔을 거 아냐."

"아니, 그 정돈 아니고."

내내 숨 한 번 편하게 쉴 수 없던 남자와의 만남이 떠오르자 또 한숨이 나왔다.

꿈을 꾼 건 아니었을까.

불과 몇 시간 전 일인데, 불편하기만 했던 시간이 꿈결처럼 아스라하다. 해수는 금세 머릿속을 빼곡하게 메워버린 존재를 털어내기 위해 입술을 벅벅 문지르며 인상을 썼다.

모든 게 엉망이다. 세포 하나하나가 머리끝부터 발끝까지 분주하게 날뛰었다. 이제 와 다시 모르는 척하자니 우습고, 친밀감을 표시하는 건 더 웃긴 일이다. 해수는 복잡하게 엉겨드는 숨을 가다듬으며, 고개를 절레절레 흔들었다.

"아니긴 뭐가 아니야. 손이라도 따줘? 체한 거 오래 두면 안 되는데."

"아, 자기 전에 소화제 먹지 뭐. 요즘 좀 무리해서 그래."

"고생을 사서 해요. 사서 해."

요란하게 혀를 찬 서연은 손으로 막국수를 돌돌 말아 족발을 한 점 얹더니, 매운 고추와 마늘까지 곁들여 한입에 쏙 집어넣는다. 해수는 그 모습을 흐뭇하게 바라보다가 밥이 절반 정도 남은 그릇을 챙겨 싱크대로 향했다.

"그만 먹게?"

"어."

"너 오늘 무슨 일 있었지?"

어디서 무슨 말이라도 들은 건가.

해수는 수돗물을 틀어 그릇을 한 번 헹군 뒤, 머쓱한 듯 코끝을 문지르며 고개를 저었다.

"일은 무슨…… . 그런 거 없어."

"죽을래?"

자그마치 10년이다. 감정을 드러내는 일에 조심스러운 그녀였지만, 절친의 눈까지 피해갈 순 없었다. 서연이 눈빛으로 재촉하자 해수가 마지못해 대답했다.

"안 그래도 죽겠는데, 살해 협박이야?"

"거봐. 일 있는 거 맞네, 뭔데. 왜 죽겠는데. 응?"

거듭되는 추궁에, 해수는 말하기 곤란하다는 표정을 하며 입술을 꾹 물었다.

"일이라기보단, 그냥…… ."

서연이 눈을 빛내며 해수를 향해 방향을 비틀어 앉는다.

"그냥 같은 소리 한다. 그냥이 어딨어. 말해봐. 그 사람 때문이지?"

원래 꿈이 경찰이라고 했던가. 넘겨짚기, 유도신문의 달인 서연의 연이은 질문에, 해수는 입술만 달싹였다 떼기를 반복하다 느릿하게 입을 열었다.

"서연아, 나는…… 꼭 필요한 것만 머릿속에 넣고 사는, 뭐랄까. 약간 합리적인 사람이라고 생각해왔거든."

"합리적. 뭐, 좀 그런 편이긴 하지."

심각하게 굳은 얼굴로 고개를 끄덕이던 서연이, 슬금슬금 눈치를 보다 조심스레 입을 뗐다.

"그런데, 왜? 필요도 없는 게 막 자꾸 머릿속에 들어와? 미치겠어?"

"미치긴 뭘 미쳐. 그게 아니라, 내 의지로도 제어가 되지 않는 그런 게 존재하긴 하더라고."

"네가 무슨 사이보그냐. 머릿속을 제어하게? 뇌가 메모리칩도 아니고 넣었다, 뺐다, 그게 가능한 거냐고요. 이 맹추야."

"아니, 그런 거 있잖아. 머릿속에서 나가라. 제발 좀 나가라. 염불을 외는데도 나가기는커녕, 더 또렷해지는 것들."

이건 또 무슨 멍멍이 풀 뜯어 먹는 소리야.

뜨악한 얼굴로 해수를 바라보던 서연이, 어수룩한 어린애를 타이르듯 말했다.

"그게 그거잖아. 자꾸 생각나고, 보고 싶고 그런 거."

"그런 거 아니거든. 다 먹었으면 비켜. 치우게."

후텁지근한 열기가 목덜미에 쩍쩍 달라붙는다. 불퉁한 낯으로 투덜대던 해수는 널브러진 비닐을 주워 들며 창문을 활짝 열었다.

바람 한 점 없네.

귓바퀴에 들러붙는 상념 따위 바람에 날아가길 바랐건만, 외려 낮 동안 푹푹 찐 공기가 끈적하게 응축되어 밀려들었다. 서연이 어지간히 답답하다는 듯한 목소리로 말했다.

"그래서, 넌 그걸 어떻게 하고 싶은 건데."

"뭘?"

"그 몹쓸 생각들 말이야."

"글쎄……."

노파심에 고개를 흔들던 서연이 벌렁, 바닥에 드러눕더니 실없이 웃는다.

"어유, 그 얼굴로 연애 고자라니……. 내가 다 안타깝다. 친구야."

뭐래.

얕게 한숨을 쉰 해수가 남은 음식물을 정리하는 동안, 서연이 눈을 살살 감으며 잠이 오는 듯한 목소리로 중얼거린다.

"잘 생각해봐. 시험지 푼다, 생각하고 차근차근."

몰라, 이런 기분 진짜 싫어. 아무것도 생각하기 싫다고.

아무리 생각해도 답이 나오지 않는다. 어려웠다. 차라리 진짜 시험지를 푸는 게 낫지.

해수는 저절로 열이 오른 귓등을 매만지며 에어컨을 켰다.

열대야의 시작이었다.

"대표님, 도착했습니다."

지석이 느리게 눈을 떴다. 화창한 날이었다. 도심에서 벗어난, 한적한 도봉산 능선은 언제 봐도 감회가 새로웠다. 구불구불하게 닦인 도로를 따라, 녹음이 우거진 숲길을 통과하고도 차로 한참을 더 들어가야 하는 외진 곳. 출입문 앞에 서서히 정차하는 동안, 지석은 목을 뒤로 젖히며 다시 눈을 감았다.
의지와는 상관없이, 감은 동공 위로 해수가 겹쳐졌다.

　― 아무것도, 기억 안 나요.

　자신의 정체가 나름대로 충격이었을 텐데도 별다른 동요 없
이 차분하던 목소리. 코앞까지 다가간 자신을 빤히 보던 연갈
색 눈동자. 흔들리는 숨결에 섞여 있던 들꽃 향기 따위가.

　이 정도면 병이지.

　지석이 픽, 웃으며 정신을 차리던 사이, 달칵하고 뒷좌석의
문이 열렸다.

　"안녕하십니까."

　시선을 내리깐 직원의 깍듯한 인사에, 지석이 가볍게 고개
를 끄덕이며 출입문 위쪽의 목재 현판에 시선을 두었다.

연담(淵潭) 한정식

　정, 재계 고위 인사들만 출입하는 장소라 보안이 철저하고,
시간과 동선을 철저히 계산하여 예약을 받는 곳이라 다른 방
에 누가 드나드는지 전혀 알 수 없는, 밀실과도 같은 곳이었다.

　직원의 안내에 따라 들어선 복도는 대궐 같은 외관과는 달
리 단순한 구조였다. 고객의 동선이 겹치지 않도록 미로처럼
만들어야 했기에 다른 장식이 들어갔다면 다소 난잡해 보였
을 것이다. 긴 복도가 끝나는 길목에 다다르면 고풍스러운 분
위기의 수묵화와 함께 격자로 짜인 문이 나타난다.

"15분 전에 도착해서 기다리고 계십니다. 식사는 언제 올릴까요."

직원의 말에, 지석은 뒤따르던 윤재를 향해 짧게 시선을 두며 대답했다.

"기별하겠습니다."

"예, 차 먼저 올리겠습니다."

지석은 시간을 거슬러 온 것만 같은 묘한 기분을 느끼며 문 앞에 섰다.

"대기해. 오래 걸리지 않을 테니까."

"예."

뒤따르던 윤재가 태블릿과 서류 봉투를 건네자, 이를 받아든 지석이 간결하게 지시하며 문을 열었다.

드르륵―.

서까래와 창호지로 만든 팔각 등이, 단아한 공간 한가운데 드리워져있었다. 대낮이었고 창이 커다랗게 나 있는 방이었지만, 등의 조도가 낮아 다소 어둑하게 느껴졌다.

지석이 정중하게 허리를 굽혔다.

"늦었습니다. 죄송합니다."

"내가 서둘렀네. 일단 앉으시게."

고즈넉한 등 아래 앉은 노인의 안광에 힘이 넘친다. 눈시울을 위로 치켜뜬 노인은 다름 아닌 윤성태, 바로 해수의 아버지였다. 법의학계의 거장인 그는, 범죄 시사 프로그램의 패널로 출연하며 다방면으로 활발히 활동 중이었다. 윤성태는 말없이 물 잔을 들어 잠시 마른 목을 축이고는 낮은 한숨을 흘렸다.

"많이 컸구나. 어릴 적 모습이 아직도 눈에 선한데 말이야."

"그렇습니까. 해수도 절 알아보지 못하더군요."

윤성태가 턱을 문지르며 다소 불편한 기색을 내비쳤다.

"그 녀석이야, 필요한 게 아니면 기억하지 않는 놈이니까."

다짜고짜 해수부터 들먹이는 저의가 뭔가.

꺼림칙해진 윤성태가 넌지시 대화의 방향을 틀었다.

"엄마한테는 자주 가보는 거냐."

우연희 원장을 일컫는 말이었다. 6살. 엄마의 손길이 필요한 나이에 버려진 지석은, 그녀의 따뜻한 눈빛과 정성 어린 보살핌으로 얼어붙은 마음을 치유했다.

지석은 회한에 잠긴 듯, 잠시 허공에 시선을 두었다.

"기일에는 잊지 않고 찾아뵙고 있습니다."

윤성태는 긴장을 들키지 않기 위해, 물수건으로 손을 닦으며 좌식 의자에 기댔다.

"그래, 잘된 걸 보니 마음이 놓이는구나. 좋은 집안에 양자로 들어가게 된 것도 다 천운이다."

이어진 윤성태의 말에 지석이 소리 없이 웃었다.

천운이라.

때마침 문이 열리며, 커다란 꽃잎이 띄워진 국화차가 테이블에 올려졌다. 지석은 잠시 눈을 감고 숨을 골랐다.

대대로 폭력 조직에 근간을 둔 집구석을 두고, 좋은 집안이라니. 물론 그 기준이 부에 맞춰진 거라면 틀린 말은 아니었지만, 윤성태가 해야 할 말은 아니었다.

지석이 형형해진 눈으로 윤성태를 빤히 쳐다봤다.

"정말, 그렇게 생각하십니까."

정적이 흘렀다. 순식간에 무거워진 공기의 흐름에, 심상찮은 기운을 느낀 윤성태가 연신 헛기침을 하며 말을 돌렸다.

"흠, 그나저나 오늘 보자고 한 이유가 뭔가."

할 말이 있으면서 빙빙 돌아가는 게 영 마뜩잖다. 방 안을 가득 메운 위압감에, 윤성태의 눈빛에선 동요가 일었다.

지석은 대답 대신 태블릿의 액정 위로 사진 몇 장을 띄운다. 윤성태는 호기심이 깃든 눈으로 그것을 바라보았다. 해수와 낯선 남자가 함께 찍힌 사진들이었다.

"아니!"

남자의 얼굴을 좀 더 자세히 들여다본 윤성태의 몸이 용수철처럼 튀어 올랐다.

"우리 해수가 이놈이랑 왜……."

해인이 세상을 떠난 후, 해수는 말도 없이 집을 나갔다. 마음을 다독일 시간이 필요했으려니 짐작할 뿐, 이유를 묻지도, 알려고 든 적도 없었다.

"아니, 그보다 자네는 이걸 어떻게……."

자식의 세세한 속내까지 신경 쓸 만큼 여유롭지 않았다. 하지만 사진 속 남자는 해수가 가까이해선 안 되는 인간이다. 지석의 한쪽 입꼬리가 호선을 그리며 올라갔다.

"'어떻게'가 중요한 게 아니라, '왜'인지가 중요한 거겠죠."

"자네가 알고 있는 게 뭔가?"

글쎄요. 제가 알고 있는 게 뭘까요.

한숨처럼 숨을 내뱉은 지석이 쓰게 웃으며 덧붙였다.

"윤해인이 사고로 세상을 떠난 게 아닌 건 알고 있습니다."

"……그걸, 그걸 어떻게……."

"지난 몇 달간 꽤 고생했습니다만, 원하는 걸 얻는 데 이 정도 수고쯤이야."

지석이 고개를 살짝 기울이며 입매를 비틀었다. 윤성태의 얼굴은 새파랗게 질린 지 오래였다. 지석은 싸해진 분위기에도 아랑곳하지 않고 윤성태에게 USB 모양의 녹음기를 건네며, 틀어 보라는 듯 턱을 까딱였다.

딸깍―.

윤성태가 침을 꼴깍 삼켰다. 머지않아 겁에 질려 울먹이는 사내의 목소리가 흘러나왔다.

[저라고 사람을 죽이는 게 어디 쉬웠겠습니까. 하지만, 어쩔 수가 없었습니다. 가족들을…….]

감정을 수습하는 듯, 말이 멈추었다가 다시 흘렀다.

[사채 정리는 물론 앞으로 인생까지 책임져주겠다는데……. 그걸 거절할 미친놈이 세상에 어디 있겠습니까. 돌아가신 분께는…… 늘 사죄하는 마음으로 살고 있습니다.]

사내가 말을 멈추자, 녹음기 너머로 낮게 으르는 목소리가 들려왔다.

[사주한 사람이 누구인지는 모릅니다. 높으신 분들 정보가

제게 넘어올 리 없지 않습니까.]

　여기까지였다. 미처 생각을 정리하지 못한 윤성태가 참담한 낯으로 지석을 보았다.

　"누구 목소리인지, 잊진 않으셨을 테고."

　꿰뚫을 듯 노려보는 서늘한 눈빛에, 윤성태는 피투성이가 되어 숨을 거둔 해인의 마지막 모습을 떠올리며 고개를 세차게 저었다.

　"굵직한 사건도 척척 해결하시는 법의학자께서, 이 사건의 진위를 몰랐다는 게 도무지 납득이 가질 않습니다. 게다가 기다렸다는 듯, 합의까지 일사천리로 해주시고."

　"그, 그건!"

　"타임라인을 역으로 추적해보니, 진실을 은폐하는 일에 박사님께서 적극적으로 가담했다는 결론이 나오더군요."

　지석은 분노를 삭이며 윤성태를 고압적으로 내려다봤다.

　"제 추측이 맞습니까."

　보육원을 후원하며 빌어먹을 인연이 시작된 건지, 그 반대인지 알 순 없었다. 다만 확실한 건, 윤성태가 오랜 기간 WS그룹의 어두운 일면을 보기 좋게 포장하는 일에 일조해왔다는 사실이었다.

　"사망하기 전, 윤해인은 스스로 목숨을 끊은 시신의 부검을 맡았습니다."

　3년 전, 채두식의 첫째 아들인 채홍석은 내연 관계에 있던 한 여인의 자살 사건에 휘말렸다. 한동안 세상을 떠들썩하게 만든 치명적인 스캔들이었지만, 숨겨진 내막은 더욱 처참했다.

"그리고 부검 도중 이상한 점을 발견했고, 증거를 남겼을 겁니다."

불행의 씨앗을 잉태한 여인은 자신과의 관계를 정리하려던 채홍석에게 불륜 관계를 폭로하겠다, 협박했고 결국 약에 취한 그의 손에 비참한 최후를 맞았다.

"이도현은 증거의 실마리를 얻기 위해 접근했겠죠. 해수가 사건의 내막을 알고 있는지, 떠보려는 의도도 있었을 테고."

윤성태가 부검 결과를 조작할 것을 종용했으나 해인은 끝내 제 뜻을 굽히지 않았다. 자신의 신념에 어긋나는 행위가 이어지는 것에 환멸을 느껴온 해인은, WS그룹의 실체를 낱낱이 까발리고 아버지에서 자신으로 이어진 더러운 고리를 끊어내기 위해 고군분투했다.

하지만 신은 정의의 편에 서주지 않았다. 해인은 한 줌 재가 되어 흩어졌다. 그녀가 가지고 있다던 증거는 어디에서도 찾을 수 없었다. 종잇장처럼 구겨진 차와 집, 사무실을 샅샅이 뒤졌지만, 그들은 끝내 원하는 걸 얻어내지 못했다.

"자네도 알고 있겠지만, 해수는 아무것도 몰라."

손이 바들바들 떨리고 머릿속이 텅 비어간다. 윤성태는 지끈거리는 이마를 짚었다.

"……아니, 알아서도 안 되겠지."

지석은 부드럽게 웃으며 입을 열었다. 마치 기다렸던 대답이었다는 듯이.

"그렇다면 앞으로 어떻게 하실 생각입니까. 또 딸을……."

말끝을 늘이며 상대의 얼굴을 살피는 눈매가 가늘었다. 윤성태를 궁지로 몰아넣은 것에 꽤 만족한 얼굴이었다. 뒷말이 나직하게 흘렀다.

"잃으실 생각입니까."

선악과를 권하는 뱀의 유혹처럼 서늘한 음성에 소름이 끼쳤다. 윤성태는 주먹을 쥐었다가 펴길 반복하며 머리를 빠르게 회전시켰다.

채두식을 만나보면 어떨까, 하지만 평생을 나쁜 짓만 해온 인간이 이제 와 자신에게 온정을 베풀 리 없지 않은가.

"채 대표, 그래도 뭔가 생각이 있으니 날 부른 거 아닌가."

윤성태는 지석의 손을 덥석 잡았다. 썩은 지푸라기라도 일단은 잡아야 했으니까.

탁─.

"읽어보십시오."

기다렸다는 듯, 지석은 서류 봉투 하나를 툭 내밀었다. 밀봉된 인장을 뜯어 서류를 읽어 내리던 윤성태가 단박에 미간을 구기며 봉투를 내팽개쳤다.

"자네, 지금 뭐 하자는 건가!"

지석은 웃었다.

"글쎄요."

그러고는 고개를 살짝 기울인 채, 윤성태를 마주 보았다.

"해수도 살리고, 윤성태 씨도 살리고."

"······뭐?"

"나도 사는 방법."

묘한 정적이 좁은 공간을 채운다. 비틀린 눈빛에 압도된 윤성태의 뺨이 언뜻 굳었다.

"더 고민할 이유가 있을까요."

똑똑.

지석이 검지의 마디로 테이블을 두드린 후 넋이 나간 윤성태의 주의를 집중시켰다.

"사리에 통달하신 분이니 잘 판단하시리라 믿습니다. 생각이 정리되는 대로, 비서를 통해 연락 주십시오."

자리를 박차고 일어서는 지석을, 윤성태가 흔들리는 목소리로 불러 세웠다.

"이게······ 최선인가."

"저도 각오하고 온 겁니다. 뭐든 내던질 각오로."

채두식의 권력 아래에서 살아남기 위해 강박적으로 되뇌어 오던 말이었다. 아무리 최악의 상황이 들이닥친다 해도 더 큰 최악을 피하기 위한.

"무릎 꿇으라면 꿇고, 싸우라면 싸울 겁니다. 제 사람 다치게 두지 않습니다."

입양된 이후의 성장 과정을 읊으라면 듣는 사람 열에 아홉은 눈물 쏟을 만큼 기구한 인생이었다. 오로지 살아남아야 한다는 일념을 숙명처럼 몸에 새기며 살아왔다. 목표는 늘 명확했다.

"제 사람이 되는 것. 이것만큼 확실한 안전장치가 또 있겠습니까."

해수의 판단이나 이해 여부는 중요하지 않았다. 견고하게 지어둔 제 새장 속으로 그는 기꺼이 해수를 밀어 넣고 문을 걸어 잠글 생각이었다.

"곧 식사가 나올 겁니다. 제가 있으면 밥이 넘어가지 않을 테니, 먼저 일어나겠습니다."

지석은 밀실을 벗어나 출입문 앞에 섰다. 윤재가 차를 빼 오는 사이 핸드폰을 꺼내 들었다. 시간은 어느덧 오후 3시에 가까워지고 있었다.

횡, 바람이 불자 머리카락과 녹엽이 이리저리 흔들린다. 지석의 시선이 미풍에 선들거리는 꽃가지 위에 잠시 머물렀다.

보고싶|

커서가 채팅창 위에서 깜박인다.

맺지 못한 메시지가 가슴 한구석을 간질였다.

우유부단한 손가락이 화면 위를 느리게 배회했다. 지석이 깊은 한숨을 쉬었다.

"내가 보고 싶지 않다면, 보고 싶어지게 만들면 될 일이지."

우거진 수풀을 가르고, 좁은 틈 사이로 뙤약볕이 쏟아진다.

가만히 눈을 감은 그가, 기분 좋게 불어오는 바람을 향해 손을 뻗었다.

딱히 생각이란 걸 할 여유조차 없이 시간은 바쁘게 흘러갔다. 여름밤의 공기는 어수선했다. 낡은 선풍기 두 개가 요란한 소리를 내며 회전하고, 아직 취하기엔 이른 시간임에도 얼큰하게 널브러져 돌아다니는 사람들로 인해 거리는 북적거렸다.

"오늘 한번 죽어보자!"

"이게 얼마 만이지, 매일 응급 콜 올까 싶어서 술도 제대로 못 마셨는데."

"짠!"

생맥주 잔과 청주 잔이 한데 뒤엉켜 부딪힌다. 해수는 휑하니 뚫린 천막 사이를 내다보며 인상을 찌푸렸다. 어영부영하다 보니 어느새 빨간 등이 군데군데 달린 병원 근처 선술집에 앉아 있었다. 이주혁이 주도한 회식 자리였다. 컨디션이 좋지 않아 적당히 핑계를 대고 빠질 생각이었는데…….

"역시 우리 해수가 애주가는 애주가야. 안주도 없이 그냥 술만 냅다 조져버리네."

"쟤가 지금 속이 말이 아니라 저래요."

"아니 그나저나, 우리 채 대표님이랑은 무슨 사이, 아! 왜 꼬집어. 내가 또 주책맞게 물어봤어?"

"해수는 지금 술을 마시는 게 아니야, 고독을 마시고 있는 거지."

누군가 툭, 던진 소리에 저마다 말을 보탠다. 웃음기 섞인 걱정의 말들이 어수선한 테이블 위로 무분별하게 쏟아졌다.

고된 하루를 보내고 온 해수의 얼굴에 피로가 덕지덕지 묻어났다. 술이라도 마시지 않으면 이 무의미한 자리를 견디기 어려울 것 같았던 해수는, 꿀떡꿀떡 맥주를 주면 주는 대로 넘겼다. 후덥지근한 바람결에 실려 온 기분 나쁜 습기가 등줄기로 쩍쩍 달라붙는다. 이따금 들려오는 취객들의 어수선한 고성에만 귀 기울일 뿐, 해수는 여전히 대화에 섞이지 않았다.

털, 털, 요란하게 회전하던 선풍기가 지나가자 눅진한 바람이 훅, 밀려들었다. 해수는 맥주병에 붙은 라벨을 멍하니 바라보며, 서연이 보낸 인터넷 기사를 떠올렸다.

아랫도리 가볍게 휘두르고 다니는 남자는 반댈세.

메시지와 함께 도착한 기사에는 호텔 엘리베이터에서 찍힌, 언뜻 보면 꽤 다정한 연인처럼 보일 법한 CCTV 화면이 첨부되어 있었다. 뒷모습이었다.

그러니까 채지석과…… 그거 나야, 나라고.

당나귀 귀가 된 임금님을 보고 속앓이를 해야 했던 복두장이 된 기분이었지만, 해수는 입을 꾹 다물고 끓어오르는 속을 다스렸다.

초상권 침해로 싹 고소해버릴까 보다.

― 힘든 일 생기면 전화해.

― 내가 보고 싶어질 텐데.

호텔에서 생각지도 못하게 마주치고 헤어지던 날, 그가 의미

심장하게 내뱉은 말들이 이명처럼 귀를 울렸다.

보고 싶어지긴 개뿔. 힘든 일이 생기게 만들어주겠다는 뜻이었나. 곱씹을수록 황당했다. 기가 막혀 표정 관리를 할 수 없었던 해수는 빙글 도는 머리를 털어내며 몸을 일으켰다.

"저 가요. 내일 아침 일찍 교수님 호출요."

곧 비가 올 모양인지, 물안개가 자욱한 몽환적인 풍경에 시야가 흐릿해졌다. 포장마차가 즐비한 골목에 들어서자 생선 굽는 냄새가 희미하게 코끝을 자극한다. 역했다. 근원을 알 수 없는 울렁거림이 속에서 훅, 치받쳤다. 물결처럼 일렁거리는 눈동자가 성하지 않은 마음을 고스란히 내비쳤다.

괜찮을 리가 없지. 겉보기엔 멀쩡해 보여도 자신의 감정은 수백 년간 단 한 방울의 비조차 맞지 못한 고목처럼 속이 곯아 있었다. 누구의 탓도 할 순 없었지만, 그게 다 제 탓이라고만 하기엔 억울했다. 해수는 미간을 찌푸린 채 고개를 떨어트리고, 한숨을 쉬었다.

됐어. 어차피 뒷모습이라 알아보는 사람도 없을 텐데 뭐. 백 년을 기다려보라지. 내가 먼저 연락하나.

상황에 대한 치열한 번뇌와 그 문제로부터 멀어지고자 하는 마음은 어쩔 수 없는 인간의 생존 본능이다. 바쁜 현대인으로 태어난 이상, 들이닥친 상황에 마냥 골몰하고만 있기엔 시간이 턱없이 부족했다.

문제점은 늘 해결책을 동반하고 찾아온다는 전제는 그의 등장과 함께 산산조각이 난 지 오래였다. 미친놈. 이 표현 외에는 달리 그를 비난할 수 있는 말이 없었다.

해수는 열 걸음에 한 번씩 그에 대한 원색적인 비난을 퍼부으며 오늘따라 을씨년스럽게만 보이는 원룸 건물에 다다랐다.

실내는 어두컴컴했고, 어디서 물이 새는 건지 물 떨어지는 소리가 간간이 들려왔다.

"응? 저게 뭐지?"

철제 난간이 휘어져 위태롭게 덜렁거리는 계단 끝에 발을 막 디딜 때였다. 정체를 알 수 없는 종이 가방 여러 개가 철제 문 앞에 나란히 놓여 있었다. 친절하게 남겨진 메모와 함께.

> 뭘 좋아하는지 몰라서 이것저것 보냅니다.
> 식사 거르지 말고 맛있게 먹어요.
> 다 먹고살자고 하는 짓인데.

정갈하고 어른스러운 글씨체였다. 아득해지던 머릿속이 현실로 돌아온 것도 그때였다. 해수는 멍하니 눈만 끔벅거렸다. 반듯하고 공손하게 엿을 받아먹은 기분이었다.

올여름은 유난히 예고 없는 비가 잦았다. 해가 질 무렵, 쨍쨍하던 하늘에 먹구름이 끼기 시작하더니 찌는 듯한 더위도 한풀 꺾일 만큼 세찬 비가 쏟아졌다.

차는 성북동 골목을 부드럽게 올라갔다. 과속 방지턱을 넘자 차가 묵직하게 흔들린다. 느리게 빗물을 긁어내리던 와이퍼의 속도도 점차 빨라졌다. 성채처럼 장엄하게 늘어선 저택가, 어둠이 내려앉은 건물들은 실제보다 더 웅장해 보였다.

머지않아 골목의 한쪽에 윤재가 차를 세웠다. 끝이 보이지 않는 담벼락을 타고 장미 넝쿨과 수국이 이어져 있었다.

위―잉.

창문이 내려가는 소리에, 윤재가 룸미러를 통해 지석을 힐긋 보며 인상을 썼다.

"먼저 전화하면 누가 잡아먹는답니까."

지석은 내내 핸드폰에 박혀 있던 시선을 창밖으로 향했다. 서늘한 에어컨 바람 사이로 금세 눅눅한 습기가 파고들었다.

운전석에 앉아 태블릿을 들여다보며 밀린 일정을 정리하던 윤재가 뒤를 돌아보았다. 며칠 안절부절못하는 그의 속마음을 기민하게 파악한 태도였지만 지석에게선 아무런 대답도 돌아오지 않았다. 해수에게 보낼 메시지를 적었다가 지웠다가, 통화 버튼에 손가락을 올리고는 다시 거두길 반복하느라, 윤재의 말은 한 귀로 들어왔다 한 귀로 나가는 중인 듯 보였다.

윤재는 손에서 태블릿을 놓고, 몸을 완전히 돌렸다.

"비겁하셨습니다."

"내가 그걸 모를까."

지석은 일방적으로 기사를 터뜨린 자신을 나무라는 윤재를 향해 픽, 웃으며 대꾸했다. 잔잔한 호수 위에 대책 없이 돌을 던진 사람치고는 평온하기 짝이 없는 투였다.

윤재는 그가 조금 더 상식선에서 그녀에게 접근하길 바랐지만, 지석은 마치 때를 기다리는 포식자처럼 자세를 낮추고 몸을 도사렸다. 도대체 뭐 하는 짓인지.

"보고 싶다. 이 네 글자가 그렇게 어렵습니까. 때론 감정에 솔직할 필요도 있습니다. 숨기는 것만이 능사는 아니니까요."

그의 의도를 모르는 것도 아니다. 어쩌면 그에게 있어 작금의 행동이 최선인 줄을 알면서도 윤재는 푹, 한숨을 내쉬었다. 피곤했는지 목을 뒤로 쭉 늘이며 지석이 말했다.

"그러게, 어렵네."

투자 종목을 고르지 못해 골머리 싸매는 것과 결이 비슷한, 무심한 말투였다. 권태로운 눈으로 고고하게 빗줄기를 바라보고 있지만, 실상 그의 속은 엉망으로 꼬이고 복잡하게 얽혀 있을 게 뻔하다. 윤재는 도무지 이해할 수 없다는 듯한 태도로 신랄하게 내뱉었다.

"그냥 속 시원하게 말하고 만나시죠. 매일 네가 보고 싶어 술로 밤을 보낸다. 보고 싶고 안고 싶어 미치겠다. 사랑한다. 네 언니는 사실⋯⋯."

바위처럼 굳은 표정의 지석을 마주한 윤재가 뒷말을 삼키고 입을 꾹 다물었다. 싸한 정적이 내려앉았다.

"사실 내 형제가 네 언니를 죽였다, 허심탄회하게 털어놓으란 소린가? 개인적인 일이야. 성가시게 굴지 말고 말조심해."

무표정한 얼굴로, 감정 없이 내뱉는 말에 언뜻 날이 서려 있었다. 선을 넘지 말라는 경고 끝에 쓸쓸한 대답이 덧붙었다.

"그렇지 않아도 내 앞에만 서면 벌벌 떠는 여자야. 진실을 알게 되면, 그렇게 고고한 여자가 날 상대해주기나 할까."

그는 해수의 눈에 비친 감정을 자신에 대한 경멸과 두려움이라고 확신하는 듯했다. 윤재가 고개를 갸웃거렸다.

"저는 단지…… 윤해수 씨도 대표님 연락을 기다리고 있지는 않을까 하는 생각에……."

그럴 리가 있을까.

반듯한 눈썹이 느릿하게 꿈틀거린다. 윤재가 제 입에 지퍼를 채우는 시늉을 하고는 시간을 확인했다.

"이제 들어가셔야 합니다."

그가 고개를 끄덕이자, 윤재는 커다란 우산을 빼 들고, 다른 우산 하나는 손에 쥔 채 뒷좌석 문을 열었다.

쏴아아―.

굵어진 장대비가 금세 널따란 어깨를 적셨다.

"차에서 대기해."

그가 우산을 받아 들었지만, 윤재는 차로 돌아가지 않고 뒤를 따랐다.

분명 바로 들어가지 못하고 한참을 서성일 게 뻔했기에.

"들어가시는 거 보고, 대기하겠습니다."

"그러든가."

예상은 빗겨나가지 않았다. 지석은 철옹성 같은 담벼락 앞에 서서 담배를 꺼냈다. 흐드러지게 핀 수국을 희미하게 일그러진 눈으로 바라보며 불을 붙였다.

세월이 흐른 지금까지도 그는 가족이라는 울타리 안에 소속되지 못했다. 채두식의 그늘에서 벗어나 독립된 회사를 운영하게 된 이유 역시, 혹시라도 그들의 몫을 탐내는 것처럼 보일까 하는 우려 때문이었다. 부의 축적이든, 권력의 획득이든, 그에게는 그저 관심 밖의 일이었으니까.

지석은 고개를 젖혀 숨을 내뱉었다. 그러곤 아지랑이처럼 퍼져가는 연기를 가만히 응시했다. 달다. 오랜만에 빨아들인 연기가 달아서 온몸이 노곤하게 풀렸다.

그런 노력에도 불구하고, 기름진 땅 위에서 배불리 먹고 자란 그들은 지석을 찍어 누르고 배척했다. 두 형제 사이에서 그가 겪은 고초는 이루 다 말할 수가 없었다. 체계와 서열을 잡기 위해서라고 했던가. 개보다 못한 취급을 받으면서도 그는 저를 거두어준 가족에 대한 감사를 잊은 적이 없었다. 학대는 익숙했고, 다시 버려지는 건 두려웠다.

담배를 깊이 빨아들일 때마다 볼이 패며 남자의 얼굴 위로 그늘이 진다. 타닥타닥, 타들어가는 끄트머리의 붉은빛이 선명했다.

그는 제 출신에 대해 별다른 생각을 해본 적이 없었다. 태어났을 때 이미 아버지는 없는 상태였고, 여자 혼자 아이를 건사하며 산다는 건, 감히 상상조차 할 수 없을 만큼 고되고 암담한 일이었을 것이다. 다만 안타까웠다. 어린 아들을 병원에 버리고 돌아서야 했던 어머니의 마음은 어떠했을까. 그날 밤 당장 가슴을 치고 후회하며 병원으로 뛰어갔을지도. 그리고 이미 사라져버린 아이를 찾아 울며 헤맸을지도 모를 일이다.

한쪽 눈을 감았던 남자가 나른한 얼굴로 눈을 떴다. 매캐하게 흩날리는 담배 연기 속에서도 새카만 빛이 짙었다.

WS그룹에 입적되고도 천덕꾸러기 같은 그의 삶은 밑바닥부터 시작이었다. 그러한 상황에서 중심을 잡는다는 게 쉬운 일은 아니었지만, 근간이 흔들리지 않기 위해 노력해왔다.

지석은 볼이 홀쭉해지도록 담배를 깊게 빨아들인 후 불을 껐다. 윤재가 미리 준비하고 있던 컵을 내밀며 말했다.

"대표님, 옷이 다 젖습니다."

"알아. 들어갈 거야."

우산을 두드리는 빗소리가 더욱더 거세진다. 제 복잡한 머릿속을 떠돌던 목소리가 이보다 더 소란스러웠던가. 지석은 한쪽 눈썹을 치켜세우며 귓가로 파고드는 고아한 목소리를 떨쳐내고, 초인종을 향해 손을 뻗었다.

"오셨습니까, 대표님."

까만 정장 차림을 한 남자는 조 실장이었다.

"오랜만에 뵙습니다."

이를테면 집사와도 같은 위치. 본가의 대소사를 도맡아 처리하는 조 실장이 허리를 꾸벅 숙이며 지석을 맞이했다.

"기다리고 계십니다. 부회장님께서는 출장 중이십니다."

가드 두 명이 지키고 선 실내는 넓기도 했지만 아무 소리도 나지 않았다. 쥐 죽은 듯이 고요하다는 말이 적격이었다. 마치 아무도 살지 않는 폐가와도 같은 선득함이 집 안 곳곳에 흐르고 있었다. 값비싼 도자기와 의미를 알 수 없는 그림들이 전시된 복도를 지나 다이닝룸에 가까워졌다. 지석이 눈매를 굳히고 자세를 가다듬었다.

"백정 새끼 왔냐."

채민석의 걸걸한 목소리가 들려왔다.

젠장, 지석은 속으로 욕을 삼켰다.

"아오, 썅. 밥맛 떨어지네. 불가촉천민 새끼."

반가운 인사가 연이어 쏟아진다. 지석은 그를 싹 무시한 채 양부모를 향해 깊숙이 허리를 숙였다.

"그간 안녕하셨습니까."

"그래. 지석아, 잘 왔다. 얼른 앉아라. 국 식겠다."

기분 좋게 맞아주는 채두식과는 대조적으로, 양어머니인 유지숙은 지석에게 눈길조차 주지 않았다. 그것이 꼭 그녀의 잘못만은 아니었다. 처음부터 원치 않던 객식구였던 데다, 제 속으로 낳은 자식들보다 대내외적으로 후한 평가를 받고 있으니 예쁠 리 있을까.

채두식이 편안한 자세로 자신의 옆자리를 권했다. 지석은 뒷짐을 진 채 고개를 숙이고 있다가 이내 그가 권한 자리에 앉았다. 마주 보고 앉은 채민석의 눈이 도르륵 굴렀다.

"야, 썹. 그 모가지에 칼빵은 언제 사라지냐, 안 그래도 밥맛인 새끼가 오버로크까지. 아주 가지가지 한다. 가지가지 해."

가벼운 시비에도 불구하고 지석은 무관심을 숨길 의지조차
없는 눈으로 대충 채민석을 훑었다.

"걱정해주신 덕분에 회복이 빨랐습니다. 감사합니다, 형님."

부드럽게 웃으며 시선을 피하지 않는 모습에 채민석은 살기
등등한 시선을 날렸다.

"눈깔아. 씨발. 이 건방진 새끼가."

"채민석, 입 다물어. 식사 자리에서 지금 뭐 하는 짓이야."

채두식의 엄포에, 채민석은 지석의 국그릇을 향해 이 사이
로 침 뱉는 시늉을 하며 이죽거렸다. 뒷골목 양아치처럼 체통
이라곤 조금도 찾아볼 수 없는 행동이었다.

그러나 형제들이 자신을 함부로 대한 것도 하루 이틀 일이
아니기에, 지석은 동요 없이 숟가락을 들었다. 일일이 대꾸할
필요가 있을까. 길어야 1시간, 그 정도의 인내는 기껍게 받아
들일 수 있으니.

"이진언 감독 영화, 투자 들어갔다고."

명치 아래가 뒤틀릴 것만 같은 묵직한 침묵을 깨고, 채두식
이 입을 열었다. 냅킨으로 입가를 정리한 지석이 예의 바르게
대답했다.

"예, 스릴러 영화입니다. 내년 여름 개봉 예정입니다."

"그래, 자고로 사업가는 도전 정신이 투철해야 한다. 되든
안 되든 들이받아보고 새로운 길을 개척해나가야지. 가만히
고여 있으면 썩어 들어가기 마련이야."

채두식은 지석의 사업에 많은 관심을 보였다.

돈을 불리는 데 남다른 재능을 가지고 있는 놈이니 언젠가는 자신의 비자금을 운용하는 일도 맡길 것이다. 그러기 위해선 조금 더 목줄을 팽팽하게 당길 필요가 있었다.

"그 영화배우 때문 아니겠어요?"

고까운 눈으로 지석을 노려보던 유지숙이 입을 열었다. 앞서 민석이 먼저 도착했음에도 민석에겐 한마디도 없던 남편이 지석에게만 살갑게 말을 건네는 게, 유지숙으로선 영 마뜩잖은 일이었다.

"둘이 대놓고 호텔까지 들락거리는 것도 모자라 주연 배우 자리까지 맡기고. 너도 참 간도 커."

유지숙이 와인 잔을 든 채, 알 만하다는 듯 코끝으로 가볍게 웃었다.

"한소라? 천민 새끼답게 끼리끼리 놀아요. 아주."

채민석의 저열한 말투에 유지숙이 미간을 구겼다.

"어머, 얘는. 엄마도 영화배우 출신이야."

"엄마가 저런 것들이랑 비교가 돼? 비교할 걸 해야지. 격 떨어지게."

유지숙은 만족한 듯이 하얀 이를 드러내며 격조 높게 웃기 시작했다. 온기라고는 전혀 없는 시선으로, 꼭 닮은 모자를 응시하던 지석이 비꼬는 기색 없이 대답했다.

"잘못 짚으셨습니다."

채두식이 느긋하게 시선을 깔았다. 2일 전, 가타부타 언질도 없이 터진 인터넷 기사 속, 아들의 품에 안겨 있던 여인이 불현듯 떠오른 탓이었다. 하얀 원피스를 입은 청초한 분위기, 비록 뒷모습뿐이었지만 상당한 미인일 게 분명했다.

어느 집 자식이길래.

가늘게 뜬 눈꺼풀 아래 야망으로 가득 찬 두 눈이 뱀의 동공처럼 잘게 번뜩였다. 채두식이 눈썹을 밀어 올렸다.

"만나는 사람 없다고 하지 않았나?"

와인으로 목을 축이던 지석이 픽, 웃으며 고개를 숙인다. 이를 본 채민석이 "미친 새끼."라고 중얼거리더니 관자놀이에 대고 검지로 원을 빙빙 그렸다.

"대답에 신중을 기하는 걸 보니, 가볍게 만나는 사이는 아닌 모양이구나."

지석이 고개를 들었다. 이윽고 시선이 마주친 부자는 잠시간 서로를 말없이 보았다. 지석이 감정을 지운 눈으로 말했다.

"의사입니다."

채두식이 눈을 번뜩였다.

두 아들과는 달리 지석은 선 시장에서 인기가 꽤 좋은 편이었다. 우월한 외적 조건은 물론 사적으로도 깔끔한 기업의 자제를 찾기란 하늘의 별 따기였기에, 입양된 아들이라는 사실도 흠이 되지는 않았다. 외려 재벌가의 사생아와 맺어질 만한 상대로는 더할 나위 없이 훌륭한 조건으로, 중매인들 사이에 오르내리곤 했으니까. 다만 채두식은 명예에 늘 목말라 있었다. 따라서 대외적으로 내세워도 손색이 없을 만한 전문직 며

느리를 얻는 것에 혈안이 되어 있었다. 온실 속 화초처럼 자란 재벌가 영애가 아닌, 제 능력으로 사회적 지위를 쟁취한 진보적인 여성. 기사 제목은 '눈 속에서 꽃 피운 사랑'이 좋겠다.

"의사라면?"

"예. 맞습니다. 제 주치의입니다."

문제는, 왜 하필 윤성태의 딸일까.

생각이 많아진다. 행여라도 진실이 알려질까 두려웠던 채두식이 눈을 가늘게 늘이며 신중하게 입을 열었다.

"네 의도가 뭘까."

가시가 있는 말 위로 흩어진 눈빛이 묘하게 서늘했다. 지석이 무슨 생각을 하는 건지 가늠해 보겠다는 듯이.

"아니, 질문을 달리하지. 내가 너를 믿어도 될까."

잠깐의 침묵이 흘렀다. 찬물을 한 바가지 들이부은 것처럼 분위기가 고요해졌다.

지석이 부드럽게 대답했다.

"회장님께서 원하시는 걸 드리겠습니다."

채두식이 비스듬하게 웃으며 고개를 끄덕인다. 차라리 잘됐다 싶었다. 적을 가까이 두면 예기치 못한 상황에 대처하기도 수월할 테니까.

지석은 앞에 놓인 그릇을 천천히 비워가기 시작했다. 자신을 향해 쏟아지는, 칼날보다 날카로운 눈빛 탓에 음식의 맛이 조금도 느껴지지 않았지만, 그는 끝까지 수저를 놓지 않았다.

chapter 8

불온함의 경계

몸을 잔뜩 웅크린 해수가 천장을 물끄러미 올려다보았다. 차게 식은 손을 주무르던 해수는 의자 등받이에 걸쳐진 무릎 담요를 끌어다가, 양반다리를 하고 앉은 무릎 위에 올려두었다.

……어이없어.

레지던트 4년 차가 목전이다. 논문의 주제를 정하는 건 어렵지 않았다. 황 교수가 선심 쓰듯 툭 던져준 주제에 살을 붙이고 피를 수혈하기만 하면 되는 건데.

답답하면 먼저 연락하라 이거지.

산란한 마음이 집중을 방해한다. 생각하지 말자, 무시하자, 뚝뚝 끊어진 신경을 이어 붙이고 싶어도 마음대로 안 됐다.

해수는 손에 쥔 볼펜을 신경질적으로 내팽개치며 시간을 확인했다. 외래가 끝난 후, 실습생들을 교육하고 연구실에 올라오니 벌써 오후 9시였다. 단 1분도 눈을 붙이지 못했다. 눈앞이 어질하다.

눈 딱 감고 1시간만 잘까. 케이스 발표 준비도 해야 하고, 수술 일정에⋯⋯. 어떡하지.

해수는 책상 위에 이마를 쿵, 박고 눈을 질끈 감았다. 치열하게 고민하는 찰나, 핸드폰이 짧게 진동했다.

바빠? 요즘 얼굴 보기 힘드네.
한가할 때 전화해. 아무 때나.

도현아, 미안한데 내가 지금 마음이 한가하지 않아.

해수는 핸드폰을 홱 뒤집으며 목덜미를 주물렀다. 고개를 바로 하고 차트를 뒤적이는데, 다시 짧게 진동이 울렸다.

누구지? 응급인가?

차곡차곡 쌓이던 사고가 지리멸렬하게 흩어진다. 핸드폰을 다시 뒤집고 시선을 비스듬히 깔았다. 메시지가 도착했음을 알리는 불빛이 깜박깜박, 느리게 점멸했다.

윤해수 씨.

저장되지 않은 번호였다.

아니, 불렀으면 말을 하든지. 이름만 툭 부르면 누가 쪼르르 달려갈 줄 아나.

"사람이 어쩜 이렇게 뻔뻔할 수가 있지?"

하얀 이면지 위, 볼펜으로 쭉 의미 없는 낙서를 잇던 해수가 헛웃음을 흘릴 때였다. 핸드폰이 책상 위를 반 바퀴 돌았다.

바쁩니까.

메시지를 1줄 이상 쓰면 손에 가시라도 돋는 건가.

희석되어 있던 감정이 슬슬 끓어오르기 시작한다. 당장에라도 전화를 걸어 쌍욕을 퍼부어주고픈 마음이 목 끝까지 차올랐다. 태연하게 눈썹이나 까딱거리고 있겠지. 왜 답장이 안 오나, 하고.

지—잉.

얼굴 좀 볼까요.

신기하기도 하지. 메시지에서도 목소리가 들리다니.

짧은 진동이 스타카토처럼 툭, 툭, 연이어 신경줄을 녹였다. 머리끝까지 무릎 담요를 뒤집어쓰고 귀를 막았지만, 자신도 모르게 또 시선이 향했다.

병원 주차장입니다.

내가 몸이 좀 안 좋습니다.

예상치 못한 메시지였다. 해수는 한참 핸드폰을 내려다보며 미간을 찡그렸다.

아프면 외래를 예약하거나, 응급실에 가면 될 일이지. 내가 아직도 본인 주치의라 착각하는 건가.

냉정하게 무시하고 차트를 집어 들었지만, 집중이 될 리 없었다. 해수는 볼펜으로 미간을 딸각, 딸각, 요란하게 누르며 고개를 저었다. 차트를 거꾸로 들고 있는 손이 어이없어서, 그리고 머릿속이 온통 난장판이라서.

"……그래, 해결해야 할 문제도 있으니까."

그를 만나야 할 명분은 이만하면 충분했다. 오늘 배달되어 온 리시안서스가 시선을 확 끈다. 커다란 살구색 꽃잎에서 배어 나온 향기가 코끝을 맴돌며 마음에 안정감을 선사했다.

해수는 결국 핸드폰을 들고 통화 버튼을 꾹 눌렀다. 그러고선 재빨리 생각을 정리했다. 약부터 건네고, 합리적인 방향으로 문제를 해결하고선 짧은 시간 내에 대화를 끝낸 후에 채지석을 보낼 것이다. 바스락, 해수는 이면지를 기세 좋게 구겼다.

좋았어. 완벽해.

딸각―.

신호음이 멎었다.

[해수야.]

낮고 묵직한 음성이 고막을 스쳤다. 쿵, 누군가가 힘주어 심장을 끌어 내린 것만 같아 곧장 대답하기가 어려웠다. 해수는 길게 숨을 가다듬고서 가벼운 농담으로 인사를 건넸다.

"존대했다가, 반말했다가 도대체 왜 그러는 거예요. 두 가지 인격, 뭐 그런 건가."

[그러게.]

귓불 아래로 낮은 웃음소리가 고인다. 수긍하는 듯한 말투에 어이가 없으면서도 한편으로는 마음이 복잡했다. 해수는 핸드폰에 바짝, 귀를 붙이며 심드렁하게 물었다.

"그래서요. 어디가 아픈 건데요."

빙글빙글 장난치는 그가 아무리 얄밉다 해도 아픈 사람을 보고 매몰차게 굴 순 없었다.

[글쎄요. 어디가 아픈 건지 잘 모르겠습니다.]

심지어 이리 대답하는 환자라 해도.

해수의 입에서 짧은 한숨이 터졌다.

"저기요. 이왕 여기까지 오신 거, 응급실이 코앞인데 그냥 들어가서 진료받으시죠."

단호하게 말하면서도 조금 혼란스러웠다. 해수는 흐트러진 감정을 수습하며 송화구를 막고 다시 숨을 길게 뱉었다. 수화기를 통해 오고 가는 숨소리가 길고 얕은 정적을 쪼개고, 갈라진 틈을 툭, 툭, 파고들었다. 지석이 말했다.

[속이 좀 안 좋은 것 같기도 하고. 보고 싶어서 이러는 거 같기도 하고.]

"……."

[그러니까, 이왕 여기까지 온 거 얼굴 좀 봅시다. 시간 많이 뺏지 않을 테니까.]

무슨 말이라도 꺼내야 한다 생각하면서도 입이 선뜻 떨어지지 않았다. 어떤 말을 하면 좋을지, 어떤 얼굴을 해야 할지, 수차례 겪어온 상황임에도 어떻게 대처해야 할지 판단이 서지 않았다. 마음이 불안하게 요동쳤다.

[나와요. 잠깐.]

잔잔하던 수면에 거센 파동이 일었다. 해수는 마른 입술을 축이며 답답한 가슴을 꾹 눌렀다. 심장이 지나치게 빠르게 뛰어 입 밖으로 튀어나가진 않을까 염려될 지경이었다. 엉켜버린 말과 너저분하게 흩어진 생각이 머릿속을 엉망진창으로 만들었다.

— 보고 싶어서 이러는 거 같기도 하고.

아닌 거 같기도 하고, 혹은 뭐 아니면 말고.

뒷말이 생략된 채, 한없이 가벼운 무게로 휙 던져진 말일 뿐이다. 그녀는 지석의 목소리에서 어떠한 감정도 읽어내지 못했다. 고작해야 형편없는 말장난이라는 뜻. 해수는 멋대로 얽히고 뒤섞인 속을 다독이며 치미는 감정을 외면했다.

그래, 이건 어디까지나 환자에 대한 올바른 의료인의 자세일 뿐이야. 방문 진료한다 생각하자. 아픈 사람을 보면서 마냥 손 놓고 있을 수도 없는 노릇이니까. 더군다나 VIP 환자가 아닌가. 그는 누구보다 극진히 모셔야 할 귀빈이나 다름없었다.

해수는 이런저런 생각을 이어가다 고개를 저었다. 미리 고민한다고 무슨 수가 생기는 것도 아니었다.

차라리 아무 생각도 하지 않는 편이 나을지도.

"배는 괜찮아요? 구토나 설사는요? 열은?"

[속만 조금 안 좋을 뿐이지, 다른 증상은 없어요. 아마도.]

오랜 시간 잠들지 못한 사람처럼 버석한 목소리였다. 설득력이 뛰어난 이목구비를 가진 남자가 작정하고 아픈 척을 하니 얼굴이 보이지 않아도 안쓰럽게 느껴진다. 아랫입술을 잘근 깨문 해수는 이마를 짚으며 거친 숨을 훅 뱉어냈다.

"어디신데요. 지하? 지상?"

질문과 동시에 의자에서 등을 떼고, 고무 슬리퍼에 발을 꿰면서도 이게 맞는 건가, 마음이 또 복잡해졌다.

[응급실 흡연 부스 앞. 보기 싫어도 아마 눈에 띌 겁니다.]

결국, 이렇게 될 줄 알았지.

잇새로 허탈한 한숨이 흘렀다. 해수는 전화를 끊자마자 서연에게 전화를 걸어 그의 이름으로 약을 처방받은 후 로비로 향했다. 그러곤 죽 집에 들러 전복죽을 주문하고 다시 엘리베이터를 탔다.

"왜 이렇게 사람을 신경 쓰이게 만들어."

해수가 시선을 내려 핸드폰을 확인한다. 5분 남짓, 그 짧은 시간 내내 머릿속은 온통 그 남자로 가득했다.

입술을 지그시 문 그녀가 마른세수하듯 얼굴을 쓸었다. 굳이 거울을 보지 않더라도, 얼굴에 붉은 열이 올라 있다는 게 여실히 느껴졌다.

"……하아, 나더러 뭘 어쩌라고."

5분이 아니었다. 호텔에서 우연히 마주친 이후, 아니 그보다 훨씬 이전부터 끊임없이 잇따라, 그를 생각해왔다는 건 누구보다 그녀가 가장 잘 알고 있었다.

사실은 몇 번이나 고민했었다. 전화를 걸어볼까, 메시지를 보낼까. 그렇게 주저하다 응급이 와서 미루고, 당직 때문에 시간이 늦어 망설이기를 반복했다.

자신의 마음이 어디로 향하고 있는지, 무엇을 원하고 있는지 알면서도 선뜻 남자를 향해 손을 내밀기가 쉽지 않았다.

이것은 일종의 트라우마에 가까웠다. 지옥 같은 현실을 외면하며 살았던 불우한 마음이 흉터처럼 삶에 남은 탓이다.

겁쟁이.

윤해수는 하나부터 열까지 계산하고 저울질해가며 위험 부담이 적은 길을 선택하는 사람이었다. 지금이라고 다를 게 있을까.

"괜찮아. 그냥 아파서 온 것뿐이야."

해수는 생각을 정리하며 입술을 매만졌다. 부푼 입술을 세게 씹어 난 잇자국은 우유부단한 스스로를 질책한 흔적처럼 느껴졌다.

6층에서 스르륵 엘리베이터가 열린다. 약이 든 쇼핑백을 든 채 짝다리를 짚은 서연이 보였다. 인상을 찌푸린 그녀는 설명을 요구하는 얼굴로 휘적휘적 다가왔다.

"저기야. 너 지금 뭐 하는……."

"번거롭게 해서 미안해……. 뭐, 아프다니까."

그녀의 초조한 기색에서 불길한 전조가 읽혔다.

서비스 정신 한번 투철하네.

어이를 상실한 서연이 헛웃음을 흘렸다.

응급실이 코앞인데 굳이 널 불러내는 사람이나, 부른다고 머리칼이 산발이 된 것도 모른 채 달려가는 너나.

"……웃기시네. 어유, 됐다. 바보는 가라."

마뜩잖게 혀를 찬 서연은 머릿속을 채운 의문을 걷어내고 속 깊은 한숨을 내쉬며, 약이 든 쇼핑백을 해수에게 건넸다.

후덥지근하게 불어오는 밤바람에 잔머리가 흩날렸다. 오락 가락하는 장맛비 탓에 날씨는 한층 더 꿉꿉하게만 느껴진다. 주차장과 연결된 스피커에선 산뜻한 클래식 선율이 흐르고 있었다.

"안녕하십니까. 형수님…… 아니 선생님."

생각할 겨를도 없이 달려 자동문을 통과한 해수가 허리를 굽힌 채 가쁜 숨을 몰아쉴 때였다. 잔머리를 쓸어 올리던 해수의 눈앞으로 잿빛 손수건 하나가 불쑥 들이닥쳤다. 동그란 이마에 송골송골 맺혔던 땀이 한줄기 흘러내린다. 갑작스러운 접근에 놀라 굳었던 해수가 허리를 세우며 뒤늦게 반응했다.

"아, 안녕하셨어요."

가지런한 치열을 드러내며 웃고 있는 남자는 그의 비서였다.

"죽을병에 걸린 것도 아닌데, 천천히 오지 그러셨어요."

이런 어색한 분위기에 익숙하다는 듯, 윤재는 늘 봐왔던 사람인 양 자연스레 대화를 이어갔다. 멋쩍어진 해수가 괜스레 변명하듯 고갤 저으며 쇼핑백을 들어 보였다.

"이거요. 얼른 전해드리고 올라가봐야 해서."

"많이 걱정하신 거 같은데요."

그가 농담입니다, 하고 바로 덧붙이긴 했지만 따라 웃을 기분은 아니었다. 관자놀이를 타고 흐르는 땀을 소매로 꾹꾹 누르며, 해수가 얼굴을 붉혔다.

"속이 안 좋다고 하셔서요. 목소리도 무척 어두운 것 같고."

"뭐, 보기에는 사지 멀쩡합니다. 저 속은 엉망이겠지만."

아픈 속을 일컫는 걸까, 아니면 마음을 뜻하는 걸까.

해수가 생각에 잠긴 사이, 윤재가 어둠 속 어느 한 지점을 향해 손을 뻗으며 말을 이어 갔다.

"기다리고 계실 겁니다."

"아, 네. 이만 가볼게요."

하긴 진창인 게 마음이라 해도, 자신이 어떻게 해줄 수 없는 일이었다.

이유 없이 아릿해지는 속을 다독이며 해수가 발을 뗐다.

띄엄띄엄 희미하게 점등된 가로등 빛이 채 닿지 않는 어둠 속, 그곳에 남자의 차가 있었다. 위압감이 느껴지는 검은 세단 두 대가 양옆을 철벽처럼 둘러싼 채였다. 일대는 완연한 적막과 암흑 속이었다. 순간 바람이 일었다. 나뭇잎과 가지가 요란스럽게 스치는 소리가 들려왔다.

문득 해수는 걸음을 멈추고 본능적으로 주변을 둘러보았다. 그의 차량 주변을 그림자처럼 배회하며 경계하는 수행원만 해도 여럿이었다. 시야를 압박하는 위화감에, 해수는 수 초 동안 답답한 숨을 골랐다.

목숨을 위협받은 적이 있으니, 신변 보호에 신중을 기하는 게 당연한 일이겠지, 생각하면서도 문득 살벌한 세계에 몸담은 남자라는 게 다시 한번 실감이 났다. 그런 남자와 가까워진다는 건…… 아무리 상상해도 긍정적인 미래가 그려지지 않는다. 해수는 고개를 젖혀 밤하늘을 응시했다. 별 하나 보이지 않는 까마득함에, 절로 긴 날숨이 터져 나왔다.

달깍—.

문을 열고 뒷좌석에 올라앉자마자 눈앞이 핑 돌며 갈증이 일었다. 피로가 누적된 탓일 것이다. 24시간을 깨어 있으면, 누구나 정상적인 사고에서 아득히 멀어지기 마련이니까.

"안녕하세요."

기분이 이상하게 들썩이는 걸 외면한 채, 해수가 크게 숨을 들이켰다. 남자의 냄새로 가득한 공간에 있으려니 그가 가진 묵직한 존재감의 한가운데로 자진해 들어온 기분이 들었다.

"식사는."

파이프 관을 울리는 듯한 목소리였다. 순간 이유 없이 심장이 발끝까지 뚝, 떨어졌다가 솟구쳤다.

"먹었어요."

"더 길게 말해봐요. 목소리 좀 듣게."

해수는 생수병을 열어 입술 사이로 밀어 넣으며 저녁 메뉴를 떠올렸다.

"음…… 삼각 김밥이요. 컵라면이랑."

"바빴나 보네. 고작 그런 걸 먹고 밤새 버텨지나."

힘차게 물을 넘겨내는 해수의 목선을 따라, 집요하게도 시선이 붙는다. 그 고요한 눈빛을 받고 있자니 절로 숨이 말려 들어갔다. 욕망이 적나라하게 붙은 시선으로 해수의 입술을 바라보던 그가 말을 이었다.

"잘 먹네. 나눠 먹을까요. 내내 굶어서 그런지 나도 허기가 지는데."

"드세요."

실컷 목을 축인 그녀가 지석의 가슴께로 생수병을 툭 들이밀었다. 얼마 남지 않은 생수가 페트병 밑바닥에 깔려 찰랑, 잔물결을 일으킨다. 미처 삼켜지지 못한 물방울이 자그마한 턱을 타고 흘러내렸다.

그가 손을 뻗어왔다. 커다란 손이 아무렇지도 않게 해수의 입가를 훔쳤다. 마치 제 얼굴인 양 태연한 손놀림이었다.

"나 안 보고 싶었습니까. 왜 이렇게 연락을 안 해."

"아……."

입꼬리에 손이 닿은 채, 그녀가 입술을 살짝 벌려 짧은 탄식을 흘렸다. 잠시나마 거칠어진 숨. 두 사람의 시선이 정확하게 맞붙었다. 지석이 헛웃음을 흘리며 능청스럽게 말했다.

"멀쩡해 보이네요. 나는 목이 빠지는 줄 알았는데."

응? 되물으며 미끄러지듯 내려온 남자의 손이 자그마한 턱을 잡고 문지른다. 어떻게든 원하는 대답을 듣고 말겠다는 태도처럼 느껴져 괜한 반발심이 일었다. 해수는 담담하게 남자의 손을 떼어내며 목소리를 가다듬었다.

"죽은 집에 가서 데워 드세요. 위장 보호제는 식사 전에 드

시고, 당분간 술이나…….'

뜻밖의 손길이 그녀의 마음을 어수선하게 흔들었다. 해수는 마른 입술을 살짝 핥으며 차분하게 숨을 골랐다.

"……술이나, 자극적인 음식은 드시지 않는 게 좋아요. 시간 나면 가까운 병원에 가서 영양제라도 맞으세요."

해수는 울렁거리는 마음을 진정하기 위해 쇼핑백 모서리를 꽉 쥐었다. 송곳처럼 날카로운 부분이 손바닥에 쿡 박혀 들어갔다. 지석이 김빠진 웃음을 흘리며 미간을 긁었다.

"알지 않나. 윤해수 씨 아니면, 내 몸에 주사 바늘 꽂을 수 있는 사람 아무도 없다는 거."

어떤 식으로든 이 만남이 이어지게 되리란 말처럼 들려왔다. 해수는 멋쩍은 얼굴로 고개를 끄덕이며 땀이 맺힌 목덜미를 매만졌다. 그리고 생각해온 말을 뱉었다. 꼭 짚고 넘어가야 할 문제이기도 했다.

"여쭤보고 싶은 게 있어요."

뭐든지, 지석은 한쪽 입꼬리를 삐딱하게 올리며 아랫입술을 느리게 핥았다. 해수가 입술을 맞물었다가 마른침을 넘기며 말했다.

"기사 말인데요."

"음, 우리 열애설 기사."

지석이 해수의 말을 느리게 정정하며 계속 말해보라는 듯 눈썹을 밀어 올렸다. 보통 사람보다 한 톤 낮은 음색은 늘 그렇듯 조금 서늘하게 들려왔다. 해수는 침착하게 이야기를 이어갔다.

"도대체 왜 그러신 거예요? 시간, 감정 낭비해가며 본인에게 득 될 것도 없는 일을……. 제 상식으론 도무지 이해가 가질 않아서요."

그는 주먹으로 제 허벅지를 툭, 툭, 느리게 두드렸다. 뭔가 생각에 잠긴 듯한 얼굴이었다. 침묵은 꽤 길었다. 생각을 정리한 그가 말을 이었다.

"사람마다 상식의 척도는 다른 법이니까. 그리고 윤해수 씨의 이해를 구하려는 시도는 이미 충분히 한 것 같은데."

마치 독백과도 같은 대답이었다. 해수가 그의 말을 미처 이해하기도 전에 말이 이어졌다.

"다 이해하고 살 필요 있나. 골치만 아프지. 그냥 받아들여요. 그럼 편해질 테니까."

전혀 웃을 상황이 아닌데 헛웃음이 샜다. 그냥 받아들인다고 해서 편해지는 건 세상 어디에도 없다는 걸 아는 탓이었다. 그럼에도 해수는 납득한 사람처럼 고개를 끄덕였다.

"이유도 없나요? 없다고 하시면, 저도 그렇게 이해하고……."

"이유?"

지석이 터트리듯 짧게 웃었다. 그딴 게 왜 필요하냐 묻듯, 빈틈없이 반듯하던 남자의 얼굴이 비스듬히 기울었다.

"아무리 기다려도 연락이 오질 않기에, 목마른 놈이 우물 좀 팠습니다."

열애설 기사가 나면 연락이 올 거라 생각했단 뜻인가.

해수는 느슨하게 올라가는 그의 입꼬리와 제게로 망설임 없이 뻗어오는 팔을 바라보며 할 말을 잃었다.

"그러니까 해수 씨도 그냥 보고 싶었다. 이 한마디만 해요. 어려운 일 아니잖아."

미간을 굳힌 지석이 그녀의 무릎 위에 덩그러니 놓인 쇼핑백을 휙, 거두어내며 허공에 붕 뜬 가느다란 팔을 낚아채 당겼다. 순식간에 몸이 가까워지며 눈이 마주쳤다. 서로의 감정을 읽어내기엔 충분한 거리.

남자의 목적이 무엇인지 뻔히 알면서도, 기꺼이 그의 영역 안에 발을 들인 것 또한 자신임을 깨닫는 데는 찰나의 순간이면 족했다. 심장이 가쁘게 뛰었다. 찬물을 들이부어 식히고픈 마음과 끓어넘치도록 놔두고픈 마음이 첨예하게 대립했다.

침묵하던 지석이 깊은 한숨을 내쉬며 덧붙였다.

"빈말이든 거짓말이든, 난 다 좋으니까."

팔목을 감싼 남자의 체온은 적도의 태양처럼 뜨겁다 못해 펄펄 끓고 있었다. 해수가 대답하지 않자 지석이 한숨 같은 웃음을 흘리더니 좀 더 상체를 기울인다. 코앞까지 다가와서야 행동을 멈춘 남자에게선 위험한 향기가 물씬 풍겼다. 눈앞에서 그의 입술이 느른하게 벌어졌다.

"또 나만 보고 싶고, 나만 궁금했던 건가. 서운하게."

애원하는 듯한 목소리가 닿을 듯 말 듯 입술을 간지럽혔다. 열이 오른 얼굴을 슬쩍 가린 해수는 종말을 앞둔 사람처럼 고단한 낯으로 그의 시선을 피했다. 말이 되지 못한 마음은 곧

270

한숨이 되어 삼켜졌다.

그가 보고 싶었다. 단 하루의 여유도 없이. 남자의 존재는 각인처럼 남아 해수를 불면의 바다에 밀어 넣었다.

하지만 생각에 불과한 것들이 입 밖으로 나오는 순간, 실체가 된 말에 대한 책임은 오롯이 자신이 짊어져야 했다. 게다가 그는 해수가 바라는 소소한 행복과 마음의 안식을 줄 수 있는 남자가 아니었다. 거칠고 불안한 남자의 세상에 몸을 던질 용기 따위는 더더욱 없었다. 안온하고 안정적인 삶, 그와는 거리가 먼 이야기였다. 더는 누구도 잃고 싶지 않았다. 해수는 달아오른 눈가를 꾹 누르며 낮게 한숨을 쉬었다.

고단한 정적이 이어졌다. 공기는 너무도 잠잠했고, 들리는 거라곤 서로의 숨소리가 전부였다. 견고한 철옹성으로 둘러싸인 차체 너머론 빛 한 점, 소음 하나 넘어오지 않았다.

낚아챈 손을 깍지 껴 자신의 허벅지 위에 올려둔 남자가 가녀린 손을 투박하게 매만지며 침묵을 깼다.

"내가 그렇게 별로였나. 하나부터 열까지 다 문제라고 단정지을 만큼?"

해수는 천천히 고개를 들었다. 완벽한 모양을 띤 눈썹 사이가 옅게 패는 게 보였다. 남자는 몹시도 피곤해 보였다. 마치 세상의 고난을 홀로 짊어진 사람처럼. 잠시 생각에 잠겨 있던 남자의 시선이 허공에 머무르다 다시 그녀에게로 향했다.

"왜요. 내가 도덕적이지 않은 짓이라도 하고 사는 놈인 것 같아서?"

그간의 생각을 읽힌 것만 같아, 해수는 찬찬히 생각을 흘려보냈다. 결박된 시선은 여전히 그를 향해 있었다. 선명한 목울대가 상흔을 찢고 튀어나올 듯이 일렁이는 게 보였다. 자학과도 같은 질문이 이어졌다.

"해수 씨 눈에도 내가 비열하고 더러운 짓이나 하고 사는 깡패 새끼로 보입니까?"

지석은 그런 침묵 또한 이해한다는 듯이, 그녀의 뺨을 무심히 쓸어내리며 웃었다. 왜일까, 자조적인 웃음소리가 칼날처럼 귓속에 쑤셔 박히는 기분이 드는 건…….

해수는 목을 조이는 남자의 시선을 외면하며 입술을 깨물고, 이마를 찡그렸다. 괴로웠다. 무수한 말들이 입을 열고 튀쳐나가려 했다.

사실 늘 궁금했어요. 밥은 잘 먹는지, 아픈 데는 없는지, 누굴 만나 뭘 하는지, 잠은 잘 자는 건지. 먼저 연락이 오길 바랐어요. 그리고 아무렇지도 않게 이따 보자는 말을 해주길 바랐어요. 왜냐하면…….

"너라도 날…… 믿어줄 순 없었을까."

환청처럼 먹먹한 남자의 목소리는 지금이라도 늦지 않았으니 도망가란 경고처럼 들려왔다. 무슨 일이 일어날지 알면서도 피하지 않음을 열렬히 비웃는 것 같기도 했다.

생각만으로 해결될 문제는 하나도 없었다. 피식, 헛웃음이 다 나왔다. 잠이 부족해 제정신이 아닌 것 같다 느낀 해수가 시선을 들어 올린 순간, 시퍼런 두 눈이 복잡하게 얽혔다.

그가 조용히 긴 숨을 내쉬었다.

"그냥 그러는 척이라도 해볼 순 없었어?"

삐―, 머리를 찌르는 이명이 쏟아졌다. 떨리는 숨 사이로 그의 입술이 가까워지고 있었다.

"……흡."

시선이 쏟아지고, 순식간에 눈앞이 어두워지는가 싶더니, 숨결이 성글게 얽혔다. 자그마한 턱을 붙든 지석은 그녀의 입술 아래, 오목하게 패인 부분을 얇고 보드랍게 제 입술을 눌렀다.

서로의 온기를 충분히 느끼되 불온함의 경계를 넘지 않는 선. 소름 끼치도록 애매한 경계선을 사이에 두고 질척거리는 소리가 들려왔다. 귀를 틀어막고 싶었으나 단단한 팔에 결박된 터라 그조차 여의치 않았다. 야릇한 소리, 생경한 감각이 혼몽해진 정신을 더욱 뒤흔들어놓았다.

이런 걸 두고 키스라 부를 수 있는 걸까, 아니 이래도 되는 걸까.

입술조차 닿지 않았는데, 숨이 뒤섞이고, 혀가 비벼지는 기분이 들었다. 가쁜 숨이 목 끝까지 찼다. 해수는 저도 모르게 입술 안쪽 여린 살을 짓씹으며 끝도 없이 부풀어 오르는 야릇한 감각을 버텼다.

"아……. 자, 잠시만."

짙고 농밀해진 숨이 불시에 목덜미를 덮쳤다. 눈꺼풀이 떨리고, 둘 사이의 사소한 소음들이 멀어지고, 번쩍이던 시야가 어둠 속으로 가라앉는다. 정신 사납게 뛰어대던 심장 소리마저 그저 아득했다.

"⋯⋯아!"

자꾸만 몸이 기울어진다. 불안해진 해수는 그의 넥타이를 뜯어낼 듯이 거머쥐었다. 뭐라도 잡지 않으면 까마득한 벼랑 아래로 추락할 것만 같아서. 그게 동아줄인지 아닌지 생각할 여유조차 없었다. 어둑하게 가라앉은 시선으로 흐트러진 그녀의 얼굴을 훑어내린 지석이 이마를 맞대오며 거칠게 숨을 몰아쉬었다.

"그래, 해수야. 꽉 잡아. 네가 지금 붙잡아야 할 사람이 누군지 똑바로 봐."

그는 끝내 키스하지 않았다. 다만 해수의 땀방울이 흘러내린 궤적을 따라 낙인을 찍듯 집요하게 입술을 짓누르고 우뚝 솟은 콧날을 문질렀다. 탁한 숨소리가 남자의 목을 그윽하게 울렸다.

"⋯⋯하아."

해수의 가슴이 크게 부풀었다가 줄어들었다. 머릿속에 고여 있던 생각들이 진득하게 녹아 어느 한 지점을 향해 응축되는 기분이었다.

이미 닿아 있음에도 그는 더 밀착하지 못해 안달 난 사람처럼 몸을 붙여왔다. 가쁜 호흡으로 들썩이는 가슴과 반쯤 감긴 눈빛은 해소되지 못한 욕망으로 빼곡했다. 그게 해수의 눈에도 읽혔다.

반면, 잘게 떨리는 그녀의 눈동자에는 짙은 두려움과 호기심이 복잡하게 뒤섞여 있었다. 이게 무슨 상황인지, 또한 일이 어떻게 커지고 있는지, 앞으로 어떤 일이 벌어질지. 다급해진 맥박이 달음박질쳤다. 치받는 긴장에 숨이 가빠와 더는 견딜 수 없었다. 그가 만들어낸 소용돌이에 죄다 삼켜질 것 같아 덜컥 겁이 났다.

"이제, 그만. 제발…… 그만해요."

마치 잘 길들인 맹수처럼, 잔뜩 흐트러진 남자는 순순히 물러났다. 도드라진 목울대가 위로 솟았다가 훅, 꺼지는 게 보였다. 여전히 시선만은 구속하듯 그녀에게 닿은 채였다.

은밀한 기분에 사로잡힌 해수는 그의 목에서 얼굴로, 다급히 시선을 끌어 올리곤 주저하듯 입술을 물었다. 계속되는 이명에 귀가 멍하다 느껴질 때쯤, 남자가 느릿하게 입을 열었다.

"……내가 왜 우물을 파야 했는지, 이만하면 충분히 대답이 됐겠습니까?"

머지않아 커다란 손이 긴장을 풀어주듯 볼을 툭, 건드리고 거두어졌다. 고개 들어 바라본 남자는 언제 그랬냐는 듯 저 혼자 반듯하고 금욕적인 모습으로 돌아가 있었다. 그가 흐트러진 넥타이의 매듭을 매만지며 건조한 목소리로 덧붙였다.

"득이 될 게 있을지, 없을지는 우물 판 놈이 알아서 판단할 일이고."

새카맣고 짙은 눈동자가 공간을 가르고 해수를 훑어 내린다. 충돌하듯 뒤섞인 시선이 서로의 생각을 읽어내기 위해 침범하고 파고들었다. 숨길 생각조차 없는 듯한 욕구가 눈동자

위로 거칠게 너울졌다.

그리고 생각이 멈췄다. 해수는 그의 그림자에 잡아먹힌 채 그 어떤 사고조차 이어가지 못했다.

바야흐로 완연한 여름. 강풍을 동반한 거센 비가 몰아칠 거라는 기상청의 예보를 비웃기라도 하듯, 불볕더위에 세상이 녹아내릴 것만 날씨였다. 서늘한 유리창 너머 세상은 화염 같은 기세로 달구어지고 있었다.

"이러니 노비를 해도 대감 집 노비를 하랬다고. 우리 병원 경치가 예술은 예술이야. 보기만 해도 숨통이 탁 트이네. 이 더운 날 휴가 가면 뭐 별거 있나? 안 그래요, 해수 쌤?"

프랑스에서 특별 초빙한 조경사가 심혈을 기울여 조성한 이사장의 역작, 서원대 병원의 상징과도 같은 하늘 정원이 훤히 내려다보인다.

콧노래까지 흥얼거리며 긍정의 기운을 전파하는 수간호사의 말에 해수도 싱긋 맑게 웃었다.

"그러게요. 경치도 보고, 맛있는 짜장면도 먹고…… 이런 게 호사죠. 뭐."

화창한 오후의 풍경을 마치 이름 모를 명화 감상하듯 무심한 눈으로 훑어낸 해수는, 그보다 더 가치 있는 쟁반 짜장을 앞에 두고 젓가락을 툭, 쪼갰다.

그날 이후 남자에게선 아무런 연락도 없었다. 해수는 환자를 돌보는 일에 온 신경을 쏟고, 몸을 혹사했다. 그로부터 며칠이 지났는지, 시간의 흐름조차 의식하지 않으려 애썼다. 조금의 틈이라도 내비치면 시계태엽은 어김없이 그 순간을 향해 거꾸로 돌아갔다. 공간을 채웠던 열기와 입술에 닿을 듯 말 듯 성글게 얽히던 숨결 따위의 것들이 자꾸만 떠올랐다. 그럴 때마다 심장이 덜컹 내려앉는 것 같은 기분이 들어 곤란해지곤 했다. 다시 생각해도 어딘가가 고장 났던 게 분명하다 느껴질 만큼 불순한 기억이었다.

아무런 기록도 남지 않은 핸드폰을 물끄러미 내려다보던 해수가 이내 고개를 저으며 말했다.

"그리고 김동희 선생님 환자들이요. 내일까지는 제가 오더 낼 거예요. 이따 밤에 노티(보고) 할 일 있으면 저한테 연락 주세요."

"그럴게요. 그런데 오늘도 당직이에요? 요즘 너무 무리하는 거 아니야?"

수간호사가 앞 접시에 덜어낸 볶음밥을 건네주며 말했다. 해수가 연하게 웃으며 단무지 그릇의 비닐을 벗겼다. 툭, 균열 간 틈을 타고 어김없이 그가 떠올랐다.

─ 해수 씨 눈에도 내가 비열하고 더러운 짓이나 하고 사는
    깡패 새끼로 보입니까?

그렇게 말을 하던 남자의 눈빛과 목소리가 잊히질 않았다. 누군가에게 이해를 받고, 지친 마음을 기대고 싶은 사람의 처

절한 몸부림과도 같은 눈빛.

아니라고, 그렇게 생각한 적 없다고 말했어야 했는데, 그러
질 못했다. 그게 계속 마음에 걸렸던 탓인지, 그 말을 다시 떠
올리는 데 순간 욱신거리며 가슴이 아팠다. 다시 만나면 솔직
하게 말을 해줘야지. 하나부터 열까지 다 문제라고 말을 했던
건, 결국 전부 다 내 문제였다고. 사람과의 관계에서 무엇을
줄 수 있을 것인가를 생각하기보다는 얼마나 잃을 것인가에
대해 골몰하는 내 못난 마음 탓이라고.

지—잉.

> 다음 주 토요일 11시, 맛있는 거 먹으러 갑시다.
> 데리러 갈 테니 준비하고 있어.

서서히 숨을 고르며 핸드폰을 확인한 그녀의 속눈썹이 파르
르 떨렸다. 모든 것이 이제는 운명에 순응하라며 그녀를 독려
하고 있었다.

[상계동 부부, 의문의 행방불명 사건이 일어난 지 2주째, 아
무런 단서도 찾지 못해 수사에 난항을 겪고 있습니다.]

지석은 해수에게 문자를 보낸 뒤 탁, 소리 나게 서류를 덮으
며 일어났다.

소파에 우뚝 앉아 있던 윤재가 재빨리 뉴스를 소거했다. 순

식간에 찾아든 적막. 흠, 윤재가 목을 가다듬으며 말했다.

"영상은 어떻게 하실 생각입니까? 당연히 제보하실 줄 알았는데."

지석은 대답 대신 사무실 한편에 숨겨진 비밀 금고를 열어 USB를 툭, 던져 넣었다. 벽 한 면을 가득 채운 금고 내부는 시기별로 정리된 기밀문서들과 각종 저장 매체로 빼곡했다.

"저딴 걸로는 아무것도 엮어내지 못해. 어설프게 덤벼들었다간 저들에게 허울 좋은 빌미만 제공해줄 뿐이지. 때가 될 때까지는 극비 사안이야."

USB에 저장된 것은 김상철에게 감시 붙여둔 이의 카메라에 찍힌 납치 영상이었다. 이도현을 비롯한 채홍석 수하들의 짓이었다. 그들이 김상철 부부를 끌고 간 곳은 개발 초기여서 공사가 한창인 강릉의 관광단지 부지였다. 사건은 여전히 미궁 속이었다.

공사장으로 끌려간 그들이 어떻게 처리되었을지는 눈으로 보지 않아도 알만했다. 영구 미해결 사건으로 남을 거라 짐작한 지석이 책상 위에 걸터앉으며 딸깍, 딸깍, 라이터를 열고, 닫길 반복했다. 그러다 딸깍. 산만한 소음이 불시에 멈추었다.

고민할 거리도, 길게 생각할 것도 없었다. 창가로 다가간 그는 창틀에 양손을 짚은 채 몰려오는 먹구름을 내다보며 생각을 정리했다.

윤해수를 가지기 위해 시작한 일이니 자신은 원하는 것만 손에 쥐면 그만이다. 모든 일은 순조롭게 진행되고 있었다. 그럼에도 막막한 기분이 드는 이유는 뭘까.

지석은 신경질적으로 미간을 문지르며 핸드폰 화면을 물끄러미 바라보았다. 검게 물든 액정에 낯선 얼굴이 비쳤다. 남자의 얼굴에는 이유 없이 온갖 감정들이 휘몰아치고 있었다. 길게 한숨이 나왔다. 이렇게나 기분이 더럽게 요동치는 건 실로 오랜만에 겪는 일이었다.

─ 너라도 날…… 믿어줄 순 없었을까.

문득 무구하게 빛나던 눈동자 아래 격정적인 감정으로 굽이치던 윤해수의 얼굴을 떠올렸다. 등신같이 기대를 하게 만드는 눈이었다.

어쩌면 너도 날 마음에 두고 있는 건 아닐까.

물론 말도 안 되는 망상이라는 건 알고 있다.

무엇이든 할 수 있지만, 아무것도 할 수 없는 상황에 숨이 막혔다. 더 꼴같잖은 건 그녀를 상상하는 것만으로도 터질 듯이 반응하는 몸이었다. 잘게 조각난 사념들이 제멋대로 뒤엉키며 간신히 붙들고 있던 이성을 착실히 녹여갔다.

"과연, 윤해수 씨가 대표님의 제안을 받아들일까요? 이게 말이 좋아 계약이지……."

이맛살을 구긴 윤재가 주먹을 꽉 쥔 채 고개를 터는 걸 보며, 지석은 너저분한 상념에서 빠져나와 허탈하게 웃음을 터뜨렸다.

"거기까지. 내 아내가 될 사람 걱정까지 네가 해줄 필요는 없어."

주사위는 이미 던져졌다. 감정을 지워낸 그가 사무실 한편에 마련된 드레스 룸을 향해 성큼 걸음을 옮겼다.

비록 시작은 나락일지라도, 그 끝은 창대하게 만들어주면 될 일 아닌가. 더군다나 그녀를 향해 사방에서 뻗어올 마수를 막아줄 사람은 자신이 유일했다. 그 사실 하나만으로도 그는 큰 만족감을 얻었다.

커프스 링크를 매만지며 드레스 룸을 나선 지석이, 모든 준비를 마쳤다는 듯 재킷을 말아쥐고 허리를 곧추세웠다.

톡, 톡, 창문에 부딪히는 규칙적인 소음이 차분한 실내를 울렸다. 까마득한 하늘 위로 구름이 몰려오는가 싶더니, 기어이 한바탕 비가 퍼부을 모양이었다.

약속 장소로 향한 지석은 가만히 창밖의 전경을 응시했다. 아직은 해가 떠 있을 시간임에도 먹구름이 층층이 쌓인 하늘은 동트기 전의 새벽처럼 어둑했다.

벽에 붙은 시계로 갔던 시선이 곧 정면을 향했다. 남자는 피곤한 목덜미를 뒤로 길게 늘이며 넥타이 매듭에 손가락을 끼워 넣었다.

건설 마무리 단계인 화성의 물류 창고를 둘러보고 오는 길이었다. 굳이 자신이 가서 확인할 필요까지는 없었으나, 그는 늘 바삐 움직이는 게 습관처럼 몸에 밴 사람이었다.

각종 한방차 냄새로 가득한 전통 찻집은 특유의 고즈넉한 정취가 느껴졌다. '다반사'라고 적힌 현판에 시선을 두며 넥타이를 완전히 풀어낸 순간……. 딸랑, 정겨운 종소리와 함께, 윤성태가 누긋한 비 냄새를 몰고 다가왔다.

"갑자기 비가 쏟아지는 바람에 어찌나 차가 밀리던지. 됐네. 일어날 필요 없어. 어서 앉게."

기어코 몸을 일으킨 지석이 송구스러운 얼굴로 허리를 굽혔다.

"오셨습니까."

안색이 좋지 않았다. 무언가에 쫓기듯 초조함이 깃든 얼굴에선 며칠 전 보았던 중후한 모습은 찾아보기 어려웠다. 낡은 서류 가방에서 파일을 꺼내 든 윤성태가 퍼석한 목소리로 말했다.

"열어보게."

지석의 시선이 불안하게 떨리는 윤성태의 두 눈을 향했다. 짧게 한숨을 쉰 지석이 서류 파일을 옆으로 밀어내며 직원을 호출했다.

"서두를 거 있겠습니까."

제안은 분명 거절당할 거라 예상했다. 물론 쉽지 않은 결정이었을 것이다. 명예를 중요시하는 사람들이 으레 그러하듯, 윤성태 역시 자신에게 쏟아지게 될 비난과 규탄을 견뎌내기 어려울 테니까.

어깨를 적신 빗물을 탁탁, 털어내며 긴장을 누그러뜨린 윤성태가 낮게 한숨을 쉬며 한참 만에 입을 열었다.

"김상철이 실종됐다더군······. 그치들 짓이겠지."

"확실친 않지만, 예. 아마도요. 김상철은 여전히 감시 대상이더군요."

"천하의 불한당 같은 놈들."

차를 주문받은 직원이 자릴 뜨자, 지석이 얕게 고개를 끄덕이며 서늘한 눈으로 돌아가 조심스레 말했다.

"기분이 어떠신지, 여쭤봐도 되겠습니까. 따님을 해한 사람이 그렇게 됐는데."

순간의 결정은 모든 걸 앗아간다. 사람을 죽인 죗값을 치렀다고 후련해하기엔 결과가 지나치게 참혹했다. 윤성태는 참담한 심정으로 고개를 떨구었다. 회한에 잠긴 목소리가 탁하게 흘렀다.

"장례식장에 와서도 반성하는 기색 하나 없이 큰소리치던 기사 놈 부부를 생각하면······ 아직도, 치가 떨리네만. 이제와 달리 무슨 말을 하겠나. 내 입이 열 개라도 할 말이 없네."

"선처를 해주신 이유는 뭡니까."

3년 전, 윤성태의 대인배적 행보는 세간의 이목을 끌었다.

법의학계의 거장 윤성태, 자식의 죽음 앞에서도 의연한 대처

파격적인 선처로 대중의 환심은 샀을지언정 자식의 이해까지 끌어내기엔 역부족이었다. 아무런 상의도 없이 멋대로 결정 내린 아버지를, 해수는 끝내 납득하지 못했다.

앞에 놓인 찻잔 속에 투영된, 울먹이던 해수의 얼굴을 물끄러미 바라보던 윤성태가 괴로운 듯 얼굴을 일그러뜨렸다.

"이유야 뻔하지 않은가. 겁박과 굴종. 하나 남은 딸마저 잃고 싶지 않았던 못나디 못난 아빠의 마음이지. 하지만 그때 끊어내지 못한 게 천추의 한이야. 이렇듯 지난하게 우리 가족을 괴롭힐 줄 알았다면……."

뒷말을 흘려보낸 윤성태의 눈앞으로, 지나간 세월이 주마등처럼 스쳤다. 자신은 가정을 돌볼 줄 몰랐고, 무뚝뚝함을 가장한 무관심으로 일관된 삶을 살아왔다. 사회적인 지위와 명예, 무사안일만을 추구하던 이기주의적인 태도는 결국 가정의 파국으로 이어졌다.

― 존경할 수 있는 아빠가 있다는 게 얼마나 자랑스러운 일인데. 아빠 진짜 최고야!

그렇게 말을 하며 햇살처럼 환히 웃던 해수의 미소가 떠올랐다. 두 번 다시 볼 수 없을 얼굴이었다. 윤성태가 찻잔을 들어 목을 축이며 경련하듯 떨리는 손끝을 말아쥐었다.

"염치 불고하고, 내 자네에게 해수를…… 믿고 맡기겠네."

눈을 감은 지석이 숨을 천천히 깊게 들이마신 후, 빠르게 내뱉었다. 그러다 문득, 등줄기에 낙뢰가 내리꽂히는 듯한 기분을 느끼며 서류 파일을 손에 쥐었다. 짧은 침묵이 흘렀다. 놀란 기색을 감추며 잠금을 풀고 서류를 꺼내 든 지석이 아무렇게나 얼굴을 쓸었다.

"저는 박사님께서 거절하실 거라 예상했습니다."

예상은 보기 좋게 빗겨나갔다. 윤성태는 지석이 제안한 계약서에 서명했다.

"모두가 사는 방법이라고, 자네 입으로 말하지 않았나."

묘한 감정에 복잡해진 윤성태는 파일 끝을 구기듯 쥐고 있는 지석의 손을 다독이듯 툭, 툭, 두드리며 당부했다.

"단, 진실은 함구해주게. 해수가 알게 해선 안 돼. 무슨 일이 있어도 절대. 내 말, 알아듣겠나?"

"약속드리겠습니다. 저 또한 바라는 바니까요."

젊은 시절, 돈과 명예에 눈이 멀어 채두식의 뒤를 봐주기 시작한 업보는 고스란히 자식들에게 대물림되었다. 돌이키기엔 이미 너무도 오랜 세월이 나락이었다. 이제는 선과 악의 경계조차 모호했다.

"그런데, 채두식이 이 혼담을 받아들인 연유가 뭔가."

자신의 과오를 뻔히 아는 이와 덥석 사돈을 맺으려 드는 저의가 궁금했다. 다른 꿍꿍이가 있는 건 아닌지 안도감보다는 의혹이 앞섰다.

"박사님과는 서로 약점을 틀어쥐고 있는 사이니까요. 싸우지 못할 적이라면, 제 사람으로 두는 것만큼 확실한 입막음이 어디 있겠습니까."

지석이 창밖으로 시선을 두며 입을 열었다. 오래도록 생각이 계속되었다. 묵직한 목소리가 신중하게 이어졌다.

"듣기 거북하시겠지만, 해수를 박사님의 목줄이라 여기고 있을 겁니다. 혈연으로 맺어지면 적어도 뒤통수는 치지 않을 거라 생각하는 분이니까요."

정치적 행보에 발을 디딘 채두식 역시, 그간의 허물로 인해 공들여 쌓아온 탑이 무너질까 전전긍긍하고 있던 터였다. 그렇다고 윤성태를 제거하기엔 서로 간에 얽힌 이해관계가 너무도 복잡했다.

"물론, 제 생각과 모든 게 일치하진 않습니다."

더 이상 늦출 순 없었다. 제 손을 잡을 기회 또한 충분히 주었다.

지석은 피식, 웃으며 몸을 일으켰다.

못 해줄 건 아무것도 없었다.

해수를 곁에 두고 지키기 위해 그는 기꺼이 나쁜 새끼가 되어주기로 했다.

chapter 9

결혼 계략

비 오는 밤의 응급실은 평소와 달리 비교적 조용한 분위기였다. 극심한 고통이 아니고서야 칠흑 같은 밤에, 폭포처럼 쏟아지는 빗길을 뚫고 응급실까지 오는 사람은 드물기 때문이었다. 빙판처럼 얼어붙어 있던 응급실 분위기 역시, 새벽 두 시를 기점으로 느슨하게 흐르기 시작했다.

"오늘은 웬일로 한산하네요. 계속 쭉 이랬으면 좋겠다."

GS 레지던트 1년 차가 입을 쩍 벌리며 하품을 하자, 서연이 그의 입을 틀어막으며 힘차게 발길질을 했다.

"야. 이 눈치 없는 자식아, 어디서 불길하게 그런 소리를 해. 입 다물고 가서 커피나 사 와. 난 쓰리 샷으로다가."

주변의 소란에도 불구하고, 미간을 모은 채 집중한 해수는 병동 환자의 처방전을 작성하는 일을 끝으로 하루 업무를 마무리했다. 이번 주 내내 이어오던 당직도 내일 오후까지만 버티면 끝이었다. 크게 기지개를 켠 그녀가 뻣뻣한 목덜미를 주무르며 벽에 걸린 달력을 응시했다.

— 다음 주 토요일 11시, 맛있는 거 먹으러 갑시다. 데리러
 갈 테니 준비하고 있어.

해수는 엄지와 검지를 차례로 접으며 옅게 웃었다. 하지만
끝도 없이 부푼 기대와는 별개로 머릿속은 온통 의문투성이
였다. 17년 동안 그에겐 도대체 무슨 일이 있었던 걸까. 모든
질문의 근간은 거기서부터였다.

해수는 까슬까슬한 입술의 거스러미를 만지작거리며 생각
에 잠겼다. 지석의 삶에 대해 아는 게 없었다. 다만 부잣집에
입양을 간 줄로만 알았던 그가, 실은 보육원의 환경보다 더 척
박하고 불안정한 환경에서 살아왔다는 것만 짐작할 뿐. 그마
저도 어쩌다가 드러난 정보들로 추측해낸 것이 전부였다. 해
수가 보육원에서 자란 지석의 어린 시절과 그의 몸을 뒤덮은
크고 작은 흉터들을 떠올리며 한참 입술을 잘근거릴 때였다.

"어? 해수야, 네 환자 들어온다."

이면지를 가로세로로 의미 없이 그어가던 펜이 멈칫 섰다.
서연의 말에 해수가 시큰둥한 얼굴로 고갤 들었다.

"내 환자라니?"

습한 바람이 훅 밀려드는 응급실 문 앞, 뜻밖의 사람이 서
있었다.

시간이 갈수록 빗줄기가 굵어진다. 횡―, 거센 바람이 병원

로비 커피숍의 창문을 부술 듯한 기세로 휘감았다.

"놀랐지? 연락도 없이 갑자기 찾아와서 미안해."

해수는 난도질된 케이크 조각을 모아 포크로 쿡 찍으며 정면을 보았다. 그러자 쿠키를 반으로 쪼개고 또 쪼개고 있는 이도현의 모습이 보였다. 환한 목소리만큼이나 훤칠하게 드러난 이마에는 하얀 거즈가 붙어 있었다. 이마의 열상이었다.

"응급실에 연락하고 오는 환자가 어딨어."

콧잔등을 찡긋한 해수가 포크를 입 안에 밀어 넣으며 시큰둥한 얼굴로 덧붙였다.

"응급실은 원래 그런 곳이니까. 불시에 찾아든 고통으로 인해 갑작스레 찾게 되는 곳."

해수는 경직된 미소를 간신히 띠어 보이며 한기가 도는 팔을 쓸어내렸다. 비가 온 후엔 기온이 뚝 떨어질 거라고 하더니, 에어컨을 켜지 않았음에도 실내에는 제법 서늘한 기운이 감돌았다.

도현이 거즈가 붙은 이마 근처를 만지작거리며 말했다.

"일부러 여기까지 온 거야. 사실 이거 강원도에서 다친 건데……."

해수는 고개를 들어 정면을 보았다. 목과 귀, 살갗을 붉힌 그가 순해 보이는 얼굴로 덧붙였다.

"이렇게라도, 보면 좋겠다 싶어서."

내내 무감하던 해수의 미간에 홈이 팼다.

갑자기 왜 이런 말을 꺼내는 거지.

"예전에, 그러니까 그때가 고등학교 2학년 때쯤이었나. 너희 집 근처 놀이터에서 모여 놀던 양아치들, 혹시 기억나?"

생각할 틈도 없이, 대화는 새로운 주제로 넘어갔다. 해수가 눈살을 찌푸렸다.

"네가 그걸 어떻게 알아?"

이도현이 머쓱한 듯 이마를 긁적이다가 눈을 접어가며 밝게 웃었다.

"어떻게 알긴. 내가 다 쓸어버렸으니까 알지."

"쓸어버려?"

"아, 멀리 쫓아냈다는 소리야. 너 자꾸 귀찮게 하길래."

도현이 입술을 꾹 물었다 놓는다. 해수의 반응을 지켜보는 시선이 가늘었다.

"왜 그랬는지…… 어떻게 알고 그랬는지, 안 물어봐?"

직감이라는 게 있다. 함부로 궁금해해선 안 되는 것, 지금이 바로 그런 순간이었다.

"안 궁금해."

당황한 해수가 그를 관찰하던 시선을 거두었다. 단호한 대답에도 이도현은 생글 웃었다.

"내가 너 좋아했거든."

말간 두 눈에 떠오른 건 당혹감이었다. 갑작스럽기도 했고, 얼떨결에 듣고 있으면서도 이상하다는 생각이 먼저 들었다. 입을 벌린 채 굳은 해수가 아연한 낯으로 물었다.

"왜 이제 와서 그런 말을 하는 거야?"

"왜 이제 와서라……."

해수의 말을 곱씹듯 중얼거린 도현이 답답하다는 듯 작게 한숨을 내쉰다. 그러다 해수를 보며 착잡한 표정을 지었다.

"그때 말했으면, 지금 뭐가 달라졌을까? 현실적으로 전교에서 제일 문제 많은 놈이 전교 1등한테 고백하기는 힘들지."

갑작스레 체기가 오르는 것 같은 기분을 묵인하고 해수가 커피를 한 모금 마셨다. 아무리 치열하게 머리를 굴려도 껄끄럽지 않게 상황을 타개할 방법이 떠오르지 않았다. 해수의 머릿속이 빤히 들여다보인다는 듯한 얼굴로 이도현이 말했다.

"하지만 병원에서 우연히 만나고, 그런 우연이 겹쳐지다 보니……. 뭔가 확신이 생기더라고."

이런 분위기는 뭔가 개운치 않다.

미간을 굳힌 해수는 케이크를 잘게 짓이기던 것을 멈추고 포크를 소리 나게 내려놓았다.

"그 우연이라는 거 말인데……."

그녀가 말을 맺기도 전에, 도현이 말을 막았다.

"나도 알아. 안다고."

그러고선 테이블 위에 올려진 그녀의 손을 덥석 잡는다. 해수의 미간이 난감하게 일그러졌다. 물티슈를 들고 해수의 손을 슥슥 닦아내는 행동이 너무도 태연했다.

"모르면 그게 미친놈이지. 네 옆에 나 같은 놈이 가당키나 할까."

해수는 정지한 화면처럼 움직임조차 멈추고 그를 바라보았다. 표정 관리가 점점 어려워지고 있었다.

"그만하자. 이런 대화 불편해."

마치 그녀의 대답은 들리지도 않는다는 듯, 내뱉는 대답 또한 천연덕스러웠다.

"그런데, 나도 이제 욕심내보려고."

"아니, 욕심내지 마. 너랑은 그럴 마음 안 들어."

결연한 대답에도 도현은 예상했던 반응이라는 듯 손아귀에 힘을 준 채 어깨를 으쓱였다.

"참 이상한 게. 너랑 있으면 나도 깨끗하게 정화되는 것 같은 기분이 든단 말이지. 이게 다 소독약 냄새 때문인가?"

해수가 어이없다는 듯 코웃음 친 것도 잠시, 가뜩이나 잠이 부족한 얼굴에 짜증이 가득 배어들었다.

"그렇게 좋으면 향수 대신 뿌리고 다니든가."

끼익―.

요란하게 의자를 빼며 자리를 박차고 일어선 순간, 뜻밖의 말이 그녀의 발목을 잡아챘다.

"채지석이랑은 그럴 마음이 들고?"

"너, 내 뒤도 밟고 다녀?"

"진짜 의외네. 네가 짐작하는 것과는 거리가 먼 놈일 텐데."

비아냥거리는 듯한 말투에 해수가 쩽하게 울리는 머리를 짚으며 추궁했다.

"빙빙 돌리지 말고, 대답 먼저 해."

서늘한 빛이 스친 도현의 눈은 소름 끼치도록 다정했다.

"그 새끼랑 가까이하지 마. 너한테 도움될 게 전혀 없는 인간이니까. 그 집안이랑 엮여서 좋을 거 없어."

"너랑 엮이는 것도 마찬가지 아닐까?"

무심하게 쏘는 목소리는 단조로운 톤이었지만, 지석과 관련된 일인 만큼 동요가 명확했다. 그와 동시에 지석이 입원해 있을 당시, 채두식과 함께 방문했던 날렵한 인상의 남자를 떠올렸다. 부회장이라고 했던가. 짊어진 무게에 비해 한없이 가벼워 보이던 사람이었다. 지석과 그 남자의 사이는 썩 좋아 보이지 않았다. 더군다나 도현은 그 남자의 비서가 아닌가. 우연을 가장한 불쾌한 만남. 해수는 짐작으로만 여겼던 게 사실일 수도 있겠구나, 생각하며 말을 이었다.

"내 일은 내가 알아서 할게. 내가 누굴 만나든, 어떤 마음을 품든, 네가 신경 쓸 문제는 아닌 거 같아."

줄곧 싱글거리던 얼굴에 장막처럼 드리워져 있던 웃음이 걷혔다. 도현은 테이블 위로 상체를 바짝 숙이며 낮은 목소리로 경고하듯 일렀다.

"그 새끼……. 네가 아는 것보다 훨씬 위험한 놈이야. 채두식 밑에서 그 미친 새끼가 쓸어낸 사람이 몇인지 알아? 채지석, 네가 생각하는 것보다 훨씬 악질이야. 평범하게 살아온 네가 감당할 수 있는 인간이 아니라고."

와르르 쏟아지려는 말을 삼키며 해수는 느릿하게 눈을 끔벅거렸다. 그러다 납득을 했는지 고개를 끄덕이며 발을 뗐다.

"이제 얼굴 보는 일 없었으면 좋겠어."

"아직 내 말 안 끝났어."

"충고 고마워. 무슨 뜻인지 알아들었어."

복잡해 보이는 얼굴로 한참 생각을 정리한 해수가 꾹 입술을 맞물렸다가 떼어내며 말했다.

"어쨌든, 위험한지, 악질인지는 내가 판단해. 지금은 그 누구도, 아무 말도 못 믿겠어. 왜냐하면, 내가 그 사람……."

응급실, 첫 만남, 과거, 어둠에 잠식된 남자의 현재, 온갖 상념이 바깥 날씨처럼 휘몰아치는 가운데, 해수는 주먹을 꾹 쥐며 끝내 말을 맺지 않고 돌아섰다.

하늘에 구멍이라도 난 걸까. 다음 날까지 이어진 비는 온 세상을 쓸어내릴 듯한 기세로, 폭포수처럼 쏟아지고 있었다.

우산을 쓴 의미가 없었다. 비에 젖은 생쥐 꼴로 퇴근한 해수는 고단함에 절어 나른해진 육체를 억지로 앉힌 채, 의미 없이 펼쳐둔 노트북을 향해 멍하니 시선을 두었다. 아무리 피곤하더라도 책부터 펼치는 건 다소 습관적인 행동이었다.

참고 자료만 정리해둬야지.

이대로 1시간만 앉아 있다가 잘 생각이었다.

복도는 적막하리만큼 조용했고, 이따금 멀찍이서 현관문 여닫히는 소리가 들려왔다.

지―잉.

갑작스레 울리는 진동에 놀라 몸이 튀었다.

> 많이 놀란 거 알아. 내가 미안해.

> 그렇게까지 몰아붙일 생각은 아니었어.
> 나 너무 미워하지 마.

> 지금 갈게. 얘기 좀 해.

이도현의 메시지가 연거푸 쏟아졌다. 번호를 차단했더니, 다른 사람의 핸드폰을 빌린 건지, 아니면 새로 개통을 한 건지.

"오긴 어딜 와."

해수는 핸드폰을 멀찍이 밀어두고 다시 화면을 노려보았다. 활자들이 눈앞에서 춤을 췄다. 읽은 자리를 읽고 또 읽기를 반복했다. 집중할 타이밍을 놓친 머릿속이 산란했다.

"……집중하자, 집중."

한심하게도 자꾸만 그가 생각났다. 쥐고 있던 펜으로 이마를 쿡쿡 찌르고, 찬물을 한 사발 들이켜도 한번 들이닥친 남자의 잔상은 못 박힌 듯 나가지 않았다.

시간은 까마득히 흘렀다. 어느 순간을 기점으로 바깥의 소음 따윈 더 이상 귀에 들어오지 않았다.

지─잉.

해수는 막혔던 숨을 크게 토해내며 눈을 번쩍 떴다.

잠이 들었던 건가?

해수는 침대에 누워 몸을 웅크린 채 카디건을 이불처럼 덮고 있었다. 느리게 눈꺼풀을 깜빡이자 천장에 붙여진 야광 별 스티커부터 서서히 시야에 맺혔다. 시끄러운 진동이 재차 요란하게 울려댔다. 제대로 눈조차 뜨지 못한 해수는 뻐근한 상체를 일으키며 핸드폰을 귀에 댔다.

"여보……."

[안 자고 뭐 합니까. 오늘 당직 아니지 않나.]

지석이었다. 본인이 전화를 걸어 깨워놓고선 왜 안 자냐고 묻는 게 그다웠다. 해수는 힘없이 이마를 긁고서 헝클어진 머리카락을 쓸어 올리며 대답했다.

"방금 깨우셨잖아요."

[그래요. 다행이네.]

그녀는 삐걱거리는 목을 옆으로 젖히며 몸을 일으켰다. 두 툼한 카디건이 몸을 타고 흘러내린다. 해수는 냉장고를 열어 생수병을 꺼내며 미간을 찡그렸다.

"……뭐가 다행이에요?"

[그럼 조금만 더 있다가 자는 걸로 하고.]

쏴아아ー.

한 뼘쯤 열린 창틈으로 굵다란 빗줄기가 들이치고 있었다. 반쯤 남은 물을 단번에 비운 그녀가 턱 끝에 맺힌 물을 손등으로 닦아내며 창가로 걸어갔다. 빗소리는 점차 거칠어졌다. 해수는 물끄러미 창밖을 내다보았다.

[내려와.]

목이 반쯤은 꺾인 허름한 주황색 가로등이 그를 비추고 있

296

었다.

뚜―.

이윽고 전화가 끊겼다. 해수는 열기가 뜨겁게 남은 핸드폰 위로 이마를 묻은 채 짙은 한숨을 쉬었다. 그러고서 손에 잡히는 대로 아무거나 걸친 뒤 호흡을 고르고 손을 겨우 뻗어 현관문의 손잡이를 힘껏 쥐었다.

"하아, 내가 진짜……."

내게 왜 이러는 거냐고, 사람을 왜 이렇게 뒤흔들어놓는 거냐고 묻고 싶은데.

비를 맞으며 청승맞게 서 있는 남자를 보니 할 수 있는 말이 아무것도 없었다. 무엇이든 이 늦은 시간에, 그를 저기 서 있게 만든 이유가 자신이라고 생각하니 발끝에서 정수리까지 삽시간에 불이 붙었다.

― 채지석, 네가 생각하는 것보다 훨씬 악질이야.

현관문이 닫히는 소리가 콰앙, 하고 귓전을 때렸다. 센서 등이 수명을 다한 것처럼 깜빡였다. 해수는 산만한 등의 깜빡임에 숨어 허탈하게 웃었다.

왜 자꾸 그 얼굴이, 어둠 속에서 맞닥뜨린 그 눈빛이 떠오르는 건지.

"저런 사람이 악질이라니, 말이 안 되잖아."

단지 종잡을 수 없는, 몇 달 내내 마음을 엉망으로 휘저어 진창으로 만들어놓은, 조금 이상한 남자일 뿐인데. 그뿐인데.

"후……."

폐부 깊숙한 곳에서부터 끌어올린 숨을 뱉어내며 계단을 내려가던 해수의 귀에 쿵, 하는 소리가 들려왔다. 반사적으로 바깥을 내다보았다. 낮게 욕을 하는 소리가 들리더니 전조등이 켜진 차 옆에 축 늘어져 있는 그가 보였다.

"어?"

어디가 아픈 건가? 왜 혼자 있는 거지?

도무지 표정 관리가 되지 않았다. 해수는 애써 침착하려 다독이던 것을 포기하고 손으로 얼굴을 쓸어내렸다. 높은 계단을 두 걸음 만에 성큼 뛰어 내려가 밖으로 향하는 동안 온갖 상상이 머릿속을 헤집어놓았다.

"채지석 씨!"

해수는 구겨져 있는 남자의 얼굴부터 더듬었다. 다친 건 아니겠지, 미동도 없이 잠든 것처럼 앉아 있는 지석의 몸 구석구석을 더듬어가며 살펴보는데 남자가 손목을 턱, 붙들었다.

"아, 나는…… 나는 다친 줄 알고."

숨죽인 해수는 느릿하게 눈을 감았다 떴다. 그 순간 번뜩, 사납게 눈을 뜬 남자와 혼란스럽게 시선이 부딪쳤다.

온통 암흑이던 시야에 번쩍하고 빛이 들었다.

"채지석 씨!"

혼탁한 의식 너머로 섬망과도 같은 말소리가 들려왔다.

"정신 좀 차려봐요!"

순간, 몸이 바닥으로 쑥 빨려 들어가는 듯한 느낌이 들었다. 그러다가 문득, 흐릿해지던 감각이 사방에서 오감을 조각내듯이 들이닥쳤다. 타닥타닥, 물방울이 사방에서 튀어 오르는 소리, 물기 머금은 잔디 아래 젖은 흙냄새, 온몸을 흠뻑 적신 눅진한 감각, 뼈까지 시려오는 한기, 그리고 내내 눈앞에서 아른거리던…….

"정신이 좀 들어요? 술 마셨어요? 다친 건 아니죠?"

지석의 미간이 움찔 경련했다. 주머니에 손을 찔러 넣은 채 얼이 빠져 주위를 둘러보던 그가 묘하게 풀어진 목소리로 중얼거렸다.

"진짜 윤해수네."

끝이 보이지 않는 터널 속을 홀로 걷고 있다고 생각했는데, 눈앞에 윤해수가 보였다. 눈이 부신 걸 보니 윤해수가 아니라 빛인가 싶기도 하다. 어둠 속에 헤매는 날 밝은 곳으로 이끌어줄 찬란한 빛. 빛이 말을 했다.

"네, 저 윤해수예요. 나랑 통화한 것도 기억 안 나요? 술을 도대체 얼마나 마시면 사람이 이렇게 돼요?"

꿈이든 허상이든 뭐든, 자신을 나무라는 여자가 예뻐서 자꾸만 실실, 웃음이 비처럼 흘렀다. 그가 목에 걸려 있지도 않은 넥타이를 자꾸 끌어 내리며 한숨처럼 웃었다.

"내 걱정도 다 해주고. 예뻐 죽겠네요."

목이 갑갑했다, 아니 속이 타는 건가. 폭음에 찌든 머리는 움직임을 멈춘 지 오래였다. 뇌가 시커멓게 탄 것 같기도 하고, 시퍼런 칼날이 목구멍 깊숙이 쑤셔 박힌 것 같기도 하고.

"하아."

그가 비척대며 몸을 일으키자 알 수 없는 얼굴로 가만히 서 있던 여자가 벌을 서듯 우산 든 팔을 위로 쭉 뻗는다.

"내일 만나자면서요. 주말에 시간 빼려고 내가 일주일이나 당직을 했는데."

기어이 그 작디작은 우산을 지석의 머리 위에 씌워두고선 또 안심한 듯 한숨을 내쉰다. 그게 또 예뻐서 입가에 쓴웃음이 스쳤다.

"오늘이든 내일이든 뭐가 중요합니까. 보고 싶을 때에 보면 되죠."

그 말이 사실이라는 걸 증명이라도 하듯, 그의 기다란 시선이 해수의 발끝을 치고 얼굴에 올랐다. 투명한 눈동자를 가린 속눈썹이 파르르 떨리는 것까지 선연했다. 지석이 중얼거렸다.

"보고 싶었습니다. 윤해수 씨."

그러더니 또 후우, 하고 긴 숨을 뱉으며 자꾸만 꺾이는 허리를 바로 세운다. 우산살이 지석의 정수리를 툭, 툭 쳐댔다. 미간을 좁힌 해수가 팔을 조금 더 뻗으며 말했다.

"많이 취했어요."

"내가?"

"네, 그나저나 여기까지 어떻게 왔어요?"

"차 타고 왔겠죠."

"운전은요?"

"누군가는 했겠지."

말이 통하지 않는다고 여겼는지 해수가 한숨을 폭 내쉰다.

무슨 생각을 하는 걸까, 딱딱한 눈은 전혀 웃고 있지 않았다.

"그렇게 걱정이 되면 좀 재워주든가."

목을 뒤로 젖히고서 취한 몸을 가누던 지석이 고개를 내리고 시선을 맞추며 말했다. 말 같지도 않은 소리를 들었다는 듯, 해수가 미간을 좁히며 그를 빤히 바라보았다.

"지금 제정신이세요?"

"아닐걸요. 아마도."

술 취한 사람에게 제정신이냐고 묻는 것 역시 제정신은 아닌 게 분명했다.

해수는 스스로가 어이없다는 듯이 소리 내어 웃었다. 움츠리고 있던 꽃봉오리가 빗물을 담뿍 머금고서 마침내 활짝 터지는 듯한 미소였다.

지석이 홀린 듯 피식, 따라 웃으며 말했다.

"진짜 웃네. 예쁘게."

입술을 비집고 또 허탈한 웃음이 흘렀다.

진짜 제정신 아닌 짓은 아직 시작하지도 않았는데. 고작 재워달라는 말 한마디에 기겁을 하면 나더러 뭘 어쩌라는 건지.

"왜. 내가 실수라도 할까 봐?"

여자의 입에선 예상과 다른 대답이 흘렀다. 해수가 단호하게 고개를 저으며 핸드폰을 꺼내 들었다.

"실수는…… 뭐, 저도 할 수 있는 거니까요. 그러니까, 아무튼 안 돼요. 대리 기사 불러드릴게요. 기사 배정 안 되면 제가 운전해도 되고요."

타닥타닥, 아스팔트를 때리는 빗소리가 점점 더 거세진다. 지석은 대리 기사 번호를 검색하느라 바쁜 해수를 물끄러미 바라보았다. 핸드폰을 보고 있는 게 저렇게 예쁠 일인가 싶어 또 슥 웃음이 흘렀다.

심장이 가슴을 찢고 뛰쳐나올 듯이 뛰었다. 알고 싶었다. 이건 정말 이상한 감정이었다. 살아오며 누구에게도 느껴본 적 없는. 대가를 계산하지 않고 모조리 쏟아붓고 싶었다. 그녀가 비좁게 내비친 감정의 한 귀퉁이를 쥐어뜯고 본질이 무엇인지 확인해보고 싶었다. 그 속에 담겨 있을 따뜻하고 나약한 온기, 그것을 품 안 가득 넣고 터질 때까지 안아보고 싶었다.

"두 사람이, 같이 실수를 하면."

그녀의 손에 쥐어진 핸드폰을 잡아챈 지석이 손을 뻗어 해수를 바짝 당겨 안았다. 가녀린 몸이 뒤로 꺾일 듯 크게 휘어진다. 으스러질 듯 강한 완력이 허리를 꽉 끌어안고 놓지 않았다. 놀라 눈을 크게 뜬 그녀가 숨을 크게 삼키며 우산을 쥔 손에 힘을 주었다.

"그것도 실수라고 생각해야 할까요?"

지석은 흡사 물에 빠진 사람처럼 엉겨 붙었다. 해수의 허리에 팔을 두른 채, 놀라 움츠러든 목덜미와 귓바퀴 사이, 좁은 공간에 우뚝 솟은 코를 파묻었다. 그러지 않으면 당장 죽을 사람처럼 닥치는 대로 이를 세우고 살갗을 비볐다. 지석이 해수의 목덜미에 입술을 묻은 채 푸스스 웃었다.

"네가 좋아. 너무 좋아서 머리가 터져버릴 것 같아."

거센 여름비가 포화처럼 쏟아져 내렸다. 지석은 무자비하게 겨누어진 총구로부터 그녀를 보호하려는 것처럼 재킷을 벗어 그녀의 몸을 완전히 감쌌다. 그녀의 손에서 우산이 툭, 떨어진다. 해수는 울컥 치미는 감정을 누그러뜨리며 그의 등을 마주 안았다. 열기가 섞이고, 숨이 섞이고, 결국엔 맞닿은 가슴 위로 심장 고동마저 섞였다.

"안녕하세요."

해수는 예의 바르게 웃으며 자신을 픽업하러 온 차에 몸을 실었다. 내부 공간이 넓은 차량의 운전석에는 처음 보는 남자가 앉아 있었다.

"처음 뵙겠습니다. 앞으로 잘 부탁드립니다."

남자는 앞으로 자신이 수행하게 될 것이라는 말을 덧붙였지만, 해수는 그 말에 크게 의미를 두지 않았다. 다만 아침부터 신경 써서 다듬고 나온 자신의 옷차림을 확인하고 또 확인할 뿐이었다. 은은한 광택이 흐르는 살구색 블라우스와 짙은 남색 와이드 팬츠, 그리고 왕관 모양의 로고가 박힌 시계. 고급스러운 것과는 거리가 먼 그녀가 보기에도 퍽 세련되고 도회적인 차림새였다. 어젯밤, 술에 취한 남자가 내던지듯 손에 쥐어주고 간 것들이었다.

내게 무슨 일이 생기고 있는 걸까.

해수는 헤드레스트에 뒷머릴 기댄 상태로 천천히 눈을 감았다가 떴다. 지난밤, 비에 젖은 남자의 얼굴은 처연하게 느껴질 정도로 아름다웠다. 그가 목덜미를 이로 긁고 물어 당기는 순간, 모든 감각이 되살아나 하마터면 이성이 모조리 날아갈 뻔했다.

"……하아."

가느다란 목덜미를 타고 머리칼이 부드럽게 흘러내린다. 기다란 손가락이 동그란 이마를 톡, 톡, 두드리고서 머리카락을 귓바퀴로 감아냈다. 도톰한 입술 사이로 쓴웃음이 터졌다.

단순한 호감에 불과했던 마음에 다른 감정들이 덧입혀지고, 과거의 기억까지 쌓이고 쌓여 크기를 불려갔다. 이제는 한계에 다다랐다는 생각을 했다, 더는 버텨낼 재간이 없다고도. 어쩐지 묘하게 가슴이 후련하기도 했다.

자신의 삶은 늘 그랬다, 아니 다들 그렇게 살아가는 거 아닐까. 그녀의 생각대로 인생이 흘러간 적은 단 한 번도 없었다. 알면서도 부정하고 벽을 세웠다. 해수의 고집은 때때로 그녀의 자존심을 지키기 위한 방패와도 같았으니까.

"도착했습니다."

도심을 벗어나 고요하게 달리던 차가 멈추었다. 혼란스럽도록 뛰어대던 심장 역시 천천히 제 박자를 찾아갔다.

달깍, 문이 열린다. 낯익은 얼굴을 향해 얕게 고개 숙인 해수가 긴장된 숨을 뱉으며 동그랗게 고인 물웅덩이를 피해 발을 내디뎠다. 미약한 햇빛 사이로 빗방울이 비치고 있었다. 녹음이 우거진 산을 배경으로, 아늑하게 자리 잡은 골프 라운지가 해수의 시선을 사로잡았다. 빗방울을 매단 초목이 푸르름에 젖어 싱그러웠다.

짙은 여름의 향기에 잠시나마 가슴이 탁 트이는 기분이 들던 순간, 문득 해수는 걸음을 멈추었다. 길고양이처럼 곤두선 눈동자가 투명한 유리 파고라를, 그 앞에 장승처럼 서 있는 수행원들을, 마침내 건물의 외관을 차례로 훑어갔다.

적막한 구름이 내려앉은 리조트 전경, 그리고 야자수에 둘러싸인 풍경 안에 그려지는 이질적인 평온함. 지석이 자신을 기다리고 있는 불안정한 상황, 그 안에서 이유 모를 안온함을 느끼는 역설적인 제 모습과 흡사한 광경이었다.

해수가 지나치게 긴장한 숨을 다시 한번 힘겹게 내쉴 때였다. 윤재가 다가왔다.

"라운지 바에서 기다리고 계십니다."

"아, 네."

차에서 내리던 순간부터 불어온 서늘하고 녹진한 바람에, 곱게 정돈된 머리카락이 버드나무처럼 흩날렸다.

태풍이 오려는 걸까, 늦여름 태풍이 무섭다던데.

머리카락을 쓸어 올리며 몰려오는 구름을 향해 불안한 시선을 내던진 해수는, 긴장을 풀어주듯 부드럽게 웃으며 안내하는 윤재를 따라 다시 걸음을 옮겼다.

중세의 고성을 본떠 만든 듯, 웅장한 내부에 압도된 해수가 문득 자리에 우뚝 멈춰 섰다. 시선이 멎은 곳, 라운지의 창가에 앉아 턱을 괸 채 태블릿을 바라보며 생각에 잠긴 듯한 그가 보였다.

애꿎은 클러치를 만지작거리는 손끝이 초조했다. 마치 손끝에도 심장이 달린 것처럼 맥박이 뛰는 것 같았다. 기분이 형언할 수 없이 이상하게 부풀었다.

"하아."

참고 있던 숨이 자그맣게 터졌다. 해수는 내내 떨리던 가슴을 손바닥으로 지그시 내리눌렀다. 이러다 심장이 부서져버리는 건 아닐까. 그를 향해 내딛는 발걸음이 좀 더 빨라졌다. 고작 몇 걸음을 앞에 두고도 그가 보고 싶었다.

"안녕하세요."

해수는 얕게 고개 숙인 뒤 정면에 앉은 지석을 보며 싱긋 웃었다. 자그마한 귓불에 달린 크리스털 귀걸이가 조명에 반사되며 물결 같은 빛을 낸다. 가쁘게 일렁이는 그림자에 잠시 시선을 빼앗겼던 지석이 피식 웃으며 그녀를 반겼다.

"오는 길은 어땠어요? 불편하진 않았나."

남자의 시선을 의식한 해수가 공연히 붉어지는 귓불을 만지작거렸다. 장난스럽게 웃는 미소가 자꾸만 해수의 마음을 두드렸다. 그녀는 한숨을 쉬듯 웃으며 대답했다.

"아니요, 편했어요. 길이 막히지 않아서 그런지 드라이브하는 기분이던데요. 오는 내내 경치도 좋았고."

"다행이네. 내가 갔어야 했는데, 급하게 처리해야 할 일이 좀 있었어요."

태블릿을 내려둔 그는 가볍게 입술을 깨문 채 주위를 두리번거리던 해수에게서 잠시도 눈을 떼지 않았다. 머리카락을 하나로 높게 올려 묶은 탓인지 살짝 들떠 있는 얼굴이 평소보다 조금 더 앳돼 보여 귀여웠다.

뭐가 그렇게 궁금한 걸까.

가느다란 손가락으로 잔머리를 귓등에 거는 모습을 유심히 바라보던 그가 구부러진 검지로 테이블을 두드리며 해수의 주의를 끌었다.

"커피? 차? 배고프면 식사 먼저 해도 좋고."

"커피 마실게요."

"시원한 거?"

"네."

대답하며 가만히 웃던 해수는 비즈니스 슈트 차림인 지석을 흘깃 살폈다. 주말의 여유로움 따위와 거리가 멀어 보이는 남자는 조금의 흐트러짐도 없이 여전히 단정했다. 수려한 얼굴도, 속을 알 수 없는 깊은 눈빛 또한 그대로였다. 그와 동시에,

집 앞으로 찾아와 자신을 뒤흔들던 지난밤을 떠올렸다.

— 네가 좋아. 너무 좋아서 머리가 터져버릴 것 같아.

감정을 토해내듯 터뜨리며 자신에게 엉겨 붙던 남자의 얼굴이 선명했다. 하지만 지금은 모든 게 모호하다, 즉 저 조각 같은 얼굴을 아무리 살펴도, 지난밤 열기에 휩싸였던 그 온도를 찾아내긴 어렵다는 뜻.

"후우."

공연히 귓등에 열이 올랐다. 신경이 온통 남자에게 집중된 탓에 속은 여전히 어수선했다. 귀 끝을 붉힌 해수가 손등으로 뺨을 꾹 누르며 말했다.

"토요일인데…… 아무도 없네요?"

말 그대로였다. 오가는 사람은커녕 상주하는 직원조차 눈에 띄지 않았다. 그 덕에 광활한 리조트 내 분위기는 한층 더 삭막하게만 느껴졌다.

뭐가 그렇게 궁금해서 두리번거리나 했더니. 지석은 피식 웃으며 대수롭지 않은 상황이라는 듯이 고개를 주억거렸다.

"중요하게 나누어야 할 이야기라 부득이하게 비웠어요."

"아……. 네."

평행선을 그리던 시선이 한참이나 이어지더니 끝내 기울어졌다. 고요하게 일렁이던 눈동자가 해수의 얼굴을 타고 내려와 이내 매끈한 팔목에 닿는다.

"아, 이거."

해수가 그의 시선을 따라 머뭇머뭇 눈을 내리떴다. 숫자가 박혀 있어야 할 자리마다 다이아몬드로 촘촘히 둘러싸인 시계가 눈부신 빛을 내며 시야를 장악했다. 손등에 닿은 뺨의 열기가 점차 온도를 더해갔다.

"감사합니다. 선물해주신 거요. 그런데……."

해수는 다시 한번 손목에 걸린 시계를 보았다. 덥석 받아들이기엔 너무도 고가의 물건이었다. 그녀는 밀려드는 민망함을 감추듯 시계를 손으로 감싸 쥐며 작게 입술을 깨물었다.

"사실 어젠 경황이 없었어요. 그래서…… 얼떨결에 받아놓고도 이걸 어떻게 해야 하나. 많이 고민했어요."

"마음에는 들고?"

시계로 향해 있던 그의 시선이 다시 해수의 얼굴로 향했다. 해수는 민망한 듯 웃으며 고개를 끄덕였다.

"네. 너무 예뻐요."

그런데 무슨 고민을 해.

지석은 갑갑한 넥타이의 매듭을 조금 끌어 내리며 뭐가 문제냐는 듯이 웃었다.

"그럼 됐어요. 어떡하긴 뭘 어떡해."

순간, 해수는 그의 셔츠 소맷단 끝에 같은 디자인의 시계가 채워진 것을 언뜻 보았다. 잘못 본 건가, 생각하던 해수가 그의 말에 눈을 크게 뜨며 대답했다.

"아니요, 어떻게 하려던 건 아니고."

얕게 한숨을 쉬며 아랫입술을 살짝 무는 행동에서 그녀의 곤혹스러움이 선명하게 드러났다. 짧게 침묵한 해수가 머뭇거리며 말을 이었다.

"단지, 저랑은 어울리지 않는 것들이라는 뜻이었어요. 딱히 가치를 둬본 적이 없기도 하고…… 좀 어색해서."

선물이란 걸 처음 받아본 아이처럼 시계를 만지작거리는 해수가 귀여웠다. 그러지 말아야지. 멋대로 손대지 말아야지, 하면서도 지석은 피식 웃으며 손을 뻗었다.

"그럼 이제부터 둬요. 어색한 거야 익숙해지면 될 일이니까."

지석은 살짝 찌푸린 얼굴로 해수의 볼을 꼬집듯 쥐었다. 장난치듯 가볍게 흔들고 뺨을 쓱 쓸면서 비스듬히 웃는 남자를 해수는 당황한 눈으로 바라보았다.

"무슨 말씀이신지……."

해수는 따라 웃는 대신 기민해진 눈으로 남자를 바라보며 되물었다. 무언가 나쁜 일이 일어날 것만 같은 예감 때문이었다. 어쩌면 어둡게 가라앉은 남자의 눈빛 때문인지도 모르겠다. 강렬한 시선이었다. 단정하게 옷을 입고 있음에도 벌거벗겨진 채 앉혀진 기분이 들 만큼. 그렇게 시선을 찔러 넣던 남자가 어깻짓을 하며 피식 웃었다.

"가치를 둬본 적 없다며. 이제 욕심내봐요. 뭔가에 기대도 해보고, 실망도 해보고."

"욕심이요?"

그가 고개를 끄덕였다. 마치 하늘의 별도 달도 다 따다줄 것만 같은 눈빛이었다.

"네가 원하는 게 뭐든."

허공에서 맞붙은 시선이 묘하게 깊어진다. 해수는 작게 숨을 삼키며 소용돌이치려는 감정을 가다듬었다. 그러다 고개를 저었다. 선뜻 이해하기 어려웠다.

당혹감에 벌어지는 입술을 꾹 다문 해수는 가로질러 닿는 시선을 피해 창가를 느리게 훑었다. 금방이라도 폭우를 쏟아낼 듯 찌푸렸던 하늘이, 반짝이는 햇살 조각을 내던지고 있었다. 싱그러운 햇발이 기세 좋게 그녀를 향해 뻗어왔다.

가만히 하늘을 올려다보던 해수는 열이 오른 입술을 꾹 맞물렸다가 힘겹게 떼어냈다. 조금 더 생각한 뒤에 손목에 걸린 시계를 내려다보며 입을 열었다.

"저, 사실 욕심 많아요. 하나부터 열까지 다 계산해서 저울질하고……."

해수는 잠깐 말을 끊고 주저하다 말을 이었다.

"늘 손해 보지 않으려고 애쓰며 살아왔어요. 부끄럽지만요."

웃음기 섞인 목소리로 대답했지만, 눈빛만은 진지했다.

그녀의 대답에 지석이 흡족한 듯 웃으며 고개를 끄덕였다.

"솔직해서 좋네요. 음, 이미 알고 있겠지만 나 역시 부도덕한 짓을 가끔 합니다. 원하는 걸 손에 쥐기 위해 파렴치한 짓 또한 서슴지 않아. 물론 꼭 필요한 경우에만."

의미가 분명하지 않은 말을 자연스레 뱉으며 재킷의 단추를 툭 풀어낸 지석이, 테이블 가까이에 상체를 붙였다. 순식간에 해수의 얼굴 위로 그늘이 졌다.

"어때요? 난 우리가 꽤 잘 어울릴 것 같단 생각이 드는데."

픽 웃으면서 파렴치함을 고백하는 남자의 시선에 순간 기분이 묘해졌다. 그렇다고 해서 같은 실수를 반복하며 후회하고 싶지는 않았다. 해수는 얕게 고개를 끄덕이며 신중히 말을 골랐다.

"글쎄요. 출세욕, 권력, 명예…… 이 모든 걸 손에 넣고자 하는 건 인간의 본능이니까요."

"본능."

눈을 마주쳐 웃은 그는 버릇처럼 매무새를 가다듬었다. 느슨하던 넥타이를 좀 더 조이고, 소매의 커프스 위치를 다시 맞추는 행동이 몸에 밴 듯 자연스러웠다.

남자는 매 순간이 근사하고 매혹적이었다. 신경을 쏟지 않으려 아무리 노력해도 마음먹은 대로 되지 않아 분할 만큼. 해수는 멋대로 뻗어나가려는 시선을 제 손끝에 붙들고 말을 이었다.

"올바른 방향의 노력만 뒷받침된다면 문제될 건 없다고 생각해요. 물론…… 파렴치하고 부도덕한 짓의 범위가 어디까지인지 알 순 없지만."

말끝을 흐린 해수는 어깨를 으쓱였다. 제 안에 갇혀 있던 선악의 경계가 허물어지는 기분이 들었지만 그렇다고 해서 자괴감이 느껴지는 건 아니었다. 그에 대한 믿음이 뒷받침된 탓인지 정확히는 아무렇지 않았다.

"그래서, 중요하게 하실 말씀이 있으시다고요."

해수는 비서를 통해 무언가를 건네받는 지석을 담담한 눈으로 바라보았다. 이어 낮게 울리는 목소리가 그녀를 불렀다.

"지금부터 너는 내게서 뭘 얻어갈 수 있을지, 늘 하던 대로 계산하고 저울질해. 네가 원하는 건 다 줄 테니까…… 물론, 그게 나라면 더할 나위 없겠고."

서류 파일 하나가 테이블 위로 툭, 무심히 놓였다.

"이게, 뭐예요?"

남자는 대답 대신 가죽 파일을 향해 눈짓했다. 짐짓 태연하게 읽어볼 것을 권하는 남자의 다정한 눈짓에 종이를 꺼내 드는 해수의 손이 바르르 떨렸다.

"이, 이게 대체."

처음 보는 나라의 언어를 보듯, 서류를 읽어내리던 해수의 얼굴이 점차 일그러졌다. 불안한 침묵 속에 일순 머릿속이 하얗게 비워졌지만, 해수는 애써 마음을 다잡고 의연한 척 눈동자를 들어 올렸다.

"심심해요? 내가 한가해 보여요?"

옅은 줄무늬가 들어간 암청색 슈트와 광택이 흐르는 넥타이의 매듭에 닿았던 해수의 시선이 상흔으로 선명하게 그어진 남자의 목울대를 스치고, 견고하게 찔러오는 두 눈을 향했다. 기다렸다는 듯 여유롭게 시선을 맞이한 그가 입꼬리를 휘어 올리며 말했다.

"글쎄. 내가 뻔뻔하긴 해도 그렇게 한가한 놈은 아닌데."

누군가가 표정을 앗아간 듯했다. 담담함을 유지하려던 해수의 뺨이 경직되어 가늘게 떨렸다. 내내 얼굴을 밝게 물들였던 미소가, 그를 향한 열띤 기대가 썰물처럼 초라하게 빠져나가는 걸 느꼈다. 감정을 억누른 목소리가 떨리는 입술 사이로 흘러나왔다.

"그러니까, 지금 이게 뭐냐고 묻는 거잖아요. 피차 바쁜 사람끼리 시간을 낭비하지 말고 설명하란 뜻이에요. 이해하고 말고는……"

목소리 끝이 형편없이 갈라졌다. 이성적으로 차분하게 설명을 듣는 게 우선이라는 걸 알았지만, 감정은 너무도 쉽게 격앙되었다.

그는 계속 말해보라는 듯 느긋하게 고개를 까딱이며 해수의 입술만 바라보았다. 하얗게 질린 그녀는 말이 없었다. 다만 주먹을 꾹 쥐고서 감정을 수습하듯 숨을 길게 들이쉬고 다시 내쉬기만을 반복할 뿐이었다.

지석이 테이블 위를 긴 손가락으로 가볍게 두드리며 어르듯 말했다.

"이건 단지 협상을 위한 매개체일 뿐이니, 곡해하지 말고 네가 얻어낼 것만 생각해. 보이는 그대로야. 이해 같은 거 필요 없어."

계약과 협상, 얻어낼 것. 고작 그게 다였던 걸까. 그렇다면 어젯밤 자신을 찾아와 애달프게 매달린 이유는 뭔가. 가슴이 아팠다. 해수는 버겁게 숨을 내쉬며 눈을 감았다. 깊이 숨을 마셔도 가슴이 뻐근해 숨이 잘 쉬어지지 않았다.

탁―.

눈가로 열이 몰렸다. 해수는 얼음이 잔뜩 담긴 컵을 들어 올렸다. 컵에 맺힌 물방울이 살구색 블라우스 위로 뚝뚝 떨어지자 뽀얀 미간 위로 실금이 갔다. 후, 해수는 다시 길게 숨을 쉬었다.

말 같지도 않은 내용 아래 적힌 아버지의 이름과 서명. 혹시나 제가 믿지 않을까 인감도장에 지장까지 야무지게도 찍어 온 계약서. 떨리는 손끝으로 달아오른 눈가를 몇 번이나 문질러보았지만, 그건 아버지의 필체가 분명했다.

이걸 대체 어떻게 받아들여야 하나.

해수는 비스듬히 웃으며 가까워지는 그를 멀거니 바라보았다. 그러다 문득 자신의 목덜미를 확, 낚아채 진창으로 끌고 들어갈 것만 같던 그 묘한 예감이 현실이 되고 있음을 느꼈다.

그때였다. 허벅지에 팔꿈치를 걸치고 상체를 기울인 그가 종이에 적힌 글자를 하나하나 짚으며 읽어가기 시작했다. 마치 글자를 모르는 아이에게 책을 읽어주듯 다정한 목소리로.

"윤해수는."

아니야. 제발 아무 말도 하지 마.

해수는 믿지 못하겠다는 듯, 장난이라면 이쯤에서 그만두라는 듯 고개를 내저었다. 그에게 이런 말이 듣고 싶어서 여기까지 온 건 아니었다. 눈시울이 자꾸만 뜨거워지고 마음이 욱신거렸다.

"앞으로 3년간, 채지석의 아내로서 맡은 바 의무를 다할 것이며."

잘 듣고 있나 확인하듯이 남자의 눈썹이 살짝 들렸다. 냉랭한 시선을 마주하자 뜨거운 불덩어리가 왈칵, 목구멍으로 치받쳤다. 뭐든 대꾸하고 싶은데, 어째서인지 눈물이 나올 것만 같아 지금으로선 침묵을 지키는 게 최선이었다.

남자의 형형한 눈이, 암청색 잉크를 한 방울 떨군 것만 같은 그 기묘한 빛이 정확히 해수를 향했다. 눈으로 붉어진 얼굴을 훑고는 웃으며 말을 맺었다.

"이에 대한 대가로, 부친 윤성태의 채무를 전액 탕감해주기로 한다."

조심스레 쌓아왔던 열렬한 마음이 흩어지는 걸 느꼈다. 숨이 막히는 동시에, 폐에서 모든 숨이 산산이 바스러지는 듯했다. 드디어 드러낸 가면 속 얼굴이 그 어떤 혼란스러움도 없이 고요해서, 그가 주는 서늘함에 질식할 것만 같아서, 해수는 서류 모서리를 와락 구기며 입을 열었다.

"농담이 지나치시네요. 무례한 말씀과 제안, 듣지 않은 거로 하겠습니다."

물끄러미 그를 응시하던 해수는 손에 쥔 서류를 가만히 테이블에 내려놓았다. 자신의 의견 따위 안중에도 없는 결혼 계약서라니, 갈기갈기 찢어 던지고픈 충동을 억누르느라 손끝이 경련하듯 떨렸다.

"그리고 이런 이야기였다면, 굳이 이 먼 곳까지 절 불러내지 않았어도 됐을 텐데요."

혼란스럽다 못해 현기증마저 일었다. 뿌연 안개가 낀 것처럼 머릿속이 지끈거려 구역질이 날 것 같았다. 게워내고 싶은 속을 다독이며 고개를 돌리던 차에 지석이 애매하게 얼굴을 찡그리며 답했다.

"오해한 것 같네요. 무례한 말은 맞는데, 제안은 아닙니다."

할 말을 잃었다. 제안이 아닌 무례한 말이라니. 그의 말을 방증하듯 라운지 입구엔 엄격한 표정의 수행원들이 일렬로 서 있었다. 개미 새끼 한 마리도 빠져나가지 못하게 하겠다는 결연한 의지랄까.

대체 이럴 땐 어떤 표정을 지어야 하나.

꿈이었으면. 차라리 이 모든 게 꿈이었으면.

근사한 남자에게 청혼을 받고도 세상이 송두리째 무너지는 것 같은 이 기분을 어떻게 표현해야 할지 알 수 없었다. 기막힌 눈으로 그를 바라보던 해수가 옅게 한숨을 쉬며 말했다.

"제안이 아니면…… 협박인가요?"

지석이 소리 없이 웃었다.

"상호 이익을 위한 전략적 제휴 관계쯤 되겠네요. 단순하게 생각해. 나랑 비즈니스 하는 거라고."

결국, 혼란스러운 건 저 하나였다. 이 남자는 정말 아무렇지 않은 거였다. 해수는 황당하다는 듯 고개를 끄덕이며 헛웃음을 흘렸다.

"상호 이익, 전략……. 네, 뜨거운 아이스 아메리카노 같은 소리네요."

"밑지는 장사는 아닐 텐데. 나나, 너나."

모두가 만족할 수 있는 계약 관계라니. 그런 게 존재할 리 없다. 누군가는 을이 되어야 하고, 조건에 의한 관계는 반드시 한쪽으로 기울어지기 마련이니까.

"팩트는⋯⋯ 채지석 씨가 우리 아버지께 돈을 빌려줬고, 나더러 지금 몸으로 때우란 소리잖아요."

관자놀이를 짚은 그녀가 고개를 저으며 말을 이었다.

"그런 건 싫어요. 연애든, 결혼이든 사랑 없는 관계는 생각해본 적 없어요. 물론 아버지의 부채를 모르는 척할 생각은 아니니 걱정하지 마시고요."

"날 사랑하지 않으니 거절하겠다?"

고개 저어 부정하는 대신, 해수는 가슴에 손을 올리며 멀미가 날 것 같은 속을 다스렸다. 휩쓸리지 말고, 정신 차리자. 어떻게든 솟아날 구멍은 있을 테니까.

"그래서 그 채무라는 게 도대체 얼만데요?"

그러기 위해선 침착함을 유지하는 게 우선이었다. 해수는 태산처럼 쌓인 한숨을 꾹꾹 내리누르며 말했다.

"시간이 걸리더라도 제가 책임지고 갚을게요. 당황스럽긴 하지만⋯⋯."

그의 대답을 기다리던 해수는 떨리는 손으로 잔에 담긴 얼음을 입 안 가득 머금었다. 속이 미친 듯 울렁거렸다. 지석은 오래도록 침묵한 뒤에 다물린 입술을 떼어냈다.

"20억."

픕!

잘게 조각난 얼음이 사방으로 흩어졌다.

남자의 근사한 얼굴과 병적으로 깔끔히 매만져진 슈트에도 파편이 내리꽂혔지만, 그는 전혀 동요하는 기색 없이 무감한 얼굴이었다. 그러다 마치 유혹이라도 하듯 혀를 내밀어 입술 끄트머리에 맺힌 물방울을 길게 핥아 올린다.

"그리고 넌 내게, 그 이상의 투자가치고."

얼음을 뒤집어쓴 그가, 해수에게 손수건을 내밀며 한 말이었다.

투자가치라니.

해수가 아연하게 질린 얼굴로 눈을 치켜떴다.

"몰랐네요. 내가 그 정도로 가치 있는 사람이었다니."

삽시간에 구겨지는 미간을 보면서도 그는 그저 피식 웃을 뿐이었다.

"고작 그것뿐일까. 내 돈이며, 시간이며 죄다 쏟아부어도 아깝지 않지."

그때, 적막한 라운지에 울려 퍼지던 클래식이 멈추고 그의 표정, 분위기와 딱 어울리는 재즈 선율이 끈적하게 흘러나오기 시작했다.

해수는 문득, 제 앞에 놓인 모든 상황이 잘 짜인 한 편의 영화 같다고 생각을 했다. 얼음 파편에 흠뻑 젖은 계약서만 아니었더라면, 꽤 근사한 로맨스 영화의 한 장면이었으리라.

해수는 한숨처럼 푹 꺼지는 목소리로 말했다.

"아무리 생각해도 이해가 안 돼요. 알잖아요. 우리 아버지가 얼마나 성실하게 살아오신 분인지."

맹목적인 신뢰 또한 이해한다는 듯, 지석이 턱을 쓸며 고개를 끄덕였다.

"지극히 정상적인 반응이야. 누구든 이런 상황에 직면하면 부정부터 하기 마련이지. 내 부모는, 내 남편은, 내 자식은 그럴 사람이 아니다."

잠시 말을 끊은 그가 앞에 놓인 잔을 들어 향이 진한 커피를 머금었다. 목을 축인 지석이 느긋하게 말을 이어갔다.

"세상에 나쁜 짓을 하기 위해 태어나는 사람은 없어. 완전 무결한 사람이 존재하지 않듯, 완벽한 악인도 없지. 누구나 이중성은 가지고 있는데, 우린 늘 보고 싶은 것만 보려고 해. 가족에게는 특히."

발끝부터 불안감이 차올랐다. 힘겹게 유지해오던 그녀의 세상이 오늘을 기해 뒤집히게 될까 두려웠다.

아니야. 아무 일도 아닐 거야.

해수는 길게 숨을 내쉬며 동요한 마음을 차분히 가라앉히려 애썼다.

"우리 아버지가…… 내가 생각하는 그런 분이 아니라는 말을 하고 싶은 건가요?"

"글쎄."

모호한 대답이었다. 해수는 고개를 돌려 창문을 바라보았다. 세상의 끝을 고하듯 억세게 퍼붓던 비가 갠 뒤, 유독 맑은 하늘은 마치 가을의 초입처럼 높고 청명했다. 환한 창으로 두 사람의 모습이 흐릿하게 비쳤다.

그러다 문득, 아무것도 아닌 일에 의미를 부여해가며 남자를 그리워하던 날들을 떠올렸다. 그와 보낸 날들이 무색하게 맞닥뜨린 현실은 그저 잔혹했다.

"방법을 찾아볼게요. 아버지부터 만나보고요."

해수는 머릿속을 배회하던 혼탁한 상념을 옆으로 밀어내며 입술을 잘근 깨물었다.

"저는 제 몸을…… 바치면서 그 돈을 탕감받을 만큼, 그렇게까지 저를 무기력한 인간으로 몰아가고 싶지는 않아요."

밤하늘처럼 반짝이던 눈동자에 점차 빛이 사그라들었다. 꺼져가는 빛을 보며 그가 말했다.

"돈으로 받을 생각이었다면 애초에 이런 짓 따위 벌이지 않았겠지."

태연하다 못해 뻔뻔한 대답이었다. 파렴치하고 부도덕한 짓도 서슴지 않는다던 남자의 말이 귀를 때렸다. 해수는 뜨끈한 목덜미를 만지작거리며 고개를 기울였다.

"돈으로 안 받으면요?"

"네 시간으로 갚아. 내 옆자리, 내 곁에서."

해수의 얼굴이 눈에 띄게 일그러졌다. 처음부터 말을 섞을 이유조차 없는 감정 소모일 뿐인데, 이런 말도 안 되는 상황에서조차 남자의 말에 터질 듯 반응하는 심장이 우스웠다.

속없이 뛰는 심장을 지그시 누른 그녀가 길게 숨을 내쉬며 물었다.

"이렇게까지 해서, 채지석 씨가 얻으려는 게 뭐예요?"

그가 다리를 꼬아 넘기며 몸을 비틀자, 어깨에 숨어 있던 농도 짙은 오후의 햇살이 와르르, 쏟아져 내렸다. 뿌연 빛이 눈을 파고든다. 남자의 대답을 기다리던, 고작 몇 초나 될까 싶은 그 순간이 영원처럼 길었다.

남자는 끝내 대답하지 않았다. 다만 커다란 손을 뻗어, 해수의 이마 언저리에 들이치는 햇살을 묵묵히 가려줄 뿐이었다. 타고난 체격만큼이나 커다란 손 아래, 해수는 기묘한 안정감을 느끼며 말을 이었다.

"처음부터 이럴 의도로 내게 접근했던 건가요?"

가볍게 코웃음 친 그가 그림자 아래 굴곡진 해수의 얼굴을 느리게 훑으며 말했다.

"그럴 리가. 난 그저, 사소한 위험으로부터 널 보호하고 내 시선이 닿는 곳에 두고 싶을 뿐이야. 그러니, 이 햇빛이 널 계속 불편하게 만든다면."

그가 상체를 조금 더 숙여 해수와 눈을 맞춰왔다. 삽시간에 가까워진 거리, 잠시 말을 멈춘 그가 해수를 보았다. 시선으로 붉어진 해수의 얼굴을 덧그리듯 더듬은 뒤, 어둡게 가라앉은 목소리로 말했다.

"세상을 암흑천지로 만들어버리던지. 널 햇빛이 없는 곳으로 데려다놔야겠지."

거스를 수 없는 불공정한 권력을 과시하듯, 느릿하게 들리는 눈꺼풀이 자못 사납게 느껴졌다.

"하지만 모든 선택은 네가 하는 거야. 난 네 뜻에 따를 거고."

해수는 목이 타들어가는 기분에 마른침만 겨우 삼켰다. 얼음이 거의 다 녹아 묽어진 커피는 이제 마셔봤자 커피 향만 겨우 날 것 같았다.

이내 잔을 비운 남자가 우뚝 몸을 일으킨다. 그리고 테이블을 빙 둘러 해수에게로 다가왔다. 그녀를 일으키는 손길이 어린아이를 다루듯 조심스러웠다.

남자의 팔이 허리에 감겼다. 단단한 팔뚝이 가시덤불처럼 온몸을 옭아맸다. 귓불 아래에 입술을 붙인 그가 질척하고 달콤하게 속삭였다.

"한 걸음만 오면 돼. 어려운 일 아니잖아."

물 속에서 말을 건네오는 듯, 남자의 목소리가 먹먹하게 들려왔다.

삐―.

더는 버티고 있을 수가 없었다. 해수는 쓰러질 것처럼 휘청거리며 꿈과 현실의 모호한 경계 속으로 빨려 들어갔다.

chapter 10

아내의 의무

— 죽은 자가 말이 없다는 건 틀린 말입니다. 죽음엔 반드시
  흔적이 남기 마련이고, 망자의 마지막 외침에 귀 기울이
  는 것이 바로 저의 사명입니다.

언제였더라. 학교에서 조금 일찍 돌아온 날이었다. 언니가
틀어둔 텔레비전 화면 속 아버지는 한결같이 멋진 말을 늘어
놓고 있었다. 그렇게 아버지를 보고 있노라면 가슴속 어딘가
가 빠듯하게 벅차올랐다.

선망과 동경이었다. 투철한 사명감 하나로 법의학계에 뛰어
든 아버지가 자랑스러웠다. 그리고 누구보다 강인하고 양심적
이며, 확고한 신념 하나로 살아온 그를, 해수는 존경했다. 적어
도 그 일이 있기 전까지는.

— 아빠가 뭔데 그 사람을 용서해? 죽은 자도 말을 한다며.
  죽음에는 흔적이 남는다며! 그렇게 사람들 이목이 중요
  해? 왜 언니 말엔 귀 기울여주지 않는 건데!

짝—!

언니의 발인 날, 태어나 처음으로 뺨을 맞았다. 부어오른 뺨에 대한 충격보다 두 번 다시 언니를 볼 수 없다는 상실감이 더 커서 그땐 아픈 줄도 몰랐었다.

─ 함부로 말하는 거 아니다.

다만 분노인지 슬픔인지 모를 감정들로 점철되어 일그러진 아버지의 얼굴을 보며 맹렬히 비웃을 뿐이었다.

언니의 죽음엔 뭔가 석연치 않은 구석이 많았다. 음주를 주장하던 트럭 기사의 혈액에선 알코올이 검출되지 않았다. 그러자 졸음운전을 했다며, 상대편 변호인은 손바닥을 뒤집듯 말을 바꾸었다. 하지만 아버지는 불거지는 문제를 입막음하듯 피의자를 선처하고, 서둘러 화장을 결정했다.

터엉, 화구의 문이 열리는 소리가 귓전을 때렸다. 해수는 화염 속으로 빨려 들어가는 언니를 그저 멍하니 바라만 보았다. 화르르, 대재앙처럼 불길이 치솟았다. 불에 달군 돌덩이를 삼킨 것처럼 속에서 불길이 활활 치받쳤다. 너무나 뜨거워 견딜 수 없다고. 그러니 어서 날 여기서 꺼내달라고. 화마에 휩싸인 언니가 피를 토해내듯 애타게 울부짖는 것만 같았다.

해수는 정신이 나간 사람처럼 목 놓아 울었다. 굳게 닫힌 철문을, 주먹에 피가 나도록 두드리고 손톱이 빠지도록 긁어대며 가슴을 쥐어뜯고 또 뜯었다. 숨 막히는 공포에 사로잡힌 해수는 꺽꺽, 소리 없는 비명을 지르며 눈을 번쩍 떴다.

"헉!"

소스라치게 놀란 해수는 거친 숨을 몰아쉬며 주변을 두리번거렸다. 빛 한 점 없는 공간은 완벽한 암흑 속이었다. 그녀는 젖은 눈꺼풀을 정신없이 깜빡이며 어둠에 익숙해지기만을 기다렸다.

여기는 어디일까.

칠흑 같은 어둠 사이로 달빛이 스며든다. 마치 비바람이 몰아칠 것처럼 어둑하게 달이 기울었다. 해수는 다 찌그러진 로봇처럼 삐걱거리며 눈물을 밀어내고 바닥을 더듬었다. 축축하게 젖은 베개와 바스락거리는 침구가 손끝에 닿았다.

아아, 꿈이었구나.

기억이 없었다. 지독한 열 감기에 걸렸을 때처럼 세상모르고 잠이 들었다, 아니 쓰러졌었던가. 대체 어디서부터 어디까지가 꿈이었던 걸까. 분명한 건 누워 있는 곳이 낡아빠진 제 원룸은 아니라는 것이다. 그렇다는 건……

부서진 유리의 잔해처럼 떠도는 기억들이 그녀를 덮쳐왔다.

"……아, 머리 아파."

타임 루프 공포 스릴러 영화에 갇혀 끊임없이 전개를 반복하는 것만 같았다. 몸을 잠식한 무력감 때문인지, 가위에 눌린 것처럼 한참이나 움직이지 못했다. 느릿하게 눈을 감았다가 다시 뜨길 반복하던 해수의 눈동자에 혈액이 역류한 링거 줄이 보였다.

왜 이걸 맞고 있는 거지.

멍한 시선 너머로 꿈속에서 본 언니의 모습이 벼락처럼 스치고 지나갔다. 가슴이 아릿해지는 걸 느낄 새도 없이, 손을 누르는 묵직한 감각에 정신이 번쩍 들었다.

순간 좁은 스툴에 구겨지듯 앉아 침대에 엎드린 채 잠든 그가 보였다.

아직도 꿈속인 걸까.

이 남자는 여기서 왜 이러고 있는 걸까.

이마를 쓸어 올린 그녀는 눈을 감고 기억을 더듬어보았다. 남자가 자신을 일으켰고, 먹고 싶은 게 있는지 물었다. 그리고 견딜 수 없이 어지럽고 혼란스러워 그의 어깨에 이마를 기댔다. 그 이후의 기억은 없었다.

"하아."

해수는 가벼운 한숨을 쉬며 마른 얼굴을 한 손으로 매만졌다. 타닥타닥, 어느새 얇은 빗줄기가 가느다란 선을 그리며 유리창을 두드리고 있었다. 창에 닿아 갈라지는 빗방울을 바라보던 해수가 서서히 현실감을 되찾으며 얼굴을 굳혔다. 순식간에 머릿속이 아득해졌다.

꿈을 꾸는 게 아니라면 아버지에게 빚이 있다는 것, 그 빚을 탕감해주는 대가로 저와 3년 동안 살아달라는 것, 이 모든 상황을 도대체 무슨 수로 이해해야 할까.

평생을 법의학 연구에 몰두하며 그 누구보다 청렴하게 살아오신 분이 바로 아버지였다.

—누구든 이런 상황에 직면하면 부정하기 마련이지.

말도 안 되는 일이라 생각하면서도 불길하게 뛰는 가슴을 진정시킬 수가 없었다.

대체 지난 3년 동안 아버지에게 무슨 일이 있었던 건가. 아버지가 그 지경이 되도록 자신은 대체 무얼 했나.

몸 어딘가에서 무언가 한없이 무너져 내리는 기분이 들었다. 순간 눈앞이 빙글 돌며 또 현기증이 일었다. 칼날 같은 목소리가 고막에 박혀 드는 것만 같았다.

─ 하지만 모든 선택은 네가 하는 거야.

도저히 거부할 수 없는 상황을 던져놓고는 선택을 하라니. 세상에 이런 위선이 있을까.

"말도 안 돼."

얕게 한숨을 쉰 해수는 그제야 팔에 박힌 카테터를 뽑아내고, 흐르는 피를 대강 닦아냈다.

3년 전 언니가 세상을 떠난 이후, 기댈 곳을 잃은 해수의 삶은 가뭄에 쪼그라든 논바닥처럼 메말라 있었다.

사람의 애정이, 온기가 미칠 듯이 그리웠다. 아무런 조건 없이 이해받고 싶었고, 사랑받고 싶었다. 그래서였을까. 이보다 더 나빠질 일은 없을 거라고, 이제는 행복해질 일만 남았다고 확신하며 그에 대한 경계를 서서히 풀어갔다. 파고들면 파고드는 대로, 감싸 안으면 안는 대로 그에게 기대고만 싶었다. 그가 제게 내비친 감정들마저 거짓이라 치부하기엔, 닿은 온기가 너무도 포근했다. 하지만 착각이었던 걸까.

해수는 눈을 감고 크게 심호흡을 하였다.

그래, 아마도 착각일 것이다. 좋아한다던 그의 말이 진심이었다면 이런 식으로 자신을 조롱하지는 않았을 테니까.

깊은 피로가 시커먼 파도처럼 끝도 없이 밀려든다. 모멸감과 수치심, 체념과 실망 따위의 단어들이 부지불식간에 정수리로 쏟아져 내렸다. 새삼스레 느껴지는 괴리감에 머리가 깨질 듯이 아팠다. 밑바닥이라고 생각했던 곳은 여전히 허공이었다. 눈을 감고, 끓어오르는 감정을 묵묵히 짓눌러봐도 이제는 추락하는 일만 남은 아기 새처럼 온몸이 덜덜 떨려왔다.

— 뭔가에 기대도 해보고, 실망도 해보고.

관찰하듯 주시하던 새카만 눈동자가 문득 떠올랐다.

그에게 기대하게 될까 봐, 정말 그를 가지고 싶어질까 봐, 놓아야 하는 순간 놓지 못하고 밀려드는 실망감에 고통받게 될까 봐 두려워하던 그녀를 훤히 들여다보는 듯한 눈빛이었다.

그렇게 잠든 남자의 얼굴을 한참 바라보다가 해수는 가만히 입술을 깨물었다. 거듭 숨을 마시고 내쉬며 마음을 가라앉히려 애썼지만, 그럴수록 정신없던 하루가 머릿속에서 산란하게 뒤섞일 뿐이었다.

— 앞으로 3년간, 채지석의 아내로서 맡은 바 의무를 다할 것이며.

입술을 풀고 숨을 삼켰다. 기분이 이상했다. 분명 그의 제안이 무섭고, 두렵고, 당황스러워야 정상 아닌가. 하지만 그가 웃을 때마다, 가슴은 어김없이 무너져 내렸다. 끝내 머릿속은 그로 가득 차 흘러넘치고 있었다. 일그러진 해수의 눈가로 견뎌내기 어려운 감정이 솟아났다.

아니야. 바보처럼 휩쓸리면 안 돼. 생각하면서도 마음먹은 대로 가주지 않는 생경한 감각이 무엇인지 그녀가 알 리 없었다. 혼곤하게 차오르는 감정이 버거웠다. 드디어 미친 거지. 자조하며 남자의 얼굴에서 억지로 시선을 거두려던 순간이었다.

"무슨 생각을 그렇게 예쁘게 해."

흩어졌던 정신이 삽시간에 제자리를 찾았다. 해수는 너무 놀라 소리도 지르지 못한 채 그에게 잡혀 있던 손을 빼내며 상체를 일으켰다. 부정을 들킨 사람처럼 가슴이 두서없이 뛰어댔다.

"안 했어요. 아무것도."

피곤을 숨기지 못한 남자의 얼굴은 평소보다 더 고단하게만 느껴졌다. 뻐근한 목을 뒤로 길게 젖힌 그가 가소롭다는 듯이 웃으며 침대 옆 간접 조명을 향해 손을 뻗었다.

"아니긴 뭐가 아니야. 머리 굴러가는 소리가 꿈속까지 들리던데."

주황색 조명등이 팟―, 하고 들어왔다. 호젓한 빛 아래 드러난 해수의 얼굴을 확인한 그가 느릿하게 입꼬리를 밀어 올리며 말했다.

"대체 얼마나 못 잤길래 그렇게 쓰러져? 아니면, 내가 했던 말이 까무러칠 정도로 충격적이었나?"

지금 그걸 말이라고.

손바닥으로 눈꺼풀을 지그시 누른 해수가 한숨을 쉬며 침대 아래로 다리를 내렸다. 밝아진 시계 속에서 그녀에게 가장 먼저 보인 건 광활한 골프 라운지와 유려하게 이어진 능선의

윤곽이었다.

"네……. 뭐, 그랬나 보죠."

중얼거리며 일어서려는 해수의 손목을 그가 낚아챘다. 단전 깊숙한 곳에서 끌어 올려진 듯한 한숨은 덤이었다.

"계속 누워 있어. 푹 쉬어야 해. 필요한 게 있으면 말하고. 내가 다 해줄 테니까."

놀란 소리를 낼 겨를도 없이 털썩 침대에 주저앉혀졌다. 상체를 눌러 휙, 침대에 눕히는 남자를 해수는 황당한 눈으로 바라보았다.

일주일 내내 당직 근무를 이어온 터라 노곤하고 피로한 건 사실이었지만, 손 하나 까딱하기 어려울 정도는 아닌데.

"조금 피곤하고 놀랐을 뿐이지, 어디가 아픈 건 아니에요."

"아니. 너 지금 아파."

"아니요. 내 몸은 내가 더 잘 알아요."

고집스레 대답하고 한숨을 쉬었더니 지석이 웃었다. 그리고 해수의 얼굴을 부드럽게 감쌌다. 뒤통수까지 뻗어간 손끝이 머리카락을 헤집고, 녹아내릴 듯이 뺨을 쓸었다. 깊게 한숨을 쉰 그가 속상하다는 듯이 미간을 좁혔다.

"해수야, 난 널 괴롭히려는 게 아니야."

당혹감이 밀려들었다. 그는 마치 사랑 고백이라도 하려는 사람처럼 달콤하고 맹목적인 눈빛으로 해수를 바라보고 있었다. 오늘 그녀에게 몰아닥친 일들이 그저 질 나쁜 악몽인 것처럼 느껴질 만큼.

"그러니까 겁먹지 마. 네가 싫다는 건 안 해."

순간 한껏 걱정을 담은 얼굴에 잠시나마 시선을 빼앗길 뻔했다. 정신을 차리지 않으면 금방이라도 고개를 끄덕이며 매달릴 것만 같았다. 해수는 긴 숨을 뱉었다. 누구보다 자신을 괴롭히고 있는 게 바로 그였다. 장난질하는 남자의 손에 놀아나고 있는 건 자신이었고.

미친놈. 하마터면 튀어나올 뻔한 험한 말을 겨우 삼킨 해수는 쓸데없이 뻗어가는 생각의 가지를 붙들고서 남자의 손을 떼어냈다.

상념이든 감정이든 깊게 파고들지 않기로 했다. 이미 벌어진 상황이었고, 혼자 땅굴을 파고 골몰한다 해서 당장 해결될 문제도 아니지 않은가. 물론 산발적으로 흩어지는 생각들은 많았으나, 의식적으로 생각을 이어가기엔 너무도 피곤했다.

"식사하셨어요? 저 배고픈데."

기지개를 쭉 켜며 몸을 일으킨 그녀가 슬리퍼를 질질 끌고 냉장고를 열었다. 신기하게도 감정을 수습하고 나니 물색도 없이 식욕이 돌았다.

"조금만 기다려. 금방 준비할 테니까."

가볍게 코웃음 친 그가 문을 열고 까딱 턱짓하자, 복도를 지키고 서 있던 남자 중 하나가 총알처럼 뛰어왔다. 사람을 부리는 것에 익숙한 듯, 지시는 간결했다.

해수는 차가운 생수를 꺼냈다. 지석을 노려보며 꿀꺽꿀꺽, 삼키는 입가로 물이 흘렀다. 축축이 젖은 블라우스가 불현듯 거추장스럽게 느껴졌다. 그녀가 답답해 미칠 것 같단 얼굴로 탁, 탁, 옷을 털며 깊은 한숨을 내쉬었다.

"옷도 젖었고, 다…… 불편하고 싫은데."

턱 끝에 맺힌 물기를 손등으로 닦아낸 그녀가 본인이 마시던 생수를 지석에게 불쑥 내밀었다.

"마셔요. 이거 마시고, 집에 보내주세요. 밥은 편하게 먹고 싶어요."

생수병을 받아든 남자가 빈틈없이 채워진 셔츠의 목깃을 검지로 끌어 내리며 소파 등받이에 살짝 몸을 기댔다.

"누가 보면 감금이라도 한 줄 알겠는데."

"아니었어요? 그럼 밖에 있는 사람들은 뭐예요?"

유려한 곡선을 이룬 의자만큼이나 매끈한 입매가 호선을 그리며 낮은 웃음을 흘려낸다. 아무렇지 않게 대답하고 있지만, 눈빛이 사나웠다.

"위험으로부터 널 보호하기 위해서야."

"어떤 위험이요?"

"사소한 위협이나 사고들. 조심해서 나쁠 건 없으니까."

성의 없이 머리카락을 쓸어 올린 그녀가 이해하기 어렵다는 듯 고개를 저으며 창가로 걸어갔다.

"알다가도 모르겠네요."

"뭐를?"

"날 보호해준다는 거 말이에요. 유명했다면서요. 한 조직을 와해시킬 만큼……."

해수는 창틀에 툭 걸터앉아 다리를 까딱거리며 의아하게 미간을 굽혔다. 차마 입에 담기조차 어렵다는 듯 그녀가 말끝을 흐리자, 소파 등받이를 손가락으로 가볍게 두드리던 지석의 얼굴이 기묘하게 일그러졌다.

적당히 어두운 조명이 지석의 얼굴에 깊이감을 부여했다. 아름답지만 위험하다. 처음 병실에서 이 남자를 봤을 때도 그렇게 생각했던 것 같다. 해수는 주먹을 쥐었다 펴며 잡생각을 몰아내고 입을 열었다.

"그쪽 옆에 있는 것 자체가 위험한 거 아닌가……. 그런 생각이 들어서요."

가소롭다는 듯 입술을 일그러뜨린 지석이 버림받은 짐승 같은 눈을 하고서 그녀를 향해 성큼 다가갔다. 해수는 눈 하나 깜빡이지 않고, 점차 가까워지는 그를 빤히 바라보았다.

"궁금하네. 대체 네 머릿속의 나는 어떤 사람인 건지. 뭐, 상종 못 할 쓰레기 같은 조폭 새끼쯤 되나?"

지석이 양손으로 그녀가 앉은 창틀을 짚으며 물었다. 여유로운 웃음과 달리 말에서 묻어나오는 기운이 선뜩했다. 순간 오싹 끼치는 두려움에 다문 입술이 파르르 떨리기 시작했다.

품에 갇힌 채, 감정을 지운 눈으로 그를 올려다보던 해수가 마른침을 삼키며 겨우 고개를 끄덕였다.

"비슷해요."

지석은 서늘해진 얼굴로 넥타이를 끌어 내리며 불량하게 입매를 끌어 올렸다. 해수의 어깨를 부드럽게 쥐고 머리카락까지 귀 뒤로 넘겨주며 말했다.

"정말 그렇게 생각했다면 진작에 도망을 쳤어야지. 이 먼 곳까지 따라올 게 아니라."

등에 닿은 유리창에서 툭, 툭, 빗물이 달라붙는 소리가 들려왔다. 천둥이라도 치는 걸까. 우르릉, 하는 소리가 멀찍이서 울렸다. 해수가 어디도 가지 못하게 품속에 가두고 선 남자가 시커멓게 일렁이는 눈으로 그녀를 훑어 내렸다.

"내가 뭘 할 줄 알고. 겁도 없이."

떨리던 그녀의 눈꺼풀 위로 남자의 숨이 뜨겁게 닿았다 떨어졌다. 오한이 이는 것처럼 마음이 저릿했다.

마치 자신의 소유일 뿐, 그 이상의 의미는 없다고 낙인을 찍는 것만 같아서⋯⋯.

서글픈 상실감이 할퀴고 간 자리가 너무도 시리다. 하지만 감상은 여기까지. 진심에서 시작된 사이도 아니지 않은가. 끝이 정해진 시작. 질척거리는 감정 따위에 휘둘릴 만큼 어리석지 않았다. 해수는 간결하게 감정을 누그러뜨리며, 안식을 얻고자 했던 남자의 가슴을 밀어냈다.

종일 굶었더니, 이 상황에도 배는 고팠다. 몸보신에 초점이 맞춰진 듯한 메뉴는 두서없었고, 두 사람이 먹을 수 있는 정도를 훨씬 넘은 양이었다. 무슨 맛인지 느껴지기나 할까, 싶었지만 음식들은 하나같이 감탄사가 툭, 튀어나올 만큼 먹음직스러웠다. 이왕 차려진 거 버릴 순 없는 거니까.

앞에 놓인 돌솥을 여니 뜨끈한 열기가 훅 올라왔다. 부드러운 도미살이 올려진 도미솥밥이었다. 해수는 머리를 질끈 묶은 뒤, 부지런히 입술을 오물거리며 식사에 몰두했다. 달그락, 지석이 유리잔에 얼음을 넣으며 부드럽게 말했다.

"잘 먹네."

"……."

"아, 내가 주는 건 뭐든 잘 먹기로 했던가."

남자의 얼굴 위로 희미하게 웃음이 떠올랐다. 비웃음이라기보다는 분위기를 풀고 싶어 하는 눈치였다. 나쁜 뜻으로 한 말은 아닌 것 같았지만, 말이 곱게 나갈 리 없었다.

"밥 먹을 땐 개도 안 건드린다는 말이 있어요."

까칠하게 쏘아붙인 해수가 김이 모락모락 피어나는 전복죽을 퍼 올렸다. 얇게 저며진 전복이 쫄깃하게 씹혔다. 지석이 피식 웃으며 얼음 잔에 술을 따랐다.

"먹으면서 들어. 우선, 이 계약의 갑은 윤해수야."

반듯하던 그녀의 미간에 미세한 균열이 일었다. 해수는 입술에 묻은 밥알을 닦아내며 남자의 손에 들린 잔을 빼앗아 단숨에 들이켰다. 목이 타들어가는 기분에, 으─, 절로 인상이 구겨졌다.

"지금 병 주고 약 줘요?"

못마땅한 얼굴로 한숨을 푹 내쉬자, 빈 잔을 받아든 그가

음—, 하고 목을 울리며 다시 잔을 채웠다.

"누가 봐도 이익을 많이 취하는 쪽이 갑이 되는 거. 당연한 일 아닌가?"

"이익이요? 내가 얻는 게 수치심 말고 더 있나요?"

무슨 뜻에서 그렇게 말하는 건지 묻고 싶었다. 아버지의 빚을 족쇄 삼아 자신을 진창으로 밀어 넣으려는 사람의 입에서 나오는 말이라기엔 좀 모순적이지 않나, 하는 생각이 들어서였다. 남자의 입에선 뜻밖의 답이 흘렀다.

"나."

해수는 어이가 없다는 듯 말문을 열었다가 도로 입술을 꾹 물었다. 어깨를 으쓱 올리던 그가 뭘 그렇게 놀라느냐는 듯 웃으며 말했다.

"내가 가진 걸 네가 다 갖게 될 거란 뜻이야. 너랑 나랑 곧 그런 사이가 될 테니까."

해수는 천천히 시선을 내렸다. 호박색 술이 콸콸 쏟아져 넘치도록 잔을 채우고 있었다.

그런 사이라니.

팽팽한 긴장감 위로 날 선 침묵이 내려앉았다. 냅킨으로 손을 닦아낸 그가 손가락을 딱, 튕기며 창밖으로 향하려는 해수의 시선을 붙들었다.

"그러니 내가 제시하는 조건은 수용했으면 해. 그렇게 복잡한 것도 아니니까. 우선—"

쿡, 찌른 고기의 단면으로 핏물이 배어 나온다. 해수는 순간 눈살을 찌푸렸다. 흘깃 보던 그가 말을 이었다.

"앞으로 수행원이 늘 동행할 거고, 외출할 때도 혼자는 위험해."

복잡하진 않았지만, 이해하기 어려운 조건이었다. 해수는 고개를 들어 그의 입술을 멍하니 응시하며 포크를 탁, 소리 나게 내려두었다. 그는 전혀 개의치 않았다.

"외도는 용납하지 않아. 육체는 물론 정신적인 외도 역시."

어련하시겠어. 가슴속에서 뜨거운 무언가가 왈칵 역류하는 느낌과 동시에, 해수는 남자의 앞에 놓인 잔을 향해 손을 뻗었다. 지석은 잔을 멀찍이 밀어내며 단호하게 고개를 저었다.

걱정하는 듯한 눈빛을 보는 순간 또다시 현실은 악몽이 되고, 가슴이 덜컥 내려앉았다. 알다가도 모를 변덕스러운 태도에 도대체 어떻게 반응을 해야 할지 몰랐다.

"남편으로서 해야 할 의무에는 적극적으로 임할 테니, 걱정할 필요 역시, 전혀 없고."

이명이 든 것처럼, 남자의 목소리가 귓바퀴에 매달린 채 왕왕 울렸다. 해수는 이마를 짚으며 눈을 감았다. 입술을 지그시 깨물고 생각을 지웠다. 그녀는 의식적으로 머릿속을 까맣게 칠해갔다. 하지만 그나마 참아낼 수 있는 한계점조차 그는 여지없이 활활 태워버렸다.

해수는 손을 내려 뺨을 감싼 채 천천히 숨을 들이쉬며 아픈 귀를 살짝 막았다.

"지금 그쪽, 제정신 아닌 건 알아요?"

고개를 끄덕인 지석은 테이블 위에 팔꿈치를 얹어 손깍지를 꼈다.

"알아. 그러니 두 번 다시 없을 기회라고 생각하고 최선을 다해 날 이용해. 내가 너한테 반쯤 눈 돌아 있을 때."

툭 하고 뺨을 긁는 손길이 따가웠다. 솔직히 말해서 해수는 이러한 남자의 말과 행동이 잘 이해가 가지 않았다.

아무리 생각해도 이 계약으로 인해 그가 얻는 게 없었다. 기껏해야 그녀가 내세울 만한 것은 의사라는 직업뿐이었다. 하물며 돈으로도 받지 않겠다니. 대체 이 사람은 자신의 어떤 면 때문에 이토록 집착 아닌 집착을 하려는 것일까.

"좋아요. 그런데 상대방의 의도를 알아야 제대로 이용할 수 있지 않겠어요?"

지석은 깍지 꼈던 손을 떼며 까슬해진 턱을 쓸었다.

"날 거둬주신 양아버지의 은혜에 대한 보답이지. 똑똑하고, 스스로의 힘으로 무언갈 이루어낸 사람이 집안에 들어오길 원해서."

뫼비우스의 띠처럼 뒤틀린 시선이 허공에서 대치했다. 터지기 직전의 시한폭탄. 한계에 다다른 듯한 위태로움이 해수의 눈동자를 잡고 뒤흔들었다. 그녀는 얕게 한숨을 쉬며 물었다.

"내가 그 조건에 부합한다고 생각해요?"

"돈이라면 이미 가질 만큼 가진 노인네라 사람들의 이목을 끌 만한 기삿거리에 목을 매. 주치의와 환자. 어린 시절 인연. 이만큼 흥미로운 연애담도 드물지."

해수는 그 언젠가 보았던 채두식의 인터뷰 기사를 떠올리며 작게 고개를 끄덕였다.

채두식이 매년 사회 소외 계층에 기부하는 금액은 상상을 초월하는 수준이었다. 그러니 연일 찬양 기사 일색인 것도 놀라운 일은 아니었다. 조폭계 회사가 양지로 나오기 위해 어떤 방법을 써왔을지는 눈에 보지 않아도 뻔했다.

언론의 힘, 이젠 자신을 이용해 새로운 이미지를 덧씌우겠다는 건가 생각할 때, 위스키로 목을 축이던 남자가 눈썹을 밀어 올리며 대답을 재촉했다.

"내 의도는 이만하면 충분히 설명한 것 같은데."

사소한 호의부터 스스로 제 손에 채운 값비싼 시계까지. 결국, 이러려고 그렇게 다정했던 거였나.

남자의 손에 놀아났다고 생각하니 스스로가 한심해 견딜 수 없었다.

"내가 미쳤지. 당신 같은……."

너 같은 깡패 새끼한테 마음을 줬어, 내가.

밀려드는 자괴감에 가슴이 욱신거려 온전한 사고를 이어가기 어려웠다. 그러니 당장은 부정하고, 원망할 수밖에.

그의 얼굴이 미묘하게 일그러지며, 관자놀이로 핏대가 돋아났다. 위압적인 모습에 절로 입이 꾹 다물렸다. 잠시 침묵하던 그가 느지막이 입술을 떼며 피식 웃는다.

"애초에 말 같지도 않은 계약을 했는데, 아무리 밑지는 장사라지만 나도 손에 쥐는 건 있어야 하잖아. 안 그래?"

당신에겐 이토록 다 쉬운 일이었구나.

그를 밀어내려 애쓰던 자신을 비웃는 것만 같아 절로 한숨이 흘렀다. 그와 동시에, 잠까지 설쳐가며 그를 떠올리던 이전으로 다시는 돌아갈 수 없음을 깨달았다.

"말 같지도 않은 계약이란 건 알고 있었나 봐요?"

"내가 너한테 미친 거지, 진짜 돌아버린 건 아니니까."

의도치 않게 맞닥뜨린 시선이 또다시 발라 먹을 듯 그녀를 훑었다. 해수는 긴장으로 침을 꿀꺽 삼키면서도 고집스럽게 입을 다물고 남자를 향해 시선을 붙박았다.

얼마 먹지도 못한 음식이 명치끝에 걸려 내려가지 않는다. 해수는 짜증스럽게 가슴 언저리를 문지르며 복잡한 속을 다독였다.

물론 인정할 건 인정해야 했다. 사람을 휘말리게 하는 기묘함. 그게 또 남자의 매력이라면 매력이라. 아마도 저런 남자가 먼저 다가와 달콤한 말을 늘어놓는다면 누구나 경계를 풀고 헤벌쭉 넘어가게 될 것이다. 그러니 그에게 묘한 감정을 가졌던 건 자신의 탓이 아니다. 불가항력이었다. 스스로 납득한 해수를 느긋하게 바라보던 그가 아무렇지도 않게 입을 열었다.

"내일 오전엔 여기서 바로, 혜화동 본가로 갈 거야. 오후엔 상견례를 해야 하니, 그전에 아버지 얼굴이라도 봐두는 게 마음 편할 테니까."

답답한 속을 다스리기 위해 차가운 물만 연거푸 들이켜던 해수의 얼굴 위로 경악이 번져갔다.

"상견례요?"

"아내 될 사람이 워낙 바쁘니 일정을 타이트하게 잡을 수밖에 없었어. 질질 끌어서 좋을 건 없잖아."

모든 게 이런 식으로 진행되는 걸까. 너무나 간단하고 쉽게 그에게 휩쓸려가고 있었다. 간신히 움켜쥐고 있던 마지막 마음의 조각마저 살살이 부서지는 게 느껴졌다. 자신의 상처 따위 안중에도 없을 남자의 눈동자가 그녀를 위아래로 아프게 긁어내렸다.

"잠자리든, 상견례든, 뭐든……. 미리 맞춰보는 것도, 나쁘진 않을 것 같은데."

성적인 뉘앙스가 풍기는 말을 함에도 지극히 무심한 어투였다. 해수는 손등 뼈가 불거지도록 주먹을 말아 쥐고, 가만가만 숨을 골랐다. 눈을 깜박이는 속도가 느려지고 폐로 드나드는 숨이 깊어졌다. 뒤늦은 후회와 열패감으로 일그러진 얼굴은 당장 자리를 박차고 일어나도 전혀 이상할 게 없어 보였다.

"……도대체 무슨 말이 듣고 싶은 거예요?"

형편없이 갈라진 목소리가 파편처럼 튀었다. 실소한 해수가 고개를 들어 그의 진지한 눈을 들여다보았다.

"글쎄, 하고 싶은 건 있어도 듣고 싶은 말은 딱히 없는데."

결국, 원하는 게 그런 거였나.

수치심에 붉어진 그녀의 얼굴을 본 남자의 웃음이 짙어졌다. 해수는 어처구니없어하며 이마를 쓸어 올린 후, 평소보다 조금 더 느려진 목소리로 대답했다.

"남자들은 사랑이 없어도, 그게…… 되나 봐요? 운동 열심히 하신다더니, 엄청 건강하신가 보네."

지석은 깍지를 꼈던 손을 풀며 둘 사이를 가로막은 테이블을 긴 다리로 쭉 밀어냈다. 미묘한 거리를 순식간에 좁히며 그가 다가왔다. 더 이상은 위험하다. 머리에서 경보음이 울렸다.

"궁금하면 직접 확인해보든가."

당황한 그녀가 몸을 물리고 자리를 피하려던 순간, 팔을 당기며 허리를 잡아챈 그가 해수의 가느다란 몸이 으스러질 정도로 꽉 끌어안았다.

간혹 그럴 때가 있다. 인지가 시선보다 느릴 때. 일부러 재생 속도를 늦춘 것처럼 주변 사물의 움직임마저 느릿하게 느껴지는 순간. 분명 똑똑히 보고 있는데도, 내가 지금 뭘 하는 건지 혹은 무슨 일이 벌어지고 있는 건지 좀처럼 실감이 나지 않을 때.

"왜, 왜……."

해수의 입술이 열린 건 두 사람의 몸이 의식하지 못한 사이 서로를 향해 비스듬히 기울고 나서도 그로부터 조금 더 시간이 흐르고 난 후였다.

닿을 듯 말 듯, 뜨거운 숨이 입술을 간지럽혔다. 밀도 높은 침묵 속에서 오로지 서로만을 응시하며, 천천히 유영하는 시간 속에 놓였다. 꿀꺽, 침을 삼키는 소리마저 느릿하게 귀를 울렸다.

해수는 혼란스러워하고 있었다. 적장에게 끌려온 포로처럼 언뜻 체념한 듯 보이다가도 거센 물살처럼 휘몰아치는 감정에 흔들리고 있었다. 물론 지금 그녀에게 가장 큰 시련을 안겨준 사람은 자신일 것이다. 그럼에도 지석은 뻔뻔하게, 그녀를 위한 것이니 어쩔 수 없는 일이라고 생각했다. 양심 뒤진 새끼라 욕을 먹어도 기꺼이 웃을 수 있었다.

"그러게. 왜 이러는 걸까."

해수는 소리를 내는 대신 작게 숨을 삼켰다. 가느다란 다리 사이로 뜨겁게 밀착한 하체가 금방이라도 터질 듯 부풀어 올랐다. 영문을 모르겠단 얼굴로 지석의 어깨를 짚은 여자가 팽팽해진 남자의 허벅지를 당황한 눈으로 내려다보았다. 그러더니 엉거주춤 허벅지를 모았다가 벌리기를 반복하며 자극적인 이물감을 떨치기 위해 애를 썼다.

돌아버리겠다. 아주.

해수가 위에서 꼼지락거릴 때마다 어이가 없을 만큼 강한 자극이 밀려들었다. 지석이 어금니를 악물었다.

"해수야. 가만히 있어."

고작 안고 치대는 것만으로도 이렇게 돌겠는데, 입술이 닿고 몸이 하나로 연결되면 어떤 느낌일까. 상상만으로도 뇌가 흐무러져 녹아내릴 것 같았다.

"나, 나도 이러고 싶지 않아요."

필사적으로 단조로운 목소리를 흘려내는 그녀가 안타까웠지만, 더는 참아낼 여력이 남아 있질 않았다. 맹렬히 자신을 바라보는 눈빛에 이성은 이미 함락된 지 오래였다.

"사랑 없는 결혼은 하기 싫다고 하지 않았나."

낮게 가라앉은 목소리가 흘러나왔다. 누가 들어도 날 좀 사랑해달라, 안달이 나 환장하겠단 투였다. 유일하게 이해하지 못한 해수가 가만히 입술을 깨물었다.

"그게, 이거랑…… 무슨 상관이에요?"

"왜 상관이 없어."

없어도 있게 만들어야지.

지석은 속마음을 읽힌 사람처럼 힘겹게 숨을 내쉬다 다시 허리를 바짝 끌어안으며 그녀의 귓불을 아프게 물고 사탕처럼 빨아당겼다.

"로맨틱한 건 싫다고 하시니, 이런 거라도 해야지."

말갛게 달아오른 얼굴 위로 겹겹이 당혹감이 쌓여갔다. 이런 자세로 뭘 하자는 건지, 알면서도 외면하고 싶어 하는 눈치였다. 아니면 그 반대인가.

지석은 맥박까지 느껴질 만큼 가까이 붙은 몸을 살짝 떼어내고 시커멓게 가라앉은 눈으로 그녀를 더듬었다. 지금이라도 사실 그대로를 말한다면 어떨까. 윤해인의 죽음에 대한 진실을 밝히고 내 곁에 있어달라고, 사랑도 연애도 결혼도 나랑 하자고 애원한다면 넌 흔쾌히 모든 걸 받아들일까.

— 아버지 빽 하나 믿고 기고만장하기는.

가족에 관한 일로 온갖 모욕을 당하면서도 묵묵히 감정을 짓누르던 윤해수를 생각해보면 단언컨대 절대 아니었다.

그렇게 기를 쓰며 살아왔는데, 의지하고 사랑하던 이의 죽음에 아버지가 얽혀 있다는 걸 알게 된다면, 결국 살아갈 의미마저 잃게 될지 모른다. 그가 두려워하는 건 오직 그 사실 하나였다. 다른 사람이야 어떻게 되든 그의 알 바 아니었다.

"그러게, 가만히 있는 사람을 왜 긁어."

그렇게 자신의 행동에 비겁한 도덕성과 당위성을 부여했다. 널 지키기 위해선 어쩔 수 없었노라고. 그러니 저 혼자 파렴치한 놈이 되는 게 차라리 낫지 않겠느냐고.

"지금 사는 집은 알아서 정리할 테니까 그렇게 알고 있어. 내 집에서 일단 함께 지내. 그곳이 마음에 들면 신혼집으로 쓰면 되고, 싫으면 다른 곳을 함께 알아보도록 하지."

"싫다면요? 그러면…… 아버지는 어떻게 되는 거예요?"

셔츠의 단추를 하나, 둘 풀어낸 그가 해수의 손을 끌어다 자신의 목울대 위를 느리게 쓸었다. 붉게 돋아난 상흔이 여린 손끝을 매섭게 스쳤다. 해수가 금방이라도 울 것처럼 얼굴을 일그러뜨리는 게 보였다.

"글쎄, 내가 어떻게 했으면 좋겠어?"

해수는 대답하지 않았다. 다만 감정을 수습하려는 듯, 몇 번이나 가파른 숨을 고를 뿐이었다.

그는 해수가 그렇게 절박한 표정을 짓는 걸 본 적이 없었다. 죽은 채 살아오던 자신보다 더 고통스러운 눈을 하고서 숨을 몰아쉬는데, 불현듯 가슴 깊은 곳 어딘가가 뭉근하게 이지러지는 것만 같은 기분에 사로잡혔다.

너는 왜 그런 표정조차도 예쁜 건가, 아니 예쁘다는 표현은 진부하다. 하지만 그만한 표현도 드물었다. 그녀는 예쁘고, 머리부터 발끝까지 윤기가 흐른다. 그러니 자신의 품 안에 가두고, 그 누구도 볼 수 없게 감춰둘 것이다.

지석은 차분하고 고저 없는 목소리로 말했다.

"내가 어떤 놈인지, 그새 잊은 건가."

그는 자신을 향한 해수의 열렬한 눈빛을 떠올렸다. 명백한 호감이었다. 다른 건 몰라도 자신의 얼굴만큼은 확실히 좋아하는 게 분명했다. 그러니 시작이 어떻게 됐든 다시 돌려두면 그만이다.

지석은 마음 한구석을 갉작이던 불안함을 단숨에 밀어버리고서 그녀의 뺨을 뜨겁게 감싸 쥐었다. 마디가 불거진 엄지손가락이 천천히 뺨을 타고 내려와 아랫입술을 느리게 쓸었다. 그간 험한 짓을 하고 살아왔다는 게 도저히 믿기지 않는 길고 섬세한 손가락과 굳은살이 여기저기 박인 거친 손바닥 사이에 묘한 이질감이 느껴졌다. 지석이 열렬한 눈빛을 보내왔다.

"그래. 한 번쯤은 너도 날 필요로 하는 날이 오겠지. 그게 사랑이든, 동정이든, 뭐가 됐든 괜찮아. 나 기다리는 거 잘해."

놀라울 정도로 상냥한 음성에 한숨을 쉰 해수는 대답 대신 얕게 고개를 저었다. 부정의 의미라기보단, 단지 피곤했고 너무도 지쳐 있었다. 아무런 행동도 이어가고 싶지 않았다. 그게 무엇이든 자신을 좀 가만히 내버려뒀으면 싶었다.

해수는 여전히 남자의 허벅지 위에 주저앉은 채로 의미도 없는 시간을 흘려보냈다. 그러다가 제 입술을 매만지던 남자

의 얼굴을 가만히 쓰다듬었다. 시선이 멎었다. 팽팽하게 당겨
진 기류 사이로 적막이 스미고 두 사람의 눈빛이 맞닿았다. 지
석의 호흡이 조금 더 거칠어졌다.

까닭을 알 수 없는 파장이 미세하게 일었다. 그를 향한 해수
의 눈동자가 높은 파고에 휩쓸리듯 위태롭게 흔들린다. 마치
시간이 멈춘 것만 같았다.

대체 난 뭘 어떻게 하고 싶은 걸까. 어떤 불길한 예감이 해
수의 손끝을 저릿하게 스쳤다. 그렇게 홀린 것처럼 멍하니 그
를 바라보다가 해수는 문득 깨달았다.

아아, 내가 이 남자를 좋아했던 거구나. 이렇게 될 줄도 모
르고. 바보같이.

"키스할까?"

갑작스러운 질문이 그녀를 깨웠다. 해수는 덜컥거리며 흔들
리는 마음을 다잡고 크게 숨을 들이켰다.

아니야. 이런 불쾌한 감정이 사랑일 리 없어.

들이닥친 감정이 마구잡이로 뒤섞였다. 하지만 망설인다 해
도 결론은 두 가지뿐이었다. 지금 당장 남자의 손을 뿌리치고
일어나 시커먼 장정들이 버티고 있을 밖으로 나가거나, 그의
요구를 들어주고 3년 뒤 돈을 챙겨 떠나거나.

"하아."

속절없이 휩쓸리던 생각을 정돈하려 천천히 숨을 내쉰 순간
이었다. 지석이 너무도 자연스럽게 고개를 기울이며 다가왔다.

"대답해. 후회하지 말고."

입술이 가까웠다. 서서히 뛰던 심장이 두근두근 미친 듯이 요동친다. 여기서 고개를 저으면 그는 반드시 멈춰줄 것 같았다. 그렇게 생각하면서도 버겁게 숨을 몰아쉬는 것 외에는 아무것도 할 수 없었다. 해수는 작게 숨을 삼키며 들이닥칠 파란을 예감했다.

"후회하면…… 뭐가 달라져요?"

대답 대신 코끝이 닿았다. 지석은 한참 동안 말이 없었다. 다만 언제든 물러날 준비가 되어 있다는 듯 그저 숨결만을 공유할 뿐이었다. 마치 선택권을 주겠다는 듯 느긋한 남자의 행동이 오히려 더 불안하게만 느껴졌다. 낙하 직전의 놀이 기구에 올라탄 것처럼 긴장한 심장이 분별없이 들썩거렸다. 버티고 버티다 결국 더는 참지 못할 것 같은 순간이 왔다.

"그리고 후회 좀 하고 살면 어때. 어차피 당신이 진흙탕 속으로 처박아버릴 텐데."

해수는 천천히 고개를 흔들었다.

물끄러미 그녀를 바라보던 지석이 금방이라도 입술을 겹쳐올 듯 관능적으로 그녀를 압박했다.

"잘 생각했어. 후회한다 해도 달라지는 건 없었을 거야. 결국, 너도 날 받아들이게 될 테니까."

간신히 다잡았던 마음이 순식간에 무너져 내리는 걸 느꼈다. 듬직하고 진중하던 그의 어린 시절, 엄마의 장례식, 응급실에서 처음 그를 맞닥뜨렸던 순간, 그의 호의를 단순하게 여기고 받아들였을 때……. 어디서부터 잘못된 건지 따지고 들기엔 그 시작이 어디인지조차 이제는 모호했다.

다만 원망할 곳이 필요했다. 너 때문에 내 인생이 다 망가졌다, 울고 떼쓰고 다시 돌려내라 때리고 쥐어뜯어놓을.

"난 당신이…… 끔찍해."

"알아. 하지만 결국엔 너도 날 원하게 되겠지. 우린 그렇게 될 수밖에 없어."

처음부터 정해진 결말이었고, 둘 사이는 결국 그가 바라는 대로 흘러가고 있었다. 그걸 깨닫고도 끝내 인정하기가 어려웠다. 속에서 뜨거운 덩어리가 왈칵 치받쳤다.

"……하, 넌 진짜, 나쁜 새ㅡ."

그 말이 신호탄이라도 된 걸까. 방심한 순간 입술이 닿았다.

왜 나는 선뜻 거절하지 않았나.

왜 당신의 손을 놓고 싶지 않았던 걸까.

혼란스러움은 찰나였다. 해수는 소리 없이 숨을 들이켰다. 그에게서 피어오른 짙은 향기가 후각을, 이성을 마비시킨다. 다만 모든 게 멈추고 사라진 것처럼 눈앞이 아득해져갔다.

견디기 어려울 만큼 뜨거운 열기가, 생각이란 걸 할 틈도 없이 입술 위로 포개어졌다. 해수는 아랫입술을 빨아들이는 그의 부드러운 혀를 느끼며 가늘게 신음했다.

"으응……."

혼란스러웠다. 뜨겁게 달아오른 하체가 옷 위로 거칠게 치대졌다. 선명하게 부푼 중심이 밀착하자마자 소름 끼치도록 야릇한 열감이 아래로 저릿하게 퍼졌다.

350

이런 건 싫어. 이상해. 해수는 남자의 품 안에서 파들거리며 뒤척였다. 괜찮아. 이상한 거 아니야. 달래듯 머리칼을 어루만지던 그는 더 깊이 파고들지 않은 채, 다만 입술을 애틋하게 머금고 문지르며 열어달라 애원하듯 해수를 바라보았다.

지석을 향한 분노가 여전히 제자리에 머물러 있음에도, 그가 결코 안전한 선택지가 아니라는 것을 알고 있음에도, 한번 달아오른 몸은 쉽게 식지 않았다.

이제, 아무것도 모르겠어.

해수는 혼란 속에 휩쓸려가는 감정을 어쩌지도 못한 채, 그의 머리를 끌어안고서 배고픈 아이처럼 서서히 입술을 열었다. 동시에 그가 밀려 들어왔다. 그가 해수의 입술을 물어뜯듯 거칠게 집어삼켰다. 더운 숨이 섞이고, 하아, 아아, 절박하게 끊어지는 신음이 서로에게 먹혔다. 머릿속을 가득 메운 불안감 따위 휘발된 지 오래였다.

그 역시 반쯤 이성이 날아간 사람처럼 절박하게 그녀를 안았다. 갈라진 입술 사이로 사납게 혀를 밀어 넣어 따뜻한 안을 정신없이 휘젓고, 빨아대느라 넋이 나간 듯한 얼굴이었다.

허벅지 위에 걸터앉은 몸이 격정에 휩쓸려 휘청거렸다. 그녀가 빠져나갈 수 없도록 더욱 밀착해 품에 가둔 남자의 커다란 손이 블라우스 위를 정신없이 더듬으며 꼿꼿해진 정점을 진득하게 쓸었다.

"아아, 자, 잠깐만요."

그가 말랑한 가슴을 부드럽게 움켜쥔 순간, 정신이 번쩍 들었다. 광택이 나는 실크 소재의 블라우스가 그의 손 안에서 무자비하게 구겨지고 있었다. 해수는 손등에 핏줄이 불거지도록 그의 어깨를 붙들고서 다급히 고개를 저었다.

여전히 입술이 깊게 맞물린 채로 지석이 단단한 흉곽을 크게 들썩이며 뜨거운 숨을 몰아쉬었다.

"그만할까?"

섬뜩하게 느껴질 만큼 탁하게 가라앉은 목소리가 다시 한번 그녀의 선택을 종용한다. 질척한 늪 속으로, 깊은 바다로 질질 끌려 들어가는 것만 같았다. 해수는 발끝에 힘을 준 채, 블라우스 안으로 손을 넣으려는 그의 팔을 단호하게 붙들었다.

"싫으면 싫다고 해. 응? 괜찮아."

힘주어 밀어내야 하는데. 그렇게 생각하면서도 온몸을 뜨겁게 치대는 느낌이 소름 끼치도록 좋아서 미칠 것만 같았다.

해수가 답을 주저하는 사이, 그가 다시 이마를 맞대고서 코를 비비고 입술을 깊게 물었다. 젖은 점막을 긁어내리고 누구의 것인지도 모를 타액을 삼키는 소리가 귀를 울렸다.

— 역시, 넌 태세 전환이 빨라서 좋아.

제 안에 숨겨진 추악한 어둠이, 있는 힘껏 목소리를 높여 자신을 조롱하는 것만 같았다.

"싫어."

울고 싶었다.

해수는 비명처럼 소리를 지르며 고개를 내저었다.

chapter 11

고작 3년짜리 계약

노곤하게 잠들어 있던 해수가 눈을 뜬 건 늦여름의 뜨거운 햇살이 얼굴 위로 내리쏟아지던 시간이었다.

머리가 반으로 쪼개질 듯 아팠다. 목구멍이 쩍쩍 갈라지는 듯한 갈증과 두통에 몸을 웅크린 그녀는 가만히 어젯밤의 기억을 더듬어보다가 질끈 눈을 감았다.

미쳤어…….

처음이었다. 남자와 정신없이 입을 맞춘 것도, 가슴에 남자의 손이 닿은 것도, 온몸이 녹아내릴 것처럼 이상하게 끓어오르던 것도 모두 그녀에겐 처음 겪는 일이었다.

"일어났어?"

불현듯 환청 같은 목소리가 들려왔다. 해수는 자신을 부르는 목소리에 퍼뜩 정신을 차리고 눈을 떴다. 초점이 흐릿한 시야 사이로 텅 빈 매트리스가 들어왔다. 햇살이 내려앉은 매트리스 위로 표표한 빛 먼지가 떠오르는 게 보였다.

"오늘 바쁘게 움직여야 해."

리넨 침구 특유의 바스락거리는 건조함이 전신을 휘감았다. 낮게 잠긴 목을 가다듬은 해수는 먼지를 쫓아내기 위해 손으로 눈앞을 휘저으며 상체를 천천히 일으켰다.

"잘 잤어요?"

예상치 못한 질문이었던 걸까. 지석이 머뭇거리며 대답 대신 미간을 좁혔다.

의아했다. 그렇게 당황스러운 질문이었나. 아무것도 묻지 말란 뜻일까. 창밖 어느 한 지점에 방점을 찍은 채 시선을 고정한 해수가 기운 없이 웃더니, 이내 말을 이었다.

"그냥 궁금해서."

멍한 시야 너머로 지석이 다가오는 기척이 느껴졌다. 해수는 자신도 모르게 작게 숨을 삼켰다. 담배는 피우지 않는 걸까, 그에게선 늘 너무나도 좋은 남자 향수 냄새가 났다.

찰랑거리는 시계의 금속 마찰음이 귓가에 들려왔다. 커다란 손이 가까워지는 게 느껴졌다. 반사적으로 허리선을 타고 기묘한 긴장감이 흘렀다. 남자의 손길을 기억하는 몸이 제멋대로 기대를 하기 시작했다.

마른침을 꿀꺽 삼킨 해수가 그와의 거리를 벌리기 위해 상체를 뒤로 빼려던 순간이었다. 뜨거운 손가락이 엉망으로 흐트러진 해수의 머리카락을 한 올 한 올 쓸어 넘긴다. 남자가 드높은 가을 하늘만큼이나 시원한 미소를 걸고 해수를 바라보았다.

"못 잤어. 밤새 네 얼굴 보느라."

긴장을 풀어주려는 듯 어루만지는 손끝이 부드러웠다. 너무나 혼란스러워 마음이 통제할 수 없이 일렁거린다.

해수는 설레설레 도리질을 쳤다. 아무래도 전날 받은 충격이 너무 커, 몸과 마음이 아직도 정신을 못 차리고 제멋대로 구는 것 같다고. 해수는 그렇게 생각했다.

흔들리지 마. 정신 차려.

목적 자체가 불순한 남자였다. 그걸 알면서도 혼란스러운 건, 이미 그에게 한차례 마음을 주었던 탓이겠지. 그리고 마음을 줄 수밖에 없도록 의도한 것 역시 그였다. 무서우리만큼 거대해진 현실감이 또다시 그녀를 덮쳐왔다.

"왜……."

애초에 끝나야 했던 인연이었다. 그를 향한 마음을 더는 키우지 말았어야 했다. 그랬다면 작금의 상황이 이토록 혼란스럽지는 않았을 거였다.

생각하다 보니 끝내 화가 났다. 그렇기에 한 번쯤은 따져 묻고 싶었다. 해수는 선득해진 눈으로, 주저하던 입술을 뗐다.

"나한테 대체 왜 그랬어요? 선뜻 거절조차 할 수 없게……. 설마 일부러 그런 거예요? 헛된 꿈에 부풀어 있을 때, 다시 나락으로 던져버리려고?"

칼날 같은 시선이 내리쏟아졌다. 다만 말이 끊어진 자리를 짧은 호흡이, 순간적으로 얽힌 시선이 메웠다. 가다듬은 머리카락을 귀 뒤로 넘겨주며 그가 부드럽게 말했다.

"받아들이기 어려운 일이란 거 알아. 하지만 아무것도 달라지는 건 없어. 넌 그냥 살아오던 대로 살면 돼."

"어떻게요? 어떻게 그래요?"

두 눈을 가늘게 찌푸리며 해수는 침대에서 벌떡 일어섰다. 남자의 손아귀에 잡힌 몸이 팔랑, 힘없이 침대 위로 나부꼈다. 단박에 그녀의 몸을 그의 아래에 가두고 내려다보던 지석이 슥 한쪽 입술 끝을 올렸다.

"널 나락으로 떨어지게 내버려두지 않을 테니까."

해수는 순간 말문이 막혀 어떤 말도 할 수 없었다. 그렇게 물끄러미 내려다보던 지석이 갑자기 고개를 기울여 입술을 짓이기듯 눌러왔다. 남자의 목에서 끓는 듯한 신음이 흘렀다. 이마와 코끝이 차례로 맞닿고, 고개를 비틀어 다시 포개진 입술이 부드럽게 뭉개졌다.

얼마나 시간이 흘렀을까. 그는 더 깊숙이 들어오지 않았다. 아무런 움직임도 없이 상냥하게 입술을 묻고, 수차례 그녀의 얼굴에 키스를 퍼붓는 게 다였다.

"하."

잔잔하게 흔들리던 눈동자와 입술이 서서히 멀어진다. 이를 가만히 지켜보던 해수가 초연한 웃음을 흘려내며 상체를 일으켰다.

"나락은 당신이겠지. 지옥에서 허덕이는 나를 구해주는 척하고……."

이내 고개를 툭, 떨군 해수가 넋을 놓고 힘겹게 중얼거렸다.

"……진짜, 나쁜 새끼."

느릿하게 단어를 짓씹으며 발음하던 그녀가 고개를 치켜들었다. 그러곤 복잡해진 얼굴로, 제 앞에 선 지석을 노려보았다. 그러다 도저히 참을 수 없었는지, 주먹을 말아 쥐고 지석의 가슴을 있는 힘껏 때렸다.

"죽여버리고 싶어."

해수는 울음 섞인 목소리로 외치면서 지석의 어깨와 가슴을 마구 때렸다. 그렇게 해도 마음속 응어리는 전혀 풀리지 않았다.

퍽.

분명 몸을 가누기 힘들 정도로 사정없이 쳤는데, 그는 해수가 때리는 대로 얌전히 맞아주며, 손을 잡아 막으려는 시도조차 하지 않았다. 심지어 낮게 웃으며 앞주머니에 꽂힌 펜과 타이 클립까지 빼주는 느긋함에 더 화가 치밀었다.

눈꼬리가 붉어지고 코끝이 빨개졌다. 미동조차 없는 그가 미워 더는 견디기 힘들었다. 울컥 감정을 토해낸 얼굴이 곧 울 것처럼 엉망으로 흐트러졌다. 해수가 질끈 깨물었던 입술을 풀며 숨을 헐떡일 때였다.

지석이 해수의 뺨을 부드럽게 감싸 쥐며 일그러진 그녀의 얼굴에, 눈가에, 위로하듯 입을 맞췄다.

"다 때렸어?"

"……뭐?"

그는 흐트러진 옷매무새를 정리하고 타이의 매듭을 조이며 입꼬리를 시원하게 끌어올렸다.

"잘했어. 앞으로 화가 나거나 기분이 안 좋으면 언제든지 말해. 맞아줄 테니까. 주먹이든 발길질이든 뺨을 치든 쌍욕을 하든, 원하는 대로."

버겁게 차오르는 숨을 골라내던 해수가 질린다는 듯 몸서리쳤다.

"맞는 게 취미예요?"

"말했잖아. 네가 원하는 게 뭐든, 내가 다 해주겠다고."

아랫입술이 아연하게 벌어졌다. 병원에서 보았던 모습과 언론에 비친 그의 신사다운 면모는 모두 허상이었다는 걸 해수는 확실히 깨달았다. 하기야, 조폭 집안에서 자란 남자니 애초에 정상적인 사고방식을 가진 인간일 리 없었다.

"밥부터 먹자, 너 배고프잖아."

그렇게 말하고서 유쾌하게 웃는 그가, 해수는 그저 신기할 뿐이었다.

혜화동 본가, 3대째 이어 살아온 한옥 고택답게 집 안 여기저기 세월의 흔적이 고스란히 남아 있었다. 활짝 열린 장지문 사이로 오후의 뙤약볕이 쏟아진다. 부드럽게 내리쬐는 햇살과 달리 제법 바람이 선선했다. 엊저녁 내린 비로 인해 물기를 담뿍 머금은 고목의 냄새가 바람을 타고 밀려들었다.

3년 만에 찾아온 집이었다. 그럼에도 별 감흥 없이 정원을 훑던 해수는 세운 무릎 위에 뺨을 기대고서 고즈넉한 툇마루를 멀거니 바라보았다. 인생은 멀리서 보면 희극, 가까이서 보면 비극이라고 했던가. 속내를 모르고 본다면야 그림처럼 평온하기 이를 데 없는 풍경이었다.

뿌드득, 뿌드득.

테이블 위, 손때가 묻어 거무튀튀해진 호두 두 알을 만지작거리던 그가 힐긋 해수를 살피며 말을 걸어왔다.

"내키지 않으면 말해. 불편하게 만들 생각은 아니었으니까."

해수는 얕게 한숨을 쉬며 뜨끈해진 손바닥으로 눈꺼풀을 눌렀다. 불편한 건 둘째치고 무슨 말을 해야 할지, 어떤 표정으로 아버지를 봐야 할지 고민하느라 머리가 너무 복잡했다.

"오래 기다리게 해서 미안하네."

그때 달그락, 소음과 함께 중후한 노인의 목소리가 늦여름볕 내리쬐는 거실의 고요를 깨뜨렸다. 기다란 컵을 채운 오렌지 주스 두 잔이 찰랑거리며 테이블 위에 놓였다. 엉거주춤 허리를 굽힌 윤성태가 나란히 앉은 두 사람의 맞은편에 자리를 잡으며 거듭 사과를 했다.

"미안하다, 해수야."

감정을 삭이듯 눈을 내리감았던 해수가 천천히 눈꺼풀을 들어 올렸다. 그새 하얗게 새버린 아버지의 머리카락이 햇볕에 반사되어 은사처럼 오묘한 빛을 띠었다. 온기 하나 없는 목소리가 입술을 갈랐다.

"미안한 걸 알면서……."

평정이 잘게 으스러졌다. 단지 분노만은 아닌, 혼란한 눈빛이 정처를 잃고 허공을 떠돌았다. 말끝을 머금은 해수가 얕게 숨을 내쉬며 힘없이 덧붙였다.

"알고도 그랬다는 건, 일부러 그런 거랑 다를 게 없잖아."

해수는 혼란한 눈을 느리게 감았다 뜨며 테이블 위로 던져 놓은 계약서를 덤덤히 집어 들었다.

할 말이 너무도 많았다. 대체 3년 동안 무슨 일이 있었기에 이렇게 큰돈이 필요했던 건지, 망가진 제 인생은 어떻게 보상할 건지 따지고 힐난하며 질책해야 마땅했다.

"이해가 안 가서 그래요. 아무리 생각해도 말이 안 돼. 미안하다는 말로 이렇게 넘기면 안 되는 거잖아."

피치 못 할 사정이 있었겠지.

해수는 왈칵 치미는 울분을 힘겹게 삼켜내며, 어떻게든 아버지를 이해하고자 안간힘을 썼다.

"나 없는 동안 무슨 일 있었어? 아빠, 힘들면 나한테 손이라도 내밀었어야지. 연락이라도 해줬더라면⋯⋯."

해수는 제 핸드폰 속에 켜켜이 쌓인 부재중 전화와 읽지 않은 메시지를 떠올렸다. 아버지가 불구덩이에 빠져 허우적거리는 줄도 모르고 무시해왔으면서 연락이라니. 참으로 속 편한 소리가 아닐 수 없었다. 한순간 밀려든 부채감이 명치끝에 걸려 내려가질 않았다. 윤성태가 투박하게 손질해 온 복숭아를 해수의 손에 쥐어주며 말했다.

"언젠가는 모든 걸 이해하게 될 날이 올 거다."

해수는 그게 언제냐는 질문을 삼켰다. 어차피 이해를 바라고 한 일도 아니었을 테니 그런 질문은 무의미했다. 피식 웃은 해수는 아무렇지 않게 복숭아를 내려놓았다.

"내가 어떤 기분일지 생각해봤어?"

생각해봤을 리 없다. 그걸 알면서도 네가 어떤 기분일지 생각해봤다, 아버지가 대답해주길 간절히 바라며 물었다. 아버지는 끝내 침묵했다. 숨죽인 채 아버지의 대답을 기다리던 해수의 얼굴은 숨길 수 없는 배반감으로 붉어져 있었다.

부모에게 있어서 자신은 한순간도 우선순위였던 적이 없었다. 너는 알아서 잘하니까. 보육원 아이들은 엄마의 손이 필요하니까, 그 아이들은 정에 굶주린 아이들이니까, 그러니까 다 가진 네가 이해해야지. 그래서 이해했다. 이해하고 거리를 두고, 늘 자신을 우선순위에 두며 살아왔다.

"이제 와 나더러 뭘 더 어떻게 하라고."

보육원 아이들에게 집착하던 엄마나 명예에 목숨 걸던 아버지나, 이젠 죄다 진절머리가 났다.

"아빠가…… 할 말이 없다."

아버지는 끝내 변명거리를 만들어내려는 성의조차 내보이지 않았다. 남자와의 계약이 설령 제 존엄성을 내던져야 하는 일이라고 하더라도, 모든 것을 감내할 준비가 된 해수의 눈썹이 감정적으로 꿈틀거렸다. 여기서 한마디라도 더 쏘아붙여야 조금이나마 쓰린 속이 풀릴 것만 같았다.

"의사는 명예와 신념으로 먹고사는 직업이라면서요. 여태

다 돈 주고 산 거였어요?"

"그만해."

줄곧 관망하던 지석이 그녀의 등을 도닥이며, 팽창할 듯 무거워지는 분위기를 차분히 짓눌렀다. 여기서 한 걸음 더 가면 분명 후회하게 될 거란 경고가 담겨 있었다. 하지만 화산처럼 폭발하는 해수의 감정을 잠재우기엔 역부족이었다.

"왜? 살아보니, 명예 가지곤 안 되겠던가요?"

"……그래. 그거론 부족하더구나."

끝내 자신의 치부는 드러내지 않겠다는 듯 고고한 눈길에 다시 머리끝까지 열이 올랐다. 짧은 침묵 끝에, 주름진 손이 해수의 손등을 덮었다. 윤성태가 차분하게 말을 이었다.

"세상엔 아무리 애를 써도 뜻대로 되지 않는 일들이 있어. 그러니 너라도 행복하게 살아."

행복이라니, 별안간 가슴이 꽉 막히고 경악에 받친 눈이 커다랗게 뜨였다. 해수가 윤성태의 손을 매몰차게 뿌리치며 소리쳤다.

"팔려가는 주제에 무슨 행복씩이나 바래요. 이 사람이 그래? 나 행복하게 해주겠다고?"

주스를 단숨에 마시고도 갈증이 가시질 않았다. 명치에 틀어박힌 뜨거운 기운을 뿜어내듯, 가쁜 숨을 몰아쉬던 해수가 기어코 눈살을 찌푸리며 목소리를 깔았다.

"고작 3년짜리 계약 가지고 무슨."

초점 없는 눈으로 허공을 한참이나 바라보던 해수가 끝내

362

창밖으로 시선을 옮겼다. 막막했다. 높고 푸르른 하늘은 구름 한 점 없이 온통 새파랗기만 해서 끝이 어디인지 도무지 알 수 없었다.

두 사람이 서재로 자리를 옮긴 뒤 꽤 오랜 시간이 흘렀다.

째깍째깍, 시계 초침 소리만이 아늑한 공간을 메웠다. 금방이라도 넘칠 듯 끓어오르던 감정은, 분노가 있던 자리에 슬픔이 대신한 듯 그저 고요할 뿐이었다.

그렇게 미동도 없는, 무의미한 시간이 얼마나 지났을까.

지끈한 머리를 천천히 쓸어 올린 손으로 해수는 다시 관자놀이를 꾹꾹 눌렀다. 소파에 스르륵, 쓰러지듯 기대 누워 빠르게 엎어지고 뒤집히는 생각을 정리해봐도 20억의 행방이 묘연했다.

설마 도박이라도 한 건가.

해수는 빠르게 도리질 쳤다. 다른 거라면 몰라도 도박이라니, 그건 절대 아닐 거란 판단이 들어서였다. 심지어 민화투조차 칠 줄 모르는 사람이 바로 아버지 아니던가.

그런 사람이 고작 3년 사이, 그렇게 큰돈을 겁 없이 덜컥 빌릴 정도로 도박에 중독이 됐을 리 없다.

― 누구나 이중성은 가지고 있는데, 우린 보고 싶은 것만 보려고 해.

물론 인정한다. 한 길 사람 속은 알 수 없는 거니까. 흐트러진 숨이 단번에 목구멍을 긁고 올라왔다. 20억을 빠르게 소모할 수 있는 온갖 불법적인 행위들이 그녀의 머릿속을 지배했다. 아버지에 대해 그간 너무 무심했던 생각에 잠잠해진 속이 다시금 꽉 막혀 답답했다. 깊게 한숨을 쉰 해수는 맥없이 널브러진 몸을 일으키며 초조한 듯 입술을 물었다.

― 우리 아버지가, 내가 생각하는 그런 사람이 아니란 말을
   하고 싶은 건가요?

해수는 벽에 걸린 가족사진을 들여다보았다. 인자하게 웃고 있는 아버지의 얼굴이 햇살에 반사되어 뿌옇게 번졌다.

젊은 시절부터 아버지는 인물로 둘째가라면 서러울 만큼, 무엇 하나 빠지는 것 없이 수려한 외모를 자랑해왔다. 큰 키와 뚜렷한 이목구비, 하얀 피부와 나이답지 않은 청년 미까지.

하지만 고작 3년 새, 지나치게 초췌해진 모습에 내심 놀란 것도 사실이다. 그러니 술이든 도박이든 무언가에 중독되지 않았으리라 단정하기도 어려운 일이었다.

"아니야, 이건 정말 아니야."

까득, 까득, 엄지손톱을 물며 초조함을 달래던 해수가 머리를 좌우로 털었다. 마음을 갉아먹는 잡생각은 한시라도 빨리 떨쳐버리는 것이 좋았다.

어차피 지금 상황에서 할 수 있는 일이라곤 그저 시간이 빨리 지나가기만을 기다리는 것뿐, 달리 뾰족한 수가 있는 것도 아니지 않은가.

벌떡 자리에서 일어선 해수는 초조한 걸음으로 거실을 서성였다. 테이블 끄트머리에 맺혔던 시선이, 자신도 모르게 2층 계단으로 향했다. 해수는 이내 긴장한 마음으로 천천히 계단을 올랐다.

2층 복도 제일 안쪽. 언니의 방문을 열자마자 해수의 눈에 찰나의 불꽃이 튀었다. 언니의 흔적이 고스란히 남아 있을 거라 예상한 건 아니었지만, 이토록 완벽히 정리되어 있을 거라 짐작한 것도 아니었다.

옅은 민트색 벽지 위로 해수와 언니가 그려두었던 앙증맞은 낙서들은, 짙은 잿빛 벽지로 깔끔하게 뒤덮여 있었다. 이렇게까지 해야 했나. 혹여나, 언니의 흔적이라도 찾을 수 있지 않을까 기대했던 마음에 작은 파동이 일었다.

난 아직도 집에 오면 언니가 웃으면서 반겨줄 것만 같은데.

처연하게 내려앉은 속눈썹 사이로 읽을 수 없는 감정들이 뒤엉켰다. 그리고 무수히 스친 감정의 끝자락엔 결국 그리움만이 남았다.

오랜 시간 열지 않아 삐거덕거리는 창문을 힘주어 밀어낸 해수는 차곡차곡 쌓인 먼지를 쫓아내며 창틀에 팔꿈치를 대고 턱을 괴었다.

세월의 흔적이 고스란히 묻어 있는 담벼락, 소박한 기왓장 위로 늘어지게 피어 있는 능소화가 한눈에 내려다보였다.

"여전히 징그럽게 예쁘네."

사랑하는 가족을 잃고, 벼랑 끝에 내몰린 처지가 되더라도 꽃은 피고 또 지고, 세상은 인정머리 없이 아름다웠다. 와스스, 때마침 바람이 불어왔다.

— 네가 이 꽃처럼 살았으면 해. 만개한 모습도 예쁘지만, 바닥에 떨어져 있는 모습도 예쁘거든. 비 오는 날은 또 어떻고.

어수선하게 흔들리는 꽃가지 소리, 그 위에 덧입혀진 언니의 목소리를 떠올리며 해수는 느리게 눈을 감았다.

그러면 뭘 해. 스스로 지탱할 힘조차 없어 벽에 붙어 자랄 수밖에 없는 나약한 꽃인걸.

진흙 덩어리처럼 끈적하게 뭉친 감정이 목구멍까지 차올랐다. 해수는 한숨을 쉬며 고개를 얕게 끄덕였다.

"그래, 먼저 간 딸의 흔적을 언제까지고 놔둘 순 없었겠지."

권위 있게 뻗어 오른 솟을대문의 꼭대기, 소박하게 일궈진 텃밭을 느리게 배회하던 해수의 시선은 어느덧 주인 잃은 방으로 되돌아왔다.

아버지 역시 죽지 못해 사는 것이리라. 내내 무심한 표정으로 언니의 장례식장을 지켰고, 피의자와 웃으며 합의를 했고, 3개월 만에 복귀한 시사 프로그램에서 언니의 죽음에 대해 담담하게 이야기하던 아버지라 하더라도.

한숨을 쉰 해수는 창문에 비스듬히 기대선 채 천장을 가만히 응시했다. 내가 이해할 수 없는 어떤 사정이 있었겠지.

초조한 마음을 억누르며 해수는 애써 자신을 다독였다. 어쨌든 생면부지의 사람도 아니니 지나치게 두려울 것도 없었다,

아니 겉모습이나마 번듯한 남자라 다행이라 여겨야 할까.

"해수야."

상념에 잠긴 그녀를 일깨운 건 복도 아래에서부터 들려온 지석의 목소리였다. 이제 돌아갈 시간이 된 모양이었다.

"내려가요!"

순간, 조각상처럼 얼어붙었던 해수가 목청을 높였다. 찰나의 동요가 해수의 눈동자에 떠오르다 이내 사라졌다. 그리고 언니의 침대 위에서 시선이 우뚝 멎었다.

"어? 이게 여기 있었네."

4년 전, 서연과 제주도 여행을 갔다 돌아오던 길에 선물로 사 온 인형이 침대 구석에 덩그러니 앉아 있었다.

"아빠 눈에도 네가 귀여워 보였나 보네."

언니의 물건이 죄다 사라진 와중에 머리에 한라봉을 뒤집어 쓴 곰 인형만이 자리를 지키고 있을 줄이야.

"누나랑 같이 가자."

인형 위에 쌓인 먼지를 툭툭 털어내며 품 안에 넣는데, 눈물이 툭 떨어졌다. 해수는 어금니를 꾹 물고서 황급히 눈물을 닦아냈다.

괜찮아. 아무것도 아니야. 다 잘 될 거야.

정원으로 나온 해수는 크게 숨을 마셨다가 천천히 뱉었다. 마음을 다잡으며 대문을 열었다. 조수석 문을 열고서 환하게 웃고 있는 남자가 보였다. 울었던 탓일까. 가슴이 뛰었다.

해수는 두근거리는 가슴을 손바닥으로 꾹 누르면서 차에

올라탔다. 흐드러지게 핀 능소화의 정경이 서서히 시야 밖으로 사라졌다.

햇빛은 찬란하고 차창 밖 하늘은 여전히 새파랬다.

남자의 차가 한강 다리 위를 빠르게 달려나가는 동안, 차창에 바싹 붙어 앉은 해수는 조수석에 불편하게 기대어 강물처럼 흘러가는 바깥 풍경을 불안한 눈길로 바라보는 중이었다.

"예쁜데, 귀엽기까지 하네."

한쪽 팔을 창문 쪽에 기댄 채 턱을 괸 지석이 한 손으로 핸들을 돌리며 말했다. 남자의 시선이 향한 곳엔 곰 인형이 있었다. 뭐가 그렇게도 즐거운 걸까. 운전하는 내내 남자의 입술 끄트머리엔 비스듬한 미소가 걸려 있었다.

"아."

난 또 뭐라고.

생각은 곧장 정적을 깬 남자를 향해 달려갔다. 대체 어디서부터 일이 틀어진 건지, 해수는 차근차근 시작점을 찾아보려다 무기력하게 고개를 저었다.

"쟤가 몸값이 좀 나가는 애라서요."

창문 틈으로 새어 들어오는 소음에 미간을 좁힌 해수가 들릴 듯 말 듯 자그마한 목소리로 대답했다. 그의 말이 뜻하는 바가 무엇인지 흥미조차 없다는 투였다.

차는 어느덧 다리를 벗어나 한강 변을 달리고 있었다. 오늘따라 신호 타이밍이 좋지 않았다. 지루한 듯 검지로 핸들을 두드리던 지석이 매끄럽게 고개를 틀었다. 이윽고 눈빛만큼이나 능청스러운 대답이 돌아왔다.

"우리 해수 몸값만 할까."

덜컹대며 지나가는 화물 트럭의 소음을 차단하기 위해, 살짝 열어둔 창문을 닫던 해수가 움찔 행동을 멈추고서 그를 돌아보았다. 물론 특별할 것도 없는, 평이함의 정석에 실릴 법한 목소리였다. 하지만 해수는 장난스러운 그의 말투에서 아무것도 모르는 어린아이의 것처럼 순진한 악의를 느꼈다.

"하, 몸값."

차라리 소음 때문에 아무것도 듣지 못하는 편이 나았을 텐데. 다시 한번 자신이 처한 상황, 위치를 되짚어주는 듯한 말에 조금쯤 비참한 기분이 들었다.

그렇다고 혼자 바닥을 기며 기분을 망쳐대고 싶진 않았다. 한 번. 딱 한 번만 눈을 감고 못 들은 척하면 그만인 것이다. 그렇게 각오를 다진 해수가 고개를 끄덕이며 물었다.

"인형 좋아하시나 봐요. 하나 사드려요?"

신호를 앞두고 부드럽게 속도를 줄인 차가 마침내 멈춰 섰다. 정면을 향해 있던 지석의 시선이 창백하게 굳은 그녀의 뺨으로 향했다. 지석이 피식 가볍게 웃으며 대답했다.

"나 인형 있는데. 안고 자기 좋은, 가느다랗고 보드라운 인형."

목과 허리를 꼿꼿이 세운 해수의 얼굴 위로 따가운 볕이 찌르고 들어왔다. 창밖만을 유유히 바라보던 해수의 뺨은 어느덧 무르익은 사과처럼 발그스름하게 물들었다.

몸값 비싼 인형이라니. 냉정함을 유지하려던 해수의 미간이 굽이쳤다. 그나마 누그러진 속이 다시 펄펄 끓어올랐다. 모욕적인 제안을 할 때부터 예견된 고초였다. 그가 자신을 어떻게 생각하고 있는지 훤히 드러나는 대목이었다.

해수는 손에 든 서류 파일을 내려다보며 다부지게 입술을 깨물었다.

"방금 되게 변태 같았다는 거. 혹시 아실지 모르겠네요."

말간 눈이 불쾌함을 고스란히 내비치며 한껏 찌푸려졌다. 남자의 반응은 예상 그대로였다.

"섭섭하네. 아직 아무 짓도 안 했는데 그런 미친놈과 비교하면 내가 서운하지."

특유의 느린 어조로 지껄이며 나른하게 웃는 그에게서, 빠르게 변하는 창밖으로, 해수는 서서히 시선을 옮겼다.

미친놈 맞잖아.

검지와 중지를 모아 관자놀이를 짓누르듯 둥글게 문지르던 손이, 이마 언저리로 향할 때였다. 경직된 그녀의 얼굴을 살핀 지석이 길게 한숨을 내쉬며 팔을 뻗었다. 느리게 뻗어온 손이 해수의 목덜미를 가볍게 주무르듯 어루만졌다. 노곤해지는 걸 느낀 해수는 편안하게 눈을 내리감다 화들짝 놀라며 헛기침을 했다. 저도 모르게 그에게 기댈 뻔했던 마음의 빗장을 다시 꼭꼭 걸어 잠그며 말했다.

"운전이나 똑바로 하세요."

멀리서 붉은 등이 밝혀졌다. 지석이 나지막하게 웃으며 오른쪽 사이드미러를 힐긋 쳐다보았다.

"이보다 더 똑바로 할 수 있나 싶을 만큼, 완벽하게 하는 중인데."

해수는 유리창에 가만히 이마를 기댔다. 하필 너무도 다정해서, 차창에 비추어지는 남자의 옆모습이 물그림자처럼 흐릿했다.

지석이 이끄는 대로 따라간 곳은 청담동, 갤러리를 방불케 하는 심플한 분위기의 헤어숍이었다.

"이목구비는 말할 것도 없이, 피부가 정말 고우세요. 어쩜 이렇게 희고 투명하실까. 어깨선도 곧고, 가늘어서 어떤 스타일을 해도 찰떡처럼 어울리실 것 같아요."

거울에 비친 해수는 무척이나 곤란한 듯 어색하게 입꼬리를 밀어 올렸다. 친절과 미소로 완전무장한 디자이너가, 해수의 머리카락을 손질하며 현란하게 구사하는 언어들에 정신마저 혼미해질 지경이었다.

"아, 감사합니다."

의례적으로 인사치레를 한 해수의 눈동자가 헤어숍 내부를 느리게 훑는다. 삭삭, 머리카락 끝을 가볍게 커트하며 디자이너가 감탄했다.

"머리카락 색도 너무 예쁘시다. 보리밭 가보셨어요? 잘 익은 보리가 딱, 고객님 머리카락 색이에요. 결도 어쩜."

그린 듯한 미소를 입가에 매단 디자이너를 흘깃 본 해수가 입술을 안으로 말았다 뗐다.

듣기 좋은 칭찬이 연거푸 쏟아졌다. 해수는 제 모습이 변해가는 걸 불편한 눈으로 지켜보았다. 간간이 흐르는 한숨 소리가 그녀의 복잡한 심경을 대신했다.

제가 있을 곳이 아니라는 생각 때문이었을까. 몸에 맞지 않은 옷을 입은 것만 같았다. 앉은 자리에 가시라도 박힌 듯 내내 거북했다.

"그나저나 정말 놀랐지 뭐예요."

그녀의 마음을 아는지 모르는지, 디자이너는 연신 맑은 웃음을 터뜨려가며 해수의 기분을 북돋우듯 말을 걸어왔다.

"우리 대표님께 이렇게 예쁜 애인이 있을 줄 누가 상상이나 했겠어요? 다른 사람이 훔쳐 갈까 봐 꼭꼭 숨겨두셨나 봐."

그때, 카트를 끌고 들어오던 어시스트가 악의 없이 명랑한 목소리로 디자이너의 말에 맞장구를 쳤다.

"그러니까요. 소라 언니랑 결혼할 거라고 예전에 소문도 돌았ㅡ. 아야!"

디자이너가 어시스트의 어깨를 툭 치며 말을 더듬었다.

"얘. 너……. 저, 저기 28번 고객님 머리 색상 체크해야지.

372

얼른 가봐."

"……28번이요? 아, 네!"

쓰읍, 하고 눈을 부라리는 디자이너의 엄한 얼굴이 거울에 비쳤다. 해수는 아래로 눈꺼풀을 깔고 작게 한숨을 삼켰다. 어수선한 감정을 누르려는 기색이 역력했다. 거울에 비친 자신의 초라한 얼굴을 볼 용기가 없어서. 정확히는 두 사람 사이를 애매하게 침범한 불청객이 된 기분 탓이었다.

"고객님, 정말 죄송합니다. 요즘 어린 친구들이 저렇게 할 말, 못 할 말 구분을 못하더라고요. 노여움 푸시고, 제가 대신 사과드리겠습니다."

디자이너가 당혹스러운 얼굴로 허리를 깊이 숙였다. 해수는 그럴 필요 없다는 듯 손사래 치며 그녀를 안심시켰다.

"괜찮아요. 그렇게 생각하지 않은 사람이 어디 있겠어요. 놀랄 만하죠."

내가 제일 놀랐으니까요.

해수는 포털 사이트에 연관 검색어로 얽혀 있던 두 사람의 스캔들 기사들을 떠올렸다. 지금은 그가 투자하는 영화 촬영차, 방콕에 있다고 했던가. 따라서 두 사람을 연인 사이로 짐작하는 것도 결코 무리는 아니었다.

한소라는 그들이 다른 공기 속에 사는 사람이라는 걸 확인시켜준, 명확한 기준점이었다. 저와는 비교조차 할 수 없을 만큼 화려하고 세련된 여자라 감히 그를 넘볼 수조차 없게 만들었던.

그런 여자를 두고 도대체 왜?

입 안에서 쓴맛이 느껴졌다. 애써 웃고 있었지만, 입꼬리에 이는 미세한 경련마저 숨길 순 없었다.

"어머, 너무 예쁘시다."

낭랑한 목소리가 상념에서 그녀를 건져 올렸다. 정신을 차린 해수는 거울에 비친 제 모습을 보며 눈을 크게 떴다.

양옆에서 네 가닥으로 촘촘하게 땋아져, 반 묶음으로 느슨하게 매듭진 머리카락이 신기했다. 해수는 한참이나 거울에서 눈을 떼지 못했다.

"사모님 될 분만 아니었더라면 사진이라도 찍어두는 건데, 아쉬워요."

저보다 더 만족한 듯 감탄하는 디자이너 뒤로, 커다란 메이크업 박스를 손에 든 직원이 대기하고 있었다.

아직 끝이 아니었나.

낯선 장소에 덩그러니 홀로 있다 보니, 자연스레 익숙한 얼굴을 찾게 되었다. 메이크업 디자이너가 장비를 세팅하는 동안 해수는 자신도 모르게 목을 쭉 빼고 두리번거렸다.

다 보고 있어.

도망간 거 아니니까, 걱정하지 마.

예쁘네, 우리 해수.

핸드폰이 연이어 진동하며 그의 메시지를 액정 위로 띄웠다. 마지막 메시지를 의도치 않게 보게 된 직원이 새하얀 스펀지로 해수의 얼굴을 팡ㅡ, 두드리며 앓는 소리를 했다.

"어유, 진짜. 솔로 가슴에 불을 막 댕기신다. 메이크업까지 하고 나면 우리 숍 불타는 거 아니에요? 그렇게나 좋으실까."

그렇게나 좋아서 이러는 거면 얼마나 좋을까.

문득, 가슴 깊숙한 곳에 묻어두었던 그와의 기억들이 머릿속을 느리게 배회했다. 숨을 쉬는 것도 잊은 듯 멍하니 굳어버린 해수는 아무 말도 들리지 않는 사람처럼 곱아든 제 손끝만 멀거니 바라볼 뿐이었다.

결국, 이럴 거면서 날 좋아한다고 말했던 이유는 뭔가.

내내 불편하게 가라앉아 있던 해수의 눈에 슬픔이 번졌다. 왜 이렇게 된 건지, 스스로 끊임없이 질문을 던지고 후회해봤자 둘 사이에 변하는 건 아무것도 없다는 걸 너무도 잘 알게 된 탓이었다.

얼굴을 도닥이는 보드라운 감촉이 상념을 몰고 사라졌다. 메이크업까지 마친 해수는 직원의 안내에 따라 탈의실로 향했다. 탈의실 문을 연 해수는 눈앞에 걸린 옷을 보며 벌어지는 아래턱에 힘을 주었다.

"이걸, 채지석 씨가 준비한 거라고요?"

"네. 혹시 마음에 안 드시면ㅡ."

"아니요, 아니에요."

자존심 상하지만 하필, 더할 나위 없이 마음에 드는 원피스였다. 붉은 장미 패턴이 들어간 상아색 실크 원피스. 발목 약간 위에서 딱 끊어지는 길이감마저 기분 나쁘게도 완벽했다.

드르륵―.

탈의실 유리 선반 위에 놓아둔 핸드폰이 짧게 진동하며 소음을 일으켰다.

> 나와. 마음에 들지 않으면 다른 것도 있으니까.

그럴 리가. 하지만 겉으로 드러내며 마음에 든다고 좋아하기엔, 자신이 속물처럼 여겨져 선뜻 내키지 않았다.

― 우리 해수 몸값만 할까.

이상하게 그 한마디가 머릿속에서 나가지 않았다. 저를 지옥 속에 밀어 넣었다는 것보다 더 현실적으로 제 상황을 직시한 말이라 그런 걸까.

둘 사이의 깊은 사정을 모르는 이들의 부러움 또한, 썩 달갑지만은 않았다.

지―잉.

> 내가 들어가?

기다림이라곤 모르는 무례한 남자. 사람들은 모르는 그의 민낯을 알게 된 것 또한 제겐 그저 불행일 뿐이다.

지―잉.

> 해수야.

"이름 닳겠네."

해수는 작게 중얼거리며 탈의실 문을 힘주어 열었다. 지석이 탈의실 밖 기둥에 비딱하게 기대선 채, 늘씬한 흑표범 같은 자태로 그녀를 기다리고 있었다.

"보고 싶어서 눈 빠질 뻔했어."

언뜻 다정하게 들리는 말이었지만, 명백한 질책의 뉘앙스였다. 어딜 가나 툭 튀어나오는 남자가 이제는 놀랍지도 않았다.

눈썹을 일그러뜨린 해수가 퉁명스레 대꾸하며 바닥을 툭, 툭, 가벼이 걸어찼다.

"저 들어간 지 5분도 안 됐어요. 벗고 나올 순 없잖아요."

미술 작품을 감상하듯 위아래로 훑는 맹목적인 눈빛에, 해수가 날 선 목소리를 연달아 내뱉었다.

"그리고 이게 지금 뭐 하는 거예요? 상견례라며. 이렇게 비싼 옷, 머리, 화장이 꼭 필요해요? 인형 놀이하는 것도 아니고. 유치하게."

그가 성큼 다가왔다.

"해수야."

"네."

짧은 대답에서조차 해수의 목소리는 묘하게 비틀리고 모나 있었다.

가까이 다가온 그가 촘촘히 땋아진 해수의 머리카락을 손가락에 휘감으며 다른 손으로 그녀의 어깨를 부드럽게 쓸었다.

"상견례라서가 아니야."

"그럼 뭔데요?"

미간을 굽히며 묻자 지석은 묘한 눈길로 해수를 내려다보며 중얼거렸다.

"내 여자라서 누릴 수 있는 혜택. 뭐 그쯤이라고 해두지."

그 말인즉슨, 공식적이건 비공식적이건 그와 대동하는 자리엔 늘 풀 세팅된 모습으로 나타나야 한다는 뜻일 것이다. 계속 말을 이어갈지 말지 망설이던 해수는 가시 돋친 눈으로 남자를 보며 경멸하듯 쏘아붙였다.

"아, 네. 상상만으로도 질식해서 죽을 것 같네요."

툭 내뱉은 말에 그가 해수의 얼굴을 물끄러미 바라보았다. 해수의 어깨에 손목을 걸치고 목덜미와 머리카락의 경계도 손끝으로 더듬었다. 오밀조밀한 이목구비를 느릿하게 눈 안에 담아내고서, 그럴 수도 있겠다는 듯 고개를 끄덕이며 나직이 인정했다.

"그래. 그런데 걱정할 거 없어. 금방 익숙해질 테니까."

세상 예쁜 건 죄다 너에게 갖다 바치겠다는 듯 결의에 찬 그의 얼굴에, 해수는 고개를 세차게 저으며 단호하게 답했다.

"이딴 거에 익숙해질 일은 없을 것 같은데요. 절대."

"내기할까?"

"……."

"보상은 뭐, 천천히 생각해보고."

지석이 검지 끝으로 톡, 가볍게 해수의 뺨을 건드리며 즐겁게 웃었다.

지금 웃음이 나와? 사람을 이렇게 망가뜨려놓고?

해수는 언뜻 서늘해 보이는 지석의 얼굴을 멍하게 쳐다보다 속으로 신랄하게 비난하며 능청스러운 그의 시선을 피했다.

샵에서 나와 간단한 식사까지 마치고 나니 어느덧 4시였다. 상견례는 7시라고 했으니, 아직은 여유가 있었다. 남자는 식당에서 나오자마자 해수를 차 안으로 밀어 넣었다.

"회사에 잠시 들어가 봐야 해. 처리해야 할 일도 있고."

해수는 느리게 움직이는 창가의 빛을 따라 주변을 유심히 살폈다. 머지않아 멀찍이 보아도 눈에 띄는 높은 건물 앞에 차가 멈춰 섰다. 두 사람의 방문을 기다렸다는 듯, 여러 명의 직원이 일렬로 서서 대로변 앞에 들어서는 차를 맞이했다. 말간 얼굴 아래 당혹감이 떠올랐다. 해수가 대수롭지 않은 얼굴로 시동을 끄는 지석의 팔을 붙들며 다급히 물었다.

"설마, 저기 같이 들어가자는 소리는 아니죠?"

달칵―.

"오셨습니까."

대답을 듣기도 전에, 윤재가 활짝 웃으며 해수가 앉은 조수석 문을 열었다. 그와 동시에 뒷좌석에 벗어둔 재킷을 집어 든 지석이 미간을 좁히며 건조한 목소리로 간결하게 지시했다.

"그래, 오셨으니까 닫아. 바람 들어와."

해수를 향해 친근하게 눈인사하던 윤재가 눈을 크게 뜨며
되물었다.

"바람, 예? 왜?"

"닫으라면 닫아."

머뭇거리던 윤재가 아차 싶은 얼굴로 문을 닫았고, 이러지
도 저러지도 못해 해수가 당황한 사이 지석이 홀로 차에서 내
렸다.

확 트인 하늘을 뒤로한 채, 재킷을 걸쳐 입으며 보닛을 지난
남자가 자신을 향해 거침없이 걸어오고 있었다. 성큼성큼 걷
는 걸음걸이가 어찌나 시원스러운지, 미지근하게 불어오는 바
람에도 목에 걸린 타이가 느릿하게 허공을 나부꼈다.

그가 돌연, 한 손을 서서히 들어 매끈하게 넘겨진 제 머리카
락을 쓸었다. 무성 영화의 한 장면과도 같은 움직임을 향해 시
선을 따라가던 해수가 고개를 흔들며 시선을 끊어냈다.

달깍―.

조수석 문을 연 지석이 안전벨트를 향해 몸을 깊숙이 숙인
것도 그때였다. 기겁한 해수가 다급하게 먼저 풀어버리자, 그
가 어이없다는 듯 피식 웃으며 해수의 뺨을 쓸었다.

"빈틈이 없네. 자, 내리기 전에 심호흡부터 하고."

끝이 보임에도 마치 보이지 않는 높이까지 우뚝 솟은 것만
같은 고층 건물을 가만히 올려다보던 해수가 눈을 크게 뜨며
물었다.

"심호흡은 왜요?"

"놀랄까 봐."

남자가 해수를 내려다봤다. 눈시울이 조금 붉어진 것을 잠깐 쳐다보던 그는 고개를 숙여 짧게 입을 맞췄다. 능청스럽게 웃고는 다시 정중하게 손을 내밀며 말했다.

"잡아. 그렇다고 해서 미리 겁먹을 필요까진 없고."

해수는 지석이 내민 손을 물끄러미 바라보았다. 달콤한 말로 유혹하면서도 지석은 한결같이 느긋한 모습이었다. 이 손을 잡아야 한다는 사실이, 결국 모든 게 그의 뜻대로 흘러갈 거란 사실이 미치도록 자존심을 건드렸다.

머뭇거리는 해수를 향해 꿈결 같은 속삭임이 이어졌다.

"나만 믿어."

그의 태도는 내내 다정하고 부드러웠다. 해수는 무언가에 홀린 듯 손을 뻗어 그가 내민 손을 잡았다. 크고 따뜻하며 세상 모진 풍파로부터 자신을 보호해줄 것처럼 단단한 손이었다. 그는 기다렸다는 듯 시원스레 웃으며 작은 손을 깍지 낀 채 손등에 입을 맞췄다.

또 사람을 가지고 노는구나.

아랫입술을 감춰 문 해수의 얼굴이 미세하게 일그러졌다. 헛소리가 분명한데 박동 속도를 높인 심장이 눈치 없이 전신을 매섭게 울려댔다.

지석은 익숙하다는 듯한 손길로 해수의 허리를 제 곁으로 당겨 안으며 로비로 들어섰다.

가느다란 허리를 안은 손이 옆 선을 느리게 쓸어 올렸다. 손길을 따라, 오소소 소름이 일었다. 화들짝 놀라며 고개를 든 해수가 낮게 탄식하며 정면을 보았다. 낯선 소음들이 순식간에 오감을 짓이기며 귓속으로 밀려들었다.

찰칵, 찰칵—.

"두 분이 오래전부터 알고 지냈다는 게 사실입니까?"

"예비 신부 정면 샷 좀 부탁드립니다!"

예상보다 훨씬 큰 회사의 규모에 놀랄 틈도 없이, 사방에서 들려오는 셔터 음과 섬광을 터뜨리는 플래시 세례에 정신이 산란해졌다. 늘 그에게만 향해 있던 스포트라이트가 자신에게로 쏟아지듯 빛을 퍼부어댔다. 어디선가 시작된 웅성거림이 벌 떼처럼 밀집해 있던 사람들 사이로 물결처럼 퍼져나갔다.

두려웠다. 여기서 돌아서지 않으면 두 번 다시 자신이 살던 세상으로 되돌아갈 수 없을 것만 같았다. 눈앞에서 번개가 내리친 듯 번쩍거렸다. 드문드문 시야가 까맣게 물들어 앞이 보이지 않았다. 해수는 겁에 질린 눈을 휘둥그레 뜨며 남자의 팔을 동아줄처럼 붙들고서 뒷걸음질 쳤다.

무서워. 돌아가고 싶어.

쇠사슬에 양손을 결박당한 채, 거리로 내몰린 노예가 된 기분이었다. 순식간에 눈앞이 캄캄해지며 밀려드는 막막함에 숨이 턱 막혀올 때였다.

"괜찮아. 얼굴 돌려."

낮고 다정한 음성이 휘청거리는 해수의 심장을 단단히 붙들었다. 해수는 저도 모르게 그의 허리를 힘주어 끌어안고서 따스한 품에 얼굴을 묻었다. 지석은 재킷을 벗어 그녀의 상체를 완전히 뒤덮었다. 두근거리는 심장 소리와 새근거리는 숨소리가 남자의 품 안에서 서서히 하나로 뒤섞였다.

해수는 남자의 품 안에서 질끈 눈을 감았다. 편안한 향기가 노곤하게 스몄다. 맹렬하게 터지던 카메라 플래시 소리도 점차 아득히 멀어지는 듯했다.

이 사람이 내 남편이 되는구나.

말도 안 되는 제안을 받은 후, 줄곧 꿈속에서 헤매듯 현실감이라곤 없었는데 이제야 실감이 났다.

Chapter 12

절정

사방으로 펼쳐진 늦은 오후의 황금빛 도심이 눈부셨다.

내부는 화려하지도, 수수하지도 않았다. 유리창으로 둘러싸인 덕에 채광이 좋은 남자의 집무실은 인테리어 잡지에 소개될 법하게 꾸며져 있었다.

> **채지석 대표, 전격 결혼 발표! 그 상대는 누구?**

> **어린 시절 인연이 필연으로, 사고가 맺어준 사랑!**

그의 회사에 들어선 지 1시간도 채 되지 않아 그들의 첫 만남부터 현재까지, 꽤 그럴듯하게 꾸며진 기사가 세기의 로맨스라는 타이틀을 달고 우후죽순 쏟아지고 있었다. 해수의 신상은 물론 뒷모습만 첨부되었던 호텔 스캔들 기사의 정면 사진까지 기다렸다는 듯 공개되었다. 동료들의 관심이 집중된 건 당연한 일이었다. 기사가 터진 순간부터 단톡방 메시지는 쉴 새 없이, 넌더리 나게 빠른 속도로 올라가고 있었다.

> 야, 윤해수. 이거 너 맞아? 신상 다 떴어. 대박.

> 불륜도 아닌데 니들이 왜 난리야.

> 누가 뭐래? 윤해수, 너 설마 병원 그만둘 건 아니지?

> 웬일로 연차를 쓰나 했더니, 겁나 충격적이다.

> 6.25때 난리는 난리도 아니네.
> 아니 이게 무슨 일이야, 대체.

정신적 피로감이 해일처럼 밀려들었다. 로비에 발을 딛고, 그의 사무실로 들어가 문이 닫히는 그 순간까지, 동영상으로 기록된 제 행동 하나하나가 나노 단위로 분석되고 있었다. 이제는 물릴 수도, 물러날 곳도 없단 생각에 머릿속이 새하얗게 비는 기분이었다.

테이블 위로 핸드폰을 툭 내던진 해수가 푹신한 소파 등받이에 몸을 기대며 얼굴을 쓸었다. 탁 트인 풍경도, 화사한 채광도, 그녀에겐 아무런 위로가 돼주지 못했다.

"도대체 나한테 왜 이러는 건지, 이유를 모르겠어요."

서서히 균열이 가던 평정심이, 조금 전을 기해 무참히 깨져 버렸다.

"이런 기사는, 미리 막아줄 수 있었던 거잖아요."

비난의 화살은 이 난리가 난 와중에도 내내 평온한 얼굴로 서류에 사인을 휘갈기던 지석에게로 향했다.

"어차피 헤어질 사인데 이렇게 시끄럽게 만드는 이유가 뭐죠?"

해수가 인상을 찡그렸다. 언짢음을 노골적으로 드러내는 해수를 두고도, 그는 속눈썹 한 올 깜박하지 않은 채 그저 묵묵히 제 할 일을 할 뿐이었다.

자신이 오랜 기간 공들여 준비해온 기사였으니, 대답해줄 말도, 막아줄 이유도 없었다. 모든 게 의도한 대로였다. 그는 해수가 자신의 여자라는 걸 많은 이들이 알아주길 바랐다. 그녀의 얼굴, 이름, 직업 모든 걸 낱낱이. 언론을 통해 자신의 여자라고 낙인찍는 것만큼 확실하게 그녀를 지켜낼 방법이 어디 있을까. 이제 누구든 섣불리 해수에게 손댈 수 없을 것이다.

지석은 만족스러운 듯 입꼬리를 길게 늘이며 펜대를 고쳐 잡았다. 오만함이 내리깔린 그의 느긋한 움직임에, 해수는 형용할 수 없을 만큼 일그러진 두 눈을 서늘하게 치켜떴다.

"결국, 이렇게 되길 바랐던 거죠? 처음부터 이러려고……."

올무에 걸린 짐승이 된 기분이었다. 이미 벌어진 일을 곱씹고 괴로워해봐야 자괴감에 빠져 있을 시간만 길어질 뿐이란 걸 알면서도 마음대로 되는 건 하나도 없었다.

이해가 가지 않는다는 듯 해수가 지석을 빤히 바라보았다. 납득할 만한 이유를 찾던 눈초리가 서늘하게 굳었다.

"아아, 본인이 가진 힘을 보여주고 싶었던 거구나. 앞으로 까불지 말라고."

좀처럼 해수의 말에 귀 기울이지 않던 그가 별안간 느른하게 한쪽 입술 끝을 끌어 올렸다. 지독하게도 나른하고 뇌쇄적인 얼굴이었다. 그는 해수가 귀여워서 어쩔 줄을 모르겠다는 표정으로 어린아이 어르듯 말했다.

"그럴 리가. 우리 해수는 까부는 게 매력인데."

말없이 한동안 그녀를 길게 응시하던 지석은, 서류 더미 위로 시선을 깔며 아무렇지도 않은 목소리로 덧붙였다.

"자랑하고 싶었어. 윤해수, 이제 내 여자라고."

순간적으로 턱, 하고 말문이 막혔다.

해수는 저절로 벌어진 입술을 수습할 생각조차 하지 못한 채, 대표 이사라고 적힌 명패와 각종 기관으로부터 수여 받은 상패들을 느리게 훑었다.

밀레니얼 세대 가장 기대되는 젊은 경영인, 선한 영향력을 행사하며 미래 변화를 선도할 혁신적인 경영인…… 남자에 대한 세간의 평가는 대체로 그러했다. 고난과 역경을 헤치고 성공한 그의 서사는 대중들의 호감을 끌어내기에 충분한 것이었다. 남자답고 훤칠한 외모 역시 그의 이미지 메이킹에 한몫을 더했다.

매번 클릭하는 기사마다, 해당 인터뷰나 기사 내용보다는 슈트 화보 같은 남자의 우월한 자태를 찬양하는 댓글들이 주를 이루고 있었다.

물론 어디까지나 그의 실체를 모르는 사람들에게나 가능한 일이었다. 생각하니 또 기가 막혀 피식 헛웃음이 나왔다.

"변명할 필요 없어요."

그가 고개를 들어 길게 시선을 주었다. 해수가 얼굴을 새빨갛게 물들인 채 말을 이었다.

"이제 다시는 아무도 믿지 않을 거니까⋯⋯. 한낱 감정에 눈멀어 사리 판단 못 할 만큼, 내가 그렇게 낭만이 넘치는 사람은 아니거든요."

꿈이라면 이건 분명 악몽일 것이다. 내가 아무리 잘못한 게 있다고 한들, 하필이면 이렇게 잔인하고 지독한 악몽에 빠져든 걸까. 너무도 많은 것이 몸 안에서 빠져나가는 기분이 들었다. 찻잔을 물끄러미 바라보던 해수의 눈동자가 풍랑을 맞은 듯 거세게 흔들릴 때였다.

"해수야."

붉은 해를 등지고 느릿하게 자리에서 일어선 그가, 목을 옥죄던 단추를 하나 풀어내며 피곤한 듯 눈꺼풀을 지그시 눌렀다. 눈에 띄게 부드러운 투에 소름이 돋아날 새도 없이, 지석은 선명한 눈빛으로 그녀를 바라보며 어느덧 성큼 다가와 있었다.

웽ー, 귀가 먹먹해지고 심장이 쿵쿵 뛰기 시작했다. 시간이 멈추기라도 한 것처럼 주위의 사물들이 소리 없이 흐릿해져만 갔다. 산처럼 버티고 선 남자가 허리를 깊게 숙이며 속삭였다.

"사랑에 빠져 사리 분별 못 하는 거."

소파 등받이를 짚으며 해수를 품에 가둔 남자의 입술이 나른하게 벌어졌다. 숨결이 뒤섞일 정도로 가까워진 거리에서 해수는 숨을 멈추고 그를 직시했다.

해수가 고집스럽게 시선을 마주하자, 남자의 미간이 근사하게 구겨졌다. 얼핏 찡그린 그가 코끝을 슬쩍 맞대며 부드럽게 말을 이었다.

"그걸 나랑 해주면 좋겠는데, 아주 유치하게."

고요하고 느긋하며, 특별한 감정이 느껴지지 않는 말투. 그 목소리는 처음 만난 그날과 한 치의 다름도 없었다. 해수의 얼굴에 얇게나마 금이 가는 걸 보며 지석이 고개를 비스듬히 기울인 채 은근하게 말했다.

"내가 생각보다는, 낭만이 꽤 넘치는 사람이거든."

공연한 정적 속에 매몰되어 있던 해수의 시선이 깊게 가라앉은 남자의 눈동자를 향해 툭 떨궈졌다.

자신을 우두커니 바라만 보고 있던 지석과 눈이 마주쳤다. 눈이 마주치는 순간만을 기다려왔다는 듯 남자가 해수의 턱을 감싸 쥐고 그대로 입을 맞췄다. 부드럽게 포개진 입술 사이로 혀가 뒤엉키는 질척한 소리가 들러붙었다.

탄력 있는 물소 가죽 소파 위로 두 사람의 몸이 겹쳐진 채 기울었다. 열기가 피어오르는 몸이 아슬아슬하게 맞닿았다. 판단력을 상실하는 순간이었다.

"하아……."

그의 양팔 사이에 갇힌 해수의 목덜미로, 입술 사이로, 뜨거운 숨이 정신없이 쏟아졌다. 단단한 혀가 얽히는 느낌이 선명했다. 숨이 엉망으로 튀어 오르고, 머릿속이 새하얗게 물들었다. 아아, 가쁜 숨이 턱 아래까지 차올랐다.

해수는 외마디 신음을 삼켰다. 당장이라도 우악스러운 남자의 손에 엉망으로 헤집어질 것만 같은 공포가, 아득해지는 이성에 겨우 힘을 실었다.

"싫어요, 그만해요."

해수는 애원하듯 제게 달라붙은 남자의 두꺼운 팔을 붙잡았다.

"……알았어. 그만할게."

고개를 끄덕이며 속삭인 그가 다시 거칠게 입술을 겹쳐왔다. 가쁜 호흡이 적나라하게 뒤섞였다. 한참 만에야 쪽, 소리를 내며 지석의 입술이 느리게 떨어져나갔다. 해수가 지친 목소리로 속삭였다.

"여기 사무실이에요."

"알아. 내 허락 없인 아무도 못 들어오는 곳이지."

해수는 멍하니 벌리고 있던 입술을 손등으로 세게 문지르며 상체를 반쯤 일으켰다. 예쁘게 발라둔 립스틱이 발그레하게 묻어 나왔다. 흐트러진 해수의 머리카락을 부드럽게 정리해주며 그가 피식 웃었다.

"어때, 보기보다 꽤 낭만적이지 않나?"

눈앞이 아득해졌다. 기분이 좋아서 이러는 건지 불쾌해서 이러는 건지 솔직히 알 수 없었다. 다만 자신의 속에서 들끓는 감정이 어떤 것이든, 해수는 겉으로 드러낼 생각이 조금도 없었다.

"확실히 해두는 게 좋을 것 같아요."

차분하게 가라앉은 목소리로 입을 연 해수가 몸을 돌려 창밖을 멀거니 바라보았다. 찬란한 태양을 이고 있던 회색 도시 너머로, 팔레트 위에서 뒤섞인 수채화 물감처럼 흐릿하고 고운 색깔들이 번지기 시작했다. 연보라와 다홍이 섞인, 제법 따사로운 색채의 조합이었다. 흩어지는 노을 사이로 찰나의 시선이 빗겨나갔다.

감정을 지워낸 건조한 목소리가 해수의 입술 새로 흘렀다.

"나는 나눠줄 사랑도, 여유도, 낭만도 없어요. 그러니 아무것도 바라지 말아요."

"안 바라."

웃음기가 사라진 얼굴은 모래바람이 휩쓸고 간 사막처럼 황량했다. 그가 피식 자조하듯 웃으며 말했다.

"사랑, 그딴 거 받을 수 있을 거라 생각한 적 없어."

순간, 속이 울렁거렸다. 날카로운 칼날로 심장 모서리를 조금씩 도려내듯, 애절하고 아픈 목소리였다. 그의 말대로 동정심인지, 두려움인지 모를 정체불명의 감정들이 파도처럼 밀려들었다가 삽시간에 쓸려나갔다.

"그렇다고 내가 주는 사랑까지 거절할 필요는 없지 않나?"

얕게 코웃음 친 그가 고개를 기울이며 해수를 바라보았다. 그녀가 짧게 시선을 주자 그의 미간이 살짝 모였다. 해수가 소파에 머리를 툭, 기대며 힘겹게 말을 이었다.

"단지 재미로 이러는 건가요? 호기심? 정말 아버지께 명예를 드리려는 게 목적이라면."

"목적이라면?"

"원하는 대로 착실히 연기할 테니까, 다른 건 아무것도 하지 말아요, 우리."

한참 동안 생각에 잠겨 있던 그가 꿈틀, 눈썹 사이를 좁혔다.

"대놓고 외도하겠다는 말로 들리는데."

"……."

"너한테 감정 따위 바라지 않을 테니, 그냥 받아들여. 이제 돌이킬 수 없어."

나직한 읊조림에 스며든 한순간의 위압감에 가슴 한구석이 서늘해졌다. 남자의 꽉 다물린 입술이 섬뜩하게 비틀렸다. 신사의 얼굴을 지워낸, 제게만 드러내는 민낯에 등줄기가 서늘하게 굳었다.

"벌써부터 울 것 같은 얼굴 하지 말고."

"……."

"보는 나야 즐겁긴 한데, 앞으로 어떻게 버티려고."

실상은 두려우면서도 방어막을 쳐대는 그 미숙함이 귀엽다는 듯, 혀를 차던 그가 말을 이었다.

"두려워하지 마. 내 옆은 안전할 테니까."

"……안전."

"그래, 안전."

여자의 말을 되뇌던 말끝에 희미한 희열이 덧붙었다. 저와 함께 있는 곳을 안온한 공간으로 인식시키는 것, 해수를 길들이기 위해 거쳐야 할 마땅한 절차였다.

그래서일까. 끝이 보이지 않는 절망 속에 빠져 허우적대면서도 해수는 커다란 안정감을 동시에 느꼈다.

러시아워를 헤치고 도착한 청담동의 한정식 집은 천정부지로 치솟은 땅값이 무색하게 넓은 부지에 지어진 전통 한옥 형태였다.

"우리 지석이가 왜 갑자기 결혼을 서두르나 했더니."

해수가 깊이 숨을 내쉬며 내리감은 눈을 느릿하게 뜨자, 고운 얼굴 위로 관록이 붙은 중년 여성의 명품 스카프가 시야 가득 들어찼다.

평생 큰소리 한번 내본 적 없을 것만 같은, 부드럽고 기품 있는 목소리가 귓가로 나긋하게 흘러들었다.

"우리 지석이 병원에 입원해 있을 때 만났다면서요? 주치의였다고."

유지숙. 한 시대를 풍미했던 대한민국 1세대 미녀 배우, 1980년대를 대표하는 여배우 3대 트로이카. 그중 가장 단아한 미인으로 손꼽히던 그녀가 아니었던가. 그 시대와는 거리가 먼 해수에게도 꽤 익숙한 얼굴이었다.

나이가 들었음에도 주름 하나 없이 팽팽한 피부에 기가 죽었다. 군살 하나 없이 늘씬한 몸매에 어울리는 질 좋아 보이는 정장은, 옷이라곤 전혀 볼 줄 모르는 해수가 보기에도 꽤 값이 나가 보였다.

"네, 병원에서…… 만났습니다."

목소리가 땅굴을 팔 기세로 바닥을 기었다. 시종일관 눈꺼풀을 내리깐 채 묵묵히 묻는 말에만 대답하는 해수를 보며, 유지숙이 넌지시 말했다.

"우리 지석이는 참 복도 많아. 어디서 이렇게 예쁘고 참한 아가씨가, 넝쿨째 굴러들어왔을까."

가시가 있는 말이었다. 온화한 말투에 실려 나온 뼈 있는 말에 해수의 뺨이 언뜻 굳었다. 뭐라고 답해야 할까, 해수가 말을 고르는 사이 지석이 대답을 가로챘다.

"제가 매달렸습니다. 싫다는 걸, 겨우 붙잡은 사람입니다."

눈 하나 깜박이지 않고, 거짓을 말하면서도 그는 줄곧 해수의 접시 위에 음식을 옮겨다주며, 사랑에 빠진 남자 역할을 충실하게 수행하던 중이었다. 꼭꼭 씹어 먹으라는 다정한 속삭임 또한 빼놓지 않았다. 냅킨을 들어 입가를 꼼꼼히 닦아낸 유지숙이 의아하다는 듯 고개를 갸웃거렸다.

"희한하네. 피 한 방울 안 섞였는데, 어쩜 그런 것까지 회장님이랑 꼭 닮은 건지."

"여보."

묵묵히 식사하던 채두식이 유지숙의 입을 단속했다. 그녀는 실수였다는 듯 우아하게 입을 막으며 곤란한 미소를 지었다.

"어머, 내가 실수했네. 미안해요. 그런데…… 쟤 입양아라는 거, 다 알고 결혼하려는 거잖아. 안 그래요?"

해수는 테이블 아래로 내린 손을 말아 쥐며 천천히 숨을 골랐다. 방긋방긋 웃으며 사람을 긁어대는 유지숙의 말투에, 피로감이 극으로 치닫는 중이었다.

조심해야 하는 자리라는 걸 망각하지 않기 위해 이를 악물었으나, 이유 없이 속이 부글부글 끓어오르고 화가 치밀었다.

물론 그가 어떤 취급을 받고 살아왔건 자신이 알 바 아니었지만, 어떤 불길한 예감이 머리채를 잡았다. 가까이서 지켜본 그들의 관계가 부모 자식보다는 주종 관계에 가까워 보였기 때문이었을까.

"피가 뭐, 그렇게 중요한가요."

충동적으로 던져진 말에 찬물이라도 끼얹은 듯, 모두의 시선이 그녀에게로 향했다. 그의 편에 서서 말을 거들어주려는 의도는 없었다. 다만 피로했을 뿐이었다. 해수는 연신 아무것도 모른다는 듯 무구한 웃음을 터뜨리며 대화를 이어나갔다.

"키워주신 은혜, 그 사랑이 소중하고 감사한 거니까요. 낳은 정보다 키운 정이 더 크다는 건 이미 알고 계실 테고요."

"어머, 그, 그럼. 알고말고. 지석이는 내가 가슴으로 낳은 자식인데, 그걸 모를 리 있을까."

팽팽한 미간으로 실 주름이 옅게 패였다. 입술만 달싹이던 유지숙은 민망한 듯, 얼굴을 붉히며 이미 비어버린 물 잔을 만지작거렸다.

첫째 며느리는 딱히 머리를 쓰지 않아도 다루기가 수월했다. 부도 직전인 아버지의 회사를 합병해주는 조건으로 맺어진 사이라, 남편이 불륜을 저질러도 입 한번 뻥긋하지 않는 게 마음에 들었다.

저걸, 앞으로 어떻게 휘어잡아야 하나.

친아들이 데리고 온 며느리보다 조건이며 학벌이 빼어난 것도 모자라, 영 만만해 보이지도 않는다. 비어버린 제 물 잔에 다시 물을 따라주며 해맑게 웃는 해수가 영 마뜩잖아 입꼬리에 파르르, 경련이 일었다.

앞으로 기회는 많겠지.

붉은 립스틱을 꼼꼼하게 바른 입술이 매끄럽게 휘어지며, 과거 3대 미녀라 불릴 만한 환한 미소를 그려냈다.

"매달 첫째 주 토요일에 무료 급식소 봉사 활동을 해요. 이제 곧 우리 식구 될 사람이니, 다음 달부터 꼭 참석해줬으면 하는데…… . 내가 너무 무리한 부탁을 하는 건가?"

갑작스러운 제안에 뭐라 대답해야 할지 고민하던 해수보다, 한발 앞선 지석이 먼저 입을 열었다.

"일전에 말씀드렸습니다만, 많이 바쁜 사람입니다. 시간을 내기가…… ."

지석이 입을 떼기 무섭게 유지숙의 안면 근육이 차갑게 굳었다. 서슬 퍼런 눈빛이 지석을 향했다. 말허리가 매섭게 잘려 나갔다.

"우리 가족 중에 바쁘지 않은 사람도 있니? 네가 보기엔 그런가 보구나."

어머니가 아들에게 보낼 수 있는 눈빛이라기엔, 일그러진 정도가 지나치게 흉측스러웠다. 표독스럽게 번들거리는 유지숙의 눈동자를 엿본 해수가 서둘러 말을 보탰다.

"제가 아직 마음대로 쉴 수 있는 위치가 아니라, 지석 씨가 그렇게 말한 것 같아요. 최대한 참석하도록 노력하겠습니다."

선뜻 내키지는 않았지만, 노골적인 불편함에 정면으로 맞설 만큼 화끈한 성격도 아니었다. 부드럽게 풀어지는 유지숙의 얼굴을 보며 해수는 가슴을 쓸었다.

한편, 채두식과 윤성태 사이에도 미묘한 대립감과 긴장감이 팽배했다. 윤성태가 따라주는 삼지구엽주를 거절하며 채두식이 말했다.

"저는 주로 뒷맛이 깔끔한 독주를 즐기는 편입니다. 전통주는 영, 골치가 아파서."

윤성태가 잔을 물리며 점잖은 투로 대답했다.

"당장에 머리가 맑은 것처럼 느껴질지는 몰라도 건강을 해치는 것이니, 줄이는 게 어떠실지요."

"박사님께서 또 그렇게 말씀하시니, 귀담아듣겠습니다. 오래오래 살아야 하지 않겠습니까."

채두식이 껄껄, 호탕하게 웃으며 대답했지만, 허공에서 복잡하게 얽히는 시선에 불꽃이 튀었다. 눈길이 맞붙는 모든 곳이 도화선이었다. 서로를 주시하는 눈동자가 날카로웠다. 하지만 해인의 일과는 별개로, 해수는 채두식의 마음에 들었다. 언니의 죽음에 대해 아는 게 없다고 했던가. 적당히 살다 아이라도 가지게 된다면 뒤늦게 알게 되더라도 별수 없을 것이다. 아이만큼 여자를 확실하게 옭아맬 족쇄가 있을까. 이대로 사건이 증거와 상관없이 묻힌다면, 그보다 더 큰 경사도 없겠지.

복잡하게 얽혀 드는 생각을 정리한 채두식은 오늘 이 자리의 목적이자, 가장 중요한 이야기를 꺼냈다.

"애들 결혼식 날짜는 어떻게 하는 게 좋겠습니까. 저는 아주 화려하게 치러주고 싶습니다. 기자들도 눈에 불을 켜고 달려들 테니까요."

대화에 적당히 끼어가며 조율하던 지석은, 목소리를 약간 높여 제 뜻을 확실히 전달했다. 그는 조금도 늦추거나 지체할 생각이 없었다. 자신의 품 안에서 제가 줄 수 있는 안락함을 누리며 살게 해주고 싶은 조급함이 인내심을 갉아먹었다.

"최대한 빠른 날로 잡겠습니다. 하루라도 빨리 함께하고 싶습니다."

채두식은 골치가 아파 싫다던 전통주를 제 잔으로 따르며 너털웃음을 터뜨렸고, 유지숙 역시 쟤 좀 봐, 호들갑을 떨며 웃어대기 시작했다. 분위기는 한층 부드러워졌다.

"신혼집은 어떻게 할 생각이니?"

후식으로 나온 오미자차를 마시며, 유지숙이 대뜸 물었다.

"그대로 지낼 생각입니다."

"얘는, 그래도 가전이랑 가구는 새로 해야지. 내가 해줄게."

무슨 속셈일까.

과도한 관심을 쏟는 여자를 향해 지석은 묘한 불쾌감을 숨김없이 드러내며 미간을 굽혔다. 그가 짜증 섞인 한숨을 내쉬며 알아서 하겠다고 말하려는데, 이번엔 해수가 좀 더 빨랐다.

"입주한 지 얼마 되지 않았다고 들었어요. 마음은 감사히 받겠습니다."

"5년쯤 지나면, 그때 바꿔주시죠."

태연하게 찻잔을 들어 올리며 끼어드는 지석의 말에, 해수는 고개를 끄덕이며 씁쓸하게 웃었다.

5년, 그날이 오기는 하는 걸까.

또다시 밀려드는 막막함에 명치가 체한 것처럼 뒤틀렸다.

"저 이제 어디 가요?"

도시의 야경이 어두운 밤거리를 수놓았다. 차창을 쏜살같이 비껴가는 자동차의 불빛을 바라보며 해수는 창문을 닫았다.

"뭐 하고 싶어?"

지석이 되물었다.

뭘 하고 싶었더라. 해수는 언젠가 남자와 해보고 싶다, 생각했던 것들을 떠올렸다.

수많은 인파로 북적이는 길을 커다란 손을 잡고 함께 걷고 싶었다. 한적한 바닷가에 가서 모래사장을 밟으며 걷고도 싶었고, 비 오는 날 차 안에서 음악을 들으며 도란도란 이야기를 나누는 것도 해보고 싶었다.

비싸고 화려한 곳이 아닌, 허름하더라도 맛있는 식당을 찾아 다녀보고 싶었고, 경치 좋은 커피숍에 가서 각자 할 일을 하더라도 어색하지 않은 사이가 되고 싶었다.

온종일 게으르게 뒹굴며 함께 영화를 보고 싶었고, 남산타워가 보이는 한강 공원에 앉아 일몰을 보며 맥주를 마시고도 싶었다.

켜켜이 쌓인 피로감에 노곤해진 해수는 붉게 부풀어 오른 눈을 검지로 비비며 대답했다.

"자고 싶어요."

그와 함께하고 싶은 일들이 그렇게나 많았는데, 지금은 아무것도 하고 싶지 않았다. 그저 피곤했다.

해수의 말에 핸들을 돌리던 지석이 피식 웃었다.

"그럼 집에 가야겠네."

어느 집을 말하는 건지 알 수 없었다. 머지않아 성수동 주상 복합 아파트 지하 주차장으로 차가 들어섰다.

아아, 여길 말하는 거였구나.

사고가 회전할 틈도 없이 엘리베이터에 올라탔다. 이어 남자가 카드를 대자, 36층이 자동으로 인식됐다.

남자의 집은 한 층을 한 가구가 통으로 쓰는 구조였다. 엘리베이터에서 내리자마자 어둠에 잠식된 기다란 복도 너머 커다란 전면 창이 두 사람을 맞이했다.

한강에 반사된 불빛들이 물결과 뒤섞여 보석처럼 떠다니는 걸 보며 해수는 작게 숨을 삼켰다.

결국, 여기까지 왔구나.

극심한 긴장감에 휩싸인 그녀는 앞서 걷던 남자가 되돌아올 때까지, 아랫입술을 피가 나도록 물어뜯고 있다는 사실조차 인식하지 못했다.

"왜. 겁나? 자고 싶다며. 재워줄게."

신발 끝이 툭, 맞닿았다. 묵직한 손이 자신의 양 뺨을 감싸며 엄지로 피 맺힌 아랫입술을 집요하게 쓸었다.

낮게 한숨을 쉬는 소리를 듣고서야 해수는 고요하게 내리뜬 시선을 끌어 올렸다.

"그게 아니라……."

남자와 곧장 눈이 마주쳤다. 더는 거리낄 것도, 망설일 이유도 없다는 듯 거침없고 맹목적인 눈동자가 그녀만을 바라보고 있었다. 지석은 자꾸만 뒷걸음질 치는 해수의 등을 당겨 안으며 낮게 속삭였다.

"여기서 더 피할 데가 있어?"

오싹한 긴장감이 피부를 뒤덮었다. 제 등줄기를 느릿하게 쓸어내리는 남자의 손길이 무엇을 암시하는지 그녀가 모를 리 없었다.

"피하려던 거 아니었어요."

아무것도 책임지고 싶지 않다고, 자신과는 상관없는 일이라고 처음부터 뿌리치고 거절하면 그만인 일이었다.

막상 앞으로 겪게 될 일을 두려워하면서도 순간, 미약하게 이는 기대에 심장이 두근거리기까지 했다. 지석이 무심히 던지는 말 한마디에 휘둘리면서도 애써 그렇지 않은 척 구느라 마음이 내내 소란스러웠다.

입술 사이로 허탈한 웃음이 새어 나왔다. 제정신이 아닌 건 자신이었다. 아니면 머리가 어떻게 된 게 분명했다. 그렇지 않고서야 이런 소리를 충동적으로 내뱉지는 않았을 테니까.

"저, 좋아한다고 하셨잖아요."

해수의 목소리가 잘게 떨렸다. 간절하게 올려다보는 눈망울은 어둠 속에도 언뜻 붉었다. 바람 섞인 웃음을 흘리는 남자를 보며 해수는 입가를 파르르 떨었다.

"믿어달라고, 그러는 척이라도 해줄 순 없었냐고 물었잖아요. 그래서 저 다시 찾아온 거 아니었어요? 내가 그날……."

나도 좋아한다고 대답했다면 우리 사이는 달라졌을까.

마른침이 메마른 입술을 적셨다. 1분도 채 되지 않는 시간이 영원처럼 막막하게 느껴졌다. 하얗게 질린 해수를 비스듬히 내려다보며 그가 피식 자조하듯 웃었다.

"그렇게 고민하면, 뭐가 달라지는 게 있나."

덤덤하다 못해 무심한 말투였다. 그런 말을 들을 줄은 몰랐다는 듯 해수의 얼굴이 충격으로 일그러졌다.

주먹을 움켜쥔 해수는 숨을 들이마시고 내쉬길 반복하며 눈꺼풀을 내리감았다.

남자의 말은 잔인했지만 사실이었다. 달라지는 건 없다. 과거는 그저 과거일 뿐. 어떻게든 버텨 이 깊은 수렁에서 빠져나가야 했다. 다만 그의 다정했던 눈빛이나 말, 손길 같은 것들이 기억 저편에서 불쑥 튀어나와 그녀의 응축된 가슴 언저리를 아프도록 움켜쥐었다. 자신이 느껴온 남자의 감정은 분명 거짓이 아니었다. 그것이 그의 진심이든, 그저 자신의 바람이든, 아무래도 상관없었다.

"계약, 그런 거 상관없어. 우리가 평범하게 시작했다면 어땠을까······. 그냥 궁금했어요."

무언가에 홀린 듯 해수가 중얼거렸다. 마치 진공 상태의 공간을 깨부수는 듯한 목소리였다.

"윤해수, 너 지금······."

한참을 아무 말 없이 내려다보던 남자가 급기야 해수의 손목을 쥐고서 빠르게 걷기 시작했다. 맞닿은 피부 위로 불이 붙는 듯했다.

"들어가."

어둡게 가라앉은 남자의 목소리에 해수는 표정을 지운 채 고개를 들었다. 문짝만 한 남자의 가슴이 코앞이었다. 어깨로 묵직한 현관문을 받치고 선 남자의 등 뒤로 어둑한 심연이 내려앉은 실내가 보였다. 사후 세계에 무엇이 존재하는지 누구도 알지 못하듯, 저 문 너머 세상이 천국일지, 지옥일지 알 수 없는 막다른 길이었다.

머뭇거리며 그저 한참을 멍하니 어둠 속을 바라보고 있을 때였다. 그 어떤 움직임도 감지하지 못한 조명이 툭 꺼지고, 순간 지독한 어둠이 파도처럼 밀려와 그녀를 뒤덮었다.

"헉!"

등 뒤로 식은땀이 흘렀다. 누군가 목구멍에 칼날을 쑤셔 박은 것처럼 숨이 막혀왔다. 사위는 온통 암흑이었다. 그 압도적인 어둠의 끝, 아가리를 쩍 벌린 뱀의 기다란 송곳니가 독이 맺힌 침을 뚝뚝 흘려대며 자신이 들어오기만을 기다리는 듯했다. 벼랑 끝을 딛고 선 기분이 들었다. 해수는 본능적으로 의지할 것을 찾아 더듬거리다, 남자의 굵은 팔을 꽉 붙들었다.

"해수야, 이제 우리 집이야. 너와 나, 우리 두 사람이 살 곳. 그 누구도 널 괴롭히지 못할 우리 집."

굴곡 없이 나지막한 목소리는 곧 닥쳐올 비극의 서막을 알리듯 고요했다.

우리 집.

아담과 하와에게 선악과를 권하던 뱀의 유혹이 이토록 달콤했을까. 가족이라는 이름으로 예쁘게 묶인 것만 같은 유대감. 꿀처럼 달게 흐르는 목소리에, 해수는 순간 모든 상황이 일반적인 것처럼 착각하고 기묘한 안온함에 휩싸였다.

"네, 들어가요."

가녀린 몸이 현관문 안으로 빨려 들어갔다.

쿵―.

등 뒤에서 굳게 닫힌 문이 다시는 되돌아갈 수 없는 경계선처럼 느껴졌다. 목구멍에 덜컥 걸린 숨이 빠져나오지 않아 그저 밭은 호흡만을 내쉴 때였다.

"도망치고 싶으면 돌아가. 지금이 마지막 기회니까."

404

맞붙은 눈동자 위로 욕망에 얼룩진 남자의 숨소리가 내려앉았다. 남자의 눈은 어둡고 짙은 감정으로 일렁거렸다.

해수는 고개를 저었다.

아이 어르듯 여자를 달래던 목소리가 신사의 탈을 벗어내는 건 한순간이었다.

거실의 전면을 채운 창밖으로 도시의 야경이 파노라마처럼 펼쳐졌다. 늘 무채색으로만 보이던 불빛이, 불현듯 환하게 그의 시야를 밝혔다.

지석은 눈꽃 같은 조명 아래, 우두커니 선 해수를 한참이나 말없이 바라보았다. 빛을 받은 수채화처럼 예쁘게 채색된 여자가 휘청거리며 자그맣게 숨을 몰아쉬고 있었다.

"내가 무슨 짓을 할 줄 알고. 도망가지 않겠다는 거지?"

그녀가 쉽사리 입을 열지 않자 남자는 천천히 고개 숙여 눈을 맞췄다. 선명한 시선이 흔들리는 속내를 파헤칠 것처럼 돌진했다. 해수는 물안개처럼 아스라한 얼굴로 중얼거렸다.

"갈 곳이 없다는 걸 아니까요……."

눈을 감으면 금방이라도 사라져버릴 것처럼 아득히 먼 목소리였다. 순응에 독려하듯, 지석이 피식 웃으며 해수의 머리를 쓰다듬었다.

"영리해서 그런지 상황 판단이 빠르네."

뺨을 타고 내려간 손이 이내 유려한 선을 그리듯 가냘픈 목을 쓸어내렸다. 잔물결처럼 일렁이던 시선이 제 목에 걸린 리본을 풀어내는 남자의 손과 크게 솟구치는 목울대, 빤히 내려다보는 눈동자에 차례로 닿았다.

"네가 돌아갈 곳은 없어. 있다고 해도, 이젠 내가 안 보내."

인내하던 끝에 지석이 마저 거리를 좁혔다. 목이 간질거리고 발끝부터 흥분이 차올라 절로 숨이 거칠어졌다.

"그, 그게 무슨……."

입술이 닿기 직전, 서로의 숨결이 선명히 느껴질 만큼 가까운 거리에서 해수가 숨을 삼키며 상체를 주춤, 뒤로 물렀다.

"왜, 내가 아직도 무서워?"

해수는 다시 힘겹게 고개를 저었다. 고아하게 흔들리는 얼굴만을 집요하게 바라보던 지석이 느릿느릿 눈꺼풀을 내리며 그녀의 목 뒤를 강한 힘으로 감싸 끌어안았다.

"나는 내가 두려워. 멋대로 굴어서 네가 조각조각 부서져버릴까 봐."

새하얀 목선에, 달아오른 뺨에, 도톰하고 붉은 입술에, 물기를 머금은 채 애타게 올려다보는 눈동자에 하나하나 입을 맞추고 제 것이라 낙인찍고 싶었다.

지석이 자조하듯 웃으며 속삭였다.

"……그래도 가져보려고."

훗날, 어쩌면 머지않아 지금의 선택을 뼈저리게 후회할지도 모를 일이다. 그러나 지금, 이 순간만큼은 이기적이더라도 다른 생각은 하고 싶지 않았다. 더는 어둠 속에서 홀로 떨고 싶지 않았다. 그는 제 손에 쥐어진 한 줌 온기조차 놓칠 생각이 없다는 듯 목을 감싼 손에 조금 더 힘을 주었다.

"사실, 나도 궁금했어."

걷잡을 수 없는 열망에 부푼 목소리가 그 어느 때보다 낮게 흘렀다. 흔들리는 해수의 눈동자를 고집스럽게 바라보던 그가 한숨처럼 웃으며 물었다.

"네 말대로 평범한 시작이었다면, 넌 지금 내게 무슨 말을 했을까."

순간, 지석은 잘게 떨리던 그녀의 눈동자에서 광포하게 너울지는 파동을 목격했다.

"왜 그런 생각을……."

해수는 말끝을 삼키며 아랫입술을 물었다. 무언가 혼란스럽다는 듯 잔뜩 미간을 찌푸린 채였다. 그러다 지석의 어깨에 무너지듯 이마를 누른 채 느릿하게 숨을 고르며 대답했다.

"아마, 매달렸을 거예요……. 아무 생각도 하지 못하게, 나를 꼭 안아달라고."

짙고 먹먹한 정적이 내려앉았다. 불시에 뒤통수를 맞은 사람처럼 굳어 있던 지석은 갈대처럼 휘청거리는 몸을 꼭 끌어안고서 뜨거운 숨을 몰아쉬었다. 심장이 제어할 수 없을 만큼 빠른 속도로 내달리고 있었다. 지석은 탄식 같은 웃음을 터뜨렸다.

"좋아."

지석은 그녀의 젖은 뺨에, 턱에, 짧게 입을 맞추었다. 닿을 듯 말 듯 들이밀어졌던 얼굴이 마침내 기울어 입술이 깊게 겹쳐졌다.

부드럽고 도톰한 입술이 입 안으로 빨려 들어왔다. 포근하고 사랑스러운 체취가 동시에 밀려들었다. 어둠이 내려앉은 공간은 어느덧 질척하게 고여 든 숨소리로 가득 찼다.

해수의 가슴이 급하게 솟았다가 푹, 꺼지길 반복했다. 앓는 소리를 내며 가쁘게 숨만 내쉬던 해수는 고개를 비틀어 피하는 대신 그의 뺨을 다급히 붙들었다.

"아니, 지금은…… 읍."

닿은 손에서 그녀의 떨림이 고스란히 전해졌다. 지석은 대답하느라 벌어진 여자의 입술 사이를 깊숙이 파고들었다. 더는 아무 말도 듣지 않겠다는 듯, 맞붙어 짓눌린 입술이 애틋하게 비벼졌다.

지석은 아무것도 보이지 않고, 아무것도 들리지 않는 사람처럼 정신없이 해수의 입술을 빨고 더운 숨을 섞었다. 어떠한 반항의 의지도 없는 여자를 굳이 빠져나갈 수 없도록 더욱 밀착해 가두고도 더 닿기 위해 끈질기게 몰아붙였다.

"후우……."

거듭 파고들던 입술이 질척한 소리를 내며 잠시 떨어졌다.

그녀의 눈꺼풀 위로 입술을 붙이며 "윤해수." 하고 부르니, 해수가 대답하듯 눈을 파르르 감는다. 그게 또 그렇게 예뻐서, 입술을 누른 채로 피식 웃으며 그가 속삭였다.

"알아, 물론 지금은 아니겠지. 그 빌어먹을 계약이 아니었다면…… 우린 시작조차 할 수 없었을 테니까."

이렇게 예쁘고, 이렇게 귀엽고, 이렇게 사랑스러운 네가 날 봐주기나 했을까.

"너는, 나 안 좋아하잖아."

처음부터 전제 자체가 글러먹은, 무의미한 가정이었다.

"그러니 내가 다가갈 수밖에."

날 봐주지 않는다면 날 보도록 만들어야지. 결국, 네가 날 사랑하도록 만들어야지.

허리가 뒤로 꺾이도록 거세게 입술이 부딪쳤다. 지석은 흐릿해지는 정신을 붙들고서, 고민하며 방황하는 듯한 여자의 혀를 망설임 없이 감아 이끌었다. 얼굴을 붉힌 그녀가 질척하게 따라붙는 입술을 피하며 눈을 매섭게 치켜떴다.

"그런 말로 회피하지 말아요. 치졸하고 비겁해 보이니까."

지석은 서러움과 배신감, 애증으로 똘똘 뭉친 얼굴을 감싸고 엄지로 눈 밑을 살살 문지르며 웃었다.

해수는 도리질 치며 그의 몸을 거부하듯 밀어냈다. 붓으로 정성 들여 그린 듯 부드럽고 미려한 눈매가, 어느덧 흐릿하고 고요하게 가라앉아 있었다.

"제대로 봤어. 나 치졸하고 비겁한 새끼 맞아."

지석은 그녀의 머리카락 속에 손을 밀어 넣어, 다시 입을 맞추기 위해 끌어당겼다. 코끝이 닿을 듯한 거리에서 해수가 힘주어 버텼다. 그때 현관 조명이 꺼지면서 어둠이 다시 왈칵 내려앉았다.

"아는데, 내가 미친 새끼라는 걸 알면서도 너를 놓아주지는 못하겠어."

지석은 깃털처럼 가벼운 해수의 몸을 반짝 안아 올렸다. 턱에 근육이 잡힐 만큼 이를 악문 그가 알아들을 수 없는 욕설을 씹듯이 내뱉곤 침실 문을 열어젖혔다.

하나로 포개진 몸 위로 블라인드에 비친 달그림자가 계단처럼 층층이 드리워졌다.

거친 손과 뜨거운 체온이 그녀의 온몸을 휘감았다. 들이닥치는 무게에 눌려 누운 채 휘청거릴 때, 그 불안정한 틈을 가르고 남자가 거침없이 밀려들어왔다.

"아아……"

해수가 참지 못하고 꽉 깨문 입술을 풀었다. 동시에 어깨를 움츠리며 눈을 질끈 감는다. 짙게 젖은 속눈썹이 파르르 떨려왔다. 누워 있는데도 나락으로 떨어지는 것처럼 눈앞이 그저 아득했다.

지독하게도 깊고 빠듯한 감각이 쉼 없이 밀려들었다가 나가기를 거듭했다. 시간이 거꾸로 흐르는가 싶더니, 공간이 어그러지는 듯한 기분도 동시에 느꼈다. 그렇게 세상이 조금씩 조각나고, 무너져갔다.

"아아!"

"조금만, 이제 다 됐어. 숨 좀 쉬어. 응? 천천히 할 테니까."

숨이 잔뜩 섞인 목소리가 미열처럼 귓가로 번졌다. 한계까지 벌어진 다리 사이로 남자가 정신 나간 사람처럼 드나들었다. 몸이 반으로 나뉘는 듯한 통증이 아득하게 밀어닥쳤다.

온몸이 조각조각 부서지다가 다시 조립되길 반복했다. 바다 위를 둥둥 떠다니는 부표가 된 것처럼 정처 없이 흔들렸다.

체온도, 숨결도, 향기마저도 그에게 모조리 삼켜졌다.

해수는 눈을 뜨고도 현실을 자각하지 못해 낮게 신음하며, 남자의 어깨 위에 걸쳐진 채 흔들리는 다리를 망연히 바라보았다.

"그, 그만! 아아, 그만요."

더는 견뎌내기 힘들었다. 해수가 손을 더듬어 남자의 어깨를 세게 움켜쥐며 애원했다.

"이러지 않기로…… 했잖아요."

지석은 거친 숨을 깊게 들이마시며 밀착시킨 몸에 무게를 실었다. 땀에 젖은 머리카락이 그녀의 가슴을 간질였다. 맞닿은 하체가 흥분에 잠식되어 끓어오르는 것이 느껴졌다.

"재워주겠다고 했잖아."

한번 끊어진 이성 따위, 제대로 조절될 리 없었다. 흥분을 절제하지 못한 그는 성의 없이 대답하면서도 그녀의 숨이 가빠지는 지점을 찾아 거칠게 허리를 치댔다.

"아아. 제발……."

"제발, 뭐? 말해봐. 네가 원하는 대로 해줄 테니까."

웃으며 다정하게 내뱉는 목소리가 소름 끼쳤다. 커다란 손이 격정에 요동치는 해수의 머리카락을 부드럽게 쓸어 넘겼다. 깊이 짓눌린 시트가 엉망으로 구겨졌다. 그녀만을 집요하게 응시해오는 광기 어린 눈동자, 그 농도 짙은 시선이 자꾸만 해수의 정신을 혼미하게 했다.

"그래도 내 몸이 마음에 들지 않는 건 아닌가 보네. 이걸 다행이라고 해야 하나."

몸과 몸이 엉겨 붙은 순간부터 형용할 수 없는 감각이 등줄기를 후려쳤다. 한계까지 부푼 윤곽을 흡착하듯 감싼 압박감에 정신이 아득해진 지석이 이를 악물었다.

"돌아버리겠으니까, 힘 빼. 내일 못 걷게 될 수도 있어."

"아아. 그만, 제발, 그만, 아아!"

육감적이다 못해 저릿저릿한 감각들이 소용돌이처럼 휘몰아쳐왔다. 심장이 엇박자를 그리며 제멋대로 내달렸다. 몸에 닿았다 흩어지는 온기가 소름 끼치도록 좋아서 해수는 남자의 팔뚝을 손톱으로 꽉 움켜쥐었다. 이제 정말 못 하겠다고, 더는 한계라고 입을 연 찰나였다.

"아, 아아……!"

별안간 눈앞이 번쩍거리며 전신에 불꽃이 튀었다. 격정에 휩싸인 몸이 왈칵거리며 수축과 이완을 반복했다. 해수는 한계까지 다다른 몸을 정신없이 움찔거리며 지석의 목덜미를 와락 끌어안았다. 경직된 남자의 관자놀이로 푸르스름한 핏줄이 솟는다. 맥없이 늘어지는 여자의 몸을 감싼 팔 근육이 길게 갈라져 꿈틀댔다.

"아, 윤해수······. 해수야."

낮은 신음이 해수의 귓속으로 흘렀다. 그와 동시에, 시트를 구겨 쥐며 바들거리는 해수의 몸 위로 남자의 무게가 더해졌다. 다시 한번 이마가 부딪치고, 코끝이 뭉개지고, 입술이 맞닿았다. 이번엔 지석이 해수를 끌어당긴 것인지, 그녀가 먼저 입을 맞춰 온 것인지 알 수 없었다.

서서히 벌어지는 입술 사이로 흐르는 호흡이 격해졌다. 시원한 에어컨 바람으로도 수습할 수 없을 만큼 달아올랐다. 무어라 설명할 수 없는 감정들이 온몸을 타고 맥동했다.

"기분 좋아?"

지석이 해수의 얼굴을 꽉 쥐며 고개를 틀었다. 여린 점막을 마음껏 휘저으며 부드러운 가슴을 자연스럽게 그러쥐었을 때, 그 손을 떼어내며 해수가 힘겹게 중얼거렸다.

"이제 그만해······. 힘들어요."

소름 끼치도록 조여드는 감촉이 머리를 때렸다. 뒷목이 바짝 서면서 자신도 모르게 욕이 샜다. 싫다고 고개를 저어도, 어깨를 밀치고 뺨을 때려도 이제는 돌이킬 수 없음을 느꼈다.

"난 아직 시작도 안 했어."

지석이 숨을 깊게 들이마시며 다시 한번 몸을 바짝 붙였다.

"네가 날 얼마나 미치게 만드는지 모르지."

지석은 아래로 내리깔린 그녀의 속눈썹을 뚫어지게 바라보았다. 잘게 조각난 유리처럼 바스러진 눈동자가 뒤늦게야 마주쳐왔다.

"내가 미치게 만드는 게 아니라, 원래 미쳤던 거겠지."

절박함 사이로 스며든 울먹임이 너무도 예쁘고 사랑스러워서, 지석은 아랑곳지 않고 웃으며 열렬하게 숨을 얽었다.

"아아, 그런가. 그러고 보니, 그 말도 맞는 거 같아."

태연하게 대답해오는 저음에 해수가 허탈하게 웃던 것도 잠시, 느릿했던 몸짓에 서서히 속도가 실렸다.

입술을 벌린 그녀의 미간에 균열이 생겨났다. 둥글게 응축된 열이 다시 한번 아래로 끈적하게 고여들었다.

"으음."

마침내 목을 울리며 깊게 몸을 묻은 남자가 마치 경외하는 신을 마주한 듯한 눈으로 해수를 바라보았다. 그러다 다시 한번 쿵, 더 들어갈 곳도 없는 깊숙한 곳까지 몸을 빠듯하게 밀어 넣었다.

"후우."

길고 아득한 절정이 삭풍처럼 휘몰아쳤다.

지석은 제게서 벗어나려 애쓰는 몸을 강한 완력으로 끌어안고 눈을 꾹 감았다. 자신의 감정이 평범한 사람이 느끼는 사랑인지 비틀어진 욕망에서 비롯된 것인지 확신할 수 없다.

"윤해수."

다만 한 가지 확실한 것은 이 여자는 숨소리 하나조차, 누구에게도 들려주고 싶지 않았다.

"하아."

숨을 쉬는 것도 잊고 있다가, 해수는 간신히 숨을 짧게 토해 냈다. 기진맥진해진 탓에 몸을 돌릴 기운조차 없었다. 질끈 감았다 뜨면서 덜 회복된 시야에 도시의 야경이 가득 들어찼다. 밤을 지나 새벽으로 향하는 시각이었지만, 창밖의 도시는 여전히 밝았다. 해수는 양손으로 얼굴을 감싼 채 탄식했다.

"……아윽."

뜨겁고, 묵직한 고통에 사색이 된 해수가 몸을 떼어내려던 찰나, 그가 허리를 꽉 끌어안으며 여전히 하나로 맞물린 몸을 뭉근하게 밀어 넣었다. 느릿하게 허리를 뒤틀고 치댈수록 쾌감의 여파는 배로 짙어졌다. 아아, 남자의 어깨를 움켜쥔 해수의 고개가 뒤로 길게 젖혀졌다.

"이대로…… 조금만 더 있어."

남자가 눈을 감고 거칠게 호흡했다. 들썩이는 그녀의 가슴 위로 뜨겁고 가쁜 숨소리가 쏟아졌다. 달래듯 다정한 손끝의 열기가 이내 심장에 닿았다.

"이제 안 해, 아무것도."

다정하게 속삭인 남자가 봉긋한 가슴을 크게 베어 물었다. 그러더니 못 견디겠다는 듯 다시 깊게 입술을 삼켰다. 포식자처럼 무자비하게 밀고 들어왔다. 뭉개지는 살덩이 사이로 진득한 타액이 엉겨 붙어 길게 늘어졌다.

도대체 무엇을 얼마나 더 내주어야 그가 만족할까.

혀가 얽히자 가라앉았던 남자의 몸이 그녀의 안에서 거듭 차올랐다. 무저갱 속으로 몸이 빨려 들어가듯 눈앞이 아찔해졌다.

미간을 찌푸린 해수는 눈을 감고서 천천히 숨을 골랐다.

"그만해요."

"응."

"이제 안 한다며."

"미안."

해수는 제 허벅지 사이를 부드럽게 어루만지는 손을 내려다 보았다. 이내 체념하려던 해수는 손쓸 수 없을 만큼 일그러진 얼굴로, 몸을 힘주어 밀어내며 등을 돌렸다. 너무도 지쳤다.

"어디 가려고."

지석이 매달리듯 등 뒤에서 그녀를 끌어안으며, 하얀 목덜미에 입술을 묻었다. 공허한 시선이 언뜻 그에게 닿았다. 딱히 대답을 바라는 것 같지는 않았다. 그 역시 쾌락의 여운에 젖어, 반쯤 미친 사람처럼 넋이 나간 듯한 얼굴이었으니까.

해수가 간신히 목소리를 쥐어짰다.

"제발, 나 좀 놔줘. 힘들어요."

"알아, 조금만 더 안고 있고 싶어서 그래."

정신을 놓치기 직전까지 위에서 짓누르던 남자가, 부드러운 시트에 파묻힌 그녀의 몸 위로 올라타며 뻔뻔하게 애원했다.

뭐 하자는 거지. 기가 막혔다. 어이가 없어 헛웃음 치며 살

416

며시 눈을 뜬 해수의 시야 가득, 무자비하게 각인된 첫날밤이 고스란히 들어찼다.

뱀의 허물처럼 엉겨 붙은 옷가지들, 테이블 위에 아무렇게나 놓인 속옷과 바닥에 내팽개친 시계, 몇 개인지 세어지지도 않는, 너저분하게 흩어진 콘돔과 말라붙은 정사의 흔적들……

고개 돌려 외면하려 했으나, 피할 곳이 없어 다시 질끈 눈을 감았다. 감은 망막 위로, 가학적 행위가 선연하게 그려졌다.

그의 표정이 어땠었는지, 자신은 어떤 얼굴을 하고 있었는지 감도 잡히지 않았다, 아니 그런 걸 신경 쓸 겨를조차 없었다.

가슴이 이상하게 울렁거렸다. 속에 있는 걸 모조리 게워내고 싶은 그런 역한 감정만은 아니었다. 다만 두근거리는 불쾌한 울림이 해수의 심장을 두드렸다. 그 울림이 점차 거세지더니 가슴 한가운데 응어리진 무언가가 울컥 치받쳤다.

"하아……."

밀려드는 무력감에 눈시울이 뜨겁게 부풀어 올랐다. 내가 어떻게 해야 했을까? 욕하고 때리고 밀치고 할퀴었지만 무엇 하나 달라지는 건 없었다. 그럴수록 오히려 그는 들짐승처럼 미쳐 날뛰었다. 들불처럼 번지는 그의 욕정에 휘말려 비상식적인 행위에 열렬히 반응했던 자신이 불순하게만 느껴졌다.

그렇다면, 내게 그를 비난할 자격이 있나. 아득한 절정 후 밀려드는 감정의 파고에 휩쓸린 그 순간만큼은, 저 역시 그의 목덜미를 절박하게 부둥켜안았다. 심지어 그의 뺨을 붙잡고 아래로 끌어내려 먼저 입을 맞추었다. 기다렸다는 듯 그를 받아들이고 더, 더, 밀착하고 싶어 매달렸다.

이 남자는 내게 뭘까. 이렇게 뜨거운데, 이렇게 좋은데, 어떻게 아무것도 아닐 수가 있을까.

혼란스러웠다. 엉망이 되어버린 것 같다. 삐ㅡ, 하는 이명과 함께 간신히 붙들고 있던 가느다란 끈 하나가 우두둑 끊어지는 소리가 들려왔다. 핑, 눈물이 고이는 게 느껴졌다.

"왜, 도대체 왜. 물도 못 마시게 해. 왜……."

모든 의욕이 사라진 자리를 파고든 건 서러움이었다. 가슴 안에서 무언가 탁, 터지며 울분에 가득 차 있던 얼굴이 서럽게 무너졌다.

"화장실도 가고 싶고, 배도 고픈데…… 왜, 왜 아무것도 못 하게 해. 왜."

울먹임이 점차 격해졌다. 바닥에 땅굴을 파고 들어가면 들어갔지, 자존심 때문에라도 드러내지 않던 감정들이 눈가로 그렁그렁 맺혔다.

물기가 번진 것처럼 세상이 흐드러지게 보였다. 해수가 목놓아 울며 남자를 똑바로 응시했지만, 가슴은 더욱 아프게 조여들었다. 목구멍 깊숙이 커다란 알사탕이 걸린 것처럼 숨이 막혔다. 다만 멈추고 싶진 않았다. 미치도록 쏟아내고 나면 결국 한 귀퉁이의 후련함이라도 남게 된다는 걸 알고 있기 때문이었을까.

"그리고, 또…… 또 뭐가 필요해?"

거칠게 갈라지는 목소리가 정적을 갈랐다. 눈물에 달라붙

418

은 머리칼을 쓸어 넘겨주는, 그새 익숙해져버린 남자의 손길이 끔찍하게도 부드러웠다.

"내가, 알아서 할 수 있어요."

"알아. 그냥 해주고 싶어서."

가느다란 눈꼬리에서 유리 조각 같은 눈물이 천천히 흘러내렸다. 남자는 아무런 말도 없이, 그저 여자의 붉어진 눈가를 애정 어린 손끝으로 쓸어내릴 뿐이었다.

그의 손이 스치고 간 자리마다 기분 좋은 향기가 낙인처럼 새겨졌다. 해수는 자신도 모르게 중얼거렸다.

"살고 싶어."

평범하게, 그리고 행복하게.

해수의 눈동자가 간절하게 떨렸다. 상흔으로 얼룩진 남자의 손바닥 위로 해수가 얼굴을 묻고 숨을 크게 쉬었다. 다만 그것만이 자신을 살게 할 유일한 생명줄인 것처럼.

가쁜 숨을 몰아쉬며 울먹이는 여자는 너무도 창백해 당장 깨지고 부서져도 이상할 것 같지가 않았다. 어떻게 달래야 할까. 여자의 얼굴만을 치열하게 어루만지던 손이, 이윽고 가녀린 등을 다급히 쓸어내리기 시작했다.

"해수야, 숨 쉬어."

한차례 숨을 고른 뒤 뱉어낸 목소리 끝이 형편없이 갈라졌다. 살고 싶다는 여자의 목소리를 듣는 순간, 가슴속에 삭풍이 불었다. 힘없이 축 가라앉은 목소리가 안쓰러워 거친 끌로 심장을 조금씩 도려내는 듯한 통증이 일었다.

"미친 새끼……."

마음이 불가항력으로 찢기고 질주하길 반복했다. 응축된 감정이 툭 터져버린 순간, 제어할 수 없을 정도로 범람하여 멋대로 흐르게 내버려둘 수밖에 없었다. 하지만 그래선 안 됐다. 제 뺨을 후려쳐서라도 멈추어야 했다. 그는 사납게 이를 갈며 침대 헤드에 머리를 박았다.

"때려. 화 풀릴 때까지."

말끝에 뱉은 호흡이 생각보다 거칠었다. 고작 이런 말밖에 할 수 없는 자신이 괴물처럼 느껴져 견딜 수가 없었다.

다른 남자들은 이런 상황에 어떤 말을 할까.

탁한 신음을 뱉은 지석은 해수의 정수리를 감싸 안고서 일단 뜨거운 숨을 몰아쉬었다. 진정하는 게 우선이었다. 그러지 않으면 정말로 해수를 망가트려버릴 것만 같았다.

"때리면 뭐……. 그래 봤자, 달라지는 건 아무것도 없는데."

고저 없이 나긋한 목소리가 품 안에 고였다. 커다란 손이 경직된 해수의 등을 부드럽게 어루만졌다.

"달라지는 게 왜 없어. 때리는 게 싫으면…… 욕이라도 해."

아랫입술을 씹으며 고개를 세차게 내젓는 여자에게선 옅은 분노조차 느껴지지 않았다.

내가 지금 무슨 짓을 한 걸까.

목 뒤쪽이 뻣뻣하게 굳어 내쉬는 숨마저 떨렸다.

젠장.

지석은 속으로 욕을 씹으며 말했다.

"알려줘. 이럴 땐 내가 어떻게 해야 하는 건지."

"……나쁜 놈."

"응. 맞아. 나쁜 놈. 화 풀릴 때까지 욕해도 돼."

"평생 해도 부족해."

지석의 시선이 흐느끼느라 들썩이는 어깨에 오래도록 머물렀다. 사납던 눈은 점점 슬픔으로 젖어갔다. 지석이 깊은 한숨을 내쉬며 그녀의 젖은 눈을 향해 입술을 내렸다.

"평생……. 그래주면 더 좋고."

간접 조명 하나에 의지한 어두운 침실, 격렬한 심장 박동이 하나로 뒤섞이고, 여자의 눈물이 쉼 없이 입 안으로 밀려들어왔다. 숨이 막혔다.

볼에, 이마에, 입술에, 지석은 여자의 몸 곳곳에 제 입술을 뭉개며 애달프게 속삭였다.

"그래도 난, 후회 같은 건 안 해."

그러니, 내가 너를 기만한 것으로 생각하지 않기를.

숨넘어가듯 이어지던 울음소리가 점차 잦아들었다. 지석은 벌그름히 달아오른 그녀의 눈가에 입 맞추며, 몸을 웅크린 채 흐느끼는 여자를 단단히 끌어안았다.

이상한 일이었다. 어째서 같이 울고 싶어지는 건지.

Chapter 13

밤바다

밤새 뒤척거렸다. 블라인드를 내리는 소리도, 제 몸을 닦아
내는 따뜻한 수건의 감촉까지도 선명하게 느껴졌다. 그러다
또 눈을 감았다가 떴을 때, "아직 밤이야. 더 자."라고 숨이 잔
뜩 섞인 음성으로 속삭이며 자신을 꼭 끌어안은 채 토닥이는
남자가 보였다.

해수는 무거운 눈꺼풀을 힘겹게 들어 올렸다. 시계는 어느
덧 새벽 6시를 가리켰다. 이르긴 하지만, 출근 준비를 해야 할
시간이었다. 잠이 더 올 것 같지도 않았다.

"깨울 생각은 아니었는데."

조용히 나갈 채비를 하던 남자와 곧장 눈이 마주쳤다.

짙은 잿빛 슈트를 입은 그는 육각형의 금장 커프스를 채우
다 말고 그녀의 곁으로 성큼 다가왔다.

"잘 잤어?"

지석이 허리를 숙여 해수의 입술에 제 입술을 부드럽게 포
갰다. 화하고 쌉싸래한 체취가 혀끝에 닿았다. 자연스럽고 다

정한 애정 표현. 위화감이라곤 전혀 없는 남자의 움직임에 해수의 몸이 굳었다.

"네."

창밖으로 시선을 두며 해수가 삐걱거리는 몸을 일으켜 앉았다. 어스름한 새벽빛에 드러난 나신 위로 하얀 이불이 흘러내렸다.

강렬한 시선이 입술에서 턱 끝을 지나 아래로 향했다. 입술을 비스듬히 늘인 남자가 단정하게 각이 잡힌 타이 매듭에 손가락을 걸어 내리더니 재킷의 단추를 툭, 풀어내기 시작했다.

해수는 의아한 듯 눈을 깜박이다가 미간을 좁히며 물었다.

"뭐 하는 거예요?"

"나랑 더 놀고 싶어 하는 것 같아서."

기가 막혀 가만히 보고 있으니, 장난스레 입꼬리를 말아 올린 남자가 차분히 한쪽 무릎을 꿇고 앉아 그녀의 발목을 부드럽게 쥐었다.

"장난이야."

해수는 당황했다. 뭐라 대처할 틈도 없이 속옷이 입혀지고, 부드러운 소재의 원피스가 머리 위로 꿰어졌다.

또다시 속이 울렁거렸다. 해수는 숨을 깊게 들이마셨다. 그 울렁거림은 옷을 다 입힌 남자가 제 발등에 입을 맞추는 순간 정점에 달했다.

남자가 근사하게 웃으며 고개를 기울였다.

"이따 밤에 데이트할까?"

"네?"

눈을 비빈 해수는 당황한 표정을 감추지 못했다. 그가 해수의 볼을 툭 두드렸다.

"하고 싶은 거 생각해봐."

"아, 저…… 당직이에요."

"아아."

한쪽 눈썹을 치켜든 남자가 못마땅하다는 듯, 혀로 제 왼쪽 볼 안을 둥글게 굴렸다. 마음이 이상하게 뭉글거렸다. 차갑게 선을 긋고 외면하면 그만인데, 왠지 그러고 싶지가 않았다.

"어쩔 수 없지. 보고 싶어도 참는 수밖에."

그가 웃으며 방을 나섰다. 해수의 시선이 남자의 등 뒤로 오래도록 따라붙었다.

어쩐지, 평온하게 느껴지는 기묘한 아침이었다.

외과 전체를 아우르는 8층 스테이션 앞은 언제나 의료진들로 북적였다.

"아, 그냥 대놓고 물어볼까?"

차트를 뒤적이던 윤화의 의미심장한 말에, 수아가 텀블러에 든 생강차를 마시다 말고 난색을 했다.

"뭐라고 물어볼 건데. 깡패한테 협박당해서 결혼하는 거냐고? 야, 아서라. 말로 이기지도 못하는 게 왜 그렇게 못 잡아먹어서 안달이야."

"아니, 궁금하잖아. 그리고 솔직히 이게 보통 일이야? 깡패 출신 사업가 집안이라니. 어디 겁나서 같이 일이나 하겠어?"

윤화는 신관으로 이어지는 구름다리를 흘끔 쳐다보며 소름이 오도독 돋는 팔을 쓸었다.

2년 전에 완공된 신관은 다름 아닌 VIP 병동이 위치한 곳이었다. 지난봄, 시커멓게 차려입은 사람들이 진을 치고 있던 통에 얼마나 마음을 졸이며 드나들었던가.

"우리 호텔에서 모임 하던 날, VIP가 윤해수 이름으로 계산해놓고 갔었던 거 기억나?"

수아가 고개를 끄덕이자, 윤화는 누가 들을세라 목소리를 은근하게 깔며 말을 이었다.

"그때 윤해수 표정, 완전 썩어 들어갔었잖아."

"그거야, 몰래 연애하던 사이니까 들킬까 봐 조마조마했던 거 아닐까?"

"그게 이상한 거라니까? VIP 같은 남자랑 몰래 연애한다는 게, 상식적으로 가능해?"

"음, 하긴. 내가 윤해수였다면 저 남자가 내 남자다! 미친 듯이 자랑하고 다녔을 거 같긴 한데."

"그것 봐. 필사적으로 숨겨온 데는 이유가 다 있는 거라니까."

여유롭게 손톱 끝을 후, 하고 불어낸 윤화가 그럴 줄 알았다는 듯 간사하게 코웃음 쳤다.

세상 고고하게 굴던 윤해수와 조폭의 조합이라니. 오묘하게 빛나는 눈 속에 따라잡을 듯 잡히지 않던 해수에 대한 케케묵은 자격지심이 배어났다.

"그런데 그거 확실한 거야? VIP가 조폭이라는 것도 그렇고, 어디까지나 추측일 뿐이잖아."

수아가 눈을 가늘게 뜨며 의아하다는 듯 되묻자 윤화가 쓰읍, 하는 소리를 내며 가까이 오라 손짓했다. 두 사람의 머리가 심각하게 맞닿았다.

"너, 평범한 사람이 급소에 칼 맞고 실려 올 확률이 얼마나 된다고 생각해?"

윤화의 속삭임에 잠시 눈을 굴리며 고민하던 수아가 팔짱을 낀 채 콧바람을 훅 내뿜었다.

"어휴, 난 모르겠다. 그놈의 사랑이 죄지."

윤화가 답답하다는 듯 볼펜으로 차트를 쿡, 쿡, 두드렸다.

"이게 그렇게 단순한 문제가 아니야. 걔가 나중에 교수 임용이라도 된다 생각해봐. 너 같음 살 떨려서 진료나 제대로 받을 수 있겠어? 이건 어디까지나 병원 이미지 문제라니까."

"뭐, 그렇게 생각하면 또 그렇긴 한데……."

그때, 묵묵히 모니터를 바라보며 업무에 집중하던 수간호사가 두 사람 사이로 불쑥 고개를 들이밀더니 말을 보탰다.

"아유, 별걱정을 다 하시네. 실력만 좋으면 문제될 거 하나도 없어요. 낭설에 휘둘리지 말라는 이사장님 지시, 다들 잊지 않으셨죠?"

해수의 공식적인 결혼 발표 이후 일주일이 흘렀다. 가급적 그 일에 대해 언급하지 말라는 상부의 지시가 있었기에, 모두가 함구하고 있던 일이었다.

공공연히 떠도는 괴이한 소문에 수간호사의 시름이 깊어졌다. 엄중하게 입단속하는 눈빛에 두 사람이 큼, 하고 목을 가다듬으며 홍당무처럼 붉어진 얼굴로 다급히 자리를 떴다.

"선생님, 저 유자청 한 스푼만 부탁드려요."

그때, 스테이션 내 휴게실에서 비척대며 걸어 나온 해수가 핏기가 가신 얼굴로 노란색 텀블러를 내려놓았다. 아무도 없을 거라 예상했던지, 해수를 발견한 수간호사의 얼굴이 당혹스럽게 굳었다.

"그, 그래요. 텀블러 이리 줘요."

언제부터 있었던 걸까. 이야기를 들은 건 아닐까.

텀블러 안을 깨끗한 물로 헹궈내던 수간호사가 해수의 얼굴을 살피며 걱정스레 물었다.

"왜, 감기 기운 있어요?"

"아니요. 괜찮아요."

"괜찮기는. 안색이 영 별로구만."

티백의 포장지를 뜯던 해수가 예리한 끝부분에 살짝 손을 베었다. 공연한 실수에 신경이 쏠린 해수가 미간을 찌푸리다 빠르게 입꼬리를 올렸다.

"잠을 좀 설쳐서 그런가 봐요."

별일 아니라는 듯이 웃으며 말했지만, 괜찮을 리 없었다. 분명 감기에 걸린 것도 아닌데, 어째서인지 목이 달아오르듯이 뜨거워지는 듯했다.

"저런 말들 너무 귀담아듣지 말아요."

곁으로 다가온 수간호사가 텀블러를 건네며 말했다. 조심스럽게 건넨 음성에는 해수를 향한 애정이 담뿍 깃들어 있었다.

"전 괜찮아요."

해수는 유자청이 담긴 텀블러에 애플 티백을 넣고 뜨거운 물을 부었다. 훈기에 섞인 시트러스 향이 훅 퍼지며 코끝을 에워쌌다.

본의 아니게 듣게 된 말들이 비수처럼 날아와 가슴을 쿡쿡 찔러댔다. 어쩐지 눈시울이 붉어질 것 같은 기분에, 해수가 어깨를 으쓱 올리며 태연하게 덧붙였다.

"아예 틀린 말도 아니니까요."

해수는 씁쓸하게 미소 지으며 적당히 우러난 티백을 빼내고 텀블러를 휘휘 돌렸다. 이해하지 못할 건 없었다. 남자에 대한 음험한 소문들을 궁금해하는 것도, 병원의 이미지를 걱정하는 것도. 그냥 못 들은 척, 외면하면 그만인 것이다.

"너무 마음 쓰지 말아요. 다들 부러워서들 그러는 거니까."

"네. 그럴게요."

"그나저나, 밥은 먹었어요? 밥심이 최고라고, 잘 먹어야 버틸 힘도 생기는 건데."

해수는 그제야 자신이 점심을 걸렀다는 걸 깨달았다.

대답 대신 멋쩍게 웃는 얼굴을 보며, 수간호사가 혀를 찼다.

말없이 닿는 시선에 눈자위가 시큰해졌다.

임마가 살아 있었다면, 저런 눈으로 사신을 걱정했을까.

"이만 가볼게요."

텀블러에서 피어오르는 수증기를 한 김 날려낸 해수가 뚜껑을 꼭 닫으며 몸을 일으켰다. 허기가 몰려왔지만 미적거릴 시간이 없었다.

회의 시간에 맞춰 의국 안으로 들어서자마자 이주혁이 기다렸다는 듯 어마어마한 양의 파일 덩어리를 내밀며 눈썹을 올려 떴다.

"음? 윤해수, 너 얼굴이 왜 그래?"

해수는 아릴 정도로 얼굴을 세게 문지르며 거울을 보았다. 평소와 다를 바 없는 얼굴인데, 보는 사람마다 그녀의 안색을 걱정해왔다. 해수는 옅게 웃으며 눈짓으로 파일을 가리켰다.

"상태 안 좋으니까, 이거 안 가져가도 되죠?"

생수를 벌컥 들이켠 이주혁의 미간이 불퉁하게 일그러졌다.

"야, 인간적으로 좀 도와줘라. 너 아니면 마음 놓고 부탁할 놈도 없어."

"넵! 힘이 있나요. 까라면 열심히 까드려야죠."

"참나. 까라면 죽어라 덤벼드는 게 말은 잘해요."

"과찬이십니다."

빔프로젝터에 노트북을 연결하던 해수가 능청스레 웃으며 받아치자, 세팅된 회의 자료를 뒤적이던 이주혁이 별안간 다가와 해수의 마른 볼을 쭉 잡아당겼다.

"너, 밥은 먹고 다니냐?"

"먹을 시간을 주서야 먹죠."

"하긴."

까칠해진 턱을 문지르던 이주혁이 푸스스, 얼빠진 사람처럼 웃다 금세 머뭇머뭇 얼굴을 굳혔다.

"힘들수록 자기 몸은 자기가 잘 돌봐야 하는 거야, 인마. 먹을 시간이 없으면 숨어서라도 먹고. 저기 뭐냐. 그, 적당히 요령도 피워가면서. 어? 무슨 말인지 알지?"

해수는 회의 자료 폴더 속 PDF 파일을 클릭하면서 네, 하고 작게 웃었다. 스크린 위로 이번 주 주제인 의학 저널 파일이 환하게 출력되었다. 그러고도 할 말이 남은 건지, 골똘히 말을 고르던 이주혁이 해수의 가운 주머니 속에 초코바 하나를 슥 넣어주면서 말했다.

"아무튼, 언제든지 힘들면 말해. 내가 다른 건 못 해줘도, 술은 원 없이 사줄 수 있으니까."

회의실의 불이 딸각, 꺼지며 모두의 시선이 그녀에게로 향했다. 하나도 힘들지 않은데, 모두가 자신을 불쌍히 여기고 있었다. 가슴이 푹 꺼지는 듯한 암담함에 심장이 툭, 떨어져 진창에 나뒹굴었다.

"네. 걱정해주서서 감사합니다."

해수는 굳은 입매를 억지로 끌어 올렸다.

보나 마나 부자연스럽겠지만, 마냥 굳은 얼굴로만 보이지 않길 간절히 바라면서.

430

의국 회의가 끝난 후 오후는 바쁘게 지나갔다.

급성 충수염 수술을 끝냄과 동시에 하루가 저물었다. 어느새 시간이 훌쩍 지나가 창밖은 짙은 어둠에 휩싸여 있었다.

해수는 텅 빈 엘리베이터에 올라탔다. 반질반질하게 닦인 거울 속, 열의라곤 없는 여자의 얼굴이 안개처럼 흐릿하게 비쳤다. 툭, 기대고 선 거울의 한기가 등줄기를 타고 적막과 함께 흘러내렸다.

"아, 맞다……."

곧장 당직실로 돌아가 퇴근 준비를 하려던 해수는 눌러진 버튼을 취소시키고, 로비 버튼을 밝혔다. 응급 환자가 제대로 인계되었는지 확인부터 해야 했다.

"아으, 피곤해."

피곤함을 이기지 못한 해수가 만세 하듯 팔을 위로 쭉 뻗었다. 하얗고 마른 손목 위로 툭 불거진 뼈가 오늘따라 유난히 도드라져 보였다. 내내 긴장으로 굳히고 있던 어깨가 욱신거렸다. 해수는 엘리베이터에서 내려 걸으며 뻣뻣한 어깨를 주물렀다.

방심한 사이, 기다렸다는 듯 남자가 마음을 비집고 들어왔다. 다행이라고 해야 할까. 그날 이후, 지석과 마주칠 시간이 없었다. 새벽에 퇴근하는 해수가 살금살금 몸을 구기고 들어가 잠들기 무섭게, 그는 다소 이른 일상을 시작하는 듯했다.

— 다녀올게, 잘자.

나직하고 고요한 목소리가 날마다 제 시선을 갈구하며 귓가에 노닐었다. 가볍게 겹쳐지던 입술의 감촉이 선명했다. 때때로 머리를 쓰다듬는 손길에는 포근함을 느끼기도 했다. 남자의 너른 품에 웅크리고 들어가 잠들고픈 날들도 있었다.

해수는 그럴 때마다 널뛰는 맥박을 익숙하게 숨겨내고, 감은 눈에 꾹 힘을 주었다. 자신을 질책하며 피어오르는 모든 감정을 잘라내고 부정했다. 노곤하게 풀어지는 마음을 다시 얼리고, 견고하게 차단하는 과정을 매일 반복하였다.

"정신 차리자……."

이미 진창을 예감한 시작이었다. 당연히 끝이 올 거란 걸 알고 있었고, 많이 힘들어질 거란 것도 짐작하고 있었다. 그를 좋아했다. 가지고 싶었고, 손에 쥐어보고 싶었다. 어쩌면 이 관계를 이어가기로 마음먹은 이유 역시, 결국 닿지 못할 남자에 대한 그릇된 소유욕 때문인지도 몰랐다.

하지만, 그게 다였다. 한 번 어그러진 관계가 사랑으로 이어질 리 없었다. 모든 것이 지나가면 그만인, 다만 한여름 밤의 꿈일 뿐. 더는 무언가를 바라서도, 주어서도 안 됐다.

해수는 매일같이 다짐하고 또 다짐했던 말을 속으로 곱씹으며 고개를 들었다. 로비를 가득 채웠던 사람들은 썰물처럼 빠져나간 지 오래였다.

숨 막히는 적막 속, 해수가 짙게 한숨을 내쉬며 응급실 입구에 걸린 시계를 물끄러미 바라보았다.

03:06 A.M.

누적된 피로감이 속수무책으로 밀려오고 있었다. 해수는 삐 걱거리는 고개를 뒤로 젖힌 채 왼손으로 목덜미를 감싸고, 무 음으로 설정해둔 핸드폰을 확인했다.

깜빡, 점멸하는 불빛이 메시지의 수신을 알렸다. 2시간 전에 도착한 메시지였고, 발신인은 채지석이었다.

날씨가 서늘하네. 조심히 들어와.

예고 없이 불쑥 파고든 감정이 심장을 꾹 쥐고 달아났다. 해 수는 핸드폰을 가운 주머니에 집어넣고 무거운 발을 뗐다.

8월의 마지막 주였다. 일교차가 크긴 해도 아직 서늘하다고 할 만한 날씨는 아니었다.

"바보 같아."

해수가 중얼거리며 걸음을 멈추고서 무음이던 알림음을 소 리로 바꾸었다. 핸드폰이 기다렸다는 듯 반짝거리며 알람을 울렸다.

답장 한 번만 해주지. 보고 싶다거나, 잘 자라거나.

당혹스러웠다. 왜 아직 안 자는 거지.

해수가 두 눈을 가늘게 뜬 채 핸드폰을 빤히 노려볼 때였 다. 또 하나의 메시지가 불쑥 시선을 침범했다.

빈말이라도 좋은데.

빈말 되게 좋아하네.

깜박깜박, 점멸하는 커서를 노려보며 해수가 아랫입술을 꾹
깨물었다. 눈앞에서 스르륵, 응급실의 자동문이 매끄럽게 열
린다. 문 사이를 소리 없이 통과한 해수가 배회하던 손가락을
핸드폰 위에 올려놓았다. 짧게 자른 손톱으로 톡, 톡, 자판을
두드리는 소리가 유난히도 크게 울렸다.

예. 안녕히 주무세요.

큰 결심이라도 하듯, 해수가 메시지 전송 버튼을 눌렀다.

띵!

맞은편 침대에서 메시지 알림음이 들려왔다. 시선을 아래로
향한 채 터벅터벅 걷던 해수가 반사적으로 고개를 치켜들었
다.

보기 드물게 커다란 그림자가, 응급실의 쨍한 불빛 아래 흔
들림 없이 느른한 시선으로 해수를 바라보고 있었다.

너무 피곤해서 헛것을 보는구나, 그녀는 생각하며 눈을 감
고 긴 숨을 내쉬었다. 그리고 다시 눈을 떴을 때, 남자는 여전
히 그곳에 있었다.

"왜……."

짧은 침묵이 이어졌다. 가슴이 불안하게 두근거리며 식은땀
이 목덜미를 타고 내렸다.

어디가 다쳐서 온 건 아닌지. 아픈 건 아닌지.

손끝에서 땀이 배어 나오며 순간 심장이 폭발할 것처럼 거세게 뛰었다. 두려움에 경직된 눈길이 습관적으로 남자의 몸을 빠르게 훑었다.

"무슨 일 있어?"

지석이 천천히 입술을 열었다. 대답 대신, 가만한 시선을 건네던 해수는 순간, 맥이 탁 풀리며 현기증에 눈앞이 핑 도는 걸 느꼈다.

아무 일도 없었다. 남자는 짙은 감색 재킷 속의 셔츠가 적당히 풀어 헤쳐진 채, 늘 보았던 정제된 모습과는 사뭇 다른 모양새로 앉아 있었다.

느슨하게 풀어진 넥타이만큼이나 흐트러진 머리카락이 고된 일과를 마친 사람처럼 피곤해 보일 뿐이었다. 단지 그게 다였다. 특별히 다치거나 아픈 곳이 있는 것 같지는 않았다.

"아, 아니에요. 아무 일도."

해수는 불안함에 요동치던 가슴을 남몰래 쓸어내렸다. 마치 겁에 질린 사람처럼, 마디가 하얗게 불거지도록 주먹을 꽉 그러쥔 채였다.

"아무 일도 아니긴."

시선이 닿자마자 창백하게 질린 채, 밀랍처럼 굳어버린 해수가 걱정스러웠다. 안 좋은 일이 있었던 걸까. 짙게 파고드는 시선에서 그녀를 치밀하게 살피듯 사나운 빛이 감도는가 싶더니, 이내 부드럽게 풀어졌다.

"이리 와."

해수는 당혹감에 고개를 들었다. 걱정이 지나쳤다는 생각에, 질척한 늪에 푹 빠진 것처럼 다리가 조금도 움직이질 않았다. 공연히 눈치를 살피며 눈앞의 남자를 멀거니 바라보는 와중에, 옆에서 가만히 다가오는 기척이 느껴졌다.

"으이그. 그렇게 좋냐? 입에서 침 떨어지겠다."

구세주 같은 서연의 목소리가 해수의 집 나간 의식을 뭍으로 건져냈다. 서연은 경황없이 흔들리는 해수의 어깨를 가볍게 감싸며 응급실 안쪽 구석으로 이끌었다.

"대표님이 간식 사 들고 오셨어. 이 시간에 이런 걸 어디서 구해 오셨나 몰라. 그런데 너, 표정이 왜 그래. 어디 안 좋아?"

"그냥 좀, 피곤해서."

고된 하루를 보낸 해수의 무감한 시선이 옹기종기 모여 있는 동료들을, 그들 앞에 펼쳐진 색색의 화려한 간식들을 차례대로 스쳤다. 오렌지빛 마카롱을 입에 넣는 윤화에게 잠시 머물렀던 시선이 곧 아무렇지도 않게 거두어졌다.

키득거리며 빠르게 디저트를 먹는 테이블 위가 소란스러웠다. 저녁조차 거른 채 당직을 서다 보면, 필연적으로 출출해질 시간이긴 했다.

"처음엔 솔직히 좀 무서운 분이라고 생각했었거든요? 그런데 아니었어. 얼마나 나긋하신지 이가 막 녹아내릴 거 같더라니까요. 아, 나도 연애하고 싶다."

응급 전문 간호사가 볼록하게 차오른 볼을 한 채 조잘거렸다. 왁자지껄한 분위기 속에서 야유하는 목소리가 쏟아졌다.

"자기, 연애 안 해봤구나? 저런 남자 이제 세상에 없어. 드라마 속에서나 봐야 해."

"혹시 알아요? 제가 전생에 나라라도 구했을지?"

"자기야. 일단 거울부터 보고 오자. 우리가 전생에 나라를 구했다면, 이럴 수는 없는 일 아니겠냐고."

"쌤! 그렇게 아무렇지도 않은 얼굴로 뼈 때리기 있어요? 전치 24주 치 내상이다, 이건."

동료들의 시답잖은 대화 사이에서 무심한 얼굴로 서 있던 해수의 입 안으로, 부드럽고 촉촉한 다쿠아즈가 멋대로 들어와 짓이겨졌다. 서연이 다시 해수의 팔을 가볍게 잡아끌며 귀엣말을 했다.

"이럴 때 다정한 모습 좀 보여. 그래야 이상한 소문들도 사그라들 거 아니야. 눈치 좀 보지 말고. 응? 네가 대표님 얼마나 좋아하는지 내가 아는데, 내가 진짜 속상해서 그런다."

복화술을 하듯 빠르게 중얼거린 서연이 웃으며 해수의 어깨를 툭툭 두드린다. 늘 그렇듯 표정을 갈무리하라는 신호와도 같았다.

해수는 천천히 숨을 내쉬며 속내를 들키지 않으려 애썼다. 밤낮없이 붙어 있는 절친이었지만, 어그러진 개인의 가정사까지 공유하고 싶지는 않아 대충 얼버무린 일이었다.

갑작스러운 절친의 결혼 소식에 배신감을 느낄 법도 한데, 서연은 쓴소리 한 번 내지 않았다. 다만 말할 수 없었던 이유가 있겠거니 짐작하며, "해수 넌 생각이 깊은 아이니까. 네가 행복하다면 난 아무래도 상관없어."라고 말하던 서연은 눈물까지 글썽이며 진심으로 두 사람의 결혼을 축복했다.

해수는 천천히 고개를 들었다. 죄책감으로 물든 시선이 서연에게 닿았다.

나, 사실 거짓말했어. 미안해.

차마 표정이 밝게 지어지질 않아 해수는 그만 몸을 돌려 남자에게로 향했다.

"얼굴 한번 보기 되게 힘드네."

지석은 핸드폰을 중지와 엄지 사이에 끼운 채 빙글빙글 돌리며 웃고 있었다. 아무래도 자신이 보낸 메시지가 썩 마음에 들지 않았던 모양이다. 지석이 피식 웃으며 고개를 옆으로 꺾어 시선을 맞추었다.

"그렇게 바빴어? 연락 한 번 못 해줄 만큼?"

응급실 침대에 걸터앉아, 모든 곳이 제 영역인 듯 긴 다리를 꼬아 넘긴 남자의 얼굴에선 오만한 여유가 넘쳐흘렀다.

"그리고 남편 될 사람한테 안녕히 주무시라니, 어르신한테 문안 인사 보내는 것도 아니고."

해수는 마른 입술을 혀로 쓸었다. 이게 또 뭐라고, 느긋하게 파고드는 시선에 묘한 긴장이 차올랐다. 해수는 오한이 드는 듯한 팔뚝을 쓸어내리며, 남자가 앉은 침대 끄트머리에 툭, 걸터앉았다.

"버릇없는 거보다는 낫지 않아요? 나이 차이도 있는데."

438

"나이 차이 같은 소리 한다."

지석은 피식 웃으며 흐트러진 그녀의 잔머리를 그러모아 귓바퀴에 부드럽게 걸어주었다. 검질긴 시선이 따라붙는 건 당연한 순서였다. 귀여운 것을 만지듯 툭, 하고 볼을 건드리는 손가락 역시.

"내가 말했잖아. 윤해수는 까부는 게 매력이라고."

해수가 조용히 눈살을 찌푸렸다. 보는 눈이 많았다. 관심 없는 척, 동료들의 신경이 온통 두 사람에게로 향해 있을 거라는 건 당연한 짐작이었다. 아니나 다를까, 소곤거리는 목소리가 해수의 귓속으로 꾸역꾸역 밀려들었다.

"해수 쌤 저런 표정 처음 본다. 저렇게나 좋을까."

"좋지, 그럼. 말이라고? 사는 게 즐겁겠지. 보고만 있어도 웃음이 나는 얼굴일 텐데."

누가 보아도 폐교에서 유령과 마주친 것 같은 얼굴일 텐데. 자율 긍정적 해석의 힘에 새삼 놀라워하며, 해수는 파고드는 소음을 밀어내기 위해 입을 열었다.

"그나저나 이 시간에 웬일이에요?"

"왜?"

"……네."

"진짜 몰라서 물어?"

밝은 불빛 아래 음영 진 콧날이, 날 선 목소리만큼이나 베일 듯 날카로웠다. 길게 드리워진 남자의 속눈썹을 가만히 바라보고 있으려니 입술이 바짝바짝 메말라 해수는 저도 모르게 붉은 혀로 아랫입술을 느리게 쓸었다.

더는 한계라고, 그는 생각했다. 해수가 응급실에 들어오는 순간부터 끌어안고 키스하고 싶은 충동을 애써 억누르고 있던 그에겐 고문과도 같은 행동이었다. 지석이 낮게 읊조렸다.

"널 보러 오는데 이유 같은 게 있을 리 없잖아. 자꾸 생각나고, 보고 싶어서 왔어. 그게 다야."

얼굴이 순식간에 달아올랐다. 낯뜨거운 말에 난처해할 틈도 없이, 지석이 태연한 눈으로 해수의 손에 천천히 제 손바닥을 붙였다.

"여기 다쳤네. 소독은 했어? 조심해야지."

남자의 검지가 생채기 난 그녀의 손가락을 꾹 문질렀다. 놀리고 싶어 하는 속내가 뻔함에도 번번이 더워지는 건 해수의 몫이었다.

"아, 이거. 괜찮아요."

"알아. 그런데 내가 안 괜찮아."

합, 입을 틀어막으며 노골적으로 들러붙는 동료들의 시선에, 이만 손을 놓아달라 애원의 눈짓을 보냈지만, 지석은 언제나 그랬던 것처럼 보란 듯 깍지를 꼈다.

"안 괜찮으면 뭐……."

한편으로는 협박이니 뭐니, 공연한 소문들에서 해방될 수 있겠다는 생각도 들었다. 해수는 아연한 동시에 깊이 안도했다.

"가서 옷 갈아입고 와. 늦기 전에 가자."

남자가 깍지 낀 손에 입 맞추며 속삭였다. 결코, 여유롭지 못한 목소리였다.

"왜 이렇게 급해요?"

깍지 낀 손가락 사이가 아렸다. 그가 지하 주차장 쪽으로 턱 짓하곤 성큼 걸었다. 평소보다 보폭을 크게 줄인 걸음이었음에도 해수는 살짝 숨이 가쁘도록 종종걸음으로 따라가야 했다.

"바다 좋아해?"

질문에 질문으로 답한 지석이 재킷 안주머니에서 스마트키를 꺼내며 근사하게 웃었다. 해수는 얼굴을 와락 구겼다.

바다라니. 이 시간에.

"바다 싫어하는 사람도 있어요? 그런데, 갑자기⋯⋯."

별안간 멈춰 선 남자의 등에 이마를 쿡, 부딪혔다. 그가 멈춰 선 곳에서 타고 가야 할 것의 외관을 확인한 해수가 흠칫, 당황하며 우뚝 걸음을 멈추었다.

"뭐, 뭐예요. 이게?"

가물가물 감기던 눈이 번쩍 뜨였다. 그를 닮은 날렵한 오토바이 한 대가 눈앞에 주차되어 있었다. 흡사 흑표범과도 같은 흉흉한 생김새였다.

왜 하필 오토바이일까.

외과에서 일하며 해수는 오토바이 사고로 크게 다치는 사람들을 숱하게 보아왔다. 끔찍한 것을 보았다는 듯한 눈빛으로 지석을 망연히 올려다보았다.

"지금, 이걸 같이 타고 가자는 말이에요?"

"왜, 마음에 들어? 줄까?"

"아니요, 전 차라리 걸어갈게요."

안녕히 가시라며 뒤돌아선 순간, 그가 해수의 팔을 잡고 반 바퀴 빙글 돌려 온몸을 감싸 안았다.

"여기 병원……."

"그게 무슨 상관이야."

참기 힘들었다 중얼거리며 가볍게 겹쳐지던 입술이 끈적하게 들러붙었다. 지석이 머리카락 사이에 손가락을 넣고 고개를 비틀어 깊숙이 키스했다.

"읍."

뒷걸음질 치던 해수가 오토바이에 툭 부딪혔다. 부딪힌 곳을 어루만지는 손이 느껴졌다. 아랫입술을 빨아들이던 입술이 입가에 쪽, 부딪쳤다. 정신없이 키스를 퍼붓던 남자가 이내 아무 일도 없었다는 듯 태연하게 해수의 머리 위에 헬멧을 뒤집어씌웠다.

"뭐가 이렇게 귀엽지."

지석이 환하게 웃음을 터뜨렸다. 매끈하게 올라가는 입꼬리에 시선을 빼앗긴 순간, 몸이 붕 떠올랐다. 해수는 원치 않는 비행을 하며 오토바이 위에 올라탔다. 마치 도깨비에게 홀린 듯한 기분이었다.

"더 예쁜 것도 많아. 나중에 천천히 둘러봐. 가지고 싶은 게 있으면 줄 테니까."

"아니, 그게 아니라……."

"그래. 그건 아니지. 공주님은 내가 태워드리는 것만 타셔야지."

남자는 재킷을 벗어 해수의 어깨 위로 둘러 단단히 묶어주었다. 그러더니 오토바이에 걸터앉아 뒤로 손을 쭉 뻗었다. 해수의 손을 끌어 제 허리를 단단히 감싸 안게 하며 뒤를 흘깃 돌아보았다.

"해수야."

"네?"

"그렇게 앉아 있으면 날아가."

날아간다니, 덜컥 겁이 났다. 창백하게 굳은 해수가 뭐라 말을 꺼내기도 전에 그가 시동을 걸었다. 으르렁거리는 듯한 소음이 한적한 새벽의 지하 주차장을 쩌렁쩌렁하게 울렸다.

"바다나 보러 가자."

웅, 웅―.

호랑이가 울부짖는 듯한 강렬한 배기음에 묻혀 그의 목소리가 아득하게 들려왔다. 해수는 눈을 질끈 감고 조심스럽게 남자의 셔츠 자락을 움켜쥐었다.

꼭 감은 해수의 망막 위로 넘실대는 푸른 바다가 펼쳐졌다. 보석처럼 흩뿌려진 햇살 가루가 눈부셨다.

밤바다는 어떤 느낌일까. 본 적도, 심지어 가보고 싶다는 생각을 한 적도 없었다.

해수는 바다처럼 듬직한 등에 한껏 기댄 채 길게 숨을 들이마셨다. 셔츠 하나만을 입은 남자의 등에선 가을의 정취가 담긴 풀 내음 비슷한 게 났다. 포근하고 깊었다. 남자의 허리를 끌어안은 손에 조금 더 힘이 들어갔다.

"예쁜 거 보여줄게."

나지막한 웃음소리가 온기로 가득 찬 남자의 등을 통과해 해수의 귀를 두드렸다.

"힘들어도 조금만 견뎌."

지석이 속도를 더 높였다. 아직 여름의 냄새가 남은 듯 청명하게 부는 푸른 바람이 설렘을 더했다. 말도 안 되는 배기음이 귓가에 아찔하게 울려 퍼졌다. 더 말도 안 되게 기분이 좋아졌다.

검은색 오토바이 한 대가 날렵한 육상 선수처럼 빠른 속도로 국도 외곽 길을 달려나갔다. 가로등 불빛을 지나칠 때마다 하나로 엉긴 그림자가 도로에 드리웠다 사라지기를 반복했다.

부와아앙—.

고막을 찢을 듯 쩌렁쩌렁한 배기음이 스산한 바람 소리를 뚫고 텅 빈 거리를 요란하게 울렸다.

"으아아악!"

아찔하게 널뛰던 흥분감은 찰나였다. 오래 지나지 않아 두려움, 공포, 위협 따위의 감정으로 꽁꽁 얼어붙은 해수가 몸을 잔뜩 움츠린 채, 지석의 허리에 매달려 옷자락을 뜯어낼 듯 움켜쥐었다.

"……흐으, 으아악! 멈춰! 야! 이 미친놈아!"

지금, 같이 죽자는 건가?

구름에 완전히 가려진 달은 한 줄기의 빛조차 내비치지 못했다. 한갓진 외곽 길을 따라 드문드문 설치된 가로등마저 없었다면, 어둑한 하늘과 길게 이어진 아스팔트가 구별되지 않을 정도로 까마득한 밤이었다.

"으악! 살려…… 아악!"

정신 나간 사람처럼 소리를 지르느라 골까지 흔들릴 지경이었다. 빠르게 흩어지는 시야로 이따금 볼 만한 풍경이 펼쳐지곤 했지만 감탄할 여유 같은 건 없었다.

얼마나 시간이 흘렀을까. 이승과의 인연은 여기까지인가 싶을 때 즈음, 귓전에 때려 박히던 배기음이 말의 투레질처럼 푸르릉거리며 마침내 멈추었다.

"하."

해수는 시동이 꺼진 오토바이 위에서 떨리는 마음을 진정시켰다. 허공에 붕 뜬 것처럼 온몸의 감각이 둔해진 탓인지, 내려야 한다는 생각조차 들지 않았다.

"야!"

잠시 후, 해수가 버럭 소리를 질렀다. 헬멧을 벗기던 손이 멈칫하더니 뚱하게 찡그린 그녀의 코를 가볍게 쥐고는 멀어졌다. 지석이 피식 웃으며 말했다.

"예상보다 훨씬 더 열렬한 반응인데."

"미쳤어요?"

"그렇게 무서웠어?"

"그걸 지금 말이라고! 떨어질까 봐 얼마나 겁이 났는데!"

비강 가득 짜디짠 바다 내음이 들이닥친 후에야, 해수는 뻑뻑한 눈을 깜빡이며 고개를 치켜들었다.

분노의 질주였다. 그는 마치 광란에 빠진 말처럼 고삐가 풀린 채 무람없이 날뛰었다. 나사가 빠진 놀이 기구에 안전장치도 없이 올라탄 기분이었다.

넝마처럼 흐트러진 셔츠 자락을 내려다보면서 지석이 으쓱 어깨를 올렸다. 단추 두어 개가 날아간 실크 셔츠는 아랫단이 구겨진 채 바람에 펄럭이고 있었다.

"난 좋았는데, 네가 꽉 끌어안아줘서."

"아니, 그건 안은 게 아니라!"

"그래, 알아. 세상에 가진 건 나밖에 없는 사람처럼 절박하게 매달렸지. 그래서 좋았다고."

반듯한 해수의 눈썹 산이 능선처럼 휘어졌다.

뭐, 이런 인간이 다 있지.

눈으로 험한 말을 퍼붓던 그녀가 고개를 절레절레 내젓는 걸 보고, 지석은 사춘기 소년처럼 킥킥 웃음을 터뜨렸다.

"그런 얼굴 하지 마. 또 괴롭히고 싶어지니까."

지석은 따가운 눈길에도 아랑곳하지 않고 해수의 어깨에 둘린 자신의 재킷을 단단히 여몄다. 바람 한 줄기 들어가지 못하게 거듭 묶고서 그녀의 이마에 입을 맞추었다. 해수는 이맛살을 찌푸렸다.

"내 얼굴이 어때서요."

"몰라서 물어? 너무 예쁘잖아, 계속 울리고 싶게."

"안 보면 되잖아요."

"자꾸만 눈길이 가는 걸 어떡해. 우는 걸 보면 또 마음이 아픈데. 달래놓고 또 울리고 싶은 얼굴이야."

안장에 비스듬히 기대앉은 지석이 해수의 볼을 툭, 건드리며 웃었다. 악의라곤 눈을 씻고 보아도 찾을 수 없는 여유로운 태도가 못내 얄미웠다.

"개자식이라고 욕하는 소리가 여기까지 들리네."

어떻게 알았지.

해수는 박수라도 보내고 싶은 마음을 억누르며 눈을 흘겼다. 열이 잔뜩 올라 붉어진 입술이 쌕쌕거리며 벌어졌다.

하얀 윗니가 가지런히 드러났다 사라지는 걸 바라보며 지석이 피식 웃었다.

"아, 개자식보다 더 심한 욕이었나. 뭐 아무래도 상관없긴 한데."

그새 조금 이동한 구름 사이로 둥글게 뜬 달이 모습을 드러냈다. 비스듬히 앉은 남자의 옆얼굴 위로 새하얀 달빛이 어렴풋이 내려앉았다. 고개를 조금 떨군 남자의 발밑으로 동그랗게 어둠이 고여들었다.

"유치해."

순간 고개 돌린 그와 시선이 맞닥뜨렸다. 해수를 빤히 바라보던 지석이 살짝 입꼬리를 올려 웃었다.

"그것도 맞아. 너만 보면 유치해져. 마치 내가 다른 사람이 된 것처럼."

혀 아래로 차마 내뱉지 못한 말들이 잔뜩 고였다. 해수는 참았던 숨을 천천히 뱉었다. 새벽은 늘 사람을 감성적으로 만드는 법이라고 생각하며 오토바이에서 내리려는데, 지석이 깊은 한숨을 내쉬며 말했다.

"이게 내 유일한 취미 생활이야. 물론 내 아내가…… 윤해수가 싫어한다면, 당연히 그만둘 생각이고."

"마음대로 하세요."

다치든지 말든지 알아서 하라는 소리를 매몰차게 내뱉는 와중에도 해수는 남자가 응급실에 실려 오던, 그날의 기억에 휩싸였다. 다급하게 소리치던 구급 대원의 목소리, 본디 색을 잃은 주황색 이동식 침대, 그 아래 진득하게 고여 있던 선혈, 생명이 꺼져가는 얼굴로 제 목을 꽉 움켜쥐고 있던 남자의 절실한 눈빛……. 상상만으로도 끔찍하게 두려워졌다. 그가 다칠까 봐 겁이 났다. 해수는 파리하게 질린 얼굴로 고개를 저었다.

"아, 아니……."

명령을 기다리는 동물처럼 순순하던 남자의 눈동자 속으로,

뜨겁게 역류하는 감정을 간신히 삼키는 해수의 얼굴이 또렷이 비쳤다. 해수는 그의 목을 가로 그은 상흔을 바라보며 가슴이 선뜩하게 저며오는 걸 느꼈다.

"위험한 건 하지 않았으면 좋겠어요. 취미 생활이든, 일이든…… 뭐든."

걸터앉은 몸을 일으킨 지석이 제게 안기라는 듯 팔을 내밀며 고개를 크게 끄덕였다. 해수는 태연하게 표정을 굳히며 남자의 어깨를 잡고, 오토바이에서 풀썩 뛰어내렸다.

해수의 말을 되새겨보는 듯한 남자의 얼굴엔 혼란과 벅찬 감정이 동시에 드러났다. 해수는 흠, 헛기침으로 긴장을 누르며 말을 이었다.

"인생이 게임은 아니니까요. 목숨 몇 개 맡겨둔 것도 아닐 텐데, 소중히 여길 줄 알아야죠."

터벅터벅 가까워지는 남자의 존재감이 거대했다. 해수는 말없이 자신을 뒤덮는 그림자와 손가락 마디를 가르고 들어오는 온기를 밀어내지 않았다.

"알았어. 약속할게. 네가 싫어하는 건 안 해."

지석은 깍지 낀 손을 장난스럽게 흔들며 낮게 웃었다. 해수는 묵직한 손에서 후끈하게 배어 나오는 열기를 조심스레 쥐었다. 목과 귀가 붉게 달아오르는 것을 느끼며, 고개를 들어 정면을 보았다.

"아……."

넓게 펼쳐진 바다의 수면이 은은하게 드리워진 달빛을 받아,

은빛 물고기의 비늘처럼 반짝이고 있었다.

모래사장으로 밀려온 파도가 고요함을 몰아내듯 힘차게 들이쳤다. 거친 파도가 바위에 부딪쳐 사금파리처럼 하얗게 부서지는 게 보였다. 적요한 소란 사이로 서걱서걱, 발걸음 소리만 간간이 퍼져나갔다.

쏴아아―.

도시의 소음이 모조리 사라진 곳, 시간의 흐름마저 단절된 듯한 공간, 해수는 무언가에 이끌리듯 바다와 모래사장의 경계선을 향해 걸음을 옮겼다.

"위험해."

지석이 넋 놓고 걷던 해수의 허리를 낚아채 더 깊이 들어가지 못하도록 뒤에서 끌어안았다. 모래를 머금은 잔물결이 버석거리며 밀고 들어와 두 사람의 바짓단을 적셨다.

"감기 걸리겠다."

"아직 8월이에요."

"그게 무슨 상관이야. 얼굴도 차갑고, 손도 차가운데."

지석은 해수의 가느다란 팔을 손으로 비벼 열을 내고, 차가운 뺨에 제 뺨을 문질러 몸을 녹였다. 어깨에 두른 재킷을 너르게 펼쳐 그녀를 폭 감싸고 아이처럼 자신의 품에 가두었다. 야트막한 숨소리가 노랫소리 같았다. 솜털까지 보일 듯한 거리에서 그가 속삭였다.

"따뜻하지?"

"더워요."

"……참아."

자세가 불편했는지 해수가 품 안에서 꼼질거리는 게 느껴졌다. 그녀가 꿈을 꾸듯 속삭였다.

"너무 예뻐요. 어쩜 저렇게 반짝거리지."

초점을 잃은 시선은 여전히 검푸른 하늘과 바다의 모호한 경계에 닿아 있었다.

이렇게 좋아할 줄 알았다면, 진작 데리고 올 걸 그랬지.

지석은 해수의 관자놀이에 뺨을 문대며 몸을 꼭 붙이고 그녀의 목덜미를 부드럽게 어루만졌다.

"네가 더 예뻐. 더 빛나고."

보송보송하게 닿는 솜털의 감촉에 거친 손끝이 저릿저릿해졌다. 지석은 그녀의 정수리 위로 애틋하게 코끝과 입술을 비비며 얕은 한숨을 토해냈다. 정말이지 어디 하나 예쁘지 않은 곳이 없었다.

"잠시만, 이대로 있어."

가녀린 몸을 보물처럼 감싸 안은 지석은 귀를 기울여 쿵, 쿵, 맥동하는 심장 박동을 느꼈다. 하나로 섞여가는 호흡이 가라앉은 공기를 두드렸다. 지석이 숨을 크게 들이쉬며 착 가라앉은 목소리로 물었다.

"우리 처음 마주쳤을 때, 정말 나 못 알아봤어?"

손을 내려 까칠해진 해수의 입술을 덧그리듯 문지르던 지석은 문득, 그녀와의 재회를 떠올렸다. 노르스름한 간접 조명에 의지한 채, 병실 문에 기대 허공을 응시하던 여자의 얼굴은 의심의 여지없이 윤해수였다.

"난 첫눈에 알아봤는데."

혹시 일부러 모르는 척하는 건 아닐까. 처음엔 자신을 알아보지 못하는 그녀에게 묘한 불쾌감을 느꼈다. 그래서 주치의를 해달라, 억지를 부리고 곤란하게 만들었다.

"세월이 흐르긴 했어도, 솔직히 내가 그렇게 쉽게 잊어버릴 만한 얼굴은 아니지 않나."

자의식 과잉이라고 해도 할 말은 없었지만, 평균을 훨씬 웃도는 키와 우월하게 벌어진 골격은 고등학교 시절 이미 완성된 것이었다.

"사실……."

해수가 몸을 돌려 지석을 바라보았다. 달빛 속에 갇힌 것처럼 고아한 눈동자가 과거의 어딘가를 되짚듯 가만히 허공을 굴렀다.

"누군가를 기억 속에 오래 담아두기엔 내가 너무 어렸어요. 12살이었거든요. 그리고 무엇보다…… 이름이 달랐으니까."

지석의 어린 시절 이름은 지훈이었다. 그나마도 우연희 원장의 성을 빌려 지은 이름이라 온전히 제 것은 아니었다. 더군다나 그 시절 그는 조금 더 온순하고 상냥한 성격이었으니, 같은 사람이라 보기 어려웠다는 그녀의 말에도 일리는 있었다.

"음."

그제야 납득했다는 듯이 그가 고개를 끄덕였다. 해수는 얕게 숨을 내쉬며 길게 이어진 모래사장을 따라 걸음을 뗐다. 비탈신 그림자 위로 달빛이 소록소록 내려앉았다. 그렇게 한동안 걸었다. 파도의 고요하고도 소란스러운 외침만이 귓가에 난사할 뿐, 오고 가는 대화는 없었다.

머릿속에서 몇 가지 단어들이 떠올랐지만, 막상 하나를 고르기는 어려웠다. 그리고 딱히 대화를 나누지 않아도 괜찮을 것 같았다.

어느덧 동이 터오르려는 건지, 아득한 수평선 너머 희끄무레한 빛이 스멀스멀 피어올랐다. 어룽거리는 시야 사이로 남자의 손이 파고들었다. 뺨을 쓸고 지나가는 손목 아래, 묵직한 어른 남자의 향이 고여 있었다. 여전히 낯설고 불편하지만, 조금은 익숙해진 향이었다. 원인을 알 수 없는 떨림이 정적인 분위기를 파고들던 무렵, 그가 문득 입을 열었다.

"일이 마음먹은 대로 되지 않을 때 종종 찾아오는 곳이야."

해수는 제 어깨 위로 힘없이 둘린 남자의 팔을 바라보았다.

그래, 돈 버는 게 어디 쉬운 일이던가.

그렇게 생각하면서도 마음 한편에 의아함이 깃들었다.

"다 가진 사람들도 그런 고민을 하나 봐요."

"내가 다 가진 사람처럼 보여?"

지석의 눈에 미묘한 기색이 어렸다. 냉소적인 반응이라기보단 어딘가 모르게 쓸쓸해 보이는 투에 머쓱해진 해수는 큼, 하고 목을 고르며 미간을 모았다. 지석이 착잡한 듯 깊게 한숨을 쉬며 높게 묶인 해수의 머리카락을 손가락에 휘감았다.

"여기에 누군가를 데리고 오게 될 줄은 몰랐어. 그게 네가 될 줄은 더더욱 몰랐고."

서늘하게 밀려드는 바람에 어깨가 떨렸다. 해수는 남자에게로 살짝 몸을 붙이며 조심스레 물었다.

"그런데 여긴 어떻게 알고 오게 된 거예요?"

해수는 목을 길게 빼고 주위를 두리번거렸다. 강원도? 인천? 이정표 하나 없는 길을 달려오다 보니, 이곳이 어디인지 감조차 잡히지 않았다. 다만 확실한 건 이 바다가 남자에게 꽤 의미 깊은 장소인 것 같다는 사실이었다.

돌아오지 않는 대답에 괜한 질문을 던진 건 아닐까, 해수가 초조하게 입술을 깨물던 때였다.

"내가 태어난 곳이야."

수평선과 평행을 내달리던 지석의 시선이 오른편 모래사장과 맞닿은 마을로 향했다. 이어 성대를 긁어내리듯이 갈라진 목소리가 나직하게 이어졌다.

"그래서 그런지, 여기 오면 마음이 편안해지더라고."

털썩, 모래 위에 주저앉으며 웃는 남자의 옆모습이 조금 스산해 보였다. 해수가 그를 따라 머뭇머뭇 자세를 낮추자, 지석이 그녀의 어깨 위에 걸쳐진 재킷을 모래 위에 펼치며 앉으라는 듯 툭, 두드렸다.

"너도 그랬으면 해서."

삶에 지친 그에게 한 귀퉁이의 쉴 곳을 내어주었을, 의미 있는 공간을 공유하려는 마음을 이해한다는 듯 해수가 고개를 끄덕였다. 그러자 지석이 시계를 보더니 기운차게 덧붙였다.

"해 뜨는 거 보고 갈까?"

일출이라니. 새해는 아니었지만, 어쩐지 가슴이 빠듯하게 벅차오르는 기분이 들었다. 태양을 보고 나면 꽉 막혀 답답했던 마음이 조금은 가벼워질 것 같기도 했다. 해수는 몸을 움츠리고 팔을 쓸며 하늘을 바라보았다. 이를 바라본 지석이 혀를 차며 뜨거운 팔로 그녀의 어깨를 감쌌다.

"피곤하면 지금 출발하고."

"오프라 괜찮아요. 나보다는 채지석 씨가 더 피곤하겠는데요. 잠도 못 자고."

"난 아무래도 상관없어."

어느덧 희붐한 하늘 위로 여명이 점차 밝아왔다. 해가 떠오르기만을 기다리던 해수가 고개를 돌려 지석을 보았다. 남자의 턱 끝에 모아둔 시선을 머뭇머뭇 들어 올리며 다만 제 질문이 연민으로 비치지 않기만을 바라는 표정으로 조심스레 입을 열었다.

"그럼, 어머니는요?"

"음?"

"태어난 곳까지 알아냈다면, 친어머니가 지금 어디 계신지도 알고 있을 거 아니에요."

의외의 질문이라는 듯, 턱을 문지른 그가 희미하게 웃었다.

군더더기 없이 사실만을 말하는 목소리 역시 감정의 잔재라곤 찾아볼 수 없을 만큼 담담했다.

"이미 돌아가셨어. 날 버린 그해에."

이제는 흘러간 일일 뿐, 자기 연민에 젖어 돌아볼 과거조차 아니라는 뜻으로 남자는 태연하게 덧붙였다.

"내가 알아야 할 건 거기까지야. 더 깊게 파고들어봤자, 이젠 다 지나간 일이니까."

가벼워질 거라고 생각한 마음이 되레 무거워지는 걸 느꼈다. 해수는 속에서 밀려 나오는 여러 감정을 내색하지 않은 채 젖은 모래를 그러모아 둥글게 쌓고 토닥였다.

"미안해요."

지석이 영문을 모르겠다는 양 눈살을 찌푸렸다.

"뭐가."

"괜한 걸 물어본 거 같아서요."

장난스레 웃는 얼굴이 아무렇지 않아 보인다고 해서 그 마음까지 평온할 리 없다. 언니의 기일이 다가올 때마다 지구 내핵까지 파고들어가는 제 심정을 생각해본다면, 그의 마음도 별반 다를 리 없을 텐데.

바다를 찾는 이유도 그리움에서 기인한 일이었겠지. 한 줌 온기라도 느끼고 기대고 싶은 마음이 아닐까. 하지만 완벽하지 않은 추론이었다. 그의 속마음까지 자신이 짐작하여 속단할 수는 없었다. 다른 이의 과거를 듣는다는 게 이토록 아릿한 일이었나. 생소한 통각에 가슴이 뻐근하게 조여오던 무렵,

그가 태연한 목소리로 툭 내뱉듯 말했다.

"난 오히려 좋은데. 네가 조금씩 나에 대해 궁금해하는 거 같아서."

"그래도요."

"벌어질 일이 벌어진 것뿐이야. 내가 결국 보육원에 들어가게 된 것도, 깡패 새끼 소리 들으며 살게 된 것도, 생각해보면 다 이유 있는 고통이었던 거지."

"그런 게 어디 있어요."

그가 입술 끝을 근사하게 말아 올렸다.

"여기. 지금 내 옆에 있잖아. 네가 그 이유야."

불행의 인과라고 생각해온 일들은 결국 해수와 함께하기 위한 일련의 과정이었다. 심지어 자신을 죽음의 구렁텅이로 밀어 넣었던 사건조차도 그녀와의 재회를 위한 발판이라 생각하면 너그러이 웃어넘길 수 있을 것 같았다.

"그러니, 사람답게 살 수 있도록 네가 날 길들여줘. 네가 원하는 건 죄다 발밑에 물어다놓을게. 데리고 살다 영 아니다 싶으면 버려도 되고."

지석이 고개를 돌렸다. 해수는 붉은 물감이 번지듯, 바다 위로 쏟아지는 태양을 복잡한 눈으로 바라보고 있었다.

무슨 생각을 하고 있을까. 지금도 영 아닌 새끼를 어떻게 길들여야 하나 고민하는 건지도. 그는 자신도 모르게 깊은 한숨을 흘렸다.

"물론 내가 끔찍하고 원망스럽겠지. 시작하기도 전에, 끝이 오길 기다리고 있다는 것도 알아."

그 이상은 차마 입 밖으로 낼 수 없었다. 추악한 소유욕으로 일그러진 속내를 드러내고 싶지 않았다. 누가 보아도 이 관계의 악역은 자신이었다. 스스로 초래한 일 아니던가. 꼴사나운 새끼, 자조하면서 지석은 낮게 웃었다.

"내게서 벗어날 생각만 하지 마. 잠시도 나와 함께 있기 어려울 만큼 내가 싫은 게 아니라면……."

"장난이 심하시네요."

그래, 믿기 어렵겠지. 내가 생각해도 등신 같은 소린데. 지석이 피식 웃으며 미간을 긁는데 음, 하고 말을 고르던 해수가 말을 이었다.

"그렇게까지, 내가 필요해요?"

이해하기 어렵다는 듯 혼란 속에 갇혀 고개 저은 그녀가 넋이 나간 표정으로 물었다. 지석은 예상치 못한 질문이라는 듯 망설이다 입을 열었다.

"필요해."

해수는 얼빠진 사람처럼 멍한 얼굴로 어이가 없다는 듯 웃었다. 별 이상한 소리를 다 듣는다는 듯, 정신 나간 농담에 놀아나고 싶지 않다는 듯 불쾌한 표정을 하고서 해수가 따지듯 물었다.

"내가 싫다면요? 이번에는 선택지가 있나요?"

내뱉고 싶은 말을 꼭꼭 삼키는 해수를 보며 지석은 씁쓸하게 웃었다. 그러나 언제 그랬냐는 듯 구겨진 미간을 유지한 채

비딱하게 고개를 기울이고 시선을 맞췄다.

"아직 생각 안 해봤는데 어떻게 해줄까, 내가."

비딱한 목소리에 해수는 할 말을 잃었다. 결코, 좋은 결과를 내놓을 것 같지 않은 남자의 두 눈이 불꽃이라도 집어삼킨 듯 검푸른 빛으로 일렁거렸다.

"나는 네가 필요한데, 네가 날 거부하면 나는 어떻게 해야 할까."

거절은 처음부터 답지에 없었다는 투였다. 손에 잡힐 듯 선명한 집착을 드러내는 남자의 눈동자가 점차 가까워졌다.

비스듬히 기울어지며 다가오는 얼굴과 점점 좁혀지는 거리에 숨이 막혀왔다. 해수는 마른침을 삼켰다. 말간 눈동자가 폭풍우라도 만난 듯 복잡하게 너울졌다. 기묘한 긴장감에 더는 정상적으로 숨쉬기가 어렵다 느껴진 순간.

"그런 눈빛으로 나를 보면서, 도망갈 생각만 하는 건 반칙이야. 그러니 내가 자꾸 미친놈처럼 구는 거지."

닿을 듯 말 듯 비스듬히 기울어지며 다가오던 입술이 비틀린 웃음을 띠며 물러났다.

그런 눈빛이라니. 해수는 황당한 눈으로 그를 올려다보며 이해할 수 없다는 듯 중얼거렸다.

"내 눈빛이…… 어때서."

휩쓸리면 안 돼.

수평을 유지하던 세상이 기울어지는 걸 막기 위해 안간힘을 다했지만, 문득 제 뜻대로 되지 않을 거란 불길함이 해수의 뇌리를 덮쳐왔다.

"달아."

장난스레 콧노래를 흥얼거리던 남자가 모래를 쥐어 바람에 날리며 말했다. 이내 부드럽지만 짙은 시선이 해수를 지그시 어루만지고 전신을 감쌌다.

"네 눈빛이 달다고, 해수야."

흔들면 흔드는 대로 너울지는 그녀를 이미 아는 것처럼 내뱉는 목소리에, 해수는 황급히 고개를 저었다.

그를 좋아했던 건 사실이지만, 사랑까지는 아니었다. 이제는 애증으로 변질된 감정만이 남아 있을 뿐 그럴 리 없었다. 그럼에도 자꾸만 흔들리고 울고 싶어지는 건, 남자에게 내어준 마음 한 조각을 아직 돌려받지 못한 탓일 것이다.

해수는 자문했다. 그렇다면, 지금도 예전과 같은 눈빛일까.

불안하게 흔들리는 눈으로 넘실대는 파도를 바라보던 해수는 세운 무릎 위에 힘없이 얼굴을 파묻었다.

"거짓말. 지금은 아니잖아."

Chapter 14

인간의 욕망

9월의 첫째 주. 비가 오락가락 내리며 날씨가 선선해지나 싶더니, 온몸이 녹아내릴 듯한 불볕더위가 다시 기승을 부리기 시작했다.

찰칵, 찰칵—.

"자, 배식 팀! 카메라 보고 한 번씩 웃어주시고. 채지석 대표님! 여기 보셔야지. 아이, 좋다. 좋은 일을 앞두서서 그런가. 신수가 갈수록 더 훤칠해지시네."

맹렬한 햇살이 내리쬐는 토요일 정오, 성당 마당에 마련된 급식소는 허기를 채우려는 노숙인들로 장사진을 이루었다.

빨간 앞치마를 두르고서 셔츠 소매를 걷어붙인 지석은 반찬을 배식하다 말고 건조한 시선을 정면으로 향했다. 따분하긴 마찬가지였지만 여느 날과 달리, 오늘 그는 매우 관대한 기분이었다.

카메라 렌즈에 박혀 있던 시선이 불현듯 왼쪽으로 향했다. 의료봉사를 알리는 플래카드 한쪽 끈이 느슨해져 바람에 나부끼고 있었다.

그 아래, 연두색 의료 천막에서 날아오는 웃음소리가 새소리처럼 싱그러웠다. 해수는 당직 근무로 인해 날을 지새우고도 표정 한 번 찡그리지 않고 환하게 웃을 줄 아는 사람이었다. 집중하느라 작게 모은 입술이 토끼처럼 귀여웠다. 밝게 빛나는 눈동자와 더위에 익어 벌게진 뺨도 예뻤다. 별것 아닌 행동 하나하나가 마치 그림과도 같았다.

그 광경을 넋 놓고 바라보던 지석은 자신과 있을 때와는 달리 표정이 다양한 해수의 미소를 흉내 내며 입꼬리를 어색하게 늘였다.

당연히 가족 모임엔 데리고 오지 않을 생각이었다. 하지만 그녀는 기어코 제 몫을 해야 마음이 편해질 것 같다며 병원의 지원을 받아 봉사단까지 꾸렸다. 탐탁지 않았지만, 좋은 일에 동참하고 싶다는 결의까지 막을 순 없었다.

"여기 좀 봐주지. 한 번을 안 보네."

지석이 눈썹으로 이마를 밀어 올리며, 해수와 눈이 마주치기만을 기다릴 때였다.

"회장님, 예비 며느리 자랑 좀 해주시죠!"

한 무리의 취재진이 시야를 가렸다.

연신 호탕하게 웃어젖히는 채두식의 목소리가 집중을 방해했다. 유력 정치인들과의 골프 회동까지 제치고 달려온 채두식은 인터뷰에 여념이 없었다.

"뜻을 함께할 가족이 생긴 덕에 혈압, 혈당 검사는 물론 간단한 의료 상담까지 해드리게 되었습니다. 물심양면으로 지원을 아끼지 않은 서원대학병원 측에 이 자리를 빌려 깊은 감사의 말씀 드립니다."

채두식이 10년째 운영해온 무료 급식소는 '소외 계층을 위한 온정의 손길'이라는 WS그룹의 긍정적 이미지 구축을 위한 프로젝트의 일환이었다.

언론이 가진 힘은 금전으로 환산하기 힘들 만큼 거대했다. 더군다나 채두식은 그 힘을 교활하게 이용하여 없는 정의도 만들어내는 데 도가 튼 인간이었다.

허옇게 번쩍이는 카메라 플래시가 해수를 향해 달려들었다. 당황한 그녀가 살짝 눈을 찡그리며 멋쩍은 듯 웃는 게 보였다. 채두식은 일말의 죄책감조차 내보이지 않은 채, 온화한 가면을 쓰고서 예비 며느리에 대한 애정을 과시했다.

"사진은 되도록 자제해주시면 감사하겠습니다. 평범한 삶을 영위하는 데에 여러모로 누가 되면 곤란하니까요. 자고로 며느리 사랑은 시아버지 아니겠습니까."

며느리 사랑이라니, 입에 침이나 바르고 저 위선을 떠시나.

잇새로 작게 욕을 뱉은 지석이 신경질적으로 머리를 쓸며 생수병의 마개를 비틀었다. 서늘하게 뻗은 두 눈이 짜증스러운 경사를 그리며 거두어질 때였다.

"아으, 씨발. 거지 같은 새끼들이 그저 공짜라면 눈을 회까닥 뒤집고 달려들지. 더러워서, 썅."

내내 빈둥거리던 채민석이 캬ー, 퉤! 속에서부터 끌어올린

가래를 뱉어내며 멸시에 찬 눈으로 북적대는 성당 마당을 훑었다. 자기소개 한 번 요란하게 하네, 코웃음 치며 지석은 물을 들이켰다. 되도록 상종하고 싶지 않은 인간이었다.

"노친네가 기운도 좋아. 이 더운 날 무슨 부귀영화를 누리겠다고. 저 지랄이야, 지랄은."

"채민석. 목소리 낮춰. 듣는 귀가 많다."

안경을 벗어 비서에게 건넨 채홍석이 삿대질로 냉담하게 경고하고는 이내 목소리 톤을 바꿔 지석을 돌아보았다.

"제수씨가 고생이 많네."

수족처럼 붙어선 그의 비서, 이도현의 고개가 움찔 들리다 빠르게 바닥을 향하는 것을 보면서 지석이 대꾸했다.

"그러네요."

감흥 없는 인사치레였다. 언뜻 다감해 보이는 투였지만, 바삐 오가는 시선이 서로의 의중을 파악하듯 날카로웠다.

"결혼식은?"

한마디로 끝났을 대화가 자잘하게 이어졌다. 속을 빤히 들여다보듯 찔러 넣던 눈동자가 위에서 아래로 빠르게 미끄러지는 것이 보인다. 그러거나 말거나 지석은 여유롭게 웃으며 대답했다.

"봄에 합니다."

봄 좋지. 고개를 까딱이던 채홍석이 의외라는 듯 어깻짓하며 이도현이 건넨 재킷을 걸쳐 입었다.

"생각보다 늦네. 불안하지 않나. 워낙 미인이라."

"불안할 게 있나요. 믿음이 있는데."

그러니, 헛짓거리할 생각 마시라고. 눈으로 답하며 미간에 골을 깊게 팬 지석이 다시 해수를 바라보는 사이, 잘 닦은 안경을 채홍석에게 건넨 이도현의 시선이 잠시 지석에게 머물렀다. 단단하게 뭉친 두 눈이 허공에서 충돌하려던 찰나…….

"그래. 네가 어련히 알아서 할까. 먼저 간다. 대신 수고 좀 해라."

손까지 흔들며 자리를 나서는 채홍석에게 지석은 짧게 고개를 숙여 인사한 뒤 남은 생수를 마저 마셨다.

"얼굴마담 주제에."

생수병을 우그러뜨리며 다시 급식소로 돌아가려는데 빈정거리는 채민석의 목소리가 발목을 붙들었다.

"출신도 천박한 새끼가 반반한 년 하나 꼬여 와서는. 하긴, 둘이 섞인다고 그 더러운 피가 씻겨 내려갈지 모르겠다만."

내내 잔잔했던 지석의 눈동자에 파동이 일었다. 자신을 향한 비난은 얼마든지 감내할 수 있었다. 하지만 여자를 입에 올리는 것만은 참을 이유가 없다는 듯 사납게 얼굴을 굳히며 몸을 돌렸다.

"대낮부터 약이라도 했습니까?"

담배를 꺼내 불을 붙인 채민석이 픽, 웃으며 하얀색 간이 테이블 위로 구둣발을 올렸다. 살벌한 얼굴로 앞치마를 벗어 던진 지석이 채민석의 입에 물린 담배를 반으로 뚝 꺾으며 일갈했다.

"역겨운 냄새나 풍기는 너구리 새끼보다야, 얼굴마담이 낫지 않나."

"뭐?"

도발에 즉각 반응한 채민석이 입에 문 필터를 바닥으로 내팽개치며 용수철처럼 몸을 세웠다. 지석의 코끝에 겨우 닿는 시선을 치켜들며 멱살을 틀어잡고 바짝 붙어 섰다. 멀리서 인터뷰를 하던 채두식의 얼굴이 야차처럼 붉으락푸르락 일그러지는 게 보였다.

"이 개새끼가!"

간이 테이블이 옆으로 넘어지며 '쿠당탕—!' 요란한 소음을 냈다. 일순, 무료했던 사람들의 시선이 소란을 향해 웅성웅성 몰려들었다. 눈치 빠른 진행 팀과 경호 팀이 일제히 둘을 에워쌌다. 새삼스러울 것 없는 소란임에도 장내에는 묘한 긴장감이 내려앉았다.

혀로 아랫입술을 느리게 쓸며 삐딱하게 내려다보는 시선에는 경멸의 기운조차 비치지 않았다. 지석이 입꼬리만 슬쩍 올리며 말했다.

"비아냥거릴 시간 있으면 일이나 하시죠. 보는 눈도 있는데, 개 같아도 활짝 좀 웃으시고요."

"그건 네 전문이지. 어디 주워 먹을 거 없나 바닥을 기는 개잡놈처럼 구는 거."

희번덕거리는 눈알을 보며 지석은 피식 웃었다. 하다 하다 개잡놈이라니. 콩고물 하나 떨어뜨릴 일 없는 놈한테 별소릴

다 듣는다, 싶어서.

"바닥은 누가 기고 있는 건지."

채민석이 눈독 들이던 물류 창고 부지를 지석이 매수한 이후, 패악과 자격지심은 날로 드세졌다. 물산이 위기에 처할 때마다 선심 쓰듯 자금을 융통해 딱 죽지 않을 만큼만 숨통을 틔워주는 것, 채민석은 그조차도 못 견디게 거슬렸다.

그는 아무리 밀어붙여도 꿈쩍하지 않는 지석의 목을 조르듯 움켜쥐고서 이를 갈았다.

"건방 떨지 마. 대가리 굴리면서 맞먹으려고 들지도 말고."

두 사람의 몸이 거듭 겹치고, 시퍼런 두 눈이 얽혔다. 욱하는 감정 하나 추스르지 못하는 채민석을 한심하게 보던 지석이 차분히 주머니에 손을 찔러 넣었다.

"대가리를 굴렸다면 깨진 독에 물 붓는 짓거리도 하지 않았겠죠. 형님."

"끝까지 개기지."

"그렇다고 형님을 들이받을 순 없는 노릇이니까요."

이쯤에서 그만두어야 한다는 걸 알았다. 무시하고 돌아서면 그만이었을 일이다. 끝내 삐딱한 한마디가 튀어나간 것 역시 예정에 없던 일이었다.

"한 번 더 말해봐."

붉게 충혈돼 일그러진 눈이 지석을 향했다. 인내가 바닥난 채민석이 지석의 코앞에 자신의 얼굴을 바짝 들이대며 금방이라도 들이받을 듯 주먹을 뒤로 쭉 뺀 순간이었다.

"지금 뭐 하시는 거예요!"

촘촘하게 짜인 스크럼을 뚫고 들어온 해수가 하나로 엉긴 두 사람을 향해 기함하듯 소리쳤다. 창백하게 질린 그녀는 지석에게로 뻗어가는 주먹을 보며 그를 향해 돌진하듯 달려들었다. 아무것도 보이지 않고, 아무것도 계산하지 않은 사람처럼.

퍽―!

미처 말릴 틈도 없었다. 지석이 단단한 팔로 그녀의 어깨를 감싸 안으며 몸을 돌렸지만, 일은 이미 벌어진 후였다.

"아악!"

가속도가 붙은 주먹이 해수의 어깨를 긁듯 아슬아슬하게 스쳤다. 지석이 놀라 번쩍 뜬 눈으로 사납게 턱 근육을 굳혔다. 다친 데가 없는지 이곳저곳 살펴보면서도, 기가 막힌 듯 한숨을 쉬며 소리를 지른 것은 스스로에 대한 책망이었다.

"윤해수! 지금 제정신이야?"

장내가 일순 싸늘한 정적에 휩싸였다.

숨을 고르고, 생각을 하는 게 우선이었으나 불가능했다. 자신의 목소리에 놀란 듯 눈을 크게 뜬 여자를 보니 전신의 피가 싹 빠져나간 것처럼 아무런 생각도 들지 않았다.

해수는 엘리베이터에 카드 키를 갖다 댔다. 삐―, 소리를 내며 36층이 인식되고, 이어 붕 뜨는 느낌과 함께 계기판의 숫자가 변했다.

"하……."

해수는 이어지는 들숨을 꾹꾹 삼키며 어깨에 멘 크로스백을 아무렇게나 벗어 미끄러뜨리듯 손에 쥐었다. 비켜 맞은 어깻죽지가 욱신거렸다. 그렇지 않아도 고된 하루였는데, 끝내 엉망이 되어버렸다.

"집에 왔으려나."

숫자가 층층이 쌓여가는 걸 바라보다가 고개만 내려 흘깃 시계를 보았다. 생각보다 시간이 늦어졌다. 병원에 들러 논문 참고 자료를 뒤적이다 보니 벌써 밤 10시를 넘어가고 있었다.

아무 일도 없었겠지? 해수는 차게 식은 손을 두어 번 쥐었다가 펴며 무거운 미간을 슬며시 찡그렸다. 양지로 나온 지 오래라고 하지만, 엄연히 폭력 조직에 근간을 둔 집안이었다. 더군다나 인파로 북적이는 공간에서 그런 소란을 벌였으니 채두식으로부터 호된 질책을 받을 건 불 보듯 뻔한 일이었다.

— 새아가는 먼저 들어가고, 지석이는 따라와.

채두식의 갈라진 목소리가 여지없이 떠올라 저도 모르게 가슴이 철렁 내려앉았다. 곰의 앞발처럼 두툼한 손이 그의 어깨를 짓이기듯 움켜쥐던 순간은 또 어떠했나.

"내가 왜 그랬을까."

해수는 뻐근한 어깨를 주무르며 엘리베이터에 쿵, 머리를 기댔다.

자신이 뛰어들지만 않았더라면 그가 형의 멱살을 쥐는 일까지는 벌어지지 않았을지도 모른다. 단순한 해프닝으로 일단락되었을 일을 키웠단 생각에, 해수는 혀를 깨물고 싶은 기분에 사로잡혔다.

"그러게. 괜히 고집은 부려서……."

처음 의료 봉사 활동에 대해 넌지시 말을 꺼내었을 때, 지석은 그녀의 제안을 단칼에 잘라냈다.

─ 그런 것까지 신경 쓸 필요 없어. 그딴 일이나 하라고 널 내 곁에 두려는 건 아니니까.

두 사람 사이에 주어진 기간은 3년.

부부의 역할에 집중하되, 각자의 삶에는 깊숙이 관여하지 말자는 뜻이었을까. 선을 명확히 긋는 듯한 그의 말투에 해수는 묘한 서운함을 느꼈다.

"아무리 그래도 그렇지, 밑바닥 인생이라니."

모욕에 익숙한 듯 담담한 얼굴이 무심코 떠올라 또 가슴이 욱신거렸다. 해수가 양손으로 얼굴을 감싸 이마 방향으로 쓸어 올리는데, 떵─, 소리와 함께 엘리베이터 문이 열렸다.

늘 그런 취급을 받으며 살아온 걸까. 뒤늦게 끓어오르는 분노로 얼굴을 붉히며 엘리베이터에서 내렸다. 도어 패드에 손을 올리고 비밀번호를 누르는데 현관문이 벌컥 열렸다. 요란한 문소리에 눈을 질끈 감은 해수는 뺨에 닿는 손길에 눈을 떴다. 지석이 걱정 가득한 얼굴로 그녀를 내려다보고 있었다.

"왔어?"

해수는 대답 대신 고개를 끄덕였다. 둘 사이에 고인 공기가 무거웠다. 오고 가는 침묵이, 주고받는 시선이 그러했다. 다만 얼굴을 보자 이제야 마음이 놓인다는 듯 그가 말을 이었다.

"어딜 가면 간다고 말은 해야지. 걱정할 거 알잖아."

입이 쉽게 떨어지질 않았다. 차마 내뱉지 못한 공기가 차곡 차곡 폐에 쌓여갔다. 그녀는 통제할 수 없는 사고가 무분별하게 쏟아지기 전, 느슨해지는 이성에 빗장을 걸고 나무처럼 굳어가는 혀를 움직였다.

"병원에 다녀왔어요. 숙제 때문에 봐야 하는 자료가 있어서요……."

"전화는."

"무음이요. 도서관에 있었거든요."

지석은 해수를 당겨 현관문을 닫으며 불안하게 뛰는 자신의 품에 가두어 안았다.

"밥은?"

다정하게 물으면서 남자는 고개를 내려 해수의 입술을 깊게 물었다. 해수가 고개 저으며 그의 가슴을 밀었고, 지석이 서서히 입술을 뗐다.

밥을 먹지 않았다는 건지, 아니면 키스를 하고 싶지 않다는 건지, 생각하며 입을 열었다.

"몸은 괜찮아? 해수야, 아까는 내가……."

어둡지만 밝은 도시의 밤이 전면 창을 통해 거실로 쏟아졌다. 가방을 내려둔 해수가 고개를 들어 그를 보았다. 이내 일렁이는 목울대 옆에 생긴 작은 생채기를 보고는 미간을 좁히며 남자의 말을 막았다.

"왜 참았어요?"

감정을 걷어낸 얼굴로 응급 상자를 꺼내 온 해수가 면봉에 연고를 쭉 짰다. 연고를 바르기 쉽게 몸을 낮춰준 지석이 해수의 어깨를 감싸며 대답했다.

"그 정도 주먹도 못 피하면 깡패 짓 때려치워야지."

말간 얼굴 위로 찰나, 낭패 어린 기색이 스쳤다.

알아서 잘 피할 일을 긁어 부스럼 만든 거였구나. 자책하며 옅게 숨을 삼키는데 그가 해수의 팔을 쓸어내리며 웃었다.

"그러니까, 그런 일이 또 생기면 그땐 최선을 다해서 못 본 척해. 네가 다치면 피하는 거 정도로 안 끝나."

"안 끝나면요?"

"몰라도 돼. 폭력적인 거, 넌 싫어할 거 아냐."

그런 걸 좋아하는 사람도 있나. 확 달아오른 얼굴로 대꾸하고 싶었으나 지난 일을 들쑤셔 상처 주고 싶지 않았다.

또 그런 일이 생긴다면……

해수는 입을 꾹 다물고 코앞에 들이밀어진 남자의 목에 묵묵히 연고를 발랐다. 다시 돌아간다 해도 못 본 척할 수 없을 걸 알기에 너무도 서러운 밤이었다.

말랑하고 따뜻한 무언가가 입술에 닿는 감촉에 해수는 천천히 잠에서 깼다. 어룽거리는 시야에 커다란 짐승처럼 몸을 웅크린 채 침대에서 빠져나가고 있는 지석이 보였다.

벌써 일어날 시간이 됐나. 너무 피곤한데.

먼동이 터오는 중이었는지, 창문 모서리 쪽이 파르스름했다. 살금살금 블라인드를 내리는 남자의 등을 보며 해수는 다시 스르륵 눈을 감았다.

그러다 다시 눈을 떴을 땐 이불이 목 끝까지 덮여 있었고, 달칵―, 드레스 룸의 문이 조심스레 닫히는 소리가 들려왔다. 살짝 열린 방문 사이로 어슴푸레한 불빛이 새어 들어왔다. 이불에 얼굴을 파묻으며 가물거리는 눈을 비비던 해수는 비어 있는 옆자리를 물끄러미 바라보았다.

몇 시나 되었을까. 침실은 적막했다. 노곤함을 떨치지 못한 해수가 느리게 눈을 깜빡이며 부스스 몸을 일으켰다. 그리고 남아 있는 온기를 매만지듯 그가 빠져나간 침대 시트를 손으로 쓸었다.

"대기해. 10분 내로 내려갈 테니까."

아, 오늘 출장 간다고 했었지.

빠르지도 느리지도 않은 저음이 매끄럽게 귓가로 흘러들었다. 거칠지만 마음에 안정감을 주는, 듣기 좋은 톤이었다. 해수는 멀리서 들려오는 목소리에 자신도 모르게 귀를 기울이다, 생기 없이 한숨을 쉬었다.

지석과 거리를 두어야 한다는 생각과 달리 자신의 몸은 늘 그에게 호의적이었다.

지금만 해도 어떠한가, 고작 목소리 하나에도 민감하게 반응하면서 그를, 이 관계를 단호하게 정리할 수 있을까?

심장이 묘하게 두근거렸다. 미처 깨닫지 못한 본심에, 열기 어린 눈동자가 갈대처럼 쓸쓸하게 흔들렸다.

— 가지 말까?

어젯밤, 반쯤 잠든 그녀를 뒤에서 끌어안은 남자가 물었었다. 광저우에는 경제 포럼 참석차, 방콕엔 영화 촬영 격려차 방문한다는 말을 들으며 해수는 그저 멀거니 눈만 깜빡였다.

내게 싫으면 싫다고, 좋으면 좋다고 말할 자격이 있나. 생각하던 그녀는 부드러운 숨이 목덜미로 닿는 걸 느끼며 눈을 감는 것 외엔 달리 할 말이 없었다.

상념에 빠져 있는 사이, 통화를 나누던 목소리가 멈추었고 발소리가 가까워졌다. 방문 앞에 지석의 발걸음이 다다랐다고 느껴졌을 때, 자는 척할까 잠시 고민하던 해수는 말려 올라간 네글리제를 내리면서 몸을 일으켰다.

끼익.

조심스럽게 문을 미는 소리가 들려왔다. 짧은 침묵이 흘렀다. 텅 빈 침대를 보며 순간 눈썹을 밀어 올리던 남자와 눈이 마주쳤다. 지석이 시계를 들여다보며 말했다.

"왜 벌써 일어났어. 아직 새벽인데."

"목이 말라서요. 그리고 일찍 출근해서 공부 좀 하려구요."

문이 열리며 드리워진 그림자와 빛의 경계에 서 있던 해수는 그 자리에 선 채 머뭇거렸다. 눈이 마주치기 무섭게 시선을 내리는 그녀를 보며 지석이 크게 숨을 내쉬었다.

"물 가져다줄게. 조금 더 누워 있어."

지석은 허탈하게 가라앉는 기분을 느끼며, 다가오지도 멀어지지도 않는 해수를 물끄러미 바라보았다. 기이한 거리감이 두 사람 사이에 보이지 않는 실금을 그어놓은 듯했다.

— 내가 싫다면요? 이번에는 선택지가 있나요?

애초에 3년의 기한을 두고 시작한 주제에 마음을 구걸하고 기회를 달라 애원했으니 혼란스러운 건 당연한 일이겠지.

— 거짓말. 지금은 아니잖아.

난 당신을 좋아하지 않는다, 울먹이며 들릴 듯 말 듯 중얼거리던 목소리가 귓가에 매달려 떨어지질 않았다.

해수는 그의 제안을 거부하듯, 며칠 내내 등을 돌리고 뒤척였다. 그 역시 가느다란 여자의 허리를 끌어안고 밤새 쪽, 쪽 동그란 뒤통수에 입을 맞췄다. 물러서지 않겠다는 듯 가느다란 목선을 따라 입술을 뭉개고 아프지 않게 깨물기를 반복했다. 잘게 쪼개진 입맞춤이 집요하고 애달프게 이어졌다. 날 좀 봐달라 애원하듯 입술이 지나가는 자리마다 붉은 낙인이 꽃잎처럼 흐드러지게 피어났다.

"윤해수."

그렇게 내가 보기 싫은 걸까.

처음부터 사랑하지도 않는 남자와 함께 사는 일이 끔찍한 건 당연했다. 그런 여자를 빈껍데기라도 좋으니 제 곁에 두겠다는 행동 역시 정상적인 것과는 거리가 멀었다.

비틀린 눈동자가 순간, 광중에 사로잡힌 채로 일그러졌다.

물론 그녀가 자신을 좋아하지 않는다고 해도 상관없다. 이미 그렇게 하기로 결정된 일이었다. 해수를 가지기로 마음먹은 이상 악착같이 매달리고 애원해볼 작정이었다. 사랑을 줄수 없다면 바닥에 눌어붙은 감정이라도 구걸하면 될 일이다. 애초에 안달 나서 돌아버린 쪽이 저자세로 기어야 하는 게 맞는 거니까.

"해수야."

마음을 굳히며 그녀를 거듭 불렀다. 쉽게 대답이 돌아오지 않자 목이 마른 듯 몹시 조급한 눈으로 바라보았다. 그렇게 해수의 얼굴을 더듬어 내려가던 시선이 작게 한숨을 쉬는 입술에 닿았다.

"괜찮아요. 나가서 마실게요."

이윽고 문이 조금 더 열리고, 갑작스레 들이닥친 빛에 해수가 허둥거리며 눈을 찡그렸다. 지석이 커다란 손으로 그늘을 만들어 빛을 차단하며 조심스럽게 입을 맞췄다.

"나흘 정도 걸릴 것 같은데, 더 오래 걸릴 수도 있어. 넌 나기다리지도 않겠지만."

다른 손이 해수의 턱선을 느릿하게 훑고 뺨을 쓸었다. 부드러운 애정이 묻어나는 손길에 해수가 얕게 숨을 삼켰다.

"틈나는 대로 연락할게. 바쁘겠지만, 그래도 나 좀 보고 싶어 해주면 좋겠어."

지석이 해수를 내려다보며 헝클어진 머리카락에 입술을 눌

476

렀다. 빛이 스며든 머리카락을 귓바퀴에 걸어주던 지석은 씁쓸해진 기분을 씹어 삼키며 혀로 입 안을 쓸었다.

"갖고 싶은 거 있으면 사고, 하고 싶은 게 있으면 해. 혼자 돌아다니지는 말고. 응?"

"……"

"그럼, 다녀올게."

지석이 허리를 숙여 해수의 눈가에 촉, 부드럽게 입을 맞추곤 등을 돌렸다.

가까이 다가왔다 멀어진 남자에게선 짙은 향수 냄새 대신, 싸한 로션 향이 은은하게 맴돌았다. 해수는 저도 모르게 남자의 재킷 끝자락을 그러쥐었다.

"잠깐, 잠시만요."

돌아보는 남자를 바라보다 종종걸음으로 주방에 달려간 해수가 미리 마련해둔 오트밀과 두유, 먹기 편하게 자른 과일을 쇼핑백에 넣고 쭈뼛거리며 다가왔다.

"공항 가면서 먹어요. 물론 비행기에서 또 먹긴 하겠지만."

지석은 제 손에 들린 쇼핑백을 물끄러미 바라보았다. 이어 형용할 수 없는 감정들이 파도처럼 들이닥쳤다. 사실은 그녀 역시 자신을 사랑하고 있는 걸지도 모른다는 착각마저 불러일으켰다.

"그리고 이건 비상약이요. 음식 안 맞으면 또 체할 수 있으니까."

어수선한 남자의 속을 알 리 없는 해수는 꼼꼼하게 챙겨둔

약까지 쇼핑백에 담았다. 그는 가느다란 해수의 손가락과 손목을 부드럽게 쓸어 올리며 느른한 시선을 건넸다.

도무지 발이 떨어지지 않았다.

이대로 들쳐 안고 침실로 들어갈까. 비행기 시간을 좀 더 늦출까.

더운 숨이 쏟아지고 가슴이 뜨겁게 요동쳤다.

"조금 더 있다가 갈까?"

그가 쥐어 짜낸 최대한의 인내였다. 서슴없이 뻗어나간 손이 오밀조밀한 이목구비를 덧그리듯 문질렀다. 그녀가 눈을 맞추며 손끝의 열기를 얌전히 받아내자, 남자의 한쪽 눈썹이 느리게 올라갔다.

"대답."

"10분 지났어요."

그렇게 대답할 줄 알았다는 듯 피식 웃은 지석이 해수의 볼을 가볍게 꼬집었다. 해수가 인상을 찡그리며 휙, 고개를 돌리는 것도 예쁘다 생각하며 말했다.

"하긴, 지금 시작하면 종일 틀어박혀 있어야겠지."

그는 해수의 얼굴 아래로 고개를 기울여 기어이 눈을 맞추었다. 그러곤 못들은 체하며 뒤로 물러서는 해수의 손을 잡아 가볍게 끌었다.

"한 번만 안아줘. 불안해서 그래."

"뭐가 불안해요?"

"내가 없는 사이에, 네가 사라져버릴 것 같아서."

깃털처럼 팔랑거리며 날아온 여자의 몸이 가볍게 품 안으로 고였다. 자연스레 허리로 감기는 두 손, 날리는 머리카락 사이로 스치는 향기에 신경이 바짝 곤두섰다. 그는 해수의 귓불 아래 오목한 곳에 입술을 파묻으며 허탈하게 웃었다.

"일하러 가는 게 이렇게 끔찍한 일인 줄은 몰랐어."

아쉬운 듯 힘겹게 몸을 떼어내곤 이마를 문지른 남자가 시계를 들여다보며 슈트 케이스를 들었다.

"내 생각 열심히 해. 숙제야. 바닷가에서 했던 얘기든, 뭐가 됐든, 딴 놈 생각만 빼고 뭐든 다."

파르스름한 새벽빛에 휘감긴 남자의 얼굴을 멀거니 바라본 해수가 눈을 깜박이며 고개를 끄덕였다.

"얼른 가세요. 실장님 기다리겠어요."

"그게 다야? 잘 다녀오라든지, 보고 싶을 거라든지…….. 나 빈말 좋아하는 거 알지 않나."

"안녕히 다녀오세요."

마음이 닫힌 사람처럼, 보이지 않는 선 밖에서 밀어내는 듯한 말투에 지석은 슈트 케이스를 내려놓고서 기어이 손을 뻗어 해수의 뺨을 감쌌다.

"다녀올게……."

달콤함에 매몰된 눈빛으로 해수를 두 눈 가득 담아내며 지석이 덧붙였다.

"나는, 네가 많이 보고 싶을 거 같아."

아쉬운 듯 속삭인 남자는 이내 힘겹게 몸을 돌려 문을 열었다. 쿵, 현관문이 무겁게 닫혔다.

"나도요."

중얼거리는 목소리가 문소리에 묻혀 사라졌다. 고요한 적막 속에 홀로 남은 해수는 멍하니 그 자리에 선 채, 그의 온기가 다녀간 자리를 가만가만 되짚어보았다.

방콕, 시암 스퀘어 루프톱 바.

선혈처럼 붉은 조명이 드리워진 루프톱은 여행객과 현지인 으로 발 디딜 틈 없이 북새통을 이루었다.

설렘과 낭만으로 가득 찬 공간, 미간을 잔뜩 구긴 채 냉랭한 기운을 뿜어내는 테이블 위가 소란스러웠다.

"소라 씨, 자꾸 이러면 곤란해. 채 대표 심기 거스르면 어떻 게 되는지 몰라서 이래? 빡 돌아서 투자금 회수하면 우리 전 부 나가리 되는 거라고."

입구 쪽을 흘끔거리던 이진언 감독이 인상을 팍 찌푸렸다. 영화 촬영 때문에 짧게 잘린 손톱을 못마땅하게 노려보던 한 소라가 날카롭게 응수했다.

"내가 뭘 어쨌다고 이래요? 웃겨, 진짜. 그리고 오빠가 투자 금을 왜 빼요. 내가 출연하는 영환데."

잔에 든 얼음을 가득 머금고, 와드득 요란하게 깨부순 이진 언 감독이 버럭 언성을 높이다 급히 소리를 줄였다.

"목소리 낮춰! 아니, 채 대표 결혼 기사 난 거 알면서 이러는 이유가 뭐야. 유부남이랑 스캔들 나면 소라 씨한테도 좋을 거 없잖아."

습기 가득 머금은 바람이 끈적하게 온몸을 휘감았다. 2개월 가까이 이어진 해외 촬영에도 좀처럼 익숙해지지 않는 불쾌감에, 한소라가 일그러진 입매를 비릿하게 휘어 올렸다.

"오빠 입으로 직접 들을 테니까, 말 같지도 않은 소리 그만하고 조용히 좀 해요. 아, 더워. 짜증 나."

뭐 저런 게 다 있냐는 듯 입을 떡 벌린 감독이 홍삼 스틱을 꺼내 입에 물고서 뒷목을 잡고 고개를 절레절레 저었다.

"소라 씨가 왜 이러는지 나는 전혀 모르겠다. 오늘도 배우들은 데리고 나오지 말라고 신신당부했어. 왜 아득바득 따라온다고 고집을 부려! 아니, 애초에 채 대표가 방콕에 오는 건 어떻게 안 거야?"

"알 거 없잖아요?"

말은 당차게 하면서도 굴곡진 원피스 아래 훤히 드러난 어깨가 초조함에 경직됐다. 한소라는 치받아 오르는 감정을 숨기지 못하고, 연신 블랙 러시안을 들이켜며 핸드폰만 들여다보았다.

2개월 내내 전화를 받기는커녕, 제가 보내는 메시지조차 읽지 않던 남자였다. 그런 그가 오늘 방콕으로 온다니. 명목은 출장이었지만 사실 자신을 보러 오는 건 아닐까. 혹시나 하는 기대감에 가슴이 두근거렸다.

청순한 스타일로 입을 걸 그랬나. 더 예쁘게 하고 나올걸.

몇 번이나 화장을 고치고 옷을 갈아입어도 마음에 들지 않았다. 윤해수라는 여자의 말간 얼굴이 자꾸만 눈앞에 얼씬거려 짜증이 치밀었다. 본 적이 있는 여자였다. 지석의 병실에서 옆으로 비켜달라 지껄이던 재수 없고 고고한 의사.

"진짜 어이가 없어서. 그깟 아무것도 아닌 년이 오빠를 감당이나 할 수 있을까 봐?"

허연 밀가루같이 비리비리한 여자 따위, 그의 성에 찰 리 없었다. 오늘에야말로 그를 제 아래에 굴복시키고 말겠다 다짐한 한소라가 클러치를 열고 립스틱을 꺼내, 결의를 다지듯 짙게 덧바를 때였다.

"배우들 나온다는 소리는 못 들었는데."

바드득, 어금니를 짓이기며 눈알을 번득이던 한소라의 고개가 무심결에 돌아갔다. 묵직한 목소리의 주인은 깊이 생각할 것도 없이 채지석이었다.

"오빠!"

툭박지고 서늘하기 비할 데가 없는 음성인데, 한소라의 귀에는 꿀을 잔뜩 바른 케이크처럼 달콤하게만 들려왔다. 금방이라도 눈물을 쏟아낼 듯 그렁그렁한 눈으로 달려간 한소라가, 그의 목덜미에 매달리듯 손을 얽었다.

"여기서 내가 너를 뿌리치면, 여자나 패는 깡패 새끼라고 또 기사가 뜨겠지."

매끈한 미간이 구겨지는 건 찰나였다. 아무런 감정도 실리지 않은 목소리가 귀를 찔렀다. 평소에도 미소 한 번 편하게 지어준 적 없던 얼굴이었다. 가슴이 무너져 내리는 걸 묵인하며 한소라가 그를 응시했다.

"전화는 왜 안 받았어. 그렇게 바빴던 거야?"

간절한 물음에도 지석은 굳게 다문 입을 열지 않았다. 한소라는 지석의 목덜미를 안은 손에 깍지를 끼고서 몸을 밀착시켰다. 자존심 따위, 이 남자 앞에선 내던진 지 오래였으니까.

"이상한 기사……. 그거 다 거짓말이지?"

고집스럽게 닫힌 입술은 단 한 번도 떨어지는 법이 없었다. 다만 제게 달라붙은 여자를 향해 눈길조차 주지 않은 채로 지석이 제 목에 닿은 손을 불쾌하다는 듯 떼어냈다.

"소속사로 청첩장이 갈 거야. 그런데 넌 올 필요 없어. 그런 작은 빌미조차 이제는 내주고 싶지가 않아."

서릿발이 서듯 매몰차고 서늘한 얼굴로 지석이 무심하게 대답했다. 이상한 기사가 아님을 확인하는 동시에, 그녀에게 원하는 바를 정확히 전달하는 말이었다.

가만히 침묵 속에 듣기만 하던 한소라가 허공에서 당혹한 시선을 들어 지석을 바라보았다.

"이러는 법이 어디 있어? 내가 오빠를 얼마나 사랑하는지 알면서. 내가 먼저였어. 내가 먼저 좋아했다고!"

바들바들 떨리는 눈동자를 바라보던 지석의 눈에서 성가심이 뚝뚝 떨어졌다. 한편으로는 착잡함과 쓸쓸한 감정이 동시에 밀려들었다. 마음에 빗장을 걸고 불씨가 꺼진 눈빛으로 자신을 바라보던 초연한 얼굴이 떠오르자, 몸이 굳은 것처럼 뻣뻣해졌다.

"그래서 내가 널 헷갈리게 한 적 있어? 난 없는 것 같은데."

지석이 셔츠 자락에 감긴 손을 먼지 털듯 툭, 쳐내며 말했다. 끈적한 더위가 순간 느껴지지 않을 만큼 서늘함이 배인 목소리였다.

"오빠!"

"아무것도 아닌 일로 우리 해수가 곤란해지면, 내 기분이 좀 많이 더러워질 거 같거든. 그러니 이제 그만하지."

말이 끝남과 동시에 지석이 뒤에 서 있던 윤재를 향해 턱짓했다. 분함에 아래턱을 떨던 한소라는 그의 비서가 다가오는 걸 보고서 버티던 팔에 힘을 풀었다.

나한테 어떻게 이래!

생각 같아선 버럭 소리라도 지르고 싶었다. 하지만 이내 비참한 표정을 지워낸 한소라는 또각또각, 날카로운 하이힐 소리를 내며 지석을 지나쳐 여유로운 얼굴로 먼저 착석했다.

뭐? 우리 해수? 천박한 년. 감히 누굴.

태연한 척 잔을 들면서도 여전히 수치를 잊지 못하는 눈이었다. 한소라는 아랫입술을 잘근잘근 씹으며 블랙 러시안을 냅다 들이켰다. 2보 전진을 위한 1보 후퇴라고나 할까. 가늘게 뜬 눈이 반대편 테이블의 카메라를 확인하며 바쁘게 움직이던 찰나, 이진언 감독이 의자에서 벌떡 일어나 지석에게 인사를 건넸다.

"아이고, 우리 대표님. 어려운 걸음해주셨습니다. 소라 배우가 지나치게 반가운 나머지 결례를 범했으니 너그러운 이해 부탁드립니다."

야구 모자를 벗으며 손바닥에 고인 땀을 청바지에 대강 닦아낸 감독이, 지석이 청한 악수를 받아들이며 머쓱한 얼굴로 뒷머리를 긁적였다.

"면목 없습니다. 계약도 독소 조항 하나 없이 깔끔하게 해주시고, 장소 협찬까지 힘써주시고, 제작진 숙소까지 제공해주셨는데. 이거 참."

먼저 착석한 지석이 손을 내밀어 감독에게 앉기를 권하며 서늘해 보이는 눈매를 부드럽게 휘었다.

"그동안 잘 지내셨습니까? 제작진이 최고의 컨디션을 유지할 수 있도록 지원하는 것도 제 일입니다. 괘념치 마시고 일단 앉으시죠."

쭈뼛거리며 자리에 앉는 감독을 보며 설핏 웃어 보인 지석이 무언가 떠올랐다는 듯 말을 이었다.

"투자를 결정하는 데 있어서 제 아내 될 사람의 영향이 컸습니다. 평소 감독님 영화를 즐겨 본다더군요."

지석의 말이 끝나기가 무섭게, 감격에 겨운 듯 벌어지는 입을 가린 감독이 활기차게 떠들기 시작했다.

"이렇게 영광일 데가! 그렇지 않아도 다들 궁금해하던 참이었습니다. 어찌나 미인이신지 첫눈에 반했다는 기사가 납득이 가더군요."

그 말은 사실이었다. 이건 뭐, 아무런 보정도 들어가지 않은 증명사진에서조차 단아함과 아름다움이 액정을 비집고 나왔다. 사람은 자신과 반대되는 이성에게 매력을 느낀다더니, 과연 서늘한 매력을 가진 채지석을 사로잡을 만하다, 제작진 모두가 입을 한데 모았었다.

지석이 첫사랑을 떠올리는 소년처럼 얼굴을 붉혔다.

"만날 사람은 어떻게든 만나게 되더군요. 첫눈에 반한 건 사실이었습니다. 제가 먼저였지만."

사랑하는 이를 떠올리는 눈빛은 저리도 달콤한 것이구나, 감독은 심미안적인 시선으로 그를 넋 놓고 바라보다 다짐하듯 고개를 끄덕였다.

"소중히 이어가신 그 인연처럼, 멋진 영화 만들겠습니다. 사모님 마음에 쏙 들 만한, 아니 그 이상의 영화, 제가 보여드리겠습니다!"

"그럼, 마지막까지 잘 부탁드리겠습니다. 일단 한 잔씩들 하시죠."

지석은 흡족한 표정으로 세 가지 종류의 와인과 치즈 플래터, 무알코올 칵테일 한 잔을 주문했다. 이른 새벽 이어질 일정을 위해 술은 마시지 않기로 했다.

의미 없는 대화가 지루하게 이어졌다. 따분하다 느끼며 담배를 한 모금 길게 피운 지석의 느른한 시선이 빛무리가 번진 듯한 건물들로 향했다.

— 너무 예뻐요. 어쩜 저렇게 반짝거리지.

탁 트인 야경을 바라보고 있자니, 고작 밤바다 하나에 감동하던 해수의 얼굴이 스치고 지나간다. 보고 싶었다. 이런 곳에 데리고 오면 얼마나 좋아할까. 좋아하며 환히 웃을 얼굴을 떠올리니, 이내 견디기 어려울 만큼 그리워졌다. 잠시 생각에 빠져 있던 지석이 주머니에서 핸드폰을 꺼내 들었다.

찰칵―.

카메라 셔터 음이 울리며 핸드폰 액정 한가득, 마천루가 즐비한 방콕의 야경이 또렷하게 담겼다.

높다란 빌딩 숲 사이에 별빛처럼 피어오르는 조명들, 아련하게 맺히는 야경을 사진으로 담아낸 그가 핸드폰을 바라보며 먹먹한 미소를 지어냈다.

창틀 위에 대충 걸쳐둔 핸드폰이 진동을 이기지 못하고 반 바퀴 빙글 돌아 바닥으로 툭, 떨어졌다.

타닥타닥.

일몰과 함께 추적추적 시작된 비는, 의식하지 못한 사이 제법 굵다란 장대비가 되어 자정이 지나도록 줄기차게 내리는 중이었다.

길게 한숨을 내쉰 해수가 허리 숙여 핸드폰을 집어 들곤, 까만 하늘에 굵은 선을 마구 그어대는 빗줄기를 잠시 바라보았다. 쉽게 그칠 것 같지 않네. 생각하며 뒤집힌 핸드폰을 바로 쥐고 메시지의 발신인을 확인했다.

'해수야.'라고 적힌 말풍선을 가만히 바라보다 긴 숨을 내쉬고 나서야 그녀는 자신이 숨을 참고 있었다는 사실을 깨달았다. 고작해야 핸드폰에 뜬 익숙한 이름 하나에 물색없이 두근거렸다.

불안하게 뛰던 심장이 고요해지길 멍하니 서서 기다리던 그때, 짧은 진동이 한 번 더 울렸다. 아까와는 조금 다른 의미로 심장이 쿵쿵 뛰었다.

같이 와보고 싶은 곳이 생겨서.

다정한 메시지 아래, 컴퓨터 대기 화면에서나 보던 화려한 야경 사진 한 장이 첨부되어 있었다.

여기가 방콕인가.

예쁘다.

사진을 확대하여 바라보던 해수는 이내 책상 위로 핸드폰을 뒤집었다.

"아……."

이미 여러 차례, 그가 친절하게 손에 쥐여준 감정임에도 좀처럼 익숙해지지 않았다. 잠깐 사이 감당하기 버거울 정도로 마음이 요동쳤다. 키패드 위에서 머뭇거리던 손가락이 느릿하게 움직였다.

예쁘네요. 나도 가 |

커서가 눈앞에서 깜빡였다.

해수는 결국 작성하던 메시지를 지웠다. 잠금 버튼을 눌러 핸드폰 화면을 까맣게 물들이고 다시 책상 위에 엎으며 이마를 짚었다.

"미치겠네."

이러지 말았으면 했다.

이런 다정함에 익숙해질까 봐 겁이 났다.

그런 생각이 들자마자 휴, 습관처럼 한숨이 나왔다. 미간에 잔뜩 힘을 준 해수는 키보드를 톡, 톡, 두드리다가 이내 다시 안경을 쓰고 모니터에 집중했다.

모니터를 빼곡히 메운 활자들이 흩어지고, 남자의 얼굴이 다시 그 자리를 메웠다.

눈을 길게 감았다가 뜬 그녀는 식어빠진 커피를 마시며 생각에 잠겼다.

날카롭게만 보이던 인상과 달리 그는 꽤 다정한 사람이었다. 따뜻하게 웃을 줄도 알았고, 부드럽게 입을 맞출 줄도 알았다. 출장을 가서도 틈만 나면 전화를 걸어왔고, 때가 되면 무얼 먹었는지 메시지로 안부를 물었다.

물론 해수는 전화를 받지도, 문자에 답을 하지도 못했다. 의도적인 거절은 아니었다. 정신없이 바빠 개인적인 연락에 신경을 쓸 여력이 없었을 뿐이었다.

그 사람도 바쁠 테니 크게 상관없겠지.

해수는 그렇게 생각하며 손바닥으로 눈을 덮었다.

집중하려고 해도 자꾸만 정신이 흐트러졌다. 2개월 안에 논문의 설계를 마치고 담당 교수에게 컨펌을 받아야 하는데, 아까부터 몇 번이나 읽던 곳을 확인하고, 또 읽기를 반복하느라 내용이 머릿속에 전혀 들어오질 않았다.

"하아."

길게 한숨을 내쉰 해수는 손가락을 모아 양쪽 관자놀이를 짚으며 다시 책상 위로 안경을 내려두었다.

"네가 지금 이럴 때니."

노인처럼 초연하게 중얼거린 그녀가 서랍을 열어 다이어리를 꺼내 펼쳤다.

"아직도 이틀이나 남았네."

스케줄러 위에 동그라미 두 개를 그리다가 다시 엑스를 그어본다. 딱히 기다리는 건 아니었지만, 남은 날짜를 세는 건 그가 출장을 떠난 이후 습관처럼 하는 행동이었다. 해수는 그 아래 무수히 적힌 남자의 이름과 낙서를 못 본 척하며 다이어리를 덮었다.

정신 차리고 밥이나 먹자.

해수는 주방으로 걸어가 냉장고 문을 열었다. 주말을 제외하고, 매일 들르는 사용인이 만들어 둔 반찬들이 정갈하게 쌓여 있었다.

장흥댁이라고 자신을 소개한 노년의 사용인은 성북동 채두식의 저택에서 20년을 일하다 지석의 독립과 함께 본가 일을 그만두었다고 했다.

— 반찬 줄어드는 거 매일 확인할 거니까 굶고 그러면 안 돼
요. 과일도 먹을 만치만 장만해놓고 갈게요. 우유도 하나
씩 마시고. 영양제도 챙겨놓고 갈 테니까 잊지 말고 꼭 챙
겨 먹어요.

17살, 어린 시절의 그를 기억하는 눈빛에는 애잔함이 배어
있었다. 따라서 지석에 대한 장홍댁의 애정과 관심은 자연스
레 해수에게로 이어졌다.

장홍댁은 때때로 부모 같은 참견을 해오기도 했다. 물론 이
마저도 선을 넘지 않는 선에서 걱정 어린 한마디를 던지는 정
도였기에, 외려 마음이 따뜻해졌다.

해수는 밥솥을 열어 밥을 푼 뒤, 장홍댁이 끓여두고 간 김치
찌개를 대접 가득 떴다. 오겹살을 잔뜩 넣고 끓인 칼칼한 냄
새에 입 안 가득 군침이 고였다. 새콤하게 양념된 오이무침과
소고기 장조림을 꺼내 식탁에 차려내고 나니, 사라진 줄 알았
던 식욕이 급격하게 돌기 시작했다.

그때였다. 열심히 밥을 먹는 그녀를 칭찬해주기라도 하려는
듯 그의 전화가 울리기 시작했다.

뭐야, 어디서 보고 있는 사람처럼.

잠시 망설이던 해수는 깊이 생각하지 않고 핸드폰을 뒤집었
다. 황당해하며 심란하게 웃고 있을 얼굴이 언뜻 눈앞을 스쳤
다.

물론 알고 있다. 남자의 마음이 진심은 아니라는 것을. 각자
원하는 것을 취하며 적당히 거리를 두다가 헤어지면 그만일

사이라는 것도.

달그락, 해수는 숟가락을 들고 정면을 보았다. 식탁 위에 세워둔 태블릿에는 욕망으로 인해 괴물이 된 사람들과 이에 맞서 싸우는 남은 인간들의 처절한 사투가 재생되고 있었다. 인간의 욕망, 부족함을 느끼고 무엇을 가지거나 누리고자 탐하는 마음. 그게 문제였다. 해수에게는 아무런 의욕도, 욕망도 없다는 거. 지금은 그저 하루하루를 어떻게 버텨내느냐가 그녀에겐 더 중요한 일이었으니까.

탁—.

해수는 괴물끼리 신나게 주먹질하며 싸우는 장면에서 태블릿 커버를 닫으며 깊은 한숨을 내쉬었다. 지친다. 너무도 오래 지쳐 있던 마음은 지친 줄도 모르고 미련하게 또 달릴 준비를 하고 있었다. 진동이 멈춘 핸드폰을 망연히 바라보던 해수는 이내 도리질 치며 현미밥이 올려진 숟가락을 입에 넣었다. 몽글몽글 피어오르는 마음을 단단히 얼릴 시간이었다.

방콕 사톤(Sathorn), 새벽 5시.

여명조차 찾아오지 않은 짙은 새벽, 금방이라도 비가 쏟아질 듯 까만 하늘이 뿌연 먹색으로 덧칠되어가고 있었다. 지금 당장 스콜성 폭우가 퍼붓는다고 해도 이상할 게 없는 날씨였다. 태블릿을 밝혀 한국 날씨와 뉴스를 확인한 윤재가 뒷좌석에 앉은 지석에게 짧게 시선을 두며 말했다.

"서울에 비가 많이 오는 모양입니다. 밤새 천둥, 번개가 어마어마하게 내리쳤다네요. 정전된 곳도 많고."

아까부터 무슨 생각을 하는 건지, 어지간한 질문에는 들은 척도 하지 않더니, '정전'이라는 말에 순간 지석이 슬며시 미간을 찌푸리며 턱을 비스듬히 들어 올렸다.

"정전?"

"예. 성수동도 피해가 상당했던 모양입니다. 낙뢰로 인해 기지국이 파손된 곳도 있고."

"기지국……?"

가늠하듯 되묻는 표정이 서서히 유순해진다. 움푹 패어 있던 지석의 미간이 눈에 띄게 부드러워지는 것을 본 윤재는 새어 나오는 웃음을 막기 위해 큼, 목청을 가다듬었다.

저렇게 또 티를 내시나.

처음엔 멋대로 구는 한소라로 인해 심기가 불편해진 거로 예상했다. 배우와 동석하지 않겠다, 감독에게 단호히 전달했음에도 약속이 지켜지지 않았으니 역정을 내더라도 할 말이 없는 상황이었다. 하지만 연신 핸드폰을 들여다보며 안절부절못하는 모습이 아내와 연애하던 시절 제 모습을 보는 것만 같았다. 눈치 빠른 윤재는 단번에 제 상사를 괴롭히는 원인을 낚아챘다.

"예. 핸드폰이 불통되는 바람에 사람들의 항의가 빗발쳤다고 합니다."

"아. 그래서 연락이 안 됐던 건가."

물론 거짓말이다. 천둥, 번개가 요란했던 건 사실이었지만 기지국이 파손될 정도는 아니었다.

지석은 중요한 만남을 앞두고 있었다. 베일에 가려진 홍콩 투자계의 큰손, 재계는 물론 국내 연예계까지 마수를 뻗지 않은 데가 없는 기업의 인수, 합병 전문 투자가 앨런 림(Allen Lim). 소규모 사모펀드를 여러 개 운용하며 자산을 불려간다는 것 외에 그에 대한 정보는 전무했다. 상사의 안위를 최우선 순위에 두어 업무에 집중할 수 있도록 돕는 것이 곧 유능한 비서의 덕목 아니겠는가. 윤재는 책임이 막중해지는 것을 느끼며 입술에 침을 발랐다.

"경호 팀에 연락해뒀습니다. 날 밝으면 자택에 가서 형수님 어떠신지 보고하라고 말입니다."

"그래."

본인은 밤새 서류를 들여다볼지언정 제게 크게 바라는 게 없으며, 이미 지나간 일을 질책하는 일조차 없는, 더할 나위 없이 완벽한 상사. 그런 지석이 정신을 바짝 차려도 모자랄 판국에, 얼뜨기처럼 반은 넋이 나가 있는 모습이라니. 12년을 함께했음에도 도통 면역이 생기질 않는다. 그런 와중에도 좀처럼 마음의 거리를 좁히지 못하는 두 사람이 못내 안타까웠다.

"별일 없으실 테니, 이제 서류 검토하시죠."

"잔소리 좀 하지 마. 성가시게."

지석의 손에 거꾸로 들려 있던 만년필을 바로 쥐어준 윤재가 옷매무새를 곧게 잡으며 진중한 표정으로 말했다.

"계속 같은 페이지 보고 계십니다."

모름지기 일에는 순서가 있는 법이다. 정황을 설명하고, 납득을 시킨 후, 사람의 마음을 얻는 건 다음 문제인 게 당연했다. 엉망으로 꼬이고 복잡하게 얽힌 감정을 풀어내기 위해 윤재는 모든 사실을 가감 없이 털어놓아야 한다고 조언했다.

— 진실? 세상엔 모르는 게 약인 일도 있는 법이지.

— 내가 원하는 여자 내 옆에 두겠다는데. 그게 누군가의 허락이 필요한 일이었나.

하지만 마치 오래전부터 준비해왔던 일인 것처럼 단호한 목소리가 거침없이 쏟아졌고, 의문도 간언도 용납될 리 없었다.

기만은 관계를 오히려 악화시킬 뿐이라는 첨언에도 개의치 않던 그의 눈동자에는 잔잔하게 흐르던 이성 따위 깨져버린 지 오래였다.

"윤재야."

원하는 대로 거침없이 밀어붙인 사람이라 하기엔 근래 지석은 늘 초조해 보였다. 자신을 부르는 지금처럼.

"예. 대표님."

"물산 쪽 동향은 어때."

그들이 이 시각, 방콕에 있는 이유를 망각한 사람처럼 다른 생각에 빠져 있던 윤재가 갑작스러운 질문에 당황한 듯 이마를 긁적였다.

"정신 안 차리지. 너도 이 꼴 나고 싶어?"

제 목을 가로 그은 선 하나를 가리키며 지석이 남 말하듯 물었다. 늘 위험이 도사리고 있음을 간과하지 말고, 주위를 경계하라는 뜻이었다.

"죄송합니다. 대표님."

잠시 끊어졌던 보고가 이어졌다. 알고 있는 내용도 있고, 아닌 것도 있었다. 지석은 웃음기 없는 얼굴로 보고를 들으며 창문을 내렸다.

승계 싸움, 권력, 지금보다 높은 자리는 그의 관심 밖이었다. 뿌리부터 싹 갈아엎어버리면 모를까. WS의 이름으로 된 모든 건 그에게 환멸 그 자체였다. 조폭, 깡패, 검은돈, 암흑세계. 무간지옥과도 같은 삶에서 벗어나고자 무던히도 발버둥을 쳤다. 더러운 피를 묻히지 않는 대가로 채두식이 내건 조건은 간단했다. WS의 자금줄 역할을 담당한다는 것.

사명을 띠고 독자적인 회사를 설립한 지 올해로 10년째였다. 훈련받은 사냥개처럼 명령에 맞춰 움직이고 따르는 것. 그게 지금껏 그에게 주어진 임무였다.

지석은 오탈자까지 꼼꼼하게 검수한 서류 하단에 신경질적으로 메모를 휘갈기며 윤재를 바라보았다.

"언론사 리스트업 가지고 와. 영감이랑 커넥션 없는 곳으로."

"예. 준비하겠습니다."

여전히 시키는 걸 하고 원하는 대답을 내주어야 하는 신세라니. 제 손에 쥔 것, 이까짓 게 뭐라고 이토록 미련하게 붙들고 있었나. 지석은 실소하며 커다란 손으로 얼굴을 쓸었다. 창문 너머 세상으로 어둑한 구름이 장막처럼 드리워지는 걸 보며 지석은 차에서 내렸다.

짙푸른 녹음이 드리워진 건물 사이, 푸르스름한 새벽빛이 어스름히 내려앉았다. 새의 음산한 울음소리가 어둠 속으로 울려 퍼졌다.

걸음이 멈춘 곳은 활짝 열린 정문 앞이었다. 지석은 약속 장소인 건물을 가만히 응시했다. 싱그러운 정원이 한눈에 보이는 잿빛 노출 콘크리트 건물 옆, 푸르른 담쟁이덩굴로 에워싸인 기둥이 보였다. 그 이질적이면서도 조화로운 자태를 바라보던 윤재가 터벅터벅 다가와 옆에 서서는 인상을 찌푸렸다.

"여전히 음침하네요. 어떤 사람이기에 늘 여기서 만나자는 겁니까. 그것도 동행인 하나 없이."

"글쎄."

"하여간 여러모로 찜찜합니다. 이런 위험까지 무릅쓰고 계속 만나서야 할 이유가 있습니까? 연례행사처럼."

지석은 알 듯 말 듯 모호한 웃음을 띠며 벨을 길게 눌렀다. 머지않아 검은 정장을 한 경호원이 나왔다. 얕게 고개 숙인 경호원은 익숙한 얼굴에 간단한 몸수색조차 없이 앞장서 걸어갔다.

"차에서 대기해."

버릇처럼 차림새를 한 번 더 점검한 그가 푸른 잔디 위에 드문드문 놓인 디딤돌을 향해 천천히 걸음을 옮겼다. 각종 활엽

수와 식물들이 즐비한 정원에서는 새벽이슬에 푹 젖은 고목의 냄새가 났다.

한참을 걷던 지석은 정원의 중앙, 하늘을 고스란히 담아내는 2단 원형 연못 앞에서 문득 걸음을 멈추었다.

눈에 익은 비단잉어 사이에서 기운 좋은 관상어 1마리가 물살을 가르며 하얀 물보라를 일으키고 있었다.

"더럽게 바쁘신 우리 대표님께서 어쩐 일로 이 먼 곳까지 행차를 다 하셨을까."

그때, 걸출한 목소리 하나가 적막을 깨트렸다. 언뜻 들으면 단골 식당 주인 같은 푸근함이 뒤섞인 말투에, 지석이 고개를 돌려 정면을 바라보았다.

"그간 잘 지내셨습니까."

지석은 목소리의 주인을 단박에 알아본 듯 허리를 깊이 숙여 인사했다. 부드러운 목소리와 온화한 눈빛에서 두 사람의 친밀한 관계가 여과 없이 드러났다.

"어서 들어오시게."

허리를 곧게 편 지석이 천천히 고개를 들어, 앞에 선 이를 단단한 눈빛으로 바라보았다.

앨런 림, 한국계 홍콩인. 홍콩 투자계의 큰손이자 홍콩 마피아계까지 아우르는 거물. 우락부락한 남자로 알려진 것과는 달리, 하얗게 센 머리를 우아하게 틀어 올린 그녀는 70대의 귀부인이었다. 익히 알려진 기업 사냥꾼으로서의 악명과는 전혀 어울리지 않는 자태였다.

"아직 식사 전이지?"

에스코트하던 그의 팔에 제 팔을 두른 앨런이 아트 갤러리의 매끈한 대리석 바닥으로 그를 이끌며 덧붙였다.

"이 사람아. 자주 좀 들러. 나도 눈요기는 좀 해야 할 거 아냐. 아침부터 눈이 호강하는 걸 보니 오늘은 재수가 좋으려나 보네."

하얀색으로 통일되어 여백의 미가 강조된 갤러리 내부는 현대적이고 감각적인 예술품들로 전시되어 있었다.

"홍콩 소더비에서 그림 한 점, 조각상 하나 매입했어. 그림은 감정 보내둔 상태고."

무심하게 뻗은 지석의 눈이 물 흐르듯 자연스레, 단단하고 명확하게 주변을 훑었다.

"예술에는 무지합니다. 어련히 알아서 하셨을까요."

"난들 뭐 아나. 좋다고 하니까 그런가 보다, 하는 거지. 우리 같은 인간들이 예술 알아서 뭐하누. 이게 다 돈이다. 돈. 그게 중요한 거지."

자신이 매입한 그림에 대해 연설을 늘어놓던 앨런이 은은한 편백 향이 배어나는 문 앞에 멈춰서자 뒤따르던 경호원이 문을 열었다.

찬란한 빛을 발하는 크리스털 샹들리에와 미색 테이블보가 깔린 식탁, 그 가운데 장식된 센터피스를 사이에 두고 간단한 홍콩식 아침 식사가 준비되어 있었다.

"결혼 소식 들었어. 귀띔이라도 해줄 것이지. 매정하기는."

자리를 권하며 가볍게 식탁을 두드린 그녀가 자리에 앉아 눈을 흘겼다. 지석은 식기를 쥐는 대신 브리프 케이스를 열어, 챙겨 온 서류를 그녀의 앞에 밀어두고는 제 앞에 놓인 물 잔을 들었다.

"거 참, 식전 댓바람부터 마음 불편하게."

급한 성미를 이해한다는 듯 고개를 끄덕인 그녀는 옆에 놓인 돋보기를 끼고서 서류를 읽어 내리기 시작했다.

지석은 아트 갤러리의 실질적인 주인이었다. 채두식의 충실한 부하처럼 묵묵히 자금줄 노릇만 하던 지석이 홍콩에서 우연히 인연을 맺은 그녀와 손을 잡게 된 것은 최측근인 윤재에게조차 상세히 알려지지 않은 사실이었다.

국내 자금의 흐름은 채두식의 통제하에 있었다. 피땀 흘려 이룩한 것들이 채두식의 정치자금과 WS물산의 밑 빠진 독으로 무분별하게 흘러 들어가고 있었다.

상황이 이러하다 보니, 그룹 내에선 지석이 전면에 나서서 채민석을 내쳐주길 바라는 이들도 적지 않았다. 하지만 채두식의 측근으로 이루어진 대주주들이 투자자들을 힘으로 장악하고 있던 터라 그조차도 쉬운 일은 아니었다.

고인 물은 언젠간 썩게 마련이고, 오만은 반드시 대가를 치르게 되어 있다. 다만 모든 일에는 때가 있는 법. 무엇보다 이렇다 할 명분이 없었다. 지금으로선 해외에서 자금을 운용하며 기척을 죽이고, 몸집을 불려나가는 것 외엔 달리 방도가 없었다. 그 모든 일의 중심에 앨런이 있었다. 따라서 그녀는 지석이 심어둘 수 있는 유일한 방패이자 믿을 수 있는 조력자였다.

"음……"

앨런이 서류를 검토하는 사이, 그녀의 비서가 다가와 태블릿을 내밀었다. 지석은 따뜻한 밀크티를 마시면서 태블릿의 전원을 켰다. 보안이 걸린 파일 하나가 떴다. 비밀번호는 늘 같은 것이었다. 그는 냅킨으로 입을 닦으며 파일을 열었다.

사진과 동영상 파일이었다. 지석은 담담한 얼굴로 시간의 흐름대로 정리된 사진부터 훑었다.

첫 사진의 날짜는 3월 5일. WS건설에서 추진하던 관광단지 개발계획이 승인된 날인 동시에, 그가 사고를 당한 날이었다. 그가 피습을 당하기 전후, 채두식의 모습이 찍혀 있었다. 다음 사진은 피부가 까만 청부업자의 정면 사진. 다음은 청부업자가 누군가와 접선하는 모습.

지석은 눈을 좁혀 사진을 유의 깊게 살핀 후 동영상을 클릭했다. 두 번에 걸친 접선 장면을 멀리서 당겨 찍은 것이었다. 여행용 가방과 골프 백이 오고 가는 과정이었다. 초점이 맞지 않아 흐릿했으나 누구인지, 무엇이 오가는지 정도는 충분히 식별 가능했다.

"뭘 그렇게 새삼스럽게 보누. 막상 네 눈으로 확인하니 씁쓸해?"

서류를 훑어보던 앨런이 고개를 내리고 돋보기 위로 눈을 치켜뜨고는 기막히다는 듯 눈을 흘겼다. 지석이 피식 웃으며 태블릿을 덮고 찻잔을 들었다.

"그러네요. 직감과 진상은 엄연히 다른 영역이니까요."

"그래서, 진상을 알고 난 소감은?"

흠, 지석이 가볍게 숨을 뱉었다. 왜, 라는 근본적인 질문을 속으로 던진 뒤 미간을 문지르는 것으로 무수히 떠오르는 생각을 지웠다.

"글쎄요."

지석이 할 수 있는 말은 이게 전부였다. 예상한 일이기도 했고, 자신을 피습한 세력이 어디인지 따위가 중요한 건 아니었으니까. 다만 지금은 때가 아니라고 생각을 했다. 피가 싸늘히 식어가는 기분이었지만 지켜야 할 것이 생긴 이상 모두가 섣부른 추측일 뿐이니 판단을 보류하는 게 옳았다.

"클라우드에 업로드 시켜놨어. 백업하고 삭제해."

모든 사고의 중심에는 윤해수가 있었다. 지금의 행복이 영원할 거란 확신만 있다면, 채두식의 충실한 수족으로 평생을 사는 것도 나쁘진 않겠다는 생각을 하며 지석이 대답했다.

"예. 그럴게요."

스스로 생각해도 어이가 없었던 지석은 피식 웃음을 터뜨리며 찬물을 벌컥 들이켰다. 이내 테이블 위로 서류를 탁탁, 각 잡아 모으던 앨런의 눈동자에 단단한 심지가 섰다.

"자, 이제 본론. 그래서 원하는 게 뭐야. 이 회사를 어쩌자는 건데."

긴장감이 내려앉은 공간에 전혀 압도되지 않은 그 역시 웃음기를 걷어낸 얼굴로 고개를 들었다. 호피 무늬를 음각한 듯한 동공이 형형하게 빛났다.

"WS물산이 인수하려는 회사입니다. 세림물류. 중국 국영 물류 기업이고, 채두식이 손써놓은 곳이라 경쟁 업체도 없습니다. 다만, 중국 정부가 인수안을 승인해줄지가 관건입니다."

앨런은 느긋하게 커피를 한 모금 마시며 지석을 힐끔 쳐다보았다.

"그래서, 나더러 힘을 써달라?"

순간 지석은 미간에 바짝 힘을 주었다. 꿈틀하고 이마에 핏대가 섰다. 그럴 생각으로 만나자고 한 건 사실이었다. 마주치기조차 싫은 인간인 걸 차치하고, 채민석이 인간답게 살기를 바랐으니까. 천민 같은 새끼라 욕을 해도, 피 한 방울 섞이지 않았어도, 가족이니까 그 정도는 자신이 감내할 일이라고 늘 생각해왔다.

"아니요."

지석은 느리게 눈을 감았다가 뜨며 무분별하게 흩어지는 생각을 한곳에 모았다.

"회장님께서 인수 의사 타진하시죠."

착각이었다. 그들은 단 한 번도 자신을 가족이라 생각한 적이 없었다. 두 눈으로 확인을 하고 나니 차라리 후련했다. 빌어먹을 한국 땅이 이렇게 그리운 건 처음이었다.

〈2권에 계속〉

미치도록 원하는 1

초판 1쇄 인쇄 2023년 3월 21일
초판 1쇄 발행 2023년 4월 15일

지은이 구늘봄 ㅣ 펴낸이 강성욱 ㅣ 책임 기획 전주예 ㅣ 일러스트 김스타
디자인 김한솔 ㅣ 기획 편집 이진영 손효은 강채림 ㅣ 교정 서진영 손효은
펴낸곳 테라스북 ㅣ 등록 제 2022-000073호
주소 (04799) 서울특별시 성동구 아차산로 17길 26, 301호 (성수동2가, 규장각빌딩)
전화 070-4794-5826 ㅣ 팩스 0505-911-5826
블로그 https://blog.naver.com/terracebook ㅣ 전자우편 terracebook@naver.com
ISBN 979-11-6728-288-0(04810)
ISBN 979-11-6728-287-3 (SET)

테라스북은 주식회사 스토리펀치의 임프린트 브랜드입니다.